D1857960

Arne Dahl

Ungeschoren

Arne Dahl

Ungeschoren

Kriminalroman

Aus dem Schwedischen
von Wolfgang Butt

Piper Nordiska

Die Originalausgabe erschien 2003 unter dem Titel
»En Midsommarnattsdröm« im Ordupplaget Forlag, Stockholm.

Das Zitat auf S. 350f. stammt aus:
William Shakespeare: »Ein Sommernachtstraum«,
aus dem Englischen von Erich Fried.
© Verlag Klaus Wagenbach, Berlin 1970

Von Arne Dahl liegen im Piper Verlag vor:
Misterioso
Böses Blut
Falsche Opfer
Tiefer Schmerz
Rosenrot

ISBN 978-3-492-04878-1
© Arne Dahl 2003
Deutsche Ausgabe:
© Piper Verlag GmbH, München 2007
Published by arrangement with Bengt Nordin Agency, Stockholm.
Satz: Satz für Satz. Barbara Reischmann, Leutkirch
Druck und Bindung: Clausen & Bosse, Leck
Printed in Germany

www.piper.de

1

Dort unten liegt Schweden. Tief unten. Der junge Mann sieht die lang gezogene Küste gut zehn Kilometer unter sich.

Es ist ein wolkenloser Sommertag. Ganz Schweden ist klar erkennbar, ganz Skandinavien. Er kehrt nach Hause zurück. Aber zu Hause ist jetzt etwas anderes.

Er hat Bauchschmerzen.

Der junge Mann versucht zu verstehen. Er versucht, all das Neue zu verstehen. Alles, was geschehen ist. Er liest in einem dicken Stoß Papiere und versucht zu verstehen, was die Mittsommerwoche bedeutet hat.

Alles, was sie mit sich gebracht hat.

Alles, was sie verwandelt hat.

Alles, was sie zurechtgerückt hat.

Das Leben kann immer noch überraschen, denkt der junge Mann überrascht. Ich bin als ein Mensch abgereist und komme als ein anderer zurück. Und zu Hause ist auch etwas anderes.

Er wendet sich wieder dem Stoß Papiere zu.

Und weiß, dass nichts jemals zu Ende ist.

2

Das Land, in dem die Nächte den ganzen kurzen Sommer über immer dunkler werden, dachte sie. Es ist mein Land.

Und genau dieser Gedanke war verboten.

Es ging nicht mehr. Es konnte so nicht weitergehen. Heute Nacht, in dieser hellen Sommernacht, sollte eine Veränderung eintreten. Auf die eine oder andere Weise.

Sie wollte nicht hinausgehen und sich dem Sog der nordischen Angst dieser schönen Sommernacht aussetzen. Diesem seltsam schönen, süß ziehenden Schmerz, der bis ins Mark drang.

Der Wehmut.

Noch nicht richtig.

Sie blieb stehen und sah durchs Treppenhausfenster hinaus. Ein wenig unbeteiligt. Von der Seite. Immer noch durchs Fenster.

Es war wie ein Gemälde.

Und das einzige Motiv war das nackte, reine Mittsommerlicht.

Und es ist meins, dachte sie. Ich habe es mir verdient. Ich habe ein Recht darauf. Das, wenn nichts sonst, hat mich eingeladen.

Dann trat sie hinaus in die helle Nacht.

Hell und rein. Und kalt. Sie hielt einen Augenblick inne und setzte sich der Kälte aus. Bis sie schauderte. Das Schaudern setzte sie in Bewegung.

Bald war die hellste Nacht des Jahres. Bald würden die Nächte wieder länger werden. Sommer konnte man es noch nicht nennen. Nicht im Ernst. Man konnte doch diese Eiseskälte nicht im Ernst Sommer nennen. Ihr Körper, wenn nichts anderes, erinnerte sich an ganz andere Sommer.

Sie wollte nur ihr Leben weiterleben. Ihr eigenes. Das war alles. Und das durfte sie nicht.

Nedim. Die Trauer überfiel sie. Mit voller Wucht.

Sie musste stehen bleiben. Ihr Herz erstarrte zu Eis.

Nedim. Mein Bruder. Nedim und Naska. Nur ein Jahr zwischen ihnen. Immer zusammen. Immer füreinander da. Immer bereit. So nah, wie man sich nur kommen kann. Die kleinen Geschwister.

Wie ähnlich wir uns waren.

Wie unglaublich ähnlich.

Aber jetzt nicht mehr.

Sie wanderte weiter durch das menschenleere Hochhausgebiet. Es war zwanzig nach zwei in der Nacht und taghell. Als wäre die Welt leer. Vollständig leer – bis auf ein klares, klares Licht.

Und sie selbst.

Nedim, warum musste es so kommen? Warum war es nicht möglich, sich zu lösen? Alles, was ich will, ist leben.

Die Unterdrückung durch die Unterdrückten.

Neuer Name, neue Telefonnummer, neue Adresse, neue Stadt – es reichte nicht. All die Mühe, die du darauf verwendet hast, mich zu finden, Nedim, kann man sie als Liebe deuten? Als verzerrte Bruderliebe?

Stockholm hätte mich schlucken sollen, aber du hast mich gefunden. Du hast nach einer Nadel im Heuhaufen gesucht, und du hast sie gefunden. Aber sie wird dich stechen. Es kommt nur darauf an, zuerst zu stechen. Denn Wörter werden niemals reichen. Wörter haben mit der Sache nichts zu tun. Er benutzte Wörter nicht auf diese Art und Weise. Als Gespräch. Als Dialog.

Das Telefongespräch gestern Abend. Nicht viele Wörter. Die Wörter als Maskierung. Als ob er ein geschäftliches Gespräch führte.

»Wir müssen uns treffen, Naska.«

»Ich heiße nicht Naska. Ich heiße Rosa.«

Am Wegrand wuchsen überall Blumen. Sie pflückte eine und betrachtete sie. Sie war lila und roch komisch.

Sieben Sorten Blumen unter dem Kopfkissen, und die Mittsommernacht würde magisch sein. All diese merkwürdigen Wörter: Kommt, Lilien und Akeleien, kommt, Rosen und Salbei, komm, liebliche Krausminze, komm, Herzensfreude.

Was war eine Akelei?

Asphaltblumen mussten reichen, dachte sie und lächelte schief. Sie pflückte eine welke blaue. Noch fünf, und ihre Wünsche würden in Erfüllung gehen, die Welt würde verwandelt sein.

Die Nacht magisch werden.

In gewisser Weise war sie es schon. Dieser Sog. Der Klumpen in der Magengegend. Das Licht, das im Hals in die Irre ging.

Nur eins sprach dafür, dass sie die Nacht überleben würde.

Und das war nicht das Messer. Das alberne kleine Schweizer Klappmesser in ihrer Tasche. Das sie außerdem erst aufklappen musste, um es zu benutzen. Sie pflückte noch eine Blume, eine stark verzweigte gelbe. Natürlich würde sie das Messer aufklappen. Sobald sie sieben Sorten Blumen hatte, um sie in die Handtasche zu legen.

Aber nicht vorher.

Das Flüchtlingslager in Schonen. Sie war sechs, er sieben. Während sie warteten, lernten sie Schwedisch. Aber vor allem badeten sie. Der kleine See. Das eiskalte schwedische Wasser. Zu dem sie heimlich schlichen. Nedim und Naska.

Die kleinen Geschwister.

Warum nicht einfach die Polizei rufen? Warum nicht dafür sorgen, dass die Polizei am Treffpunkt ist?

Weil es ein Ende haben musste. Weil sie – obwohl er nicht zuhörte – mit ihm sprechen musste, ihn dazu bringen musste zu verstehen. Es war so wichtig, dass er und seinesgleichen verstanden. Die jüngere Generation. Früher oder später mussten sie alle zuhören.

Und weil er ihr Bruder war.

Sie pflückte eine seltsame orangefarbene Blume mit zerzausten Blütenblättern. Vier. Sie musste die Namen lernen.

Jetzt sah sie das Haus. Es war niedriger als die anderen. Ein Clubhaus, Vereinsheim, Sarg.

Sie sah auf die Uhr. Bald halb drei. Der Todesaugenblick.

Da brach die Angst über sie herein. Es kam ihr vor, als sollte sie erstickt werden, die Angst zwang ihr die Zunge zurück in den Rachen, und es war ihr unmöglich zu atmen.

Es war einfach nicht möglich.

Warum ging sie ihrem Tod entgegen? Es hätte verhindert werden können. Hatte er nicht angerufen und sie gewarnt, gerade damit sie ihn hindern sollte? War es nicht eigentlich eine Bitte, die lautete: Halte mich auf, ich kann mich nicht selbst aufhalten, die Tradition von Jahrhunderten drückt mir das Messer in die Hand, und ich kann mich nicht selbst aufhalten.

Du musst es für mich tun, Naska, deshalb rufe ich dich an.

Nein, Nedim, du selbst musst dich aufhalten, du selbst musst die Wahl treffen, du selbst musst die Jahrhunderte umstülpen und das Abgestandene auslüften. Das kann ich nicht für dich tun.

Ich gehe meinem eigenen Tod entgegen, weil ich mich darauf verlasse, dass du dich auf deine Vernunft besinnst. Dass du Wörter wieder zu Wörtern werden lässt. Weil gerade du gerade jetzt mit der Familientradition brechen sollst. Mein wehrloser Körper stellt diese Forderung an dich. Meine Worte.

Aber sie hatte ja das Messer. Solange das Schweizer Klappmesser ungeöffnet in ihrer Handtasche lag, waren ihre Argumente verständlich. Sobald sie das Messer öffnete und in die Hand nahm, sagte sie etwas ganz anderes.

Es war eine Gratwanderung.

Sie bewegte sich wieder vorwärts. Die Blumen wuchsen immer spärlicher. Hätte sie noch die Zeit, sieben Sorten Blumen zusammenzubekommen? Hätte sie noch die Zeit, sich auf eine schwedische Tradition zu verlassen?

Sie wusste nicht, ob die kleine rosa Pflanze, die aus dem Steinpflaster zwischen dem Bürgersteig und der Straße wuchs, wirklich als Blume zählte, doch sie riss sie aus und steckte sie in den Strauß. Fünf jetzt. Fünf Blumen unter dem Kissen.

Aber was für einem Kissen?

Dem Sargkissen?

Sie war bei dem niedrigen Vereinslokal angelangt. Keine Blume, so weit das Auge reichte, nicht einmal im Blumenbeet. Als wäre es vorbestimmt, dass sie keine richtige Chance hätte.

Sie sah die Öffnung, den gewölbten Durchgang zum Hinterhof. Den Treffpunkt. Nicht ein Laut, nicht eine Bewegung, nur das glasklare, blendende Nachtlicht.

Eine schöne Nacht zum Sterben.

Sie erreichte die Ecke. Eine Weile blieb sie an die Wand gedrückt stehen. Sie sah auf ihre Füße. Zwischen ihren Sportschuhen wuchs eine kleine weinrote Blume aus dem Asphalt.

Sie nahm sie und lächelte schwach. Sechs Sorten sind es geworden, dachte sie und bog um die Ecke. Das nennt man »knapp daneben«.

Er saß auf einer Bank ein paar Schritte im Hinterhof. Sein gebeugter Rücken war ihr zugewandt, sein Gesicht war nach unten gerichtet, auf die Knie. Als drückte das Gewicht der ganzen Welt seine Schultern zu Boden.

Sie schlich vorwärts. In der Hand hielt sie kein Schweizer Klappmesser, nur sechs Sorten Blumen in einem traurigen Strauß.

Sie selbst war die Waffe. Ihre Erscheinung. Alles, woran sie damit appellieren konnte. Das war ihre Waffe.

Sie hatte ihn fast erreicht. Er blieb sitzen, bewegte sich nicht. Die Schwere erschien unerträglich.

Gleich würde er sich umdrehen. Das Messer würde in seiner Hand aufblitzen: der entscheidende Augenblick.

»Nedim?«, sagte sie tonlos.

Er antwortete nicht. Saß nur da und schien todmüde zu sein.

»Nedim?«, wiederholte sie, etwas lauter, und legte die Hand auf seinen Rücken.

Leicht, leicht.

Da kippte er nach vorn.

Die unsichtbare Schwere drückte ihn hinunter auf den Asphalt. Er fiel, haltlos, schwer, plump.

Seine Augen starrten dunkel in die helle Sommernacht. Unter den Augen war es vollkommen schwarz, als hätte er Monate nicht geschlafen.

Jetzt würde er ewig schlafen.

Sie betrachtete ihren Bruder. In der Rechten hielt er ein großes Messer mit einer breiten Klinge. Es blitzte nicht.

Sein weißes Hemd war ganz rot.

Und in einem Knopfloch steckte eine blauviolette Blume. Sie sah aus wie eine schön geformte Glocke. Als sie sie aufnahm und in ihren Strauß steckte, schoss es ihr durch den Kopf, dass sie tatsächlich wusste, wie diese Blume hieß.

Akelei.

Ganz still öffnete sie ihre Handtasche und legte den Strauß mit sieben verschiedenen Sorten Blumen neben das ungeöffnete Schweizer Klappmesser.

Dann schloss sie die Tasche.

Rührte sich nicht. Atmete.

Und aus Tiefen, die sie für ausgestorben gehalten hatte, stieg ein Weinen auf, das sich mit dem schwedischen Mittsommerlicht zu einem uralten Trauergesang vereinte, älter als alle menschlichen Grenzen.

3

Der Fotograf schloss sich auf dem Weg durch die Korridore einem Paar mit Zwillingskinderwagen an. Sie schienen sich auszukennen.

Der Familienvater, mit seiner schweren Lederjacke wohl eine Spur zu warm angezogen, warf ihm einen Blick zu und nickte kurz. Er war ein großer Mann in den Fünfzigern mit einem in die Länge gezogenen, gelangweilt wirkenden Gesicht. Aus dem Zwillingskinderwagen blickten zwei hübsche Mädchen auf. Sie waren etwa zwei und drei Jahre alt, und beide hatten ihres Vaters lang gezogene Gesichtsform. Es sah ziemlich lustig aus.

»Warte, Viggo«, rief die Ehefrau hinter ihm. Der Mann stöhnte hörbar und brachte das Gefährt mit einer Vollbremsung zum Stehen.

»Wir sind schon zu spät dran«, sagte er ungnädig. »Was ist denn jetzt schon wieder?«

»Wir müssen die Blumen auswickeln, man soll doch nicht sehen, dass sie aus dem Konsum sind«, sagte seine Frau.

»Es ist noch ein gutes Stück, das kannst du im Aufzug machen.«

»Im Aufzug gibt es Überwachungskameras«, sagte seine Frau und kämpfte mit dem Papier des mittelmäßigen Blumenstraußes. »Warum muss dieses Fest überhaupt im Polizeipräsidium stattfinden?«

»Was ist denn daran nicht in Ordnung?«

»Es ist ein Labyrinth. Niemand findet hin. Sieh doch nur den Mann neben dir.«

Der Mann in der Lederjacke drehte sich um und blickte auf den Fotografen hinunter. »Wollen Sie auch hin?«, fragte er. »Zum Fest?«

»Ja«, nickte der Fotograf. »Ich bin der Fotograf. Ich habe mich wirklich ein bisschen verlaufen.«

»Aha«, sagte der Mann und streckte ihm die Hand hin. »Sie haben mir den Job abspenstig gemacht. Sonst bin ich der Mann mit der Kamera. Die Kollegen sagten, sie wollten diesmal eine etwas professionellere Arbeit.«

Der Fotograf ergriff die Hand und schüttelte sie, doch bevor er sich vorstellen konnte, rief die Frau: »So, das war's, ich hoffe nur, er sieht nicht, dass die Tulpen verfault sind.«

»Du meinst ›verwelkt‹. Man sagt ›verwelkt‹ bei Blumen.«

»Nein, ich meine ›verfault‹.«

Nach einer ausgedehnten Wüstenwanderung erreichten sie den Aufzug. Die Kinder starrten den Fotografen misstrauisch an, während er die große Kamera auspackte und das Blitzlicht aufschraubte. Worauf das ältere Mädchen dem jüngeren eine Rassel übers Jochbein schlug und beide ein Heulkonzert anstimmten.

»Charlotte!«, rief der Mann mit untröstlicher Stimme und schnappte sich die Rassel.

Da glitten die Aufzugtüren zur Seite, und zwanzig Augenpaare richteten sich auf sie. Von der Decke des Saals hing ein großes Spruchband herab und verkündete in knallroten Buchstaben: ›Endlich! Hultin geht in Pension!‹ In etwas kleineren, anscheinend vor kurzem erst geschriebenen Buchstaben stand darunter: ›Wie Schwedens Nationalmannschaft!‹

Die brüllende Familie befreite sich aus dem Aufzug, und ein auffallend weißhaariger Mann trat ihnen entgegen; er schien der Einzige zu sein, der sich in ihre Nähe wagte.

»Für mich?«, sagte er in finnlandschwedischem Tonfall und griff nach der Rassel. »Das wäre aber nicht nötig gewesen.«

»Schnauze«, erwiderte der Mann in der Lederjacke und schnappte sich die Rassel wieder.

»Und ausgerechnet heute scheidet Schweden gegen Senegal aus«, fuhr der Weißhaarige fröhlich fort. »Das hätte Finnland besser gemacht.«

»Was redest du da?«, murmelte die Lederjacke. »Glaubst du, ich hätte Zeit, mir die Fußball-WM anzusehen? Alles, was ich mache, wenn ich zu Hause bin, ist, Windeln zu wechseln.«

»Wo haben wir denn den Jubilar?«, fragte die Ehefrau hinter seinem Rücken.

»Bist du auch noch da, Astrid?«, fragte der Weißhaarige, schob den Großen zur Seite und umarmte sie: »Was für flotte Tulpen.«

»Still, Arto«, stieß sie hervor. »Glaubst du, er merkt was?«

»Er merkt nichts. Er schwebt auf Champagnerperlen.«

Der Aufzug leerte sich. Der Fotograf blieb allein zurück. Er schoss ein Bild von dem Mann mit dem weißen Haar.

Dieser blinzelte einen Moment geblendet, bevor er sagte: »Ah, ausgezeichnet. Vom Fotoring? Wir haben schon auf Sie gewartet.«

»Tut mir leid, dass ich ein wenig verspätet bin«, sagte der Fotograf. »Ich habe mich verirrt.«

»Da sind Sie nicht der Einzige. Ich bin Arto Söderstedt, Festkomitee. Jetzt störe ich Sie nicht länger bei der Arbeit. Nur rein ins Getümmel und frisch drauflos mit dem Auslöserfinger.«

Der Fotograf brachte die Kameratasche in Ordnung und stürzte sich ins sogenannte Getümmel.

Nachdem der Geräuschpegel durch die spektakuläre Ankunft des Zwillingskinderwagens vorübergehend gedämpft worden war, stieg er wieder an. Die Gäste standen in kleinen Gruppen zusammen, die sich mit gewisser Regelmäßigkeit auflösten und neu formierten.

Der Fotograf machte eine Reihe von Übersichtsbildern. Bald hatte man sich an seine Blitze gewöhnt und nahm sie als natürlichen Bestandteil des Fests.

Zuerst das Spruchband. Verschiedene Konstellationen unter dem Spruchband, verschiedene Winkel.

Es war nicht schwer, die Person, der zu Ehren das Fest stattfand, zu entdecken. Der Mann stand mit einem Champagnerglas in der Hand da und unterhielt sich mit Gratulanten zur Rechten und zur Linken. In regelmäßigen Abständen schob er die Minibrille hoch, die darauf bestand, auf seiner enormen Nase abwärtszugleiten.

»Die Blumen riechen ein bisschen eigenartig«, sagte er und schüttelte die ausgestreckte Hand der Lederjacke.

»Es sind spezialimportierte holländische Tulpen«, sagte die Lederjacke. »Du kannst jetzt aufhören, misstrauisch zu sein, Jan-Olov. Die Zeit ist vorbei.«

»Und die Streifen verschwinden über Nacht?«

»Es wird gut gehen. Kerstin weiß, was sie tut.«

»Das ist mir klar«, sagte die Hauptperson. »Ich habe sie selbst ausgesucht.«

»Vielleicht nicht ganz allein, oder?«, sagte ein braungebrannter blonder Mann, der von der Seite herantrat und der Hauptperson einen freundschaftlichen Faustschlag auf den Oberarm versetzte.

»Doch«, sagte die Hauptperson sachlich und betrachtete den Oberarm, doch da hatte sich der Blonde, dessen welliges Haar stark an ein Toupet erinnerte, schon der Ehefrau der Lederjacke zugewandt.

»Ich glaube, wir kennen uns noch nicht«, sagte er mit funkelndem Lächeln. »Ich bin Waldemar Mörner, der formelle Chef der A-Gruppe.«

»Astrid«, sagte die Angesprochene. »Ich gehöre zu Viggo Norlander.«

Der Fotograf schoss ein paar Bilder und streifte dann durch den Saal.

Eine unglaubliche Menge Kinder geriet jetzt vor die Linse der Kamera. Wie eine Mischung aus Jugendzentrum und Kindergarten. Er zählte neun etwas kleinere Kinder und zwei etwa sechzehnjährige Mädchen, die für sich an einem Tisch saßen und gelangweilt dreinblickten. Die neun kleineren waren eine gemischte, aber auffallende Schar: vier waren Mulatten, vier kreideweiß, und ein Junge war dunkelhaarig. Er war vielleicht acht Jahre alt und schien sich wie im Paradies zu fühlen, so wie er herumlief und die Mädchen an den Haaren zog. Sie schrien wie auf Bestellung. Wie Orgelpfeifen.

Die Kamera fing jetzt die beiden größeren Mädchen ein. Eines war strohblond und gehörte eindeutig zu den vier kleineren kreideweißen Kindern. Das zweite war dunkelblond und schwerer zuzuordnen.

»Voll ätzend hier, so was Beschissenes«, sagte die Strohblonde.

»Volltrottel«, sagte die Dunkelblonde. »Scheiße, dass mein Alter mich mitgeschleppt hat. Ich muss nett zu ihm sein, jetzt, wo sie sich scheiden lassen.«

»Ich wollte, meine täten es. Dann hätte ich ein eigenes Zimmer.«

Der Fotograf drückte ab. Der Blitz sprang ihnen in die Augen.

»Hau ab«, fauchte die Strohblonde. »Verfluchter Dodel.«

»Oberfreak«, zischte die Dunkelblonde.

Das Kameraauge schwenkte weiter durch den Saal.

Ein sehr großer Mann hob das Champagnerglas in Richtung eines ungleichen Paars um die dreißig und sagte mit Nachdruck: »Mädchen sitzen im Schoß, und Jungen trägt man unterm Herzen.«

Das ungleiche Paar wechselte einen Blick. Die Frau war groß, blond und kurzgeschoren, der Mann bedeutend kleiner, von dunklem Typ und mit halblangem Haar. Vor seiner Brust hing ein Bündel in einem Tragegurt.

Der Fotograf drückte mehrmals ab und kassierte eine Serie wenig freundlicher Blicke. Er behielt die Kamera vorm Gesicht.

»Mädchenbauch«, sagte die kurzgeschorene Frau versonnen. »Du hattest recht, Gunnar.«

»Das ist unfehlbar«, sagte der Riese und streichelte behutsam über die dunklen Haarstoppeln des kleinen Bündels. »Isabel ist ein schöner Name. Wann ist die Taufe, Sara?«

»Das steht noch nicht ganz fest«, sagte der dunkelhäutige Mann mit einem Anflug von Irritation. »Wir diskutieren noch, welche Kirche. Katholisch oder protestantisch.«

»Dass man immer etwas findet, worüber man sich streiten kann«, sagte der Riese bedächtig. »Es ist ein natürliches Bedürfnis. Wir zum Beispiel streiten uns um ein Haus.«

»Ein Haus?«, sagte die Kurzgeschorene.

»Eher eine Hütte. Ein Häuschen. Griechenland oder Italien. Ludmila hat ein kleines Anwesen in Venetien gefunden, vierzig Kilometer von Venedig entfernt. Ich will immer noch auf die Kykladen.«

»Aber wie könnt ihr euch das leisten?«, platzte der Dunkelhäutige heraus.

Der Riese zuckte mit den Schultern. »Tja, Jorge«, sagte er. »Wir haben beide eine ganze Reihe von Jahren unser sparsames Singleleben geführt. Keine wirklichen Ausgaben. Plötzlich können wir es uns leisten. Es war schön, das zu entdecken. Ich hatte nicht einmal mit dem Gedanken gespielt.«

»Wie kann man sich auf der anderen Seite einen neuen E-Bass leisten?«, fragte die Kurzgeschorene. »Mit eben erst gekaufter Wohnung und einem neugeborenen Kind?«

Der Dunkelhäutige gab keinen Mucks von sich. Er war vergrätzt.

Der Riese sagte: »Also dafür nutzt du deinen Erziehungsurlaub, Jorge?«

»Wenn man mit dem Messer an der Kehle etwas Positives über dich sagen müsste, Gunnar, dann dass du billige Pointen in der Regel vermeidest.«

»Ich habe es ganz wörtlich gemeint. Wertfrei. Nutzt du dafür deinen Erziehungsurlaub?«

»Es ist doch nichts, worüber man sich aufregen müsste. Es war eine gute Gelegenheit, wieder mit dem Spielen anzufangen. Wir sind eine Gruppe von Amateuren, die im Erziehungsurlaub sind.«

»Aber E-Bass? Ich dachte, du spielst Jazz?«

»Das eine schließt das andere nicht aus«, sagte die kurzgeschorene Frau mit schmalem Mund. »Er hat auch einen neuen Kontrabass gekauft. Auf Raten.«

»Jetzt wollen wir doch nicht streiten«, sagte der Große väterlich. »Denkt lieber an Henri Camara. Dann haben wir Grund, gemeinsam sauer zu sein. Gemeinsam Trübsal zu blasen.«

»Hör bloß damit auf«, sagte der Dunkelhäutige. »Scheißspiel.«

»Henri Camara?«, fragte die Kurzgeschorene.

»Der Mann hat im Achtelfinale Schweden gegen Senegal zwei Tore geschossen. Henrik Larsson hat eins geschossen, und das war prima. Denkt positiv.«

Es war eine gute Gelegenheit, sich zu entfernen. Der Fotograf feuerte ein paar Prachtblitze ab, und seine Schritte, als er die schwachen Babyschreie hörte, waren eindeutig beschleunigt.

Er machte bei einer anderen Menschentraube halt.

Eine kohlschwarze Frau sagte im Dalarnadialekt: »Wie schön sie spielen. Ich hatte mir ein bisschen Sorgen gemacht, dass es ein Chaos werden würde.«

Der kreideweiße Mann, den der Fotograf am Aufzug getroffen und der sich als Arto Söderstedt vorgestellt hatte, legte den Arm um eine fast ebenso kreideweiße Frau und sagte nachdenklich: »Es erinnert an Schach ...«

Der Fotograf drehte sich zu den spielenden Kindern um, die eine Hälfte weiß, die andere schwarz. Er lachte und machte ein paar Bilder.

Die kohlschwarze Frau lachte laut und vernehmlich. »Ja, Wahnsinn«, stieß sie aus. »Das Finale.«

Die Frau in der Umarmung sagte im finnlandschwedischen Tonfall: »Die weißen sind unsere – die Bockige da am Tisch auch –, und die schwarzen sind eure. Das ist nicht schwer zu erkennen. Aber wer ist der Junge, der die ganze Zeit herumläuft und die Mädchen an den Haaren zieht?«

»Der Joker im Spiel«, sagte der weiße Mann.

»Ich weiß es nicht«, sagte die schwarze Frau.

»Aber ich weiß es«, sagte der weiße Mann. »Und wenn man vom Teufel spricht, siehe da, die dritte Mutter. Mama Kommissar.«

Eine kleine dunkle Frau um die vierzig mit einem großen jüngeren Mann im Schlepptau gesellte sich zu der Gruppe. »So spricht man aber nicht über seine Vorgesetzte«, sagte sie in klassischem Göteborgdialekt.

Der Fotograf konnte noch ein paar Schnappschüsse machen, bevor sie sich zu den Kindern umwandte und schrie: »Anders! Was fällt dir denn ein! Du sollst die Mädchen nicht an den Haaren ziehen.«

Der Junge lachte laut und zog gleich wieder ein Mädchen an den Haaren.

»Es ist okay«, sagte die schwarze Frau. »Noch finden es die Mädchen ganz lustig.«

»Das Problem ist, dass wir nie aufhören, es ganz lustig zu finden«, sagte die Göteborgerin und streckte die Hand aus. »Ich bin übrigens Kerstin Holm, und ich tippe mal, du bist Elsa Grundström.«

Die schwarze Frau schüttelte ihre Hand und sagte: »Ja, natürlich. Genau. Du übernimmst den Posten von Jan-Olov. Gratuliere. Oder was sagt man?«

»Das muss die Zukunft erweisen«, lachte die Göteborgerin. »Ja, das kann man sagen. Dies ist übrigens Jon Anderson, unser Neuzugang.«

Der große junge Mann streckte die Hand aus, verneigte

sich höflich vor den Damen und nickte dem weißen Mann kurz zu.

»Jethro Tull?«, sagte die schwarze Frau.

»Was?«, sagte der große junge Mann.

»War das nicht der Sänger von Jethro Tull? Der die Flöte spielte und ziemlich pathetisch war? Jon Anderson?«

»Nein, nein, nein«, sagte der weiße Mann ernst. »Der hieß Ian Anderson. Jon Anderson hat in Yes gesungen. Einer anderen bemerkenswerten Dinorockband.«

»Aha«, sagte die schwarze Frau und ließ die Hand des jungen Mannes los.

»Und du bist …?«, fragte er höflich.

»Ja, Entschuldigung. Elsa Grundström, Niklas Grundströms Frau.«

Der große junge Mann machte ein fragendes Gesicht.

Der weiße Mann half ihm auf die Sprünge: »Hüte deine Zunge, Yes. Niklas Grundström ist Chef der Abteilung für Interne Ermittlungen.«

»Yes?«, platzte die weiße Ehefrau heraus. »Ist das nicht ein Spülmittel?«

Der große junge Mann sah jetzt äußerst verwirrt aus.

»Wir nennen ihn Yes«, sagte der weiße Mann. »Nach dem erwähnten Sänger von Yes. Also nicht nach dem Spülmittel.«

»Und du bist …?«, wiederholte Yes, eine Spur weniger höflich, mit dem Blick auf die weiße Frau.

»Anja Söderstedt. Weiße Dame.«

»Und ich bin die schwarze Dame«, sagte die schwarze Dame und zeigte auf die wilde Schachpartie.

Der große junge Mann gab auf. Sein Lächeln, als er die Gesellschaft mit einem Nicken verließ, wirkte ausgesprochen aufgesetzt. Der Fotograf fand es passend, genau in diesem Augenblick abzudrücken. Klick. Geblendet und verwirrt segelte der junge Mann in den Saal hinaus.

»Ein wenig steif vielleicht?«, flüsterte die weiße Frau vorsichtig.

»Ich habe gesagt, dass ihr so etwas nicht machen sollt, Arto«, ermahnte die Göteborgerin. »Wir müssen ihm eine Chance geben.«

»Yes, Sir«, sagte der Weiße.

Sie sah ihn resigniert an und schüttelte den Kopf.

»Ich wusste nicht, dass ihr euch vergrößert habt«, sagte die weiße Dame. »Arto erzählt nichts. Und auch von diesem Fernsehmord höre ich kein einziges Wort.«

»Da brauchst du doch nur irgendeine Abendzeitung aufzuschlagen«, sagte der Weiße mürrisch.

Die Göteborgerin nickte. »Es handelt sich leider nicht um Vergrößerung. Eher um Kompensation. Wir haben ja eine Reihe von Spitzenkräften verloren. Unter anderem an deinen Mann, Elsa.«

Die schwarze Frau nickte.

»Da siehst du«, sagte die Weiße. »Ihr Mann erzählt mal was. Du erzählst mir nichts.«

»Ich dachte, du wolltest es nicht wissen«, sagte der weiße Mann verlegen.

»Jon Anderson ist seit ein paar Monaten bei uns«, sagte die Göteborgerin. »Und wir haben heute Abend noch eine zukünftige Mitarbeiterin unter uns. Irgendwo steckt sie.«

Der Fotograf machte ein letztes Foto von der gemischten Gesellschaft und wanderte weiter. In seinem Sucher zeigte sich jetzt eine ungefähr fünfundzwanzigjährige Frau in kaputter Jeans mit Bauchnabelpiercing unter einem minimalen hellblauen Oberteil. Sie war mit einem Champagnerglas in der Hand unterwegs zu einer Menschentraube, hielt aber mitten im Bild inne und machte ein flehendes Gesicht. Der Fotograf drückte nicht ab, behielt aber die Kamera im Anschlag.

»Nicht mich«, flüsterte sie ihm zu. »Mir war nicht klar, dass man ordentlich gekleidet sein sollte. Es ist schon so peinlich genug.«

Der Fotograf blickte sich im Saal um. Das Bekleidungsniveau war zweifellos eine Spur höher. Er nickte. Sie dankte ihm schweigend, bahnte sich einen Weg durch den Kinderschwarm und schloss sich mit einem frischen »Hallo, hier komme ich« der Gruppe an.

Die Gruppe verstummte und sah sie abwartend an.

»Ich weiß nicht, ob ich jemanden von euch kennen sollte«, fuhr sie ein wenig angestrengt fort. »Ich habe die A-Gruppe bisher nur auf Bildern gesehen. Aber ich glaube nicht, dass ich hier jemanden erkenne. Müsste ich das?«

»Das kommt ganz darauf an, wer du bist«, sagte ein strammer, äußerst gut gekleideter Mann und fixierte sie.

Sie erwiderte seinen Blick, ohne mit der Wimper zu zucken.

»Ich nehme an, du hast schon eine Reihe von Schlussfolgerungen gezogen, was mich betrifft«, sagte sie. »Junges Ding mit zerrissener Jeans und Bauchnabelpiercing. Eine Spionin aus der Unterwelt, die auf einer Bananenschale hereingerutscht ist? Ein angeheuertes Callgirl? Eine Überraschungsstripperin?«

Ein Mann lachte laut hinter ihrem Rücken. Laut und herzlich. Sie drehte sich um. Die Blitze aus ihren Augen erloschen, als sie den dunkelblonden Mann mit einem roten Mal auf der Wange und einer trendgerechten Plastikbrille auf der Nase sah.

»Ich glaube, ich weiß, wer du bist«, sagte er ruhig. »Kerstin hat von dir erzählt. Schade, dass ich nicht mehr die Chance bekomme, mit dir zusammenzuarbeiten.«

»Dann bist du Paul Hjelm!«, rief die Frau aus. »Die Brille hat mich getäuscht. Du siehst aus wie ein Verwaltungsmensch.«

»Was ich inzwischen bin«, sagte der Mann und befingerte seine Leichtgewichtbrille. »Bald schaffe ich mir auch eine Armbanduhr an, dann ist die Verwandlung perfekt.«

Die junge Frau reichte ihm die Hand und schien plötzlich die Sprache verloren zu haben. »Paul Hjelm«, sagte sie nur.

Der Mann namens Paul Hjelm schüttelte ihre Hand und sagte: »Weil es keinen aus der A-Gruppe hier gibt, ist es wohl am besten, dass ich dich allen vorstelle. Hört mal alle her. Dies ist Lena Lindberg, der jüngste Neuzugang der A-Gruppe. Ihr erster Arbeitstag ist …«

»Morgen. Und entschuldigt meinen Aufzug. Ich wusste nicht, dass es ein so formelles Fest ist.«

»Das ist es auch nicht«, sagte Hjelm. »Für die meisten ist es einfach nur die richtige Art und Weise, einen Mann zu feiern, dem wir vieles verdanken.«

»Ich habe gehört, dass Hultin ein guter Chef war …«

»Erst jetzt, wo ich selbst Chef bin, weiß ich, *wie* gut. Der stramme und gut gekleidete Mann, dem du eben auf den Schlips getreten bist, ist Polizeiintendent Niklas Grundström, Chef der Abteilung für Interne Ermittlungen, also ein Mann, dem man tunlichst nicht auf den Schlips treten sollte. Dann haben wir Ludmila Lundkvist, Dozentin für slawische Sprachen und die Frau deines zukünftigen Kollegen Gunnar Nyberg.«

»Lebensgefährtin«, korrigierte eine dunkle kleine Frau mit schwachem russischen Akzent und nickte der jungen Frau zu. »Gunnar ist der große Kerl dort hinten.«

Der Fotograf machte ein paar Bilder. Die Blitze zuckten durch den Festsaal, als wäre ein mächtiges Gewitter im Anzug.

Der Mann mit der Plastikbrille fuhr fort: »Dann haben wir den Abteilungsdirektor Waldemar Mörner, den formellen Chef der A-Gruppe.«

Der Fotograf erkannte den Mann mit den an ein Toupet erinnernden blonden Locken und ließ einen weiteren Blitz los, dass es um das kreideweiße Lächeln Funken sprühte wie von Wunderkerzen.

»Entzückend«, sagte der Toupetmann und buckelte wie ein Lakai am Hofe Ludwigs XIV.

»Da sieht man's«, sagte die junge Frau und hielt die Erscheinung mit dem Blick fest. »Worüber habt ihr gesprochen, bevor ich hereingeplatzt bin?«

Die Mitglieder der Clique beobachteten einander vorsichtig, um zu sehen, ob jemand sich erinnerte.

Die kleine dunkle Frau mit dem russischen Akzent sagte schließlich: »Kinder, glaube ich.«

»Genau«, sagte der Toupetmann. »Ich habe zurzeit eine Vaterschaftsklage am Hals. Oder wo man sie hat, vielleicht etwas weiter unten.«

»Weiter unten?«, fragte die junge Frau unbedacht.

»Ich habe nicht gesagt, weiter unten am Hals. Weiter unten *als* am Hals, habe ich gemeint. Falls es stimmt, habe ich irgendwo in Dalsland einen fünfundzwanzigjährigen Sohn. Ein interessanter Gedanke für einen Mann, der es eigentlich sein Leben lang ›mit‹ gemacht hat.«

Die junge Frau erkannte, dass sie keine höheren Wellen verursacht hatte, als sie hereingestürmt war. Hier wehte bereits ein frischer Wind. Äußerst sonderbare Bilder traten vor ihr inneres Auge.

Die Übrigen blieben ungerührt – sie kannten offenbar den Toupetmann und seine Schrullen. Der Fotograf machte noch ein Bild. Von dem verblüfften Gesicht der jungen Frau. Sie hatte nichts dagegen.

»Nein«, sagte die russische Frau in sachlichem Ton. »Ich glaube, das Gespräch fing damit an, dass ich zugab, wie mir Kinder fehlen. Vor allem jetzt, wo ich ein paar erwachsene Plastikkinder als Zugabe bekommen habe.«

»Plastikkinder?«, sagte die junge Frau.

»Ist das falsch?«, fragte die Russin besorgt. »Kann man das nicht sagen?«

Der gut gekleidete stramme Mann griff ein: »Da unsere familiären Verhaltensmuster dazu geführt haben, dass Begriffe wie ›Plastikpapa‹ und ›Plastikmama‹ in den Wortschatz aufgenommen worden sind, müsste man auch ›Plastikkind‹ sagen können. Obwohl ich glaube, dass das Wort in

Schweden noch nie benutzt worden ist. Jedenfalls nicht in dieser Bedeutung.«

»Was ist denn ein Plastikpapa?«, fragte der Toupetmann und schien zu befürchten, selbst einer zu sein.

»Mamas neuer Freund«, sagte die Russin bestimmt.

»Aha«, seufzte der Toupetmann erleichtert. »Ja, von Frauen mit Kindern hält man sich natürlich fern. Das ist eine Binsenwahrheit.«

»Obwohl ich glaube«, sagte der Stramme und Gutgekleidete, »dass die Diskussion ganz woanders anfing. Ich glaube, sie begann bei Herrn Waldemar Mörners absoluter Unfähigkeit, an genetische Codes zu glauben.«

»Nun wollen wir mal nicht so sein«, sagte der Toupetmann gutmütig.

Der Gutgekleidete ignorierte ihn und wandte sich lächelnd der jungen Frau zu. »Wir können ja die Gelegenheit nutzen und die Überraschungsstripperin testen.«

»Sag bloß, Niklas«, platzte der Mann namens Hjelm heraus, »du warst die ganze Zeit auf Rache aus.«

»Nur ein bisschen«, gestand der Gutgekleidete und ließ ein unerwartet helles Jungenlachen hören. »Aber es ist auch ein Spiel, ein Detektivspiel. Die Fähigkeit, Anhaltspunkte aufzuschnappen. Denn es hat schon ein paar gegeben. Dies hier ist auch einer.«

»Okay«, sagte die junge Frau ruhig. »Die Überraschungsstripperin ist bereit.«

Der Gutgekleidete fixierte sie und wählte seine Worte sorgfältig: »Welches oder welche von den Kindern sind meine?«

Die junge Frau sah ihn überrascht an und blickte dann in den Saal. Der Fotograf folgte ihrem Blick. Es waren viele Kinder, aber sie waren ziemlich leicht zu sortieren. Ein kleiner dunkelhaariger Junge von etwa acht Jahren. Vier braune Kinder, deren schwarze Mutter leicht zu erkennen war. Vier sehr blonde, hellhäutige Kinder. Nein, fünf, wenn man das große Mädchen mitzählte, das mit einem ungefähr gleichaltrigen dunkelblonden Mädchen an einem Tisch saß und maulte. Dazu ein kleines Bündel auf dem Bauch eines dunkelhäutigen Mannes sowie zwei kleine Mädchen mit länglichen Gesichtern, die umhertapsten und mit Rasseln aufeinander einschlugen.

Die junge Frau beobachtete die Kinderschar eine ganze Weile und überlegte. Der Fotograf knipste ein Bild. Mit der verschmitzt lächelnden Gruppe im Hintergrund. Es wurde das drittbeste Bild des Tages.

Dann drehte sie sich um und sagte: »Das Mädchen am Tisch. Die Dunkelblonde, die so sauer ist.«

Der Gutgekleidete klatschte triumphierend in die Hände.

Der Mann namens Hjelm schob die Plastikbrille in die Stirn und sagte: »Auf gewisse Weise ist es richtig. Da und nirgendwo sonst hat diese Diskussion angefangen. Nämlich mit meiner Prahlerei, dass es mir gelungen ist, meine Tochter Tova mitzubringen. Eine unwahrscheinliche Leistung.«

Die junge Frau beobachtete ihn und runzelte die Stirn. Dann wandte sie sich fragend an den Gutgekleideten, der sich noch immer erfreut die Hände rieb. Er betrachtete sie eine Weile – lange genug, um sie dazu zu bringen, erste Anzeichen von Irritation zu zeigen.

Das war das Signal.

»Es sind die kleinen schwarzen«, sagte er.

Da lachten sie laut. Allesamt.

Sie lachte am lautesten von allen.

»Dann ist jetzt der Zeitpunkt für etwas ganz anderes gekommen«, sagte der Toupetmann und faltete ein zerknittertes Papier auseinander, das er aus seiner Tasche gefischt hatte. »Jan-Olov!«, rief er unnötig laut. »Es ist an der Zeit, dass ich ein paar passende Worte sage! Als Dank für die gemeinsamen Jahre!«

Die Kamera war jetzt auf die Hauptperson des Abends gerichtet und holte den Jubilar mit dem Zoom heran, wie er, den Arm um eine gut erhaltene ältere Frau gelegt, zehn Meter entfernt unter dem Spruchband stand. Es wurde ein Foto der wahrlich entlarvenden Gesichtsausdrücke.

Das zweitbeste Bild des Tages.

Selten war eine so große Nase so gerümpft.

Der Toupetmann stieg geschmeidig auf einen Stuhl, um von da aus weiter auf den Tisch zu klettern. Leider stand eines der Stuhlbeine auf einem kleinen Feuerwehrauto, sodass der Stuhl rasant zur Seite glitt. Das rechte Bein des Mannes war bereits auf dem Tisch, und das linke rutschte zurück, sodass er in einer Position landete, die man als Spagat bezeichnen musste. Da zog er das linke Bein an sich, bekam es unter den Tisch und riss es heftig hoch. Der ganze Tisch hob ab und schwebte einen Augenblick direkt über ihm, während er waagerecht in der Luft lag.

In dem Moment machte der Fotograf das beste Bild des Tages.

4

Gedankenlesen, dachte er. War so etwas wirklich möglich? Und wenn ja, passierte es ihm gerade? Saß da draußen jemand und zoomte seine Gedanken heran und lachte darüber, wie klein sie waren? Darüber, wie sie sich wiederholten?

Denn das war jetzt fast der einzige Gedanke, der ihn beschäftigte.

Am Tage war er ein wenig lächerlich. Dann konnte er selbst darüber lachen. Aber nachts entwickelte er sich zu einer Heimsuchung. Da war für Lachen kein Platz.

Keinerlei Platz.

Eng. Alles war inzwischen eng. Nirgendwo gab es Platz. Nachts rückten die Wände so dicht heran.

Er war noch nie zuvor in der Nähe einer Haftanstalt gewesen. So etwas hatte in seiner Vorstellungswelt kaum existiert. Es ging irgendwo anders vor sich. Auf der Schattenseite der Gesellschaft. Wohin die Blicke gewöhnlicher Menschen nie gelangten.

Und er durfte sich wohl als einen ziemlich gewöhnlichen Menschen bezeichnen. Ein Haus in Bagarmossen. Nichts Extravagantes. Eine ziemlich normale Familie mit Kindern im Teenageralter und allzu intensivem Kontakt mit den Nachbarn. Journalist, ohne sich direkt hervorzutun. Ehrenauftrag nach ein paar Jahrzehnten bei einem der Stockholmer Boulevardblätter. Ungefähr wie eine goldene Armbanduhr.

Und es sollte so einfach werden. Endlich ein richtiger Selbstgänger. Drastisch verringerte Redaktionsarbeit, keine trostlosen Reportagereisen mehr, keine versauten Wochenenden. Überhaupt ein bisschen weniger Anstrengung. Zwei

Fernsehchroniken pro Woche, und das würde fast seinen Vollzeitjob abdecken.

Wie geschmiert würde es laufen, die gut zehn Jahre bis zu seiner Pensionierung. Eine angenehme, beneidenswerte Existenz.

Er war kein Intellektueller, kein Kultursnob, kein Intelligenzaristokrat. Er war ein ganz gewöhnlicher Journalist, der die Feuilletonseiten verachtete und sie als Luxus betrachtete. Täglich bediente er sich des sogenannten Feuilletonseitengriffs, was bedeutete, mittels einer speziellen Umblättertechnik das Feuilleton zu überblättern, ohne auch nur daran zu denken.

Nein, er war ein höchst normaler Journalist mit Wertvorstellungen, die seiner Meinung nach recht gut mit denen des durchschnittlichen Schweden übereinstimmten. Er war ein weißer Mann aus der Mittelschicht in den fortgeschrittenen mittleren Jahren, dessen Frau ihm täglich Essen machte, der das Militär, den Automobilismus und den Industrialismus verteidigte, der Fußball und Leichtathletik im Fernsehen und Strömlingfischen in der Wirklichkeit liebte, der dann und wann ein paar Hunderter auf Pferde setzte und davon überzeugt war, dass mindestens fünfundneunzig Prozent der Verbrechen im Lande von bekifften Einwanderern verübt wurden. Er hatte durchaus die Voraussetzungen dafür, wie geschmiert durchs Leben zu surfen.

Wie mit einem Lottogewinn, ungefähr.

Okay, er hatte seinerzeit nicht besonders viel ferngesehen. Filme und Sport und einzelne Unterhaltungsprogramme im staatlichen Fernsehen. Seine Stimme sollte ›Volkes Stimme‹ repräsentieren, neben den Stimmen der kenntnisreichen Experten. Die Redaktion hatte sich wohl die eine oder andere leichtsinnige Verteidigung lockerer Unterhaltung vorgestellt.

Ungefähr wie in der eigenen Zeitung.

Und so fing er an fernzusehen. Viel. Er sah Tag und Nacht

fern. Alle Kanäle. Es war Teil seiner Arbeit. Ein Digitalfernseher als Gehaltsaufbesserung.

Der erotische Traum des Schweden.

Und trotzdem kam es, wie es kam.

Ohne zu verstehen, wie und warum und aus welchen Tiefen, baute er den allerheiligsten Zorn auf, den er je in seinem ganzen normal temperierten Leben empfunden hatte.

Er traute seinen Augen nicht.

War es tatsächlich möglich, dass dies das Leben so vieler Menschen bestimmte? Dieser – Mist war eine zu schwache Bezeichnung. Er fand keinen Ausdruck, der niedrig genug war. Er konnte sich nicht damit abfinden, dass etwas Derartiges in die menschliche Sphäre eingedrungen war.

Und er hatte geglaubt, recht abgestumpft zu sein. Auf festem Grund und Boden.

Es war einfach sagenhaft, was da vierundzwanzig Stunden lang ins Bewusstsein der Menschen geflimmert wurde. Konstant verdummende Werbung mit kurzen Unterbrechungen für noch mehr verdummende Programme. Soaps, Dokusoaps, Spiel- und Quizprogramme, Sexsofas mit Pseudopromis, sogenannte Dokumentationen bar jeder Recherche, immer dürftigere Sportproduktionen. Sogenannte Formate, die wahllos für Fantasiesummen aus allen Ländern gekauft wurden. Die Werbung erschien plötzlich als ein versöhnlicher Zug des Mediums.

Wie kam es, dass die gesamte westliche Welt in nur wenigen Jahren jedes grundlegende Gefühl für Qualität verloren hatte?

Plötzlich war ihm klar – wie in einer religiösen Offenbarung –, dass die Geschichte diese Epoche als verloren einstufen würde. Eine tote Zeit. In der Generation auf Generation mental eingeschläfert wurde – mit Billigung der Regierungen. In der Kinder nie die Chance bekamen, erwachsen zu werden, und Erwachsene zu Kindern degradiert wurden – allerdings zu Kindern ohne jede Kreativität oder Intelligenz. Ohne all das, was Kindheit eigentlich bedeutet.

Seine erste Fernsehchronik gestaltete sich zu einer rasenden Attacke gegen das auf Werbung basierende Fernsehmedium ganz allgemein. Es war die erste seit undenklichen Jahren. Ein Text, der sich so drastisch vom Rest der Zeitung abhob, dass er eine enorme Durchschlagskraft bekam.

Es war Zufall, dass er nicht rausgestrichen wurde. Der Redakteur musste ganz einfach gepennt haben.

So kam es, dass ausgerechnet er – gegen jede Wahrscheinlichkeit – zum Feind Nummer eins der Fernsehindustrie wurde. In einer der größten Tageszeitungen des Landes, einer der am meisten gelesenen Publikationen aller Kategorien.

Zuerst bekam die Redaktion einen Schluckauf. Der Chefredakteur beschimpfte ihn nach allen Regeln der Kunst und feuerte ihn kurzerhand. Dann kamen die Reaktionen – auf den Feuilletonseiten, nun gut, doch vor allem von sogenannten Normalbürgern, Menschen, wie er selbst einer war. Endlich, hieß es, endlich jemand, der kein Blatt vor den Mund nahm und das aussprach, was man die ganze Zeit dachte, im Grunde aber zu denken nicht das Recht hatte.

Dass das ganze Land mit Schund gefüttert wurde. Als ob es Nahrung wäre.

Und er durfte weitermachen. Er saß zu Hause und wälzte Selbstmordgedanken und grämte sich, als der Chefredakteur anrief und sich entschuldigte. Statt der Entlassung bekam er eine ordentliche Gehaltserhöhung. Plötzlich saß er im Fernsehen und sagte direkt in die Kamera, dass alle aufpassen müssten, dass es so nicht weitergehen könne. Und seine Fernsehchroniken wurden Schwedens meistgelesene Texte.

Es war fast so, als ob ein einzelner Mensch alles verändern könnte.

Nach einiger Zeit kristallisierte sich eine ganz besondere Zielscheibe heraus. Ein Hassobjekt. Seine Chroniken richteten sich mehr und mehr auf die selbstständigen Fernseh-Produktionsgesellschaften im Allgemeinen und auf eine von ihnen im Besonderen.

Es waren die freien Produktionsgesellschaften, die ›Formate‹ aus den USA kauften. Hinter dem irrwitzigen Begriff verbarg sich so etwas wie eine Programmidee. Niemand in Schweden wagte mehr, eigene Vorstellungen davon zu haben, wie Fernsehprogramme gestaltet sein sollten – so etwas musste von Marktführern mit extrem kostspieligen Zuschauerbefragungen im Rücken durchgeführt werden. Stattdessen importierte man lausige amerikanische Ideen, deren Markttauglichkeit schon mit fein geschliffenen wissenschaftlichen Instrumenten getestet worden war. Die Instrumente wiederum hatte man an privat gesponserten Universitäten entwickelt und zielbewusst an der Öffentlichkeit mit der absolut geringsten Allgemeinbildung der westlichen Welt getestet. Dem Kanonenfutter. Den biologischen Einheiten, als deren Lebensaufgabe festgesetzt worden war, hinter den Kapitalstarken die Aufräumarbeiten zu machen und – falls erforderlich – in den Kriegen der Kapitalstarken den Heldentod zu sterben. Die mit Fernsehen gemästet werden sollten. Gefüttert und verarztet und in Schach gehalten wie Schweine in ihren Verschlägen. Fleisch auf Zuwachs. Es galt, sie am Leben und gleichzeitig passiv zu halten. Dafür zu sorgen, dass sie unter keinen Umständen auf die Idee kamen, ihre Boxen zu verlassen und über ihr Leben und ihre Lebensumstände nachzudenken. *Künstliches Engagement* lautete die Losung. Darauf achten, dass die Gehirne nicht völlig eintrockneten, aber gleichzeitig aufpassen, dass jedes Engagement in garantiert harmlose und werbeempfängliche Bereiche umgelenkt wurde. Dass dann der einzige Protest des Publikums in Gewichtszunahme bestand – dem Anschwellen zu grotesken Proportionen –, konnte als gesunder passiver Protest akzeptiert werden.

Und jetzt stieg auch das Durchschnittsgewicht des Europäers an, nicht zuletzt das des Schweden, und zwar in rekordverdächtigem Tempo. Bei Kindern ebenso wie bei Erwachsenen.

Alles in diesen ›Formaten‹ – wirklich alles – war darauf angelegt, so viel Zuschaueraufmerksamkeit wie möglich auf die Werbung zu lenken. Die Programme wurden so gestaltet, dass so viele und so lange Werbepausen wie möglich eingefügt werden konnten, ohne dass der Zuschauer einen Unterschied merkte. Qualität war seit langem schon identisch mit der Einschaltquote.

Diese Sichtweise wurde jetzt von den freien Produktionsfirmen blind auf das schwedische Fernsehen übertragen. Und eine Produktionsfirma war ihm besonders aufgefallen. Sie war immer die schlimmste. Jedes Mal, wenn man glaubte, der Tiefpunkt sei erreicht, kein neuer Niedrigwasserstand sei mehr vorstellbar, war Kalastelevision zur Stelle und versetzte die Welt in Staunen. Dieser Sender war auch der mutigste – allgemein bewundert für die Fähigkeit, neue ›Formate‹ zu schaffen. Echt schwedische ›Formate‹.

Die wiederum ins Ausland verkauft wurden. Doch nicht in die USA.

Dokusoaps waren zwar nichts Neues mehr – seit vielen Jahren hatten die Zuschauer sich daran gewöhnt, Zeitgenossen dabei zuzuschauen, wie sie in den künstlichsten und erniedrigendsten Situationen hochgeschraubte Versionen ihrer selbst spielten – aber die neue Dokusoap von Kalastelevision hatte ihn an die Decke gehen lassen. Ganz im Ernst. Es reichte nicht mehr zu schreiben – plötzlich musste gehandelt werden.

Das war sein Sturz.

Und der war tief.

Die neue Dokusoap von Kalastelevision hieß ›Makeover‹ und spielte in einem schwedischen Großkrankenhaus.

Zahlreiche schwedische Krankenhäuser befanden sich wirtschaftlich derzeit in einem eigenartigen Zustand, sie waren teils staatlich, teils in Privatbesitz. Eine unglaublich lukrative Grauzone, deren Struktur so diffus wie die Verteilung glasklar war: Geld wurde aus dem öffentlichen Sektor zu diversen Aktieninhabern hinübergepumpt. Vollkommen einseitig. Die Provinzregierungen, verantwortlich – zumindest offiziell – für das Gesundheitswesen im Land, wurden häufig von einer Partei geführt, die die Provinzregierungen abschaffen und das Gesundheitswesen privatisieren wollte. Dieses Paradox gipfelte darin, dass man mehr oder weniger bewusst die Provinzregierungen in den Konkurs trieb. Um zu zeigen, dass sie nicht funktionierten. Der Auftrag lautete ganz einfach, so schlechte Arbeit wie nur irgend möglich zu leisten. In krassem Widerspruch zu den Gesetzen des Landes verkaufte man bedenkenlos Krankenhäuser, die folglich im gelobten Gebiet der Grauzone landeten, wohin alle Aktieninhaber strebten, weil man dort ganz einfach viel mehr Geld von den Bürgern geschenkt bekam. Viel näher konnte man einem echten, altmodischen Monopol nicht kommen. Da lagen sie, wiewohl in einer juristischen Zwickmühle, in einem catch 22 der Öffentlichkeit, sanktioniert von der Provinzregierung, nicht sanktioniert vom Gesetz, und zogen Knete an Land. Je länger dieser catch 22 anhielt, desto besser. Und am Ende des langen, hellen Tunnels offenbarte sich ein anderes, noch klareres Licht: ein rein privates Gesundheitssystem. Zu dem alles längst tendierte. A-Krankenhäuser für Kapitaleigner und erlesene Angestellte, B-Krankenpflege für alle anderen. Es bedurfte großer Anstrengungen, diese Entwicklung aufzuhalten. Alles war schon vorbereitet.

In einem dieser Krankenhäuser spielt ›Makeover‹. Kalastelevision hatte sich in die Stationen für plastische Chirurgie eingekauft und sie für ein halbes Jahr belegt. Zwanzig Personen, die mit ihrem Aussehen unzufrieden waren, hatte man aus Tausenden und Abertausenden Bewerbern ausgesucht. Die Teilnehmer sollten eine vollständige Verwandlung durchlaufen, gratis, ein ›makeover‹, vom Kleidungsstil und der Frisur bis zum Gesicht und zur Körperform. Ungefähr die Hälfte der Bewerber schied aus, ohne eine Chance zu bekommen. Die Woche begann mit einer Abstimmung in der Sonntagssendung ›Makeover – The Selection‹. Sämtliche Kandidaten stimmten anonym darüber ab, wer verwandelt werden sollte. Wer die meisten Stimmen bekam, konnte sein ›makeover‹ beginnen. Die plastischen Chirurgen leiteten die Verwandlung ein. Bierbäuche verschwanden, Nasen wurden halbiert, Doppelkinne lösten sich in Luft auf, Schultern wurden verbreitert, Wangen geliftet, Brüste vergrößert, Penisse verlängert, Lippen aufgefüllt. Dann kamen die Make-up-Künstler an die Reihe, die Friseure und Modedesigner, und am Samstag war es so weit für die große erste Prüfung, die Hauptnummer des Programms: ›Makeover – Lookalike‹, zur besten Sendezeit. Der verwandelte Teilnehmer wurde, zusammen mit acht ›lookalikes‹, also Menschen, die ungefähr ähnlich aussahen, in einen Raum gebracht. Jetzt war ›People's Voice‹ gefragt. Die Zuschauer riefen für je eine Gesprächseinheit neun verschiedene Nummern an, eine Nummer für jede Person im Raum, um zu raten, wer die verwandelte Person war. Ein vor der Verwandlung gemachtes Foto der Person war die ganze Zeit eingeblendet. Wenn man es durch dieses Nadelöhr geschafft hatte – also wenn die Anrufer falsch geraten hatten –, stand man im großen Finale. So ging es weiter, bis zehn Personen übrig waren. Dann folgte ›Makeover – The Final‹. Und nun waren es die Ausgeschiedenen, die mit ihrer ganzen Enttäuschung im Bauch über das beste ›makeover‹ abstimmen sollten. Täglich wurde eine halbe Stunde ›Makeover‹ gesendet, teils mit Szenen vom eigentlichen ›makeover‹ – mit astreinen Operationsbildern –, teils mit Bildern aus den Räumen, in denen die Kandidaten ihre Wartezeit verbrachten. Handfeste Intrigen waren vorab von der Boulevardpresse aufgetischt worden, weil man alles aufgezeichnet hatte. Die chirurgischen Komplikationen waren seit langem finanziell abgeklärt.

Kalastelevision war selbst der Ansicht, man habe die optimale Synthese von Krankenhaussoap und Dokusoap geschaffen.

Mehrere unabhängige Quellen behaupteten, ›Makeover‹ habe das Budget des Krankenhauses verdoppelt, doch die Behauptungen blieben unbekräftigt. Nicht einmal die Wirtschaftsjournalisten, die in der Regel am tiefsten gruben, vermochten sich ein Bild von den finanziellen Transaktionen zu machen.

Er saß allein zu Hause und sah den ersten Teil. Die Familie war verreist. Und er war fassungslos. Er zog auf der Stelle den Laptop heran, um die Tageschronik zu schreiben. Aber seine Hände zitterten mehr als nur ein klein wenig – ein gutes Zeichen, ein Zeichen dafür, dass er engagiert war, angebissen hatte. Nein, seine Hände wurden förmlich geschüttelt. Seine Finger würden nie die richtigen Tasten treffen.

Und plötzlich waren Wörter nicht mehr ausreichend.

Plötzlich erkannte er, dass er weder die Produktionsgesellschaften noch das Medium Fernsehen als solches je würde beeinflussen können. Sie benutzten Wörter nicht auf diese Weise. Als Gespräch. Als Dialog. Stattdessen benutzten sie die Wörter als Maskierung. Sie taten so, als ob sie ein Gespräch führten.

Hier war eine ganz andere Sprache gefordert.

Dann wurde es diffus. Vielleicht fing da das Gedankenlesen an. Von jenem Augenblick an waren seine Erinnerungen verschwommen.

Er wusste noch, dass er eine Pistole in die Tasche legte. Ein altes Stück, noch aus seiner Zeit in der Heimwehr. Er wusste noch, dass er sie geladen hatte. Er wusste sogar noch, dass er schoss. Aber an Menschen erinnerte er sich nicht. An gar keine Menschen.

Und alles war sehr seltsam.

5

Das Reihenhausgebiet lag verlassen da. Verlassen auf die ursprüngliche Art und Weise. Eine archaische Verlassenheit.

Wie der Tod.

Wenn auch nur aus einem einzigen Blickwinkel.

Nämlich dem von Paul Hjelm.

Er saß in seinem schicken neuen Dienstwagen, einem metallicgrünen Volvo S-60, den bisher niemand in Norsborg kannte, und beobachtete das Geschehen aus der Distanz. Vollständig anonym. Vermutlich waren die Nachbarn zur Stelle, genau wie immer, neugierig durch Lücken und Zäune spähend, aber er sah sie nicht. Und sie sahen ihn nicht. So viel Erkundungsgewohnheit besaß er.

Nein. Die Verlassenheit war in unangenehm hohem Grad eine innere Verlassenheit.

Er hätte natürlich nicht da sein sollen.

Nicht genug damit, dass es seine Arbeitszeit war, nicht genug damit, dass alles bis ins kleinste Detail arrangiert war. Er hatte, um das Maß voll zu machen, mit der Sache überhaupt nichts zu tun. Dies war nicht mehr seine Welt.

Aber er konnte nicht anders. Es war seine Art, Abschied zu nehmen. Von einer Epoche. Einer Epoche, die im Großen und Ganzen ein Leben umfasste.

Er hatte nicht viele Erinnerungen an sein Leben vor der Zeit, als er hierher gezogen war. Frisch verheiratet und frisch examiniert und mit dem Ziel, eine Familie zu gründen und ein reibungsloses Leben zu führen. Weiter hatte sein Ehrgeiz kaum gereicht. Aber im Großen und Ganzen hatte es wohl funktioniert. Das war es, was er getan hatte. Auch wenn er das Ende der Fahnenstange nicht ganz erreicht hatte.

Er saß schon dort, als der Möbelwagen zwischen die Reihenhäuser rollte und die lärmenden Möbelpacker dem Mittsommeridyll den Garaus machten. Er saß dort, während sie seine Sachen herausschleppten, die allesamt in einen Müllcontainer geworfen werden sollten. Er saß dort, als sie fluchend und verkatert das Klavier hinauswuchteten; durchs Küchenfenster sah er den Papageien – zweifellos der Einzige, der es vermissen würde – erstaunt hinterherschauen. Er saß da, während die Familie, ein Mitglied nach dem anderen, auftauchte, um ein wenig halbherzig aufzupassen, dass nicht die eigenen Sachen im selben Aufwasch beseitigt wurden. Und er saß noch da, als die Türen des Möbelwagens ein letztes Mal zugeklappt wurden und das Gefährt ein wenig ungestüm zwischen den Rasenflächen davonzischte.

Paul Hjelm hatte dort nichts zu suchen.

Danne war da. Er hatte dort etwas zu suchen. Paul Hjelm spürte einen Stich in seinem schon durchstochenen Herzen, als er sah, wie sein Sohn die CD-Sammlung kontrollierte, um sicher zu sein, dass der Vater keine CDs mitgehen ließ, die ihm nicht gehörten. Danne, der schon ausgezogen war, in eine Studentenwohnung am Roslagstull, die ihm nach zweijähriger Wartezeit zugeteilt worden war, während er wechselnde Fächer an der Uni studierte, immer noch darauf wartend, Polizist zu werden. Dummkopf. Auch Danne war hergekommen, wahrscheinlich als Stütze für die Mutter in einer schweren Zeit.

Und ich selbst? dachte er bitter. Brauche ich keine Stütze?

Sein Leben war mittlerweile eine einzige endlose Trennung. Hatte er nicht ein noch größeres Bedürfnis nach Stütze in einer schweren Zeit?

Es war seine eigene Schuld, würden sie antworten – und er müsste ihnen recht geben. Du hast all diese Trennungen selbst herbeigeführt. Du hast dich entschieden, die A-Gruppe zu verlassen, um Chef der Stockholmsektion der Abteilung für Interne Ermittlungen zu werden. Ein Karrieresprung. Du selbst warst es, der sich entschieden hat, Mama zu verlassen und in die Stadt zu ziehen. Du hast nur auf diesen Augenblick gewartet.

Du hast nie richtig in dieses Reihenhausviertel gepasst.

Aber stimmte das wirklich? Wer von ihnen wollte sich scheiden lassen? Wollte sich überhaupt jemand scheiden lassen?

Man kann immer weiterkämpfen, dachte er, während er seiner Tochter Tova zusah, wie sie eine Tüte mit Schmutzwäsche nach der anderen durchwühlte. Tova würde noch zwei Jahre zu Hause wohnen. Hätten sie nicht bis dahin warten können? Er betrachtete sein jüngstes Kind mit Sorge. Erwachsen oder nicht erwachsen, das war hier die Frage. Genau an der Grenze. Was würde eine Scheidung gerade jetzt, in diesem Übergangsstadium, bei ihr auslösen?

Es gab keine Antworten. Vielleicht würde jahrelange Therapie erforderlich sein, um der Folgen Herr zu werden. Vielleicht war es nur gut fur sie.

Vielleicht war die lebenslange Paarbeziehung ganz einfach nicht möglich, dachte er bitter und sah Cilla aus dem Haus treten und stehen bleiben. Sie stellte sich in den mäßig gepflegten kleinen Garten. Sie stand nur einfach da und sah den Möbelpackern zu, die etwas bisher ziemlich Abstraktes in etwas sehr Konkretes verwandelten. Eine konkrete Abwesenheit. Sie war viel zu weit weg, als dass er ihren Gesichtsausdruck hätte erkennen können, aber Erleichterung war es nicht, so viel meinte er sehen zu können. Eher eine Art recht kühl zur Kenntnis genommener Schmerz.

Jaha, so wird es sich also anfühlen.

Sie war so schön mit ihrem blonden zerzausten Haar, das von der milden Mittsommersonne beleuchtet wurde, eine kleine, magere Engelsgestalt in seinem – seinem – riesigen alten Morgenmantel. Vermutlich hatte sie Nachtschicht gehabt.

Cilla.

Jetzt brauchte er jedenfalls nicht mehr auf ihre komplizierten Arbeitszeiten Rücksicht zu nehmen, dachte er und war dem Weinen nahe. Dann dachte er: Nun wirf ihn schon fort! Wirf den Morgenmantel in einen Umzugskarton, und steh nackt da. Er gehört mir. Du stehst da und siehst so unschuldig aus, während du höchst aktiv meinen Morgenmantel stiehlst.

War dies hier wirklich richtig? dachte er, als sie sich umwandte und sich langsam wieder ins Reihenhaus zurückzog. War es wirklich notwendig gewesen? Er und Cilla, die gemeinsam so viel Schweres durchlebt und neu angefangen und sich wieder zusammengerauft hatten und wieder aufs richtige Gleis gekommen waren. Und dann dieser Kollaps. Dieser Schiffbruch. Warum?

Macht.

Als die Türen des Möbelwagens ein letztes Mal zugeklappt wurden und das Gefährt ein wenig ungestüm zwischen den Rasenflächen davonzischte, dachte er erneut: Vielleicht ist die lebenslange Paarbeziehung ganz einfach nicht möglich. Vielleicht beruht die Idee der Kleinfamilie auf einer Hierarchie, für die es keine Grundlage mehr gibt. Wir versuchen, in den familiären Mustern einer entschwundenen Zeit zu leben, und statt einer klar geregelten Arbeitsverteilung haben wir einen endlosen, zersetzenden Machtkampf bekommen. Den infizierten Machtkampf der Gleichstellung.

Dass es zwischen uns immer zerrüttet sein muss.

Nur weil wir endlich gleich sind.

Er blickte dem Möbelwagen nach, bis die schwarze Abgaswolke verflogen war. Wenn er heute Abend von der Arbeit nach Hause käme, würde die neue Wohnung nicht mehr scheidungsleer sein. Die alten Sachen würden in chaotischer Unordnung dastehen und ihn an die Vergangenheit erinnern. An die Zeit, als er eine Familie hatte.

Und Chaos würde sein Name sein.

Sein Blick wanderte über den dürftigen Miniaturgarten. Er lag verlassen da. Verlassen auf die ursprüngliche Art und Weise. Eine archaische Verlassenheit.

Wie der Tod.

Er ließ den Motor an, schob die Brille in die Stirn, warf einen Blick auf die Armbanduhr, legte die Aktenmappe auf dem Beifahrersitz zurecht und zupfte den Schlips gerade.

Und dachte: Nein.

Dann fuhr er davon.

6

Es war nicht ganz unproblematisch, seinen Sohn am Tag, an dem man den Posten als Chefin einer der Eliteeinheiten der Polizei antrat, mit zur Arbeit zu nehmen. Anderseits galt es, ein Zeichen zu setzen – die Spezialeinheit beim Reichskriminalamt für Gewaltverbrechen von internationalem Charakter, bekannt als die A-Gruppe, wurde mittlerweile von einer alleinerziehenden Mutter geleitet, und wenn man das nicht hinbekam, hatte man dort nichts zu suchen.

Wenn Kerstin Holm allerdings ganz ehrlich sein wollte, so war das eine nachträgliche Konstruktion. Es war in Wirklichkeit viel einfacher. Sie hatte nur keine Ferienbetreuung für ihren achtjährigen Sohn Anders Holm gefunden. Sie hatte nicht die Zeit gehabt, hatte es nicht geschafft, den komplizierten Prozess in die Wege zu leiten, ja, sie hatte nicht einmal geahnt, dass es ein so komplizierter Prozess war. Der Juni war ein anstrengender Monat gewesen.

Formell hatte sie den Posten schon zum ersten Juni angetreten, doch da hatte ihr Vorgänger, der legendäre Jan-Olov Hultin, noch parallel mit ihr gearbeitet, bis zu dem Tag, an dem er offiziell in Pension ging, und das war gestern gewesen. Sonntag, der sechzehnte Juni. Er hatte ihr zwei Wochen Hilfestellung geleistet. Erst heute war er endgültig fort. Obwohl er versprochen hatte, immer zur Verfügung zu stehen, ›nie mehr als drei Meter vom Handy entfernt‹.

Sie sah hinaus auf den Hof des Polizeipräsidiums, zu dem sich die kristallklare Mittsommersonne auf unergründlichen Wegen Zugang verschafft hatte. Es sah nicht aus wie gewöhnlich. Irgendetwas war schief. Etwas irritierte sie. Sie überlegte schon seit geraumer Zeit, was es sein mochte.

Es war die Perspektive.

Erst heute war sie in Hultins Zimmer gezogen. Der Raum lag nur einige Zimmer entfernt von ihrem alten, sodass die Perspektive nur leicht, ganz leicht verschoben war. Doch es reichte aus, den täglichen Ruhepunkt für den Blick zu verändern.

So sah die Chefperspektive aus.

Der Raum war leer, bis auf die Standardeinrichtung: Schreibtisch, Telefon, Computer, Fax, Drucker, Kaffeemaschine. Die Wände waren kahl wie Hultins Schädel. Es war ein Zimmer, das sich nicht im Geringsten von ihrem alten unterschied. Außer dass sie allein war.

Früher hatte sie das Zimmer mit Gunnar Nyberg geteilt, der damals noch den Ehrentitel Schwedens größter Polizist trug, und es war ziemlich eng gewesen. Dann waren die A-Gruppen-Karten neu gemischt worden, und das ein wenig logischere Paar Kerstin Holm/Paul Hjelm hatte das Licht des Tages erblickt. Der Betrieb Jalm & Halm auf Englisch.

Im Dezember vergangenen Jahres war dieser Betrieb gesprengt worden, als Hjelm zum Leiter der Stockholmsektion der Abteilung für Interne Ermittlungen ernannt wurde.

Als einziger Bewerber, wie sie in Gesprächen mit dem genannten Potentaten zu ergänzen pflegte.

Sie hatte sich nämlich selbst bewerben sollen, aber es war etwas dazwischengekommen.

Ihr Leben.

Sie hatte es jahrelang verlegt. Aber jetzt war es wieder am Platz.

›Wieder‹ war bei genauerem Hinsehen zu viel gesagt. Jetzt war es am Platz. Punkt.

Das vergangene knappe Jahr war die überwältigendste Zeit ihres Lebens gewesen. Sie hatte ein Kind bekommen. Und das Kind war acht Jahre alt.

Es war viel zu kompliziert für ein armes kleines Hirn, daran zu denken, und so ließ sie die Sache auf sich beruhen.

Sie blickte jedenfalls auf ihre linke Hand und stellte fest, dass die Frühjahrssonne endlich alle Spuren des alten Verlobungsrings ausgelöscht hatte. Sie hatte nicht in ein Solarium gehen wollen. Der weiße Ring auf ihrer Haut musste auf natürliche Weise verschwinden. Es war eine kleine Fixierung. Hoffentlich die letzte.

Sie hatte eine Therapie gemacht. Einen vorsichtigen Versuch. Und es hatte sich gut angefühlt. Wie Pflaster auf Wunden, die auch von allein heilen würden. Um die Bakterien fernzuhalten.

Sogar die Gleichnisse änderten sich, wenn man Kinder bekam. Anders hatte eine Tendenz, sich Schürfwunden an den Knien zu holen. Unfehlbar. Und immer wollte er Pflaster haben, fast so, als holte er sich die Schürfwunden, um die bunten Pflaster betrachten zu können. Pflaster gab es mittlerweile in den abenteuerlichsten Formen und Farben. Das zumindest hatte sie im vergangenen Jahr gelernt.

Er saß auf dem zweiten Stuhl am Schreibtisch und zeichnete. Autos, immer Autos, und immer vor dem Hintergrund einer Stadtsilhouette. In Bewegung. Immer in Bewegung, immer auf dem Weg von einem Ort zum anderen. Zu einer Stadt. Als verarbeitete er seine Erlebnisse.

Aber vielleicht legte sie zu viel hinein.

Was sie aber mit unumstößlicher Sicherheit wusste, war, dass sie ihn liebte. Auf eine Weise, zu der fähig zu sein sie bezweifelt hatte. Vorbehaltlos.

Merkwürdig war, dass er nicht mehr schonisch sprach. Er hatte das Leben gewechselt und die Gelegenheit genutzt, den Dialekt zu wechseln. Sie fragte sich, ob dieser Prozess so unkompliziert war, wie es den Anschein hatte. Sie redeten viel darüber, redeten überhaupt viel miteinander, waren in einem langen und ständig fortgesetzten Gespräch begriffen.

Es war wie der Heilungsprozess selbst. Die Therapie war das Pflaster auf der Wunde.

Um die Gleichnisse nicht zu stark zu variieren.

Sie schüttelte sich und rief sich zur Ordnung. Es war vieles vorzubereiten. Eine kleine Antrittsrede vor der umgebildeten A-Gruppe. Und danach galt es, an dem aufsehenerregendsten Mordfall des Landes seit langem weiterzuarbeiten. Seit den Machtmorden, dem ersten Fall der A-Gruppe, als ein Serienmörder Wirtschaftsgrößen ausgeknipst hatte.

Der jetzige Fall lief unter dem Namen ›Fernsehmord‹ und war, ehrlich gesagt, ziemlich trist. Doch obwohl er im Großen und Ganzen aufgeklärt und erledigt war, nahm der Fall in den Medien einen extrem breiten Raum ein. Ständig brachte die Presse neue Theorien, ständig neue Betrachtungsweisen und Aspekte. Unerschöpflich. Fernsehkritiker ermordet Fernsehchef. Konnte man sich etwas Lukrativeres vorstellen?

Ein paar alte Fälle waren noch nicht abgeschlossen und mussten weiterbearbeitet werden. Sie würde die Arbeit nicht mehr als notwendig beeinflussen. Das Chefideal hatte sie an einer unerwarteten Stelle gefunden. Bei den Schiedsrichtern in den Spielen der gerade stattfindenden Fußballweltmeisterschaft. Die besten Schiedsrichter beeinflussten die Spiele dadurch, dass sie unbemerkt blieben. Die schlechtesten traten aufdringlich in Erscheinung. Und bei den Schiedsrichtern gab es auffallende Niveauunterschiede.

Okay, sie sah sich die Fußball-WM an, ziemlich oft sogar. Jetzt war es raus – jetzt hatte sie es zugegeben. Auch vor sich selbst.

Ich, Kriminalkommissarin Kerstin Holm, sehe ziemlich viel Fußball-WM.

Wie einfach es war.

Im Augenblick lief das prestigeträchtige Achtelfinalspiel zwischen Mexiko und den USA, darauf musste sie verzichten, doch ein wenig später, am Nachmittag, würde sie versuchen, heimlich Brasilien gegen Belgien zu sehen.

In Ermangelung Schwedens, das den gestrigen Vormittag dazu genutzt hatte, gegen Senegal auszuscheiden. Ein Anflug von Staatstrauer hatte das Abschiedsfest zu Ehren von Jan-Olov Hultin begleitet.

Und morgen wartete das Spitzenspiel Südkorea gegen Italien.

Sie machte sich weniger Sorgen um ihre eigene Führungsrolle – sie war schon so lange dabei und kannte die Arbeit der Gruppe in- und auswendig –, sondern um das neue Erscheinungsbild der A-Gruppe.

Der harte Kern von alten Hasen bestand weiter. Gunnar Nyberg, Arto Söderstedt, Viggo Norlander. Und Sara Svenhagen, die aus ihrem Mutterschaftsurlaub zurückgekehrt war.

Raus aus dem Spiel waren Jan-Olov Hultin, Paul Hjelm, Jorge Chavez und – Kerstin Holm. Keiner der vier war leicht zu ersetzen. Alle zählten zu Schwedens hervorragendsten Kriminalisten.

Das alte Gespann Hjelm und Holm, die einst auch ein kurzes, aber intensives Verhältnis gehabt hatten, war nur noch Erinnerung. Manchmal drohte das Gefühl des Verlusts sie zu überwältigen.

Sie gab sich einen Ruck und fuhr fort in ihren Überlegungen.

Zwar hatte Jorge Erziehungsurlaub und würde zurückkommen, doch gerade jetzt kam es ihr so vor, als wären alle Spitzenleute fort. Bis auf Arto Söderstedt, der, wie sie aus der Perspektive der Chefin zugeben musste, ein ganz außerordentlicher Ermittler war. Er würde eine besonders schwere Last zu tragen haben, und das wusste er. Sie hatte ein langes Gespräch mit ihm geführt. Ein erstes Gespräch als Chefin. Wahrscheinlich imitierte sein ironisches Lächeln ihr eigenes.

Es war Söderstedt gewesen, der die Initiative für das gestrige Überraschungsfest zu Ehren von Hultin ergriffen hatte. Wer sonst würde auf den Gedanken kommen, einen provisorischen Festsaal im dritten Stock des Polizeipräsidiums mit einem Spruchband mit dem in knallroten Buchstaben geschriebenen Text ›Endlich! Hultin geht in Pension!‹ zu schmücken?

Es war auch ein sehr gutes Gefühl, Sara wieder in der Gruppe zu haben. Sara schritt von Klarheit zu Klarheit. Nicht zuletzt in ihrem großen Fall, der auf so unheimliche Art und Weise auch sie selbst, Kerstin Holm, einbezogen hatte.

›Auch viele Wasser löschen die Liebe nicht.‹

Sara Svenhagen war dreißig, hatte aber schon eine lange und aufreibende Dienstzeit bei der Abteilung für Kinderpornografie bei der Reichskriminalpolizei hinter sich. Vor einigen Jahren hatten sich ihre Wege mit denen der A-Gruppe gekreuzt, und nicht genug damit, dass sie eine von ihnen wurde, sie heiratete auch noch den berüchtigtsten Junggesellen der Gruppe, den einen Kopf kleineren Jorge Chavez, und hatte jetzt ein Kind mit ihm. Im Mai war sie aus ihrem Mutterschaftsurlaub für die kleine Isabel zurückgekommen. Es war unschätzbar.

Aus der Chefperspektive konnte sie auch zugeben, dass der Ersatz für Paul Hjelm nicht unbedingt ein Volltreffer war. Hjelm zu ersetzen, war ohnehin kaum vorstellbar, aber Jon Anderson war problematisch.

Es störte sie, dass sie nicht an der Besetzung der Stelle beteiligt worden war. Hultin musste schon damals gewusst haben, dass sie in absehbarer Zeit das Ruder übernehmen würde, und da hätte sie wohl damit befasst werden sollen. Stattdessen kam es als Überraschung. Ein dürrer und sozial leicht behinderter Fünfundzwanzigjähriger ohne größere Meriten, der aus Uppsala rekrutiert worden war. Und dabei hatte Hultin früher bei der Rekrutierung für die A-Gruppe ein so großartiges Fingerspitzengefühl bewiesen.

Sie hatten in der Übergangsphase ein langes Gespräch über dieses Thema geführt, hier in diesem Zimmer. Sie hatten auf Hultins inzwischen abtransportiertem, aufgrund seines Widerwillens gegen vertrauliche Gespräche so gut wie unbenutztem Sofa gesessen. Sie erinnerte sich an fast jedes Wort.

»Ich weiß, Kerstin«, hatte Hultin gesagt und die kleine Eulenbrille in die Stirn geschoben. Und weil bei diesem Manöver eine ansehnliche Strecke zu bewältigen war, dauerte es eine gute Weile.

»Deine späte Einsicht soll mich also trösten?«, hatte Kerstin Holm grimmig entgegnet. »Willst du das sagen?«

»In gewisser Weise«, sagte Hultin unparteiisch. »Aber wenn es sich um späte Einsicht handelt, dann ausschließlich in Bezug darauf, dass du an der Entscheidung hättest beteiligt werden müssen. Aber das war im November. Ich war nicht sicher, ob Paul die Stelle bei der Internabteilung bekommen würde. Und noch weniger sicher, dass du meine Stelle bekämst. Da hätten alle damit befasst werden müssen, und ganz so demokratisch bin ich nun doch nicht. Ist die Polizei nicht. Warum wird er übrigens ›Yes‹ genannt? Was ist das für ein Quatsch?«

»Das ist eine lange Geschichte«, sagte Kerstin Holm, die mit ihren Gedanken woanders war. »Aber ich kann dir garantieren, dass es vollständig harmlos ist.«

»Na dann«, sagte Hultin erleichtert. »Ich bedaure auf jeden Fall, dass du bei der Entscheidung nicht mitreden konntest.«

»Deine nachträgliche Einsicht betrifft also nicht Jon Anderson selbst? Was hast du an ihm gesehen, was ich nach einem halben Jahr noch nicht sehe?«

»Was der A-Gruppe gefehlt hat.«

»Und was ist das?«

»Ich sollte wohl antworten: Das musst du selbst herausfinden. Es ist die Sache jedes Chefs, aus seinen Mitarbeitern das Bestmögliche herauszuholen.«

»Aber so antwortest du nicht.«

»Nein«, sagte Jan-Olov Hultin. »Ich antworte gar nicht.«

Kerstin Holm, frischgebackene Kriminalkommissarin, lehnte sich in dem sonderbaren IKEA-Ledersofa zurück und sagte nachdenklich: »Jon Andersons Persönlichkeit unterscheidet sich drastisch von dem informellen und ziemlich legeren Stil, der bisher in der A-Gruppe geherrscht hat. Er hat einen Metallspieß im Hintern. Hat dir das vorgeschwebt? Mehr Spieße?«

Hultin kicherte tatsächlich. Das nachsichtige Kichern eines Pensionärs. Aber er sagte kein Wort. Er ließ sie nur weiterreden.

Und das tat sie: »Ihm scheint die Fähigkeit abzugehen, selbstständig zu denken. Er hat einen viereckigen Kopf. Hat dir das vorgeschwebt? Mehr square heads?«

»Absolut«, sagte Hultin unparteiisch.

Da begriff Kerstin Holm, wohin der Hase lief. Sonderbarerweise. »Da brat mir einer 'nen Storch«, sagte sie. »Du bezweifelst also meine Fähigkeit, Ordnung zu halten? Zu strukturieren?«

»Du warst damals nicht da. Es war im November.«

»Sei nicht albern, Jan-Olov. Natürlich war ich da. Paul war der einzige Bewerber für den Posten bei den Internen. Du kannst dir doch nicht Viggo als Nachfolger vorgestellt haben. Also kann es nur auf das eine, und wirklich nur auf das eine, hinauslaufen: dass du besser darin bist als ich, am Flipchart ein Schema zu zeichnen. Du musstest jemanden haben, der in der Lage ist, ein Schema zu zeichnen.«

Hultin beugte sich vor und sagte vertraulich: »Ihr habt nie geglaubt, dass ich Ordnung hielte. Ihr habt geglaubt, meine Papierstapel wären Attrappen. Surrogat für Polizeiarbeit von anno dazumal. Aber eigentlich habe ich verflucht gut Ordnung gehalten. Ich habe hinter euch aufgeräumt. Tagtäglich. Ihr habt so viele Dienstvergehen begangen, dass ich euch ständig retten musste. Nicht zuletzt dich, Kerstin. Nicht zuletzt in unserem jüngsten Fall. Meinem letzten.«

Kerstin Holm nickte empört. Sie versuchte, ihre Empörung als Intensität zu tarnen, aber vermutlich gelang ihr das ziemlich schlecht. »Du hast also einen Aufräumer eingestellt«, sagte sie mit heiserer Stimme.

»Er ist ein gut strukturierter Kriminalbeamter mit ungewöhnlichen Erfahrungen. Genau solchen, wie ihr sie braucht.«

»Du redest mit einer Chorsängerin.«

Da machte der Alte tatsächlich ein ganz, ganz leicht erstauntes Gesicht. Das kam nicht alle Tage vor. Anderseits konnte er sich jetzt auch mal einen Gefühlsausdruck leisten.

Offensichtlich verstand er einfach nicht, was sie meinte.

»Chöre sind große Kollektive«, verdeutlichte sie. »Die Männer sind entweder gesetzte Familienväter, chorgeübte Schuljungen, Männchen auf der Jagd oder Homosexuelle. Die Kategorien kann man auch kombinieren.«

»Könnte es sein, dass sie einfach gern singen?«

»Dies hier ist ein vertrauliches Gespräch, nicht wahr? Also können wir die politische Korrektheit beiseite lassen. Sozusagen von Mann zu Mann – wie ihr sagen würdet. Ich glaube, dass ich einen Salonschwulen erkenne, wenn ich einen sehe, und der Teufel soll mich holen, wenn Jon Anderson nicht so einer ist. Widersprich mir. Provoziere meine Vorurteile. Sind nicht das seine ›ungewöhnlichen Erfahrungen‹?«

»Könnte es sein, dass sie einfach gern singen?«, wiederholte Jan-Olov Hultin ruhig, aber überaus deutlich.

»Natürlich. Und wenn es viele tun, dann bekommt man am Ende einen Querschnitt durch die Gesellschaft. In der fünf Prozent homosexuell sind. Einer von zwanzig. Wenn man vielen Menschen begegnet, lernt man, sie zu erkennen.«

»Und wie? Kraniologie? Schädelform?«

Kerstin Holm seufzte vernehmlich. »Trotz allem Guten, was man über dich sagen kann, Jan-Olov, gehörst du zu einer älteren Generation von Polizeibeamten. Die sind in der Regel der Auffassung, dass ein Schwuler oder eine Lesbe sich ganz klar abheben. Wenn du dann wirklich einen Schwulen triffst – und vermutlich hast du in deinen Papieren-die-selbstverständlich-keine-Attrappen-sind gelesen, dass er einer ist – und mit ihm redest wie mit jedem anderen Menschen, dann findest du das äußerst seltsam. Es ist ungefähr das gleiche Aha-Erlebnis, wie Auge in Auge mit einem Orang-Utan zu sitzen und zu merken, dass er eine Menge Interessantes zu sagen hat.«

»Ein Orang-Utan braucht kein Mann zu sein«, sagte Jan-Olov Hultin.

»Was?«, sagte Kerstin Holm.

»Du hast gesagt ›er‹. Als ob der Orang-Utan per definitionem ein Männchen wäre. Ich würde tippen, dass ungefähr fünfzig Prozent Weibchen sind.«

»Aha.«

Es war ein reichlich kompliziertes Gespräch.

»Was du sagst, ist alles richtig«, sagte Hultin nach einer angestrengten Pause und fügte nach einer noch angestrengteren hinzu: »Ich werde die Wahl meiner Nachfolgerin wohl nicht bereuen müssen.«

Dann fasste er sich und fuhr fort: »Jon Anderson ist, wie er ist, weil er in seiner Zeit in Uppsala groben schwulenfeindlichen Schikanen ausgesetzt war. So grob, dass zwei der Kollegen entlassen wurden. Und wir reden nicht von Kinkerlitzchen, wenn wegen eines schwulen Bullen in diesen Zeiten absoluten Polizeimangels zwei tüchtige Kollegen entlassen werden. Sein IQ zeigt die höchsten Werte, die gemessen worden sind, seit es solche Messungen gibt, aber es ist eine Intelligenz, die noch nicht die Chance hatte, in die Praxis umgesetzt zu werden. Eine Art von reiner, geschützter Intelligenz, und du, Kommissarin Holm, wirst die Chance haben, sie zu formen. Und ja, er ist äußerst gut strukturiert. Lass ihn auf dem Flipchart zeichnen, damit ein wesentlicher Teil der Tradition nicht vernachlässigt wird.«

»Es ist nicht die Praxis der A-Gruppe, Neuankömmlinge anzulernen.«

»Eine Praxis ist keine Praxis, wenn sie nicht jederzeit angepasst werden kann. Veränderungen sind nicht per se von Übel. Auch wenn ich weitgehend mit dir darin übereinstimme, dass die A-Gruppe mit Paul Hjelm stand und fiel. Aber das würde ich nie vor jemand anderem als dir zugeben. Außerdem hast du ja eine ganz eigene Wahl treffen können. Lena Lindberg.«

»Dein Tonfall entgeht mir nicht«, sagte Kerstin Holm.

Hultin kicherte. »Ich habe wirklich geglaubt, es wäre ein Scherz«, sagte er. »Bauchnabelpiercing und zerrissene Jeans. Als wäre sie über einen Stacheldrahtzaun geklettert, runtergefallen und auf einer Heftzwecke gelandet. Ich hoffe, du weißt, was du tust.«

»Ich brauchte den Gegenpol zu Jon Anderson«, sagte Kerstin Holm. »Erfahrung pur. Sie gehörte zehn Jahre lang zur Einsatztruppe der Citypolizei. Schwedens härtester Job. Massenweise Auszeichnungen. ›Nettester Polizist des Jahres‹ unter anderem.«

»Gibt es so eine Auszeichnung?«

»Wird von Stockholms Einzelhandel vergeben. Hast du das nicht gewusst?«

»Hat sie noch etwas anderes als reine Polizeierfahrung? Ist sie überhaupt Kriminalistin?«

»Frischgebackene Kriminalinspektorin. Und du kannst mir glauben, wenn ich dir sage, dass sie gut ist. Vor allem bei Vernehmungen, wo wir jetzt gewisse Lücken haben. Ich glaube, dass sie und Sara ein gutes Paar werden können. Dem Anschein nach süß.«

»Süß?«

»Süße kleine Mädchen.«

Das war das letzte ernsthafte Gespräch, das sie mit Jan-Olov Hultin geführt hatte. Und jetzt war er fort. Friedlich angelnd am See Råvalen ein Stück nördlich von Stockholm. Sie hatte das nun leere Zimmer übernommen.

Leer bis auf einen Sohn.

Sie betrachtete ihn. Er zeichnete eifrig. Sie hatte ihn nie in den Kinderhort gesteckt, weil sie so viel wie möglich mit ihm zusammensein wollte. Es war möglich gewesen, weil sie nach dem letzten Fall aus Krankheitsgründen vorübergehend auf Teilzeit gesetzt worden war. Das brachte es mit sich, dass sie den Sommer über keine Betreuung für ihn hatte. Sie musste unbedingt etwas in dieser Angelegenheit unternehmen. Obwohl sie eigentlich keine Sekunde ohne ihn sein wollte. Das war der nicht ganz tadellose Anlass dafür, dass er hier saß und zeichnete.

Jetzt nahm sie ihn an der Hand und zog ihn mit zur sogenannten Kampfleitzentrale, in der niemals irgendeine Kampfleitung stattgefunden hatte. Dagegen eine ganze Menge kollektiver Gedankenarbeit.

Als sie die Hand auf den Türgriff legte, schoss ihr der Gedanke durch den Kopf, wie sehr Paul Hjelm ihr fehlen würde.

Dann trat sie ein.

In ihr neues Leben.

7

Die junge Mutter fasste sich ein Herz und rief die Polizei an. Sie saß auf der Schaukel neben ihrem dreijährigen Sohn und kramte vorsichtig ihr Handy heraus. Nach der üblichen Verzögerung bei der lebenswichtigen Nummer 112 wurde sie – zitternd inzwischen – zur lokalen Polizeiwache in der Tulegata 4 in Vasastan durchgestellt.

»Ja?«, sagte der Wachhabende in Vasastan.

»Ja, hallo, ist da die Polizei?«

»Ja.«

»Endlich. Ich bin hier mit meinem Sohn auf dem Spielplatz im Vasapark. Hier sitzt ein sehr verdächtiges Individuum auf einer Parkbank. Ich glaube, er hat ein Kind geraubt.«

»Sind Sie allein?«

»Außer diesem zwielichtigen Typ, ja«, sagte die junge Mutter gepresst, in einer Mischung aus Flüstern und Rufen. »Und mein Sohn. Wir fühlen uns bedroht. Bitte, beeilen Sie sich. Es wird jeden Moment etwas passieren.«

»Können Sie ihn kurz beschreiben?«

»Ein kleiner Ausländer um die dreißig. Sein Blick ist äußerst komisch, und er zuckt mit dem Kopf. Bestimmt ein Drogenabhängiger. Und dann hat er einen Kinderwagen, den er immer mit einem Stock anstößt. Als wäre es eine Schlange. Es kann nicht seiner sein. Er hat bestimmt einer armen Mutter das Baby geraubt. Ist bei Ihnen vielleicht ein Baby als vermisst gemeldet?«

»Versuchen Sie jetzt, sich zu beruhigen«, sagte der Wachhabende von Vasastan. »Mir kommt die Beschreibung bekannt vor. Hat er vielleicht eine Gitarre in einem Futteral bei sich?«

»Ja. Wahrscheinlich auch gestohlen. Von einem seiner Kifferkumpel.«

»Das glaube ich nicht«, sagte der Wachhabende in Vasastan und hustete seltsam.

»Lachen Sie?«, stieß die junge Mutter aus. »Lachen Sie etwa über mich?«

»Nein, ganz und gar nicht«, sagte der Wachhabende in Vasastan mit einer Stimme, die eine geheimnisvolle Verwandlung durchzumachen schien. »Entschuldigen Sie.«

»Hier ist ein Verrückter, der mir jeden Augenblick meinen Sohn rauben wird, und die Polizei lacht mich aus. Es ist nicht zu fassen.«

»Sie müssen schon entschuldigen«, krächzte der Wachhabende in Vasastan. »Der Verrückte heißt Jorge Chavez und ist Polizeibeamter.«

In glücklicher Unkenntnis des oben beschriebenen Vorgangs streckte Jorge Chavez die Hand aus und schaukelte mit einem Stock den Kinderwagen. Um sich nicht unnötig bewegen zu müssen. Er war unglaublich müde. Isabel hatte die geschlagene Nacht durchgeschrien.

Zu allem Übel sollte er noch zum Übungsraum zu einer ganztägigen Police-Probe. In seinem Innern ging er Stings geniale Bassläufe durch und nickte den Takt dazu.

The Police war in den ersten Tagen im Jahr des Punk 1977 in London von dem amerikanischen Drummer Stewart Copeland und dem Jazzrockbassisten Gordon Matthew Sumner, der unter dem etwas albernen Spitznamen Sting ging, gegründet worden. Nach Anfangsproblemen schloss sich der routinierte Studiogitarrist Andy Summers an, und das Trio wurde ein Begriff: eine Jazzband, die als Punkband auftrat. Während einer misslungenen Europatournee im August wanderte Sting durch das Pariser Hurenviertel und dachte über das Leben der Prostituierten nach. Er hatte eine Idee. Er schrieb ein Lied über eine von ihnen. Er nannte sie Roxanne.

Der Rest ist Rockgeschichte.

Während einiger Jahre in den Achtzigern war The Police die erfolgreichste Rockband der Welt, mit der einzigartigen Fähigkeit, anspruchsvolle Kompositionen und Arrangements mit Stings unfehlbarem Gefühl für Hits zu verbinden.

Für die Musiker in Jorge Chavez' Amateurband war es natürlich überaus komisch, dass ein Polizist The Police spielte. Kein Kalauer wurde ausgelassen. Chavez war glücklicherweise ein toleranter Polizist, der auf die Hänseleien gutmütig reagierte. Er war, wie es so schön heißt, abgehärtet. Die brutalfreundschaftlichen Bosheiten der Musiker waren nichts gegen das, was er aus seiner Zeit als Kanakenbulle in Sundsvall erlebt hatte. Nichts konnte ihn aus der Ruhe bringen. Auch nicht, dass die Bierdosen nach der Probe gegen einen kollektiven Joint getauscht wurden, auch nicht, dass der Joint zwischen den Familienvätern herumgereicht wurde, die davon geträumt hatten, ein neuer Sting oder Andy Summers oder Stewart Copeland zu werden, nie erreichte seine Toleranz ihre Grenze. Er weigerte sich nicht einmal, einen Zug zu nehmen. Einen kurzen zwar und keinen Lungenzug. Aber immerhin. Der Kriminalinspektor (der genau genommen inzwischen Kommissar hätte sein sollen) stand in einem heruntergekommenen Übungslokal in Vasastan und rauchte Gras wie ein Möchtegern-Rockstar.

Rock, ja. Rock. Jazz. Blues. Die Unterschiede wurden immer fließender, jetzt, wo er zwischen E-Bass und Kontrabass wechselte. Der beste Jazz war immer noch unerreicht, wenn es um die Gesamtheit des Ausdrucks ging, aber Musik war mehr. Musik war Freude und Gemeinschaft, ererbt wie der Sexualtrieb. Musik war auch Schwere und Druck. Kraft. Verdichtung ebenso wie Auflösung. Rockmusik hatte ihre eigene Größe, man brauchte nur die Grenzen ein wenig zu verschieben, den Fokus zu verändern – und es war ein wunderbares, neu gewonnenes Gefühl, diesen Wechsel reibungslos ablaufen zu lassen. Also wechselte er unbeschwert zwischen Rock und Jazz. Doch die Forderung nach Größe blieb bestehen. Sie war unumstößlich. Und The Police kam ihm wie ein durchaus akzeptabler Kompromiss vor.

Obwohl es kein Kompromiss war. Ein derartiger Gedanke fußte auf Hierarchien, an die er nicht mehr glaubte. Was er kaum hatte erwarten können, als er auf eine Annonce im Internet antwortete: ›Erfahrener Bassist für Amateurrockband mit Jazzeinschlag gesucht, der Erziehungsurlaub hat und zwischen Jobs spielt.‹ Als hätte er sie selbst geschrieben. Außerdem nur ein Haus weiter von seiner Wohnung in der Birkagata. Er konnte nicht widerstehen.

Eigentlich wollte er eigene Stücke schreiben, wie er es für verschiedene Jazzbands gemacht hatte, vor allem im Club von Sundsvall, in der schweren Zeit, doch das hätte einen ganz anderen Einsatz erfordert, nicht nur zeitlich, sondern auch finanziell. Ein eigenes Studio. Und in einem kurzfristigen Erziehungsurlaub Geld für ein Studio zusammenzukratzen, das hätte die Beziehung auf eine allzu harte Probe gestellt.

Aber der Traum war wieder zum Leben erwacht.

Dank eines anderen Traums. Er stieß den Kinderwagen von neuem mit dem Stock an und dachte an die Geburt, eine langwierige, schmerzhafte, heroische Geburt. Eine Urkraft in der Frau. Als Jorge Chavez die Nabelschnur durchtrennte, die Mutter Sara und Klein Isabel noch verband, fühlte er sich wie ein Verräter. Wer war er, das Untrennbare zu trennen? Doch gleichzeitig war es ein Gefühl, das weit über alles hinausging, was er je erlebt hatte. Als träte er in eine neue Dimension ein. Danach war die Welt eine andere. Fast vergessene Träume wurden zum Leben erweckt und erhielten eine neue Form.

Und dann dieses merkwürdige kleine Wesen, so viel länger hilflos als alle anderen Tierarten. Als wären wir trotz allem kein Tier unter anderen.

Isabel.

Wie eine dunkle Kopie ihrer Mutter. Sara Svenhagen als Chilenin, einen Monat alt. Getauft nach Isabel Allende, das musste er zugeben. Als Huldigung an die Wurzeln – an das schmählich gestürzte Linksregime in Chile und gleichzeitig an die Generation danach. Die die Literatur, nicht den Marxismus als Waffe gewählt hatte.

Ein vollkommen neues kleines Wesen, das er nicht kannte, für das er aber, ohne zu zögern, sein Leben opfern würde.

Die denkwürdige Ordnung der Natur.

Zu der Zeit war seine eigene Nabelschnur schon seit ein paar Monaten durchtrennt. Die zu Paul Hjelm.

Es war schön, vom Dienst befreit zu sein, schöner, als er zu glauben gewagt hatte. ›Das unerträglichste Energiebündel des Polizeikorps‹, wie Arto Söderstedt gesagt hatte. Aber das war früher. Es machte keinen Spaß mehr, seit Paul Bürokrat geworden war. Was war los mit ihm?

Er ging den Basslauf der eigenartigen Sting-Komposition ›O my God‹ durch, komplett mit einem der ungestümsten Miniriffs aller Zeiten statt des Refrains, und machte sich bereit zu gehen.

Wenn er denn würde aufstehen können.

Der Mann im Auto senkte das Fernglas und dachte nach über das, was er gesehen hatte.

Diese reglose Schlappheit, der wippende Kopf. Und dieser lächerliche Stock.

War das gut?

Sollte hier wirklich der Stoß angesetzt werden? War es richtig?

Richtig, falsch … Es ging um das Schwerste, was es gab: eine Spur zu hinterlassen, die tatsächlich etwas veränderte, die zumindest einen Einzigen dazu brachte, ein wenig anders zu denken in einer Welt, in der alles darauf hinauslief, konform zu denken. Oder am besten gar nicht.

Gibt es eine menschliche Natur? Das und nichts Geringeres stand auf dem Spiel.

Besaß die eigentümliche Gestalt auf dem Spielplatz wirklich diese fabelhafte rechtschaffene Energie, die der Mann im Auto bemerkt zu haben glaubte und die ihn so geeignet machte?

Dieses merkwürdige Band, das zwischen ihnen entstanden war.

Wieder die Bewegung mit dem Stock. Der Kinderwagen wippte. Und da begriff der Mann. Da begriff er, dass es eine Methode war, die Energie zu zügeln. Hauszuhalten.

Doch. Es musste richtig sein. Es war Zeit für die nächste Phase. Die schwierigere. In dem Spiel, das schon seit langem im Gange war.

Obwohl es niemand wusste.

Es reicht nicht mehr, jemandem auf die Schulter zu klopfen, um seine Aufmerksamkeit zu wecken.

Es ist mehr erforderlich.

Der Mann im Auto hob den Blick zu dem klarblauen Himmel und blickte einen kurzen Moment direkt in die strahlende Sonne.

Ein Zeichen wurde eingeätzt. Ein Zeichen von Blindheit.

Invisible sun.

Der grenzenlose Schmerz, alles zu sehen.

Er lächelte und ließ den Motor an.

Bald war Mittsommer.

8

Sie trat ein.

In ihr neues Leben.

Man betrachtete sie – skeptisch?

Nein, trotz allem nicht skeptisch. Abwartend vielleicht. Oder sogar gespannt.

Vielleicht nur neutral. Als wäre die Neutralität eine dem Raum eigene Qualität. Als hätte der pensionierte Kriminalkommissar Jan-Olov Hultin, dieser Filou, sie der Kampfleitzentrale vererbt. In direkter Erbfolge.

Sie nickte leicht, als sie mit dem achtjährigen Anders an der Hand an ihnen vorbeiging.

Zuerst Gunnar Nyberg und Sara Svenhagen, zusammen mit der Neuen, Lena Lindberg, eine kleine Clique für sich. Kriminalkommissarin Kerstin Holm betrachtete die Konstellation und befand, dass alles gut war.

Dann Viggo Norlander und Arto Söderstedt. Sie sah die beiden an und wusste, dass alles – wenn nicht gut, so auf jeden Fall unverändert war. Und das war gut genug.

Ganz vorn saß der dürre Jon Anderson, allein. Er sah auf stramme Weise traurig aus. Sie betrachtete ihn und befand, dass alles – nicht gut war.

Wie viel Zeit sollte sie ihm geben?

Und wie viel Zeit würde ihr selbst gegeben?

Während sie einen Extrastuhl für Anders heranzog, erschien ihr das Auditorium wie ein Schlachtfeld nach einer entscheidenden Schlacht gegen die Hunnen.

Oder wie die Ruine eines ehedem großartigen Bauwerks.

Kein Hjelm, kein Hultin, kein Chavez – und keine Holm.

Wer war sie, das Gebäude wieder aufzubauen?

Kerstin Holm, dachte sie und nahm Platz auf Hultins eingesessenem Stuhl. Und meine Stärke ist, dass ich nicht so tun will, als wäre ich jemand anderes.

Sie sagte langsam: »Die Spezialeinheit für Gewaltverbrechen von internationalem Charakter beim Reichskriminalamt.«

Weiter nichts. Sie betrachteten sie.

Schließlich fuhr sie fort: »Was heißt das eigentlich? Gewaltverbrechen von internationalem Charakter? Ist das nicht eine ziemlich zweideutige Bezeichnung? Gibt es denn Verbrechen von schwedischem Charakter? Im Vergleich zu einem internationalen? Was für eine Einheit sind wir?«

»Eine gute Einheit«, sagte Arto Söderstedt.

»Selbstredend«, sagte Kerstin und lächelte kurz. Arto, dieser Schlumpf.

»Ich habe mir tatsächlich genau diese Frage gestellt«, sagte Lena Lindberg. »Weil ich gerade anfange. Wie sind die Aufgaben definiert?«

»Ist es nicht einfach eine Umschreibung für ›neu‹?«, sagte Gunnar Nyberg, der zu seiner Verwunderung Diskussionen dieser Art inzwischen mochte. Die Grundsatzdiskussionen, die die fundamentalen Probleme und die prinzipiellen Fragen betrafen. Und an allem war Ludmila schuld, die Intellektuelle von internationalem Charakter. Manchmal spürte Gunnar Nyberg die großen Veränderungen in seinem Leben rein körperlich. Wie Wachstumsschmerzen. Zu schnell zu große Veränderungen in den letzten Jahren. Vom schwedischen Meister im Bodybuilding und explosiven Bereitschaftsbullen zum übergewichtigen Chorsänger mit zerschmettertem Gewissen darüber, als Folge des Missbrauchs von anabolen Steroiden Frau und zwei kleine Kinder aus dem Haus getrieben zu haben, hin zum gutmütigen mehrfachen Großvater und feurigen, durchtrainierten Liebhaber einer russischen Dozentin für slawische Sprachen mit Träumen von einem kleinen Haus am Mittelmeer. Egal, wo.

»Wie meinst du das?«, sagte Kerstin Holm.

»So antworten nur Therapeuten«, entgegnete Nyberg fröhlich.

Holm setzte eine Miene der Verwunderung auf und musste sich eingestehen, dass er recht hatte. Sie kopierte ihren eigenen Therapeuten. Vermutlich ein Zeichen, das nichts Gutes verhieß.

»Gewaltverbrechen neuer Art«, verdeutlichte Nyberg. »Sobald man nicht mehr weiß, wie man mit einer Brutalität umgehen soll, wendet man sich an uns. Wir kriegen das Problem dann ziemlich gut in den Griff. Ich stimme Arto zu. Die korrekte Formulierung müsste lauten: Gute Einheit für Gewaltverbrechen von neuer Art beim Reichskriminalamt.«

Lena Lindberg blickte sich in der Kampfleitzentrale um. Zu Ehren des heutigen Tages hatte sie sich etwas zurückhaltender gekleidet. Die Jeans ohne Risse, das T-Shirt nabelbedeckend, dazu eine kleine Lederjacke. »Geht das hier immer so zu?«, platzte sie heraus.

»Ungefähr«, sagte Arto Söderstedt. »Nur Viggo schläft meistens ein.«

»Schnauze«, sagte Viggo elegant.

»Wenn er nicht Videos aufnimmt«, sagte Sara Svenhagen.

Schnauze sagte Viggo Norlander diesmal nicht. So sprach er Frauen nicht an und schon gar nicht Frauen von Saras Art.

»Wollen wir versuchen, wieder zum Thema zu kommen?«, sagte Kerstin Holm versöhnlich. Sie probte den Tonfall. Fühlte sich ziemlich gut an. Lag, so aus der Kathederperspektive gesehen, gut im Mund. Wenn sie sich nun in Hultin verwandelte? Wenn seine Gene im Polsterstoff des Stuhls hängen geblieben waren und schon munter dabei waren, sich in ihren Körper hineinzufressen? Wenn ihre Nase schon zu planetarischen Dimensionen angeschwollen war? Wenn sie bald eine kleine Eulenbrille trug, die von der Stützkraft der Nase gehalten wurde?

Auf jeden Fall war das Eis gebrochen.

Glaubte sie.

Jon Anderson sagte: »Ich bin jetzt seit einigen Monaten hier und habe es noch nicht verstanden. Es ist möglich, dass ihr fantastisch funktioniert, wenn ihr die Zähne in einen großen Fall schlagen könnt. Aber wenn wir an ›gewöhnlichen‹ Fällen arbeiten, kommt es mir vor, als ginge es ziemlich langsam. Ehrlich gesagt.«

Kerstin Holm spürte, wie sich eine Sorgenfalte zwischen ihren Augen bildete. »Kannst du etwas ausführlicher erklären, was nicht gut ist?«

»Ich will nicht klagen«, sagte Jon Anderson.

»Doch, das willst du«, sagte Holm. »Also tu es. Nur raus mit der Sprache. Nur kein unterdrücktes Murren am Arbeitsplatz. Das führt zum Ausgebranntsein, zur Unzufriedenheit.«

»Ich weiß nicht, was falsch ist. Aber ich weiß auch nicht, was richtig ist. Und was meine Aufgabe ist.«

»Den Fall zu lösen, der dir zugeteilt worden ist, Yes«, sagte Viggo Norlander. »Hupen und fahren.«

»Nenn mich nicht Yes. Das ist Schikane.«

»Ja«, sagte Kerstin Holm. »Hört jetzt auf damit, alle. Aber Viggo hat recht. Deine Aufgabe ist es, den dir zugeteilten Fall zu lösen. Mit allen zur Verfügung stehenden Mitteln. Und nach Möglichkeit auch ein paar eigenen. Kreativität, ganz einfach. Wenn du ein Rädchen in einer Maschinerie sein willst, muss ich dich enttäuschen. Die A-Gruppe hat eine Spitzenfunktion. Sie ist nach und nach herausgemeißelt worden. Wir sind für einen ganz bestimmten Zweck gebildet worden. Als dieser Zweck erfüllt war, entstand eine Art Muster für die Zukunft. Wir haben uns sozusagen unsere eigene Funktion geschaffen. Und die lebt in hohem Maß von selbstständigem Denken. Jeder von uns ist eine kleine, aber vollständige Maschinerie, kein Rädchen in einer großen.«

»Eine Gang von Führungskräften ohne Untergebene«, sagte Arto Söderstedt, »aber es ist ein empfindliches System.

Es beruht darauf, dass Prestige keine Rolle spielt und Konzentration möglich ist. Und so muss es auch bleiben.«

Kriminalkommissarin Kerstin Holm fühlte in diesem Moment ein heftiges Bedürfnis, einen Stapel Papiere zusammenzuklopfen. Es waren vermutlich die Hultin'schen Gene, die die Wanderung durch ihren Körper fortsetzten. Sie musste sich eine andere Geste für den Themenwechsel einfallen lassen. Zunächst musste es ein Räuspern tun, dem sie die Worte folgen ließ: »Und damit möchte ich dich, Lena, bei der Spezialeinheit für Gewaltverbrechen von internationalem Charakter beim Reichskriminalamt willkommen heißen. Ich hoffe, wir haben dich nicht allzu sehr abgeschreckt.«

»Aber nein«, sagte Lena Lindberg. »Wir haben uns ja gestern auf der Feier gesehen, und ich glaube, dass ich alle schon ein wenig kenne. Nicht zuletzt den Abteilungsleiter Waldemar Mörner. Wo soll ich arbeiten?«

»Ich habe eine vorläufige Raumverteilung vorgenommen. Norlander und Söderstedt Zimmer 302, Nyberg und Anderson Zimmer 303, Svenhagen und Lindberg Zimmer 304. Ich sitze in Zimmer 301, und die Kampfleitzentrale ist Zimmer 300. Wenn Chavez wiederkommt, müssen wir ein bisschen umräumen. Also Zimmer 304, Lena, zusammen mit Sara.«

»Ein Mädchenzimmer«, sagte Lena Lindberg süß.

»Wie Zimmer 301«, sagte Kerstin Holm ebenso süß. »Wollen wir dann zum Tagesgeschäft übergehen? Arto?«

»Der sogenannte Fernsehmord, ja«, sagte Söderstedt zögernd. »Medial verrückt, polizeilich trivial. Wie bekannt.«

»Also keine Geständnisse?

»Tja, es ist, wie es ist. Möglicherweise wäre es für unseren Freund das Beste, sich einer rechtspsychiatrischen Untersuchung zu unterziehen.«

»Was ihr da sagt, ist mir alles rätselhaft«, sagte Lena Lindberg schüchtern.

»Natürlich«, sagte Kerstin Holm. »Entschuldigung. Erzähl von Anfang an, Arto.«

Arto Söderstedt seufzte, wandte sich an Lena Lindberg und sagte: »Wenn du nicht eine Art von Medienfilter erfunden hast – von dem ich dann gern eine Raubkopie machen würde –, kennst du mit Sicherheit die saftigsten Details. Die eigentlich nicht besonders saftig sind. Die Medien allerdings stellen Schlagzeilenrekorde auf. Es heißt nicht mehr ›Vater füttert Vierjährigen mit Frauenleiche‹ oder ›Fünf Penisse am schiefen Turm von Pisa angenagelt‹ – diese erbauliche tägliche Lektüre für unsere Kleinen –, sondern ›Rabiater Fernsehhasser zerstückelt Fernsehchef‹. Lars-Inge Runström wurde schnell vom ›führenden Fernsehkritiker des Landes‹ zum ›psychotischen Gegner der Meinungsfreiheit‹.«

»Ich kenne seine Fernsehkritiken«, nickte Lindberg. »Sie waren zornig.«

Söderstedt nickte gleichfalls und fuhr fort: »Ein Mann, der es plötzlich satt hatte, sich für dumm verkaufen zu lassen. Am Ende ging er aber doch ein Stück zu weit. In der Nacht nach der ersten Livesendung der von der unabhängigen Produktionsfirma Kalastelevision entwickelten Serie ›Makeover‹ lief das Fass über. Statt Worten ließ er die Tat sprechen, packte eine Pistole ein und machte sich auf den Weg, den anerkannt hartgesottenen Programmleiter von Kalastelevision, Ronald Swärd, zur Rede zu stellen. Allem Anschein nach erschoss er ihn in der Tiefgarage von Kalastelevision, und zwar am Samstag, dem ersten Juni, um einundzwanzig Uhr zwanzig. Lars-Inge Runström selbst sagt aus, er sei, Zitat, ›vermutlich‹ schuldig. Aber er behauptet, sich an nichts zu erinnern. Nur daran, geschossen zu haben. Aber, wiederum Zitat, er ›erinnert sich an keine Menschen‹.«

»Und das ist also ein ›Gewaltverbrechen von internationalem Charakter‹«, sagte Jon Anderson säuerlich. »Im Unterschied zu anderen Morden.«

Die A-Gruppe betrachtete ihn. Neutral.

»Es ist auf jeden Fall nicht typisch schwedisch«, sagte Arto Söderstedt schließlich. »Heutiges Fernsehen ist in sehr geringem Ausmaß schwedisch. Außer möglicherweise der ›Chorabend auf Skansen‹. Mit Ricky Martin und Wyclef Jean.«

»Wer bearbeitet den Fall?«, fragte Lena Lindberg.

»Zunächst waren es alle«, sagte Kerstin Holm. »Aber jetzt sind es nur Arto und Viggo. Es gibt, wie gesagt, nicht mehr viel zu klären. Er hat ihn erschossen. Fragt sich nur, ob es Mord oder Totschlag war. Oder vielleicht Körperverletzung mit Todesfolge. Es werden Verhöre geführt. Gibt es dazu noch mehr zu sagen, Arto?«

»Nein, nicht direkt. Außer dass wir vermeiden, mit der Presse zu sprechen. Das gilt für alle. Und wir sprechen auch nicht mit Mörner. Das ist Kerstins Job. Ein Gehaltsbonus.«

»Jaja«, sagte Holm ungeduldig. »Dann kommen wir zu unserer Polin. Jon?«

Jon Anderson klappte seinen Laptop auf und las vom Bildschirm ab: »Polnische Krankenschwester namens Elzbieta Kopanska in Huddinge mit Axt erschlagen. Lebte aufgrund des akuten Krankenschwesternmangels in Schweden. Verzweifelter Schnellimport. Sommerjob im Krankenhaus Huddinge. Machte den Einführungskurs und einen Intensivkurs in Schwedisch. Zweiunddreißig Jahre, sehr geschätzt von den Kolleginnen. Wollte heiraten und in Schweden bleiben, war aber Single, soweit wir wissen. Vorübergehend wohnhaft in Hörningsnäs in Huddinge, am Abend des zehnten Juni in ihrer Wohnung mit einer Axt erschlagen. Am Tatort keine identifizierbaren Spuren. Keine Zeugen. Ziemlich hoffnungsloser Fall. Gunnar Nyberg und ich versuchen, ein Bild von Kopanskas Kontakten in Schweden zu erstellen und – soweit möglich – von ihrer Vergangenheit in Polen. Wir arbeiten mit der polnischen Polizei zusammen, doch es gibt gewisse Schwierigkeiten bei der Zusammenarbeit.«

Gunnar Nyberg sah seinen neuen Partner an, nur ein Partner auf Zeit, und war beeindruckt von dessen Fähigkeit, unklare Andeutungen zu machen, um seiner Kritik Ausdruck zu verleihen. ›Es gibt gewisse Schwierigkeiten bei der Zusammenarbeit‹ hatte nicht das Geringste mit der polnischen Polizei zu tun – die im Gegenteil ausgesprochen entgegenkommend war –, sondern bezog sich ausschließlich auf Nyberg. Der träumte buchstäblich von Chavez' Rückkehr. Verglichen mit den jetzigen Schwierigkeiten bei der Zusammenarbeit, waren die, die er beim letzten Fall mit Chavez gehabt hatte, eine erfrischende Morgenbrise.

Kerstin Holm hatte keine Schwierigkeiten, mit unklaren Anspielungen umzugehen. Sie hatte ihren ehemaligen Partner bewusst mit Jon Anderson zusammengespannt, und zwar aus dem einfachen Grund, weil Gunnar das dickste Fell hatte. Ein wirksameres Hautverdünnungsmittel als Yes war schwer zu finden.

Sie hatte auch kein Problem damit, Yes zu verstehen. Statt seine albtraumartigen Erlebnisse in Uppsala aufzuarbeiten, panzerte er sich. Sie hatte genau das Gleiche getan. Vielleicht noch schlimmer. Aber sie hatte sich nicht unansprechbar gemacht, wie Anderson es tat. Was auch geschah, er durfte die Stimmung nicht verderben. Nicht jetzt, nicht gerade jetzt, wo sie die Gruppe übernahm. Sie spürte, dass sie sich in gefährlicher Nähe von Wohlfühlterror bewegte. Alle mussten sich wohlfühlen. Wir gegen die anderen. Zaun und Schloss. Hier drinnen in unserem kleinen Idyll fühlen wir uns wohl. Niemand darf kommen und uns das kaputt machen. Waren sie dabei, Jon auszugrenzen, statt ihn möglichst zu integrieren und Rücksicht auf seine ›ungewöhnlichen Erfahrungen‹ zu nehmen, um Hultin zu zitieren?

Sie verfluchte Hultin dafür, dass er sie auf diese Probe stellte. Als kleines Abschiedsgeschenk voller Schadenfreude.

»Das sind die beiden größeren Fälle im Augenblick«, sagte sie möglichst locker. »Dann hat Sara an ein paar Fällen geschnüffelt, seit sie vor drei Wochen zurückgekommen ist, nachdem sie am elften März die kleine Isabel geboren hat.«

»Geschnüffelt ist das richtige Wort«, sagte Sara Svenhagen. »Es sind zwei Fälle aus anderen Abteilungen, die wir uns einmal anschauen sollten. Ich bin mir nicht sicher, ob sie uns etwas angehen. Der erste betrifft eine größere Schlägerei zwischen zwei kriminellen Lagern in einer Stockholmer Kneipe. Das Gaststättengewerbe steckt da mit drin. Es lag eine Anfrage von der Abteilung für Gewaltverbrechen bei der Provinzialpolizei vor, ob wir uns dafür interessieren. Der zweite betrifft eine Anfrage der Polizei von Jönköping, in der es um einen Schwimmtrainer aus Moldawien geht. Der Mann wurde bei Schwimmwettkämpfen ermordet. Im Augenblick hat die Interpol-Abteilung von Reichskrim den Fall unter Beobachtung.«

»Gut, Sara«, sagte Kerstin Holm. »Das bedeutet, dass du Zeit hast, dich ein paar Tage mit Lena zu beschäftigen und sie einzuweisen.«

Sie warf einen Blick auf Anders, der seine rasenden Autos vor dem Hintergrund einer Stadt zeichnete. Sie hatte vergessen, dass er dort saß. Ihr Sohn.

In diesem Augenblick fragte sie sich – sehr, sehr kurz –, ob sie wirklich besonders gut zur Chefin taugte.

Ohne eine Spur von Simultanfähigkeit.

Sie hatte die Vision eines komplexen Schemas auf dem Flipchart.

Und dann fasste sie einen Entschluss. Beim nächsten Mal würde sie einen ordentlichen Stapel Papier mitbringen, den sie zusammenklopfen konnte.

Dummies.

9

Die Abteilung für Interne Ermittlungen war eine offene Wunde. Es war ihre Funktion, eine offene Wunde zu sein. Ohne diese Wunde könnte der Körper der Polizei fehlerhaft heilen. Ohne Wunde kein Heilungsprozess. Die Wunde hielt den Körper offen. Ließ Sauerstoff heran.

Polizeiintendent Niklas Grundström verwarf das Bild in seinem Kopf. Wunden konnten so schlecht heilen, dass unter der Narbe keine einzige Zelle funktionierte, wie sie sollte. Man brauchte nur ein wenig daran zu kratzen, und eine Sturzflut von Eiter würde sich daraus ergießen.

Es war seine Aufgabe, die Wunde offen zu halten. Mit Heilungsprozessen konnte er nicht dienen – die musste man anderswo suchen –, aber er konnte dafür sorgen, dass die Wunde sich nicht entzündete. Sodass nicht als einzige Überlebensmöglichkeit die Amputation übrig blieb.

Er schüttelte den Kopf, um das hartnäckige Bild loszuwerden. Er verfügte über hinreichend Selbsteinsicht – redete er sich ein –, um zu erkennen, dass utopische Gründe dafür verantwortlich waren, dass das Bild sich in seinem Gehirn wie ein Waldbrand ausbreitete. Denn es war eine Utopie, die nicht verwirklicht werden konnte. So funktionierte es nicht. Als er vor ein paar Jahren die am meisten geschmähte Abteilung der Polizei übernommen hatte, war die Utopie sehr lebendig gewesen. Aber sie war wegen einer sehr simplen Tatsache erloschen.

Das schwedische Polizeikorps stellte einen Landesdurchschnitt dar. Rein soziologisch gesehen, war die Polizei tatsächlich die vielleicht repräsentativste Berufsgruppe im Land. Alle sozialen Gruppen waren vertreten, wenn auch mit einer Verzögerung von einigen Jahrzehnten. Der überwältigende Anteil schwedischer Männer aus allen Gesellschaftsschichten wurde mittlerweile von einem angemessenen Anteil Frauen und einem vertretbaren Anteil von Nachkommen aus Einwandererfamilien durchsetzt (aber auch nicht mehr).

Dieser gute Durchschnitt der Bevölkerung in Schweden brachte es mit sich, dass man im Grunde die gleichen Verhaltensweisen gegenüber dem Gesetz erwarten konnte wie bei den Einwohnern insgesamt. Die Polizei war nicht besser und nicht schlechter als der gewöhnliche Schwede, sie war kein moralisch unantastbares Elitekorps. Der durchschnittliche Polizeibeamte war ein recht normaler Mensch, dessen Ansichten und Verhaltensmuster recht normal waren. Wie für den Durchschnittsschweden waren gewisse Verbrechen tabu – Mord, Raub, Einbruch –, während andere akzeptabler waren – kleinere Diebstähle am Arbeitsplatz, Park- und Geschwindigkeitsvergehen, Steuerhinterziehung, Schnapsbrennen und (als Überbleibsel aus der bäuerlichen Gesellschaft) gewisse Formen nicht allzu brutaler Schlägereien.

Sowie – in den toten Winkeln der Selbsteinsicht – leichtere Formen von körperlicher Züchtigung bei Kindern, Misshandlung von Ehefrauen, Vergewaltigung, Volksverhetzung und Trunkenheit am Steuer.

Es war also nicht so selbstverständlich und einfach, die Wunde offen zu halten. Polizisten machten sich der gleichen Übertretungen und Vergehen schuldig wie alle anderen auch.

Niklas Grundström hatte seine Tätigkeit mit der Überzeugung angetreten, dass Polizisten bessere Menschen wären. Er musste seine Auffassung ziemlich schnell revidieren. Es war ganz einfach nicht möglich, solche Forderungen an derartig durchschnittliche Menschen zu stellen. Also ließ er seine Grundsätze fallen und richtete sich mehr auf die Polizistenrolle ein. Er lernte, mit der Kluft zwischen Theorie und Praxis zu leben. Und wurde auf diese Weise ein ganz gewöhnlicher Ermittler bei den Internen. Fügte sich ins System.

Allerdings konnte er die Utopie nicht ganz loslassen. Im Grunde war er weiterhin der Meinung, dass Polizisten bessere Menschen sein sollten.

Die bislang härteste Probe hatte im Herbst stattgefunden. Ein prinzipiell sehr wichtiger Fall, da es sich um eine große Bevölkerungsgruppe handelte, die die Polizei bis vor kurzem ausgeschlossen hatte. Obwohl es sie immer gegeben hatte. Viel länger als die Einwanderer. Ein anonymer Anruf von einer Polizeiassistentin aus Uppsala war bei ihnen eingegangen. Sie behauptete, dass es in einem bestimmten Bezirk einen schweren Fall von Mobbing gebe und dass sie sich nicht länger passiv verhalten könne. Aber sie habe keine Möglichkeit, den Kampf selbst aufzunehmen.

»Wird wieder einmal eine Frau gemobbt?«, seufzte Grundström. »Ich dachte, damit hätten wir Schluss gemacht. Du bist nicht zufällig diejenige, die gemobbt wird?«

Erst war es einen Moment still in der Leitung. Dann kehrte die Stimme zurück, enttäuscht: »Du hast alles missverstanden. Nur weil eine Frau anruft. Liegt darin nicht auch ein kleines Vorurteil?«

»Doch, eindeutig«, das sagte Grundström nicht. Das dachte er nur. Er sagte: »Um wen geht es denn?«

»Um einen Mann«, sagte die Frauenstimme zögernd.

»Aha?«, sagte Grundström ungeduldig. Nein, unsensibel.

Schließlich überwand die Frauenstimme die Schwelle: »Einen … Schwulen.«

»Einen Schwulen im Polizeidienst?«, entfuhr es ihm.

In den folgenden dramatischen Wochen sollte er noch häufig zu diesem Augenblick zurückkehren. Zu seiner instinktiven Reaktion.

Rein verstandesmäßig war sich Niklas Grundström natürlich darüber im Klaren, dass es homosexuelle Polizisten gab. Natürlich existierte sogar eine Gruppierung, die sich ›Vereinigung schwuler Polizisten‹ nannte und ungefähr fünfzig aktive Mitglieder hatte. Dazu kam eine bedeutend größere Anzahl derer, die ihr Coming-out noch vor sich hatten.

Es war gelinde gesagt, ein schwieriges Milieu für ein Coming-out.

Diese Einsicht hatte mit seiner instinktiven Reaktion nichts zu tun.

»Ja«, sagte die Frauenstimme. »Ich weiß zufällig, dass er homosexuell ist. Ich habe ihn eines Nachts in Stockholm gesehen. Da kam er aus einem Schwulenclub. Und er war nicht allein. Irgendwie hat sein Bezirk davon erfahren, und jetzt wird er schwer schikaniert.«

»Warum macht er selbst keine Meldung?«

Die Frauenstimme gab ein leichtes Stöhnen von sich. »Aber das begreifst du doch wohl? Er wagt nicht zuzugeben, dass er schwul ist. Kaum vor sich selbst. Er leidet schweigend. Ich glaube beinahe, er betrachtet das Ganze als eine gerechte Strafe. Eine Last, die ihm aufgebürdet wird wegen seiner unerlaubten Neigungen. Er ist nicht auf den ersten Blick schwul, um es mal so zu sagen.«

Grundström versuchte zu begreifen. »Du meinst, er bekennt sich nicht zu dem, was er ist?«

»Würdest du das tun?«, fragte die Frauenstimme.

Er antwortete nicht. Er dachte. »Welcher Art sind die Schikanen?«, fragte er schließlich.

»Teils sind es allgemeine Dinge, Spott, Ausgrenzung. Teils sind es ... grobe Sachen.«

»Damit ich handeln kann, musst du offen reden.«

»Jaja. Ich hörte komische Geräusche aus dem Umkleideraum der Männer, spät eines Abends, als ich eigentlich nicht hätte da sein sollen. Sie wären normalerweise allein gewesen, die drei. Und sie gingen davon aus, dass sie es waren. Ich spähte hinein. Sie hatten ihn an die Kleiderhaken gebunden und ...«

Pause. Atemlos.

»Ja?«, sagte Grundström.

»Reicht das denn nicht?«

»Erstens brauche ich alle Einzelheiten. Zweitens kannst du nicht anonym bleiben. Nicht auf Dauer.«

»Anonym muss ich bleiben. Sonst lege ich auf.«

»Dann tu das.«

Es war ein Standardtest. Was Aufrichtigkeit und Ernsthaftigkeit betraf.

Kein Klicken.

»Er war nackt«, sagte die Frauenstimme schließlich. »Sie hatten ihm die Hände an die Füße gebunden. Den Hintern in die Luft. Und dann drückten sie ihm eine Gurke hinten rein. In den Anus.«

Grundström hatte bereits feuchte Hände. Die ganze Situation war unangenehm. Er hätte am liebsten nicht daran gerührt. Er wollte tun, was alle anderen taten: weggucken, Zeit vergehen lassen, so tun, als wäre nichts. Aber in diesem Augenblick veränderte sich alles. In diesem Augenblick bekam die allgemeine Politik der Polizei eine neue Richtung.

Er wurde ganz einfach wütend.

Niklas Grundström war klar, dass kein anderer etwas erfahren durfte. Es dauerte nur ein paar Sekunden, den Entschluss zu fassen: Das hier musste er allein lösen. Ganz allein. Nur mit der anonymen Frauenstimme. »Okay«, sagte er langsam. »Ich verstehe.«

»Und jetzt unternimmst du nichts, oder wie? Es ist zu mühsam. Es kann nicht lange dauern, bis er von selbst seinen Abschied nimmt. Außerdem ist er es ja gewohnt, Dinge in den Arsch zu kriegen? Oder wie?«

»Nein«, sagte er, und seine Ruhe erstaunte ihn.

»Was machen wir also?«, fragte die Frauenstimme.

»Wir?«, sagte Grundström.

»Ja. Ich heiße Susanne Rydberg und arbeite im selben Bezirk. Er heißt Jon Anderson. Und die beiden sind Reine Claesson und Bengt Eriksson.«

Und dann lief es, wie es lief. Unter der Vorspiegelung, an einem Führungsseminar teilzunehmen, reiste Grundström nach Uppsala. Er bastelte sogar eine Einladung und schickte sie an seine Sekretärin.

Wieder draußen im Feld. Es war ein seltsames, ziemlich wunderbares Gefühl. Undercover. Er hielt sich in unmittelbarer Nähe der Polizeiwache auf. Er nahm ein Hotel nur einen Block weiter. Mithilfe von Polizeiassistentin Susanne Rydberg brachte er im Umkleideraum eine Abhörvorrichtung an. Ein paar ereignislose Tage später saß er beim Abendessen in seinem Hotel, den Stöpsel im Ohr. ›Schwule Sau‹, sagte der Stöpsel plötzlich. Er lief, wie er noch nie gelaufen war. Dennoch kam er nicht rechtzeitig, um die Tat zu verhindern. Immer noch auf einem Stück von seinem Entrecote kauend, stürzte er mitten ins Geschehen. Jon Anderson stand gefesselt im Duschraum, nackt, die Hände am Duschkopf festgebunden. Quer über seine Brust verliefen rote Peitschenstriemen, und Reine Claesson und Bengt Eriksson hielten jeder einen Gürtel in der Hand. Drohend. Zum ersten Mal seit zehn Jahren musste Niklas Grundström seine Dienstwaffe ziehen. Nach einigen kritischen Sekunden wussten Claesson und Eriksson, dass sie am kürzeren Hebel saßen. Dass der gut gekleidete Mann mit der Pistole tatsächlich der oberste Chef der Abteilung für Interne Ermittlungen war. Sie fingen an zu weinen. Anderson weinte nicht. Er verzog keine Miene. Eher betrachtete er Grundström mit leichter Verachtung. Es war äußerst sonderbar. Sie einigten sich auf einen Deal. Reine Claesson und Bengt Eriksson willigten ein, mit sofortiger Wirkung ihren Abschied einzureichen. So blieb ihnen ein Prozess erspart, und es würde nichts an die Öffentlichkeit dringen. Am Tag darauf versammelte Grundström alle Beamten des kleinen Distrikts und nahm sie ins Gebet. Er sagte Dinge über Toleranz gegenüber Andersdenkenden und über die Notwendigkeit von Selbstkritik bei der Polizei. Es wurde eine Brandrede.

Er wünschte sich, er hätte sie auf Band aufgenommen. Vermutlich würde er in seinem ganzen Leben nie wieder als ein so kluger Mensch dastehen. Der Distrikt versprach einhellig, Stillschweigen zu bewahren. Mit keinem Wort erwähnte er den Einsatz von Polizeiassistentin Susanne Rydberg – er wollte ihr ersparen, als Angeberin dazustehen –, und er nahm Jon Anderson mit nach Stockholm. Er hatte einen Plan.

»Und wie war das Seminar?«, fragte seine Sekretärin, als er zurückkam.

»Sehr erhebend«, antwortete er.

Im Verlauf des vorausgegangenen größeren Falls der A-Gruppe hatte Niklas Grundström sich gegen jede Wahrscheinlichkeit mit Kriminalkommissar Jan-Olov Hultin angefreundet, der kurz darauf in Pension gehen wollte. Vorher sollte Paul Hjelm, Hultins engster Mitarbeiter, zu Grundströms engstem Mitarbeiter werden, freilich in bedeutend höherer Position. Also würde in der A-Gruppe eine Lücke entstehen. Dort konnte man von angemessener Widerstandskraft gegen Vorurteile und Schikanen ausgehen.

»Ein Schwuler im Polizeidienst?«, platzte Hultin heraus.

Grundström sagte: »In den kommenden Wochen wirst du häufig an diesen Augenblick zurückdenken. An diese instinktive Reaktion.«

So kam es, dass Jon Anderson der Nachfolger von Paul Hjelm in der A-Gruppe wurde. Grundström warf einen Blick quer über den Innenhof des Polizeipräsidiums, hinüber zu den Fenstern der A-Gruppe. Die Fenster wirkten so unansehnlich. Vor allem im Vergleich mit seinen eigenen vier Fenstern. Sein Zimmer war ungefähr so groß wie alle Zimmer der A-Gruppe zusammen. Außerdem hatte er eine eigene Sekretärin. Er war der Chef der internen Ermittler im ganzen Land.

Er dachte an Paul Hjelms ersten Arbeitstag bei ihm. Er

hatte Paul Hjelms Miene vorausgesehen, als er mit seinem Büro konfrontiert wurde, komplett mit Sekretärin und allem, und es hatte alles bis aufs i-Tüpfelchen gestimmt. Zwar war Paul Hjelm einer der wenigen Polizeibeamten, deren Reaktionen er nicht im Voraus kannte – aber was das soziale Verhalten anging, war er astrein. Er erschien am ersten Dezember, unrasiert und in schlampiger Kleidung, und sah im Lauf einer einzigen Sekunde ein, in welchem Ausmaß sein Leben sich verändert hatte. Es war der Augenblick, in dem er Grundströms Sekretärin sah.

»Sogar ein Schlips ist absetzbar«, hatte Niklas Grundström gesagt, als sie in Hjelms Büro traten.

Hjelm nickte. Dann sagte er: »Die Gehaltserhöhung wird also vom Kleiderkonto geschluckt werden?«

»Nur am Anfang«, sagte Grundström, lachte sein helles Jungenlachen und fügte nüchterner hinzu: »Sie gehört übrigens nicht dir.«

»Wer?«

»Anna-Clara, die Sekretärin. Formell ist sie die Sekretärin der Stockholmer Abteilung für Interne Ermittlungen.«

»Aber«, sagte Paul Hjelm und blickte ihm fest in die Augen, »die Stockholmer Abteilung für Interne Ermittlungen bin ich.«

Die Verwandlung war äußerlich ausgezeichnet gelungen. Kommissar Paul Hjelm war jetzt ein repräsentativer Polizeichef. Was im Innern ablief, war – nicht vorhersagbar.

Es gab immer noch eine unausgesprochene Frage zwischen ihnen. Keiner wollte an sie rühren, also durfte sie in Frieden verfaulen. Nach dem letzten großen Fall der A-Gruppe war einige Tage lang eine große Summe Geld vermisst worden. Drei Tage später wurde sie von Kerstin Holm abgeliefert, sonderbarerweise mit dem Gestank von Plumpsklo. Weder Hjelm noch Holm hatten den Vorgang mit einem einzigen Wort erwähnt. Und Grundström ließ es auf sich beruhen. Verfaulen.

Doch damit nicht genug.

Zwischenzeitlich ertappte Niklas Grundström sich dabei, dass er seine eigenen Motive in Frage stellte. Wollte er Buße tun? Ein einziges Mal hatte er als Ermittler bei den Internen einen Irrtum begangen. Es war Jahre her. Er hatte einen Kriminalbeamten in Huddinge fälschlicherweise beschuldigt, aus rassistischen Gründen auf einen Mann geschossen zu haben. Der fragliche Polizist war ein unverschämter Lümmel namens Paul Hjelm gewesen. Zum Glück wurde Hjelm seinem Zugriff entzogen und einer frisch zusammengestellten Gruppe zugeteilt, die den Fall der damals von den Medien als Machtmorde bezeichneten Verbrechen aufklären sollte. Die Gruppe wurde etwas schludrig die A-Gruppe benannt.

Hatte Niklas Grundström Hjelm deshalb zum Chef gemacht? Weil er wusste, dass er, wenn nicht Hultin auf den Plan getreten wäre und Hjelm gerettet hätte, dessen Entlassung bewirkt hätte? Unberechtigterweise?

Vielleicht. Es würde auf jeden Fall immer zwischen ihnen stehen und jede Form von Intimität verhindern. Und das war, rein professionell gesehen, nur von Vorteil.

Vor allem jetzt, dachte Niklas Grundström und seufzte tief. Er fingerte lustlos an dem Kassettenrekorder auf seinem Schreibtisch.

Prüfungen, dachte er. Wann nehmen sie ein Ende? Zuerst Kerstin Holm, Dag Lundmark und ›Auch viele Wasser‹, dann Jon Anderson, Schwulenclubs und die Polizei in Uppsala. Und jetzt das hier …

Sein Blick schweifte erneut über den Innenhof. Eine Frau wurde hinter einem Fenster der A-Gruppe sichtbar. Nur einen kurzen Augenblick. Mit blondem, kurzgeschorenem Haar.

Niklas Grundstrom schloss die Augen.

Sara Svenhagen.

Er dachte an ein neugeborenes Kind mit Namen Isabel.

Dann drückte er auf die Abspieltaste des Kassettenrekorders.

Er hörte seine eigene Stimme: »Grundström.«

Eine dumpfe, offenbar leicht entstellte Männerstimme sagte: »Spreche ich mit dem Chef der Abteilung für Interne Ermittlungen?«

»Ja. Worum geht es?«

»Es geht um einen Polizeibeamten, der in schwerwiegende kriminelle Machenschaften verwickelt ist.«

»Wer spricht denn da?«

»Das hat Zeit.«

»Um was für kriminelle Machenschaften geht es?«

»Drogenvergehen«, sagte die dumpfe Stimme.

»Und wer ist der Polizeibeamte?«

Grundström drückte auf die Stopptaste und holte tief Luft. Er behielt die Luft eine gute Weile in den Lungen.

Als er wieder ausatmete, war er schon in Paul Hjelms Zimmer.

10

Sie waren ein ungleiches Paar, und das wussten sie.

Arto Söderstedt kam ursprünglich aus Finnland und hatte ein bemerkenswertes Leben als frühreifes Anwaltsgenie in Vasa hinter sich. Aber als alles lief wie geschmiert und er wie die Made im Speck lebte, nahm er Verwesungsgeruch an sich wahr. Seine wundersamen Rettungsaktionen von Großkriminellen verbreiteten Fäulnis in seinem Innern, und er floh aus dem Land. Paradoxerweise wurde er schwedischer Polizist, aus der Überzeugung heraus, dass ein System nur von innen her verändert werden kann. Er ließ sich mit einer großen Familie, deren Mitglieder alle so kreideweiß waren wie er, in Västerås nieder.

Viggo Norlander seinerseits war ein ehemaliger Paragraphenreiterbulle. Nachdem er von der Mafia in Tallinn auf einem Fußboden gekreuzigt worden war, verwandelte er sich zu einem Casanova in Stockholms Tanzlokalen für die reifere Jugend und wurde mit fünfzig Familienvater. Lebensgefährtin und zwei engelgleiche Töchter, die leider mit der gleichen Schief-nach-innen-rückwärts-Miene ausgestattet waren wie er selbst und einander immer öfter mit Rasseln schlugen. Es war eine lange und verschlungene Geschichte.

Er und Söderstedt waren jedenfalls ein inzwischen gut eingespieltes Paar, in der Freizeit Freunde und grundverschieden. Arto, der unberechenbare Intellektuelle und der hartgesottene, auf seine Weise ebenso unberechenbare Viggo.

Arto und Viggo. Der Engel und der Würstchenbudenmann.

Sie betraten das Vernehmungszimmer. Der Mann am Tisch sah mehr tot als lebendig aus. Allerdings tat er das jetzt schon so lange, dass sie aufgehört hatten, um sein Leben zu fürchten. Lars-Inge Runström sah einfach so aus. Zumindest derzeit.

Nach den Schüssen.

Post festum.

Es war eine kurze, aber intensive Zeit im Rampenlicht gewesen. Und die Schlusswendung war nicht ganz unlogisch. Unerwartet, aber logisch.

»Tja, mein Freund«, sagte Arto Söderstedt und schob eine große Tasche unter den Vernehmungstisch. »Wollen wir es noch einmal versuchen? Kaffee?«

Lars-Inge Runström sah ihn mit stumpfen blaugrauen Augen an. Er sah so alt aus. Als wäre er in wenigen Wochen um zwei Jahrzehnte gealtert. Er sagte nichts.

»Wir kehren zum Fernsehen in Ihrem Haus in Bagarmossen zurück«, sagte Viggo Norlander und ließ sich neben seinem Kollegen nieder. »Sie sind allein, die Familie ist verreist. Wie fühlen Sie sich, als Sie die erste Folge von ›Makeover‹ sehen wollen? Was stellen Sie sich vor, was Sie erleben werden?«

»Eine große Erniedrigung«, sagte Runström leise.

»Sie sind also darauf eingestellt, dass das Programm erniedrigend sein wird? Für wen? Für die Teilnehmer?«

»Wenn es sich darauf beschränkte, müsste man kein Wort darüber verlieren. Ich akzeptiere zum Beispiel sexuelle Minderheiten. Will sich jemand in den eigenen vier Wänden auspeitschen lassen, von mir aus. Will jemand dabei gesehen werden, von mir aus auch das. Masochismus und Exhibitionismus. Es geht nicht um die Teilnehmer. Perversionen stören mich nicht. Aber in den Fernsehproduktionen werden sie zur Schau gestellt und werden dadurch zum Vorbild. Massen von unverdorbenen Gemütern werden davon beeinflusst. Ist es wirklich in Ordnung, dass wir diesen Einfluss auf unsere Kinder aktiv unterstützen?«

»Nein«, sagte Söderstedt. »Ich habe Ihre Artikel gelesen. Vom ersten bis zum letzten, glaube ich. Ich war sehr erstaunt, als ich den ersten las. In der Boulevardpresse. Die ja mit den Dokusoaps in Symbiose lebt. Ein Trendbruch, dachte ich schon damals.«

»Was uns interessiert, Lars-Inge, das ist, was Sie genau in dem Moment denken«, sagte Norlander. »Während das Programm läuft. Auf dem Sofa.«

»Der Erwartungshorizont«, sagte Söderstedt.

Norlander und Runström betrachteten ihn skeptisch.

»So heißt das«, sagte Söderstedt entschuldigend. »Die Art und Weise, wie Sie ein Erlebnis aufnehmen, hängt in hohem Maß davon ab, was Sie erwarten. Sie erwarten Erniedrigung. Warum reagieren Sie trotzdem so heftig?«

Runström zuckte mit den Schultern. »Es war einfach zu schlimm«, sagte er. »Ein Rest von menschlicher Würde muss erhalten bleiben. Sie haben eine Grenze überschritten. Eine Gruppe von Menschen, die sich versammeln, um sich Schönheitsoperationen zu unterziehen. In dieser Art und Weise die Unzufriedenheit von Menschen mit dem eigenen Aussehen auszuschlachten ... Als ob der Konsum von Antidepressiva in Schweden nicht auch ohnedies drastisch zunähme.«

»Was passierte dann?«

»Ich setze mich und versuche zu schreiben, aber meine Hände zittern zu stark. Es ist, als ob mein Körper mir sagte, dass Worte nicht ausreichen. Der Körper sagt direkt zum Gehirn: Merkst du nicht, dass Worte nichts bewirken? Aber das haben wir ja schon Dutzende von Malen durchgekaut.«

»Ich weiß«, sagte Söderstedt. »Wir gehen es trotzdem noch einmal durch. Was dann geschieht, ist ja eigentlich eine ganze Reihe von Ereignissen, nicht wahr? Der Weg von zitternden Händen bis zu dem Punkt, an dem man den Programmchef einer Fernsehgesellschaft erschießt, ist doch ziemlich lang. Was kam als Erstes?«

»Das Gefühl, es mit Menschen zu tun zu haben, mit denen man nicht reden kann. Menschen, für die Worte einfach keine Bedeutung haben. Ich weiß nicht, ob ich mich verständlich machen kann. Es ist ein rein physisches Gefühl. Ich musste einfach mit dem Programmchef von Kalastelevision reden. Persönlich. Und eine andere Sprache sprechen als die der Worte. Seine eigene Sprache.«

»Seine eigene Sprache ist wohl trotz allem nicht die der Gewalt?«, fragte Norlander. »Es ist wohl die des Geldes?«

»Für eine kurze Sekunde auf meinem Sofa sah ich wie in einer Offenbarung, dass Geld und Gewalt ein und dasselbe sind.«

»Und da haben Sie Ihre alte Heimwehrpistole in die Tasche gepackt? Eine uralte Husqvarna? Sie müssen sich doch da schon vorgenommen haben, ihn zu erschießen?«

»Hier lässt mich die Erinnerung im Stich«, sagte Runström und sah Norlander in die Augen. »Ich weiß, dass Sie mir an diesem Punkt nicht glauben. Hier fängt das Verhör richtig an. Sie glauben, dass ich hier entweder anfange, mir zu widersprechen, oder dass ich mich erinnere. Ich weiß nicht genau, was von beidem.«

»Wir wissen es auch nicht«, sagte Söderstedt. »Überzeugen Sie uns.«

»Ich glaube, dass ich die Pistole eingepackt habe, um damit herumzufuchteln.«

»Aber sie war mit frisch gekaufter Munition geladen. Und frisch geölt.«

»Ich habe eindeutig Munition gekauft, so viel weiß ich. Dass ich sie geölt habe, kommt mir eher fraglich vor, aber es ist durchaus möglich. Ich hatte eine Vorahnung von dem, was passieren würde.«

»Der Erwartungshorizont«, dozierte Söderstedt.

»Ja, aber es war noch schlimmer. Ich war überzeugt davon, dass der Fernsehsumpf lebensgefährlich ist. Buchstäblich. Tödlich. Wie Arsen. Wie Aids. Wie Sachen, die in ganz konkretem Sinn den menschlichen Organismus zerstören. Es war meine Pflicht einzuschreiten. Aber ich bin ziemlich sicher, dass ich mit der Pistole herumfuchteln, vielleicht sogar einen Schuss in die Decke abgeben wollte, um ihn dazu zu bringen, auf die normale Sprache zu hören. Die richtige. Ihn zu erschießen, hält ja nichts auf, das ist ja nur Dummheit. ›Makeover‹ ist genau wie geplant weitergegangen. Allerdings mit höheren Einschaltquoten. Die Unterbrechungen für Werbung lagen zuletzt bei zweiundvierzig Minuten. Ich habe die Zeit gestoppt. In einem Programm von einer Stunde. Ich glaube, es war das erste Mal, dass sie die Zweidrittelgrenze überschritten haben.«

»Ein Trendbruch«, sagte Söderstedt. »Ihr Verdienst.«

Lars-Inge Runström betrachtete ihn lange. »Was soll ich sagen?«, sagte er leise. »Ich habe mir selbst in den Fuß geschossen. Das Einzige, was ich als Fernsehkritiker erreicht habe, ist, dass die Einschaltquoten für den schlimmsten Schund drastisch gestiegen sind. Es gibt einen Gott, und der ist ein Komiker.«

»Sie haben die Pistole in eine Tasche gepackt«, sagte Norlander.

»Ich habe nicht gewagt, sie mir in die Hose zu stecken. Ich weiß noch, dass ich Angst hatte, kastriert zu werden, falls sich ein Schuss löste.«

»Wer hätte das nicht?«, sagte Norlander. »Und dann?«

»Ich ging hinaus zum Wagen, startete und fuhr los. Ich fuhr automatisch zum Kalastelevision.«

»Woher wussten Sie, wo es liegt?«

»Ich bin einmal da gewesen«, sagte Runström mit einem schiefen Lächeln. »Ich war eingeladen, um eine Folge des Quiz ›G wie Gewinn jedes Mal‹ live zu erleben. Es war grauenvoll. Allgemeinbildungsniveau ist nur ein Wort, das zu lang ist, um es auszusprechen. Von Buchstabieren gar nicht zu reden.«

»Gewinn buchstabiert man doch mit g?«, sagte Södersstedt nachdenklich.

»Hier wundern wir uns, wie gut alles geplant war«, sagte

Norlander. Wussten Sie, 1. dass Ronald Swärd im Haus war, 2. dass er gerade um diese Zeit das Gebäude verlassen wollte, 3. dass das Garagentor aufgehen würde, sodass Sie hineinkonnten, bevor Swärd hinauskäme, und 4. dass er allein sein würde? Alles war exakt ausgeführt.«

»Außer dass Sie nach der Tat dageblieben sind.«

»Hübsches Timing«, sagte Norlander. »Das Publikum hatte die Studioräume von Kalastelevision gerade verlassen und zog in einzelnen Gruppen den Värtaväg hinunter. Die geladenen Gäste hatten im Innern der Räumlichkeiten mit der Nachfeier begonnen. Der Einzige, der bei Kalastelevision noch arbeiten musste, war Swärd. Er hatte um halb zehn im Szeneclub Kharma in der Sturegata eine Verabredung mit einem Mister Vebach Zelsai. Das stand im Kalender. Wenn man – im Unterschied zu Swärds Sekretärin – diese Verabredung kannte, wäre es ein Leichtes gewesen, um zwanzig nach neun an Ort und Stelle zu sein. Gerade rechtzeitig, um das Garagentor aufgleiten zu sehen.«

»Ich bin nur hingefahren«, sagte Runström. »Direkt nach der Sendung.«

»Es muss ein wichtiges Treffen gewesen sein, wenn der Chef dafür auf die Nachfeier verzichtete«, sagte Söderstedt. »Könnte es sich um Geld gehandelt haben? Sie kennen nicht zufällig diesen Herrn Zelsai, anscheinend Ungar? Er existiert nämlich nicht. Wir haben überall gesucht. Die einzige Erwähnung dieses Namens findet sich in Ronald Swärds Taschenkalender.«

»Auch diesmal nicht«, sagte Runström resigniert.

Aus der Tasche holte Söderstedt jetzt einen Ballon und brachte ihn mit einer Stecknadel zum Platzen. Das Echo hallte zwischen den Wänden des Vernehmungsraums wider.

»Peng, so haben Sie ihn erschossen«, sagte Arto Söderstedt.

Viggo Norlander landete auf dem Stuhl. Er beobachtete seinen Partner mit maßlosem – aber schweigend hinuntergeschlucktem – Zorn. Söderstedt fand, dass das Schweigen auf einen gewissen Respekt hindeutete.

Oder Norlander hatte seine Zunge verschluckt.

»Jajaja«, sagte Runström müde. »Neue und spektakuläre Vernehmungstricks. Wie im Fernsehen. Ein eigenes ›Format‹.«

»Was geschah in der Garage? Schnell.«

Noch ein Ballon. Peng.

»Aber verdammich!«, sagte Norlander nach dem Echo Nummer zwei. Dann schwieg er. Wieder.

»Die Garage«, hetzte Söderstedt. »Die Garage, Runström. Sie fahren runter. Sie steigen aus. Sie schießen. Einmal. Zweimal. Dreimal. Viermal. Was passiert?«

Runström starrte ihn an. Ein wenig aus der Fassung gebracht. Söderstedt wollte es in seinen stumpfen graublauen Augen sehen. Nur ein bisschen aus der Fassung. Herrgott. Er war nicht sicher. War diese Müdigkeit wirklich absolut kugelsicher?

»Ich erinnere mich nicht daran, dass ich in die Garage fuhr«, sagte Runström. »Ich weiß, dass ich da aufgewacht bin. Ich erinnere mich, dass die Polizei gekommen ist und mich mitgenommen hat.«

»Und Sie erinnern sich daran, dass Sie geschossen haben.«

Der dritte Ballon knallte.

»Und ich erinnere mich daran, dass ich geschossen habe. Aber es war niemand da.«

»Was bedeutet das? Sie sind da. Sie sind wieder da. Denken Sie nach. Sie sitzen in Ihrem Wagen. Sie fahren den Värtaväg hinauf, das Publikum kommt Ihnen entgegen, in Autos und zu Fuß. Und dann?«

»Ja. Doch. Das Garagentor steht offen.«

Söderstedt holte einen blauen Ballon heraus und hielt die Nadel daran. »Das Garagentor ist geöffnet«, sagte er.

»Verdammt«, sagte Runström und starrte auf die Stecknadel. »Hören Sie auf damit. Das Garagentor steht offen.

Ich fahre rein. Etwas ist komisch. Ich weiß nicht, was passiert. Doch, ich fahre rein.«

»Wann sehen Sie Swärd? Wann greifen Sie zur Waffe?«

»Es sind keine Menschen da. Ich weiß nicht.«

Söderstedt stand auf und drückte die Nadel in den Ballon.

Es war mucksmäuschenstill. Der Ballon knallte nicht. Die Nadel steckte darin. Baumelte.

»Was passiert, Runström?«, sagte er leise. »Was passiert in der Garage?«

»Blut«, sagte Runström mit weit offenen klaren Augen.

»Blut?«

»Ich schieße, als ich das Blut sehe.«

»Wo ist das Blut?«, sagte Söderstedt und zog die Nadel aus dem Ballon. Sehr langsam entwich zischend die Luft.

»In einem weißen Auto. Es ist furchtbar. Und dann schieße ich hinterher.«

»Hinter dem Wagen?«

Runström antwortete nicht. Ganz langsam erlosch sein Blick.

»Weiter«, sagte Söderstedt energisch. »Sie schießen hinterher? Wem?«

»Der Bewegung«, sagte Runström. »Dem Wesen. Aber es ist kein Mensch. Es ist leer. Es ist kein Mensch da. Ich schieße in die Wand. Zwei Schüsse. Sie sitzen direkt nebeneinander in der weißen Wand, zwei kleine Löcher, wie eine Steckdose. Zwei Löcher in der Wand.«

»Die Bewegung, das Wesen? Was war das?«

»Weiß nicht. Die Anwesenheit von etwas. Dann weiß ich nichts mehr. Bis die Polizei kam. Blaulicht überall. Schreie. Ich kann nicht mehr. Bitte. Ich weiß nicht.«

Lars-Inge Runström schien es ziemlich schlecht zu gehen. Die Wachen kamen und führten ihn fort.

Auf dem Vernehmungstisch lag ein blauer Ballon und wurde langsam kleiner. Die letzte Luft entwich mit einem ächzenden Laut, dann war es still.

Norlander betrachtete den Ballon.

»Tesa«, sagte Söderstedt.

»Tesa«, nickte Norlander abwesend.

»Man klebt ein Stück Tesafilm auf den Ballon und drückt die Nadel in den Tesafilm. Dann knallt es nicht.«

»Laut welchem Paragraphen in den Vorschriften?«

»Kinderfernsehen«, sagte Söderstedt.

Viggo Norlander leistete sich ein kurzes Lachen.

Arto Söderstedt blätterte den Papierstapel vor sich durch.

»Vier Schüsse wurden abgefeuert«, sagte er. »Zwei davon in die Wand, zwei in Ronald Swärds Kopf. Die beiden in der Wand mit einem horizontalen Abstand von zwei Zentimetern. Wie eine Steckdose.«

»Er hat zwei vergessen. Zwei wichtige.«

»Was glaubst du, Viggo?«

»Wir haben das ja ausgiebig diskutiert, Arto. Alles schien so klar zu sein. Ich habe bisher geglaubt, er hält einfach nur die Klappe. Aber jetzt bin ich mir nicht mehr sicher.«

»Und ich habe bisher geglaubt, er hat es verdrängt. Aber jetzt bin ich mir nicht mehr sicher.«

Sie sahen einander an.

»Irgendwie hat das mit den Ballons ja funktioniert«, sagte Norlander. »Deshalb verzeihe ich dir, trotz multipler Herzinfarkte. Aber ich weiß nicht, wie es funktioniert hat. Was haben wir jetzt herausbekommen?«

»Auf jeden Fall einen Handlungsablauf. Ob nun wahr oder gelogen. Nicht mehr sowohl als auch. Das ist ein Fortschritt.«

Norlander lehnte sich zurück und sagte: »Runström fährt den Wagen in die Garage und stellt sich damit Swärd in den Weg. Sein Saab versperrt Swärds BMW die Ausfahrt. In der nächstgelegenen Wand, drei Meter geradeaus, im rechten Winkel zum BMW, sitzen zwei Schüsse. Die zwei anderen sitzen in Swärds Kopf, fünf Meter links davon, wo sie gelandet sind, nachdem sie die Windschutzscheibe durchschlagen haben. Swärds Wagen hat die markierte Stellfläche verlassen, aber als er erschossen wird, steht sein Wagen. Das haben die Kriminaltechniker festgestellt. Das Logische ist, dass Runström hinunterfährt, stehen bleibt und Swärd aufhält. Er steigt mit der Waffe in der Hand aus, gibt zwei Warnschüsse auf die Wand ab, dreht die Pistole um neunzig Grad nach links und erschießt Swärd direkt durch die Windschutzscheibe. That's it.«

»Ja«, räumte Söderstedt ein. »Es ist weiterhin das Logische. Falls ja, haben wir ihn zu einer Lüge verleitet. Endlich. Er lügt in Bezug auf etwas so Sonderbares wie eine ›Bewegung‹, ein ›Wesen‹, das kein Mensch ist.«

»Außerdem sieht er Blut«, sagte Norlander. »Er sieht Blut im BMW, sieht eine Bewegung, ein Wesen und schießt zweimal in die Wand.«

»Aber«, sagte Söderstedt, »vier Schüsse sind abgefeuert worden, und zwei davon sitzen zweifelsfrei in Swärds Kopf. Alle vier Kugeln sind identifiziert, sie kommen sämtlich aus der gleichen Art von Waffe. Einer alten Husqvarna.«

Worauf Viggo Norlander sich erlaubte zusammenzufassen: »Runström zufolge wurde Swärd also mit Runströms Pistole erschossen, als Runströms Pistole noch nicht in der Garage war.«

»Ja«, sagte Söderstedt. »Klingt doch überzeugend, oder?«

11

Mitten im Zimmer stand ein Glaskäfig. Die Wände waren unsichtbar. Sie schnitten den Schreibtisch in der Mitte durch, sodass die eine Seite von Glas umgeben war, die andere nicht. Kein Besucher konnte die Existenz dieses gläsernen Käfigs ahnen.

Und doch existierte er.

Gunnar Nyberg saß draußen und schaute hinein. Es war wie im Zoo. Im Aquarium auf Skansen.

Es fragte sich nur, ob eine Vogelspinne oder ein Seidenäffchen im Käfig saß.

Er seufzte und betrachtete das unbekannte Lebewesen. Rein geografisch lagen nur zwei Meter zwischen ihnen. Aber Distanz hat nur in Ausnahmefällen mit Geografie zu tun.

Nyberg hatte in den letzten Jahren gewagt, sich selbst von außen zu betrachten. Was er dabei sah, war ein ganz netter Typ. Nicht unproblematisch – aber umgänglich. Die Menschen fassten Vertrauen zu ihm. Er glaubte sogar zu verstehen, warum. Es war eine schwer erkämpfte soziale Kompetenz, aber sie war besser als nichts. Und sie funktionierte. In der Regel.

Doch keine Regel ohne Ausnahme, und im Glaskäfig saß die Ausnahme, die die Regel bestätigte.

Sie hieß Jon Anderson.

Und sollte nie mehr Yes genannt werden.

Aber richtig sicher konnte man nicht sein.

Nyberg musste zugeben, dass er das Gesicht auf dem Computerbildschirm vorzog. Es war ihm angenehm. Vielleicht nicht mehr ganz taufrisch, aber insgesamt schien es das Gesicht einer Frau nach seinem Geschmack zu sein.

Slawisch.

Außerdem fand er, dass er die polnische Krankenschwester Elzbieta Kopanska ein wenig besser kennengelernt hatte. Er war inzwischen überzeugt davon, dass sie Gefallen aneinander gefunden hätten. Gunnar Nyberg und Elzbieta Kopanska.

Aber das war nicht möglich. Es war zu spät. Sie war tot. In ihrer Wohnung in Hörningsnäs mit der Axt erschlagen. Bevor sie eine Chance bekommen hatte, Schwedin zu werden.

Er sah sich inzwischen die Bilder vom Tatort nicht mehr an. Sie waren zu bedrückend. Die furchtbare Aussichtslosigkeit ihrer Lage. Die Hände immer noch zum vergeblichen Schutz erhoben. Das Entsetzen und die Erwartung des Todes auf der Netzhaut eingeätzt wie auf einem Foto. Und der einzige Hieb in die Stirn. Wie man direkt ins Gehirn sah.

Nein. Nichts mehr davon. Die Rekonstruktion eines Lebens, nicht eines Todes. Eines Lebens in Schweden. Jon Anderson kümmerte sich um das Leben in Polen. So weit hatten sie miteinander reden können. Dann entdeckten sie die Glaswand zwischen sich.

Keine Tatwaffe, keine Fingerabdrücke, keine Fibern, keine Zeugen. Der Tatort war eiskalt. Es musste stattdessen eine Motivjagd geben. Und um ein Motiv zu finden, musste Gunnar Nyberg den Menschen finden.

Elzbieta Kopanska war im Februar 1970 in Poznań geboren, wo sie ihre Ausbildung zur Krankenschwester und anschließend eine Weiterbildung zur Operationsschwester in der Unfallchirurgie machte. Seit Mitte der Neunzigerjahre hatte sie in drei verschiedenen Krankenhäusern in der Umgebung von Poznań gearbeitet. Im Raszeja-Krankenhaus las sie die Annonce einer schwedischen Vermittlungsfirma von Sommertätigkeiten in Schweden. Es klang vielversprechend: Wohnmöglichkeit in der Nähe des Arbeitsplatzes, bezahlter Intensivkurs in schwedischer Sprache, danach ein ebenfalls bezahlter Einführungskurs im Krankenhaus sowie die Möglichkeit einer Verlängerung des Arbeitsverhältnisses. Weil der Lohn das Zehnfache ihres gegenwärtigen Lohns betrug und sie keine Familie hatte, die sie hinderte, biss sie an. Sie kam am dritten April nach Schweden und begann sofort den Intensivkurs an Södertörns Hochschule, ganz nah beim Krankenhaus Huddinge, wo sie ab und zu die Ambulanz besuchte, ihren zukünftigen Arbeitsplatz. Nach und nach übernahm sie auch mal eine Nachtwache, um etwas dazuzuverdienen. Bei ihrem Tod am zehnten Juni hatte sie zehn Tage als Schwester in der Ambulanz gearbeitet. Den vorliegenden Informationen zufolge hatte sie sehr schnell Schwedisch gelernt.

Gunnar Nyberg blickte vom Bildschirm auf und sah durchs Fenster hinaus zum strahlenden Himmel. Er dachte nicht daran, dass er bald Urlaub haben würde, dass er und Ludmila einen ganzen Monat lang mit dem Auto in Europa unterwegs sein würden, nicht zuletzt, um sich Häuser anzusehen. Sie wollten nach Venetien, und sie wollten auf die Kykladen. Dann würde in der griechischen Inselwelt ein gewaltiger Streit ausbrechen. Die Einheimischen würden fälschlicherweise glauben, dass der Zorn von Zeus und Hera auf dem Olymp sich entlüde. Alle rationalen Erklärungen vom Typ ›Es sind ein großer Schwede und eine kleine Russin, die sich darüber streiten, wo ihr Haus liegen soll‹ würden mit einer seit der Antike überkommenen typisch griechischen Geste abgefertigt werden.

Nein, daran dachte er überhaupt nicht. Er dachte: Reiche Länder ziehen aus armen Ländern Pflegepersonal ab. Es ist ein neuer Trend. Der simple Grund dafür ist, dass die reichen Länder sich bezüglich ihres zukünftigen Pflegebedarfs gründlich verrechnet haben. Oder ganz einfach überhaupt nicht gerechnet haben – weil es sich um ein Thema jenseits der Mandatsperiode der gewählten Volksvertreter handelte. Es war eine wohlbekannte und unzureichend umstrittene

Tatsache in der Gegenwart. Das dramatischste Beispiel stellten die USA und Südafrika dar. Amerikanische Rekrutierungsunternehmen fielen in Südafrika mit Angeboten ein, denen die aidsmüden Ärzte und Krankenschwestern nicht widerstehen konnten. Der Mangel an Pflegepersonal in Südafrika war gegenwärtig so akut, dass zahlreiche lebenserhaltende Abteilungen – und ganze Krankenhäuser – geschlossen werden mussten. Mitten im anhaltenden Aidsboom.

Aber es war zu hoffen, dass Südafrika bald über eine eigene Produktion erstklassiger Blocker verfügen würde.

Oder vielleicht dachte er auch an ein kleines Haus an einem Abhang am Meer auf Naxos. Er war nicht ganz sicher.

Njet, rief er sich zur Ordnung. Ochi. No. Er dachte an eine Frau mit Namen Elzbieta Kopanska.

Er hatte mit dem Sachbearbeiter der Vermittlungsfirma gesprochen, mit Lehrern und Kommilitonen an Södertörns Hochschule, mit Kollegen und Vorgesetzten im Krankenhaus von Huddinge, mit allen im Land, die Kontakt zu Schwester Elzbieta gehabt hatten. Nach und nach entstand das Bild einer sozial eingestellten, aber dennoch recht zurückgezogenen jungen Frau, die in den drei Monaten ihres Aufenthalts in Schweden nur vorsichtig Außenkontakte knüpfte. Einige denkbare Gelegenheitsliebhaber im Zusammenhang mit zwei bezeugten Kneipenbesuchen zeichneten sich ab, aber noch war keiner eingekreist. So selbstverständlich einen Axtmord mit Liebe und Sex zu verknüpfen, war natürlich deprimierend, aber unausweichlich. Rein psychosozial gesehen, deutete vieles darauf hin, dass der Axtmörder eher ein verschmähter Liebhaber war als ein Verrückter. Äxte wurden fast immer in extremen Situationen benutzt. Auf gewisse Weise – und er wollte diesen Gedanken nicht richtig zu Ende denken – lag in einem Axtmord die gleiche Art von leidenschaftlicher Hingabe wie in einer leidenschaftlichen Liebesbeziehung. Zumindest aus männlicher Sicht.

Axtmorde sind sauer gewordene Leidenschaft.

Altes Dschungelsprichwort.

Nachdem Nyberg einige der offener zutage liegenden männlichen Kontakte abgehakt hatte, richtete er sein Hauptaugenmerk auf einen Mann, der zunächst nicht viel mehr als ein Schatten gewesen war. Er hatte erst im Verlauf der langen und schwierigen Zeugenvernehmungen Gestalt angenommen. Ein Mann, der sich immer nur am äußersten Bildrand befand. Er war auf seinem Fahrrad da, wenn Elzbieta zu ihrem Sprachkurs bei Södertörns Hochschule ankam, er saß da, wenn der Frühlingstag graute, und wartete, wenn sie von ihrer Nachtschicht im Krankenhaus nach Hause ging. Die Leute hatten ihn im Vorübergehen wahrgenommen. Erst als sie an ihn erinnert und gezwungen wurden, sich anzustrengen, wurde sein Bild deutlich. Eine von Elzbietas Mitschülerinnen im Sprachkurs, eine Iranerin, die Aktienmaklerin werden wollte, hatte sie einmal direkt darauf angesprochen. Alles, was sie zur Antwort bekam, war ein ganz schwaches Lächeln.

Nicht weniger als elf Personen konnten sich, wenn sie sich den Kopf zermarterten, an diese Randfigur erinnern. Aber nur äußerst vage. Nyberg setzte Puzzleteilchen zusammen wie ein Detektiv. Fragment um Fragment, Detail um Detail. Eine Haarfarbe hier, ein Gesichtszug da, ein Kleidungsstück dort. Zwei der elf Zeugenaussagen fielen aus dem Rahmen. Eine neurotische italienische Modedesignerin erinnerte sich an einen sehr dicken rothaarigen Mann mit drohendem Blick und einer Axt auf dem Gepäckträger, während ein männlicher Krankenpflegerkollege, dem ein halbes Kilo Metallschrott in verschiedenen Gesichtspartien hing, einen gealterten mageren Transvestiten mit strähnigem Haar und nur einem Arm gesehen zu haben meinte. Dass zwei von elf Zeugen ihre eigenen Phantasmen statt der Wirklichkeit sahen, war, statistisch gesehen, normal. Die Teilchen fielen aus dem Puzzle heraus. Die Teile der übrigen neun passten zusammen. Mit etwas gutem Willen.

Langsam wuchs ein Bild aus dem immer raffinierter werdenden Phantombildgenerator des Polizeicomputers hervor. Schließlich konnte das Gesicht von allen neun zuverlässigen Zeugen wenn nicht bekräftigt, so doch gutgeheißen werden.

Dieses Bild holte Nyberg sich jetzt auf den Monitor. Es war ganz eindeutig ein Phantombild, kein Bild eines richtigen Menschen. Der Unterschied war ganz einfach Geist. Oder noch einfacher: Leben. Der Phantomblick besaß kein Leben. Dennoch handelte es sich um ein vollkommen akzeptables Bild eines ziemlich alltäglichen Gesichts mit weitem Abstand zwischen den Augen, schmalem, spitzem Kinn und hoher Stirn unter einer struppigen blonden Mähne, die der Schwerkraft zu widerstehen schien. Nur sahen vielleicht zweihunderttausend Schweden so aus. Und der Mann brauchte natürlich nicht einmal Schwede zu sein. Dazu kamen – ein Stück jenseits des Phantomgesichts – ein altes Militärfahrrad, zerschlissene Jeans und eine verwaschene Jeansjacke mit einem auffallend großen runden Aufnäher auf dem rechten Ärmel. Alles den Zeugen zufolge.

Dieser Aufnäher war Gunnar Nybergs jüngstes Projekt. Er piesackte seine neun Zeugen und rang ihnen möglichst detaillierte Erinnerungsbilder ab. Er war sich ziemlich sicher, aus allen neun die denkbar größte Anstrengung herausgekitzelt zu haben. Nach diesen Aussagen zeichnete sich ein runder Aufnäher von knapp zehn Zentimeter Durchmesser ab. Ein genähter roter äußerer Kreis umschloss einen weißen Stoffgrund, auf dem zwei, drei Buchstaben in einer anderen Farbe – schwarz oder blau – ein rot gesticktes Bild überlagerten. Die Zeugen hatten aus der Entfernung weder die Buchstaben noch das Bild erkennen können. Nyberg war dennoch zufrieden. Er begab sich auf Logojagd.

Logotypen. Zwei, drei Buchstaben ließen vermuten, dass es sich um eine Abkürzung handelte. Keine allgemeiner gehaltene Mitteilung vom Typ ›Coca-Cola‹ oder ›Fuck U‹ war in zwei, drei Buchstaben unterzubringen. Wahrscheinlicher für ein Logo war eine Firmen- oder Vereinsabkürzung. Hoffentlich war sie lokal begrenzt. In Anbetracht des stets gegenwärtigen Fahrrads war anzunehmen, dass der Mann und Elzbieta sich nicht im Bus oder im Vorortzug begegnet waren, sondern eher auf dem Weg dorthin oder von dort. Entweder bei Elzbietas Wohnung oder bei der Arbeit. Er scannte Huddinge ein. Natürlich gab es kein zentrales Verzeichnis von Logos, sodass er sich auf eine trostlose Jagd begeben musste, mit dem Internet als Waffe.

Daran saß er inzwischen seit zwei Tagen, als aus großer Ferne eine Stimme an sein Ohr drang.

Von jenseits einer Glasscheibe.

»Jetzt antworte endlich einmal«, fauchte die Stimme. »Gunnar!«

Nyberg blickte auf und sah ein unbekanntes Wesen in einem Käfig.

»Wo bist du eigentlich?«, sagte Jon Anderson mürrisch.

»Im Logo Heaven«, sagte Gunnar Nyberg ebenso mürrisch.

»Hast du überhaupt mitgekriegt, was ich gesagt habe?«

»Kein Wort.«

»Ich glaube, ich habe hier etwas gefunden«, sagte Jon Anderson mit ungeahntem Enthusiasmus.

»In Polen?«

»Die Polen faxen Elzbieta Kopanskas Kontoauszüge der letzten drei Jahre herüber. Daran ist etwas faul.«

»Faul?«

»Mehr Geld, als es sein dürfte«, sagte Jon Anderson. »Es kam jeden Monat mehr aufs Konto, als sie verdient hat.«

»Nebenjobs sind wohl ganz normal in Ländern, in denen Pflegepersonal, einschließlich der Ärzte, zur Unterklasse zählt.«

Anderson blickte Nyberg an und verstummte.

Nyberg verstummte auch. Die Glasscheibe wurde dicker.

Das Faxgerät summte. Anderson stand auf und stellte sich daneben.

Und Nyberg wandte sich seinen Logos zu.

Zeit verging. Kein Wort wurde gewechselt. Säure sickerte an den Wänden hinab. Anderson kämmte Elzbieta Kopanskas polnische Kontoauszüge durch. Nyberg klickte sich von Vereinigung zu Vereinigung in den südlichen Vororten. Die Logojagd ging weiter.

Am Schluss wurde er fündig. Ganz unvermutet.

Ein rotes Modellflugzeug in einem roten Kreis wurde von den drei Buchstaben GMC überlagert. Glömsta Modellbauclub. Nicht zu fassen. Alle diese kleinen Vororte, die er nicht kannte. Hörningsnäs und Glömsta. Kleine Fragmente von Huddinge.

Er nahm sich die Internetseite des Clubs vor. Sie war einigermaßen fachmännisch gemacht. Ein bisschen Probleme mit Java Script, aber davon abgesehen ganz okay. Die Adresse eines Clublokals in Glömsta. Zeiten, zu denen man Mitglieder antraf, um über Modellflugzeugbau zu diskutieren. Sie würden heute Abend da sein. Von fünf bis sieben. Dann würde auch Gunnar Nyberg da sein und mit einem Phantombild wedeln. In Glömsta.

Weiter erstreckte sich Nybergs Auffassung von einer gesicherten Zukunft nicht.

Er lächelte seinem Partner sogar zu. Er meinte zu sehen, wie sich das Lächeln im Glaskäfig spiegelte.

Es sah grundfalsch aus.

12

»Ich will nicht mehr hier sitzen.«

Es war ein Stoß ins Herz.

»Hier ist es langweilig.«

Noch ein Stoß. Und das Unvermögen zu antworten, ohne zu lügen.

»Ich hab schon fünf Millionen Zeichnungen gemacht. Ich will was anderes machen.«

Kerstin Holm legte den Kopf schief und sagte: »Ich weiß, Anders. Wollen wir zu Mittag essen gehen?«

»Ich will nicht Mittag essen«, sagte Anders Holm. »Ich will Freunde treffen. Nie darf ich Freunde treffen.«

Oje. Sie war eine schlechte Mutter. Sie hatte noch keine Ferienbetreuung organisiert. Weit und breit keine Freunde in Sicht.

Wie sollte sie das Problem mit den Freunden lösen? Gab es noch Ferienlager? Aber dafür war es wohl schon zu spät? Außerdem müsste sie ihn dann mehrere Wochen weggeben, und das wollte sie nicht. Sie würde den Abend damit verbringen, bei seinen Klassenkameraden herumzutelefonieren, um herauszufinden, was sie machten. Wie lösten andere Eltern von Schulkindern das Sommerproblem? Sie hatte ja nicht einmal gewusst, dass ein solches existierte.

»Gut, dann male ich noch was«, sagte Anders lustlos und riss ein Blatt Papier an sich.

»Nicht das!«, rief sie.

Viel zu laut. In jeder Hinsicht der falsche Ton. Er zuckte zusammen und starrte sie an. Sein Blick sagte: Was bist du für eine schlechte Mama.

Während Anders sich ein anderes Blatt griff, ohne den schrecklichen Blick von ihr abzuwenden, schaute sie auf das

Papier, das ihren Schrei ausgelöst hatte. Es war um 12 Uhr 23 per Fax angekommen, wie der Aufdruck am oberen Rand verriet. Der Platz für die Faxnummer war leer.

Auf dem Blatt stand nur: ›Denkt an Joy Rahman.‹

Das war alles.

Wie sollte man Joy Rahman vergessen können? Er war das Opfer des letzten Urteils in einer Serie von rechtswidrigen Urteilen in Schweden. Rahman war ein mobiler Altenpfleger aus Bangladesch, der wegen Mordes an einem Patienten acht Jahre im Gefängnis verbracht hatte. Im letzten Frühjahr wurde er von einem Berufungsgericht einstimmig freigesprochen. Der Freispruch war in aufsehenerregender Weise unbestritten. Joy Rahman wurde bereits eine Woche nach Abschluss des Verfahrens freigelassen.

Acht Jahre lang hatte der sanfte kleine Mann unschuldig im Gefängnis gesessen.

Was war das für ein komisches anonymes Fax? Die Telefonzentrale des Polizeipräsidiums verfügte über verschiedene Arten von Nummernlesern, und es war kein Problem gewesen, die Absendernummer herauszubekommen. Doch die gehörte wiederum dem großen Teleladen in der Stockholmer Kungsgata, wo jeder anonym ein Fax verschicken konnte, sodass die Spur hier endete.

›Denkt an Joy Rahman‹? Wie sollte man nicht an ihn denken? Es war ja erst zwei Monate her, und die Medien gaben immer noch keine Ruhe, als wollten sie ihr acht Jahre währendes Versäumnis kompensieren. Die Mahnung kam ihr sinnlos vor. Es war, als wollte man einen weinenden Zuschauer darauf hinweisen, dass Schweden bei der Fußball-WM ausgeschieden war.

Das Fax war unter der offiziellen Faxnummer der A-Gruppe eingegangen. Ein Computerausdruck, ziemlich großer Schriftgrad, vielleicht 24 Punkt, und der Schrifttyp Garamond, wenn sie sich nicht täuschte. Sonst nichts.

Ja, da war nicht viel zu machen. Es kam zu den Akten.

Dagegen war sie im Fall Anders gezwungen, etwas zu unternehmen. Sie griff zum Telefon und versuchte, sich an die Nummer seines besten Freundes in der Klasse zu erinnern. Eskil. Aber wie war sein Nachname? Und wie die Nummer? Sie hatte im vergangenen Jahr einige Male dort angerufen. Sechs fünf zwei sieben zwei. Nein.

Es klopfte schüchtern an der Tür.

»Herein«, rief sie gereizt.

Ein Mann im Jeansanzug in ihrem Alter schaute herein. Er kam ihr bekannt vor. Aus den Korridoren. Vielleicht auch von einem früheren Fall. Einem alten Fall.

Der Mann blickte verwundert auf Anders und hielt in der Türöffnung inne. »Ich störe vielleicht?«, sagte er zurückhaltend.

»Nein, kein Problem«, sagte Kerstin Holm und legte erleichtert den Hörer auf. »Komm herein. Du bist ... Åkesson, nicht wahr?«

»Ja«, sagte er, und sein Gesicht hellte sich auf. Er streckte die Hand aus. »Bengt Åkesson, Kommissar. Wie kommst du darauf?«

»Ich weiß nicht richtig«, sagte sie und zeigte unwillkürlich auf den Platz, an dem Hultins IKEA-Sofa gestanden hatte.

Åkesson sah sich vergeblich nach einem Sitzplatz um.

Mutter und Sohn Holm nahmen die beiden vorhandenen Plätze ein.

Sie fuhr fort, hauptsächlich um ihre Verlegenheit zu verbergen: »Unsere Wege haben sich einmal gekreuzt. Aber wann und wie? Ich weiß es nicht mehr.«

»Alexander Brjusov«, sagte Åkesson. »Und später die Sicklaschlacht.«

Sie machte anscheinend immer noch ein fragendes Gesicht, denn Åkesson fuhr fort: »Alexander Brjusov, einer in dem russischen Duo Igor und Igor. Das war im Zusammenhang mit den Machtmorden. Ich habe ihn für euch gefunden. Und dann war ich als erster Verantwortlicher nach der Schießerei von Sickla am Tatort. In beiden Fällen die Mafia. Verschiedene Mafias.«

»Ja, klar. Jetzt fällt es mir wieder ein. Aber du warst damals nicht Kommissar.«

»Stimmt«, sagte Åkesson. »Ich bin fast so frischgebacken wie du. Wenn du den Vergleich erlaubst.«

Sie lachte leicht und sagte: »Was kann ich für dich tun, Bengt?«

Åkesson warf wieder einen Blick auf Anders, der in seine Autos und Großstadtfassaden vertieft war.

»Es ist ein wenig heikel«, sagte Åkesson.

Auch Kerstin blickte zu Anders hinüber. Dann fasste sie einen Entschluss: »Komm, Anders, jetzt besuchen wir zwei lustige Mädchen.«

Sie traten auf den Gang hinaus und ins Zimmer 304, in dem Sara Svenhagen und Lena Lindberg saßen und laut lachten.

»Wenn ihr ausgelacht habt«, sagte Kerstin Holm, »kümmert euch ein bisschen um Anders. Gebt ihm das Gefühl, Hahn im Korb zu sein.«

»Ich will aber lieber Hase im Korb sein«, sagte Anders.

»Die beiden Häschen hier kümmern sich eine Weile um dich. Nicht wahr, Bunnies?«

»Das ist Diskriminierung«, sagte Sara Svenhagen. »Und sexuelle Schikane.«

»Na so was«, sagte Kerstin. »Ich bin in einer Viertelstunde wieder da.«

Dann kehrte sie zu Bengt Åkesson zurück.

»Setz dich«, sagte sie.

»Dein Sohn?«, sagte Åkesson und setzte sich auf Anders' Platz. »Ich weiß, wie schwer es ist, im Sommer alleinerziehendes Elternteil zu sein. Aber das hier sollte man ihm vielleicht ersparen.«

»Das hier?«, sagte Kerstin und setzte sich neben ihn.

Åkesson kratzte sich am Kopf, zog eine Mappe aus seiner Aktentasche und legte sie auf Anders' Zeichnungen.

»Es ist, wie gesagt, ziemlich heikel. Ich habe die offiziellen Kanäle vermieden. Wir sind ja inzwischen so durchlässig wie ein Sieb. Es muss als ein ziemlich großer Fall betrachtet werden. Besonders im Licht von Fadime.«

Fadime? Dachte Kerstin Holm. Herrgott. Denkt an Fadime …

Fadime Sahindal war eine junge Kurdin, die im Januar von ihrem Vater ermordet worden war. Sie hatte unter einer geschützten Identität gelebt, nachdem sie von ihrer Familie mit dem Tod bedroht worden war, weil sie einen nichtkurdischen Freund hatte. Fadime hatte heimlich ihre Schwester in Uppsala besucht. Aber kurz darauf kamen ihre Mutter und eine weitere Schwester in die Wohnung. Und dann der Vater – mit einer Pistole in der Hand. Fadime hatte nicht einmal die Chance, in Deckung zu gehen. Sie wurde sechsundzwanzig Jahre alt.

»Ein neuer Ehrenmord?«, sagte Kerstin Holm und dachte an den schon so ausgewalzten Fernsehmord.

»Ich mag diese Bezeichnung nicht«, sagte Åkesson. »Es geht doch nicht um Ehre. Wir dürfen nicht so tun, als ginge es um Ehre. Wir dürfen nicht akzeptieren, dass die Sprache lügt. Und die Antwort auf deine Frage ist: Nein. Im Gegenteil, kann man sagen.«

»Auf Englisch heißt es ›to beat about the bush‹«, sagte Kerstin Holm. »Kannst du damit aufhören?«

Åkesson lachte laut. »Ich weiß«, sagte er. »So bin ich. Schiebe das Unangenehme vor mir her. Ich glaube, man kann auch sagen ›wie die Katze um den heißen Brei schleichen‹.«

»Jetzt tust du es schon wieder«, sagte die Frau, die wirklich nicht das Recht hatte, den ersten Stein zu werfen.

Bengt Åkesson seufzte vernehmlich und sagte: »Um halb drei gestern Morgen tötete eine junge Frau mit Namen

Naska Rezazi ihren Bruder Nedim Rezazi. Sie lebte unter angenommenem Namen als Rosa Beckman in einer neuen Stadt, Stockholm, und unter Polizeischutz. Trotzdem fand er sie. Sie hatten einen Treffpunkt ausgemacht, und allem Anschein nach hatte er die Absicht, sie zu töten. Aber sie war schneller und erstach ihn. Möglicherweise sollte man erst jetzt die Bezeichnung ›Ehrenmord‹ benutzen.«

»Kaum zu glauben«, sagte Kerstin Holm. »Fadimes Rache.«

»Man kann sich ja vorstellen, was die Medien damit machen würden. Ich habe alles getan, um es vor der Presse geheim zu halten, und soweit ich es beurteilen kann, ist es mir sogar gelungen. Wir haben uns jetzt seit gut vierundzwanzig Stunden mit dem Fall beschäftigt und sind schließlich zu der Ansicht gekommen, dass es ein Fall für euch ist. Gewaltverbrechen von internationalem Charakter. Hier ist der Vorgang.«

Kerstin Holm schlug die Mappe auf und überflog den Inhalt.

»Tensta«, sagte sie.

»Tja«, sagte er nur.

Sie überflog noch ein paar Seiten, klappte schließlich die Mappe zu und richtete den Blick auf ihn. »Warum sollte es ein Fall für uns sein?«, fragte sie. »Es scheint doch alles in bester Ordnung zu sein. Mit Geständnis, Mordwaffe, Gelegenheit und Motiv und allem, was man verlangen kann.«

Åkesson begegnete zum ersten Mal ernsthaft ihrem Blick. Vermutlich war er sich der Kraft seines Blicks bewusst. Ein klarblauer Bannkreis. »Weil etwas daran nicht stimmt«, sagte er.

»Kein Blut am Messer«, sagte Kerstin Holm.

Er hielt den Blick weiter auf sie gerichtet. »Du liest schnell«, sagte er. »Die Wunde passt zu ihrem Schweizer Klappmesser, aber wir haben nicht die geringste Spur von Blut daran gefunden.«

»Es reicht doch ein kurzes Wasserbad. Einmal rein ins Waschbecken und wieder raus.«

»Es ist eine extrem gefühlsbetonte Tat. Diese Art von Kaltblütigkeit fällt aus dem Rahmen. Du solltest sie weinen hören. Es klingt wie von einem anderen Planeten. Es frisst sich ein.«

»Sie war aber bei sich zu Hause? Sie hatte die Möglichkeit, das Messer abzuwaschen?«

»Da gibt es auch einige Komplikationen«, sagte Åkesson, betrachtete Anders' Zeichnungen und fuhr fort: »Es dauerte zwei Stunden, um die Verbindung von Nedim Rezazi aus Norrköping zu Rosa Beckman aus Tensta herzustellen. Die Verwandtschaft war gut hinter der durch Datenschutz bedingten Geheimhaltung verborgen. Aber als die örtliche Polizei um halb fünf bei ihr auftauchte, lag das Messer vollkommen trocken in ihrer Tasche.«

»Man sollte doch meinen, dass es in zwei Stunden getrocknet sein kann.«

»So ein Messer hat viele Klingen. Viele Ecken, in denen sich Nässe festsetzt. Aber gut. Es war dein Argument, nicht meins.«

»Und was ist deins?«

Bengt Åkesson richtete wieder den blauen Blick auf sie. »Sieben Sorten Blumen«, sagte er.

»Was?«, sagte sie.

»Das steht da drin«, sagte er und zeigte auf die geschlossene Mappe.

»Ganz so schnell lese ich eben doch nicht«, sagte Kerstin Holm spitz.

»Sie hat auf dem Weg von ihrer Wohnung zum Treffpunkt sieben Sorten Blumen gesammelt. Sie lagen ganz frisch in ihrer Tasche.«

»Schwedische Mittsommernacht?«, sagte Kerstin Holm. »Sieben Sorten Blumen unterm Kopfkissen, und du träumst von deinem Zukünftigen?«

»Es hat den Anschein«, nickte Bengt Åkesson. »Aber sie weigert sich, darüber zu reden.«

»Weiß man, dass sie die Blumen gepflückt hat?«

»Ja, das ließ sich nachweisen. Außerdem wurde sie von einem Zeugen beobachtet, der schwere Schlafprobleme hat. Der Zeuge, den wir für zuverlässig halten, schaute aus dem Fenster und hat gesehen, wie sie in der hellen Sommernacht Blumen pflückte. Kurz vor halb drei. Aber mehr hat er nicht gesehen.«

»Ist der Umstand, dass sie Blumen pflückt, wirklich ein Argument dafür, dass die A-Gruppe den Fall übernehmen sollte?«

»Etwa nicht?«

Wieder der Blick. Aufrichtig fragend.

»Du meinst, dass man so etwas nicht macht?«, sagte sie schließlich. »Man sammelt nicht sieben Sorten Blumen, wenn man seinen Bruder ermorden will?«

»Ich glaube zunächst einmal nicht, dass man überhaupt von Mord sprechen kann. Höchstens Totschlag. Wahrscheinlich Notwehr. Er hielt ein großes Messer in der Hand. Sie wusste es. Ist das nicht eine magische Geste? Wenn nichts anderes übrig bleibt? Ihre Deutung der nordischen Mittsommermagie? Was ist ihr größter Wunsch? Doch wohl nicht, ihn zu töten.«

Kerstin Holm nickte langsam. »Dass er das Messer aus der Hand legt und sie miteinander reden. Großer Bruder und kleine Schwester.«

»Widersprich mir, wenn ich falsch liege«, sagte Åkesson.

Sie betrachtete ihn. Er hatte sie dahin gelockt. Geschickt gemacht. Åkesson war ein guter Polizist. Aber vielleicht auch ein Träumer.

»Aber es kommt nicht so«, sagte sie. »Trotz der Mittsommerblumen wird sie angegriffen. Sie ist gezwungen, sich zu verteidigen.«

»Und entgeht unverletzt dem großen Messer in der Hand

des großen Mannes. Landet stattdessen mit ihrem kleinen Klappmesser einen perfekten Stich ins Herz.«

»Vielleicht war es die Magie der Blumen«, sagte Kerstin Holm. »Vielleicht war es trotz allem ihr innigster Wunsch, ihn zu töten. Um dem Wahnsinn ein für alle Mal ein Ende zu machen.«

Åkesson nickte leicht und zuckte dabei mit den Schultern. »Vielleicht«, sagte er zögernd.

»Aber es gibt noch etwas«, konstatierte Holm.

Åkesson reckte sich. »Ich habe gestern Abend einen Spaziergang gemacht«, sagte er. »Ich hatte Feierabend, hätte nach Hause fahren sollen zu Vera. Stattdessen bin ich nach Tensta gefahren und von Naskas Haustür zu dem Vereinsheim gegangen, in dessen Hof Nedim gefunden wurde. Ich habe Blumen gepflückt.«

Er machte eine Pause und gab ein kurzes Lachen von sich. »Du hältst mich für verrückt, nicht wahr?«, sagte er.

»Nein«, sagte sie. »Überhaupt nicht.«

Er blickte in ihre Augen. Der blaue Bannkreis. »Sechs habe ich gefunden«, sagte er.

»Es gibt ja einige davon in den Vororten«, sagte sie.

Er lächelte und fuhr fort: »Sechs von den Blumen. Verschiedene Sorten Wildblumen. Asphaltblumen. Die siebte wächst da nicht. Nicht in der Nähe.«

»Welche nicht?«

»Keine Akelei.«

Sie sah ihn verwirrt an. »Was meinst du?«, fragte sie.

»Es ist eine klassische Mittsommerblume. ›Kommt, Lilien und Akeleien‹. Sechs Sorten Wildblumen aus der unmittelbaren Umgebung und eine Mittsommerblume aus der Tiefe des schwedischen Volksmythos. Mehr ist es nicht. Das ist mein Argument, euch den Fall zu übergeben. Wollt ihr ihn haben?«

Kerstin Holm dachte nach. Wer war dieser Åkesson eigentlich? Warum kam er zu ihr? War es wirklich seine eigene Idee?

»Ja«, sagte sie und nahm die Mappe. »Danke.«

»Du kannst gern bei mir nachfragen, wenn etwas ist«, sagte er und stand auf. »Interessante Zeichnungen«, fügte er hinzu und zeigte auf Anders' Papierstapel.

Sie sah auf all die Zeichnungen mit dem stets gleichen Motiv und spürte einen kleinen Kloß im Hals.

Nein, er war nicht klein.

Åkesson öffnete die Tür, um zu gehen.

Sie hielt ihn auf. Mit ziemlich fremder Stimme. »Was hast du damit gemeint, dass du weißt, wie schwer es ist, im Sommer alleinerziehend zu sein?«

Er blieb stehen, die Hand auf der Türklinke. »Vera wollte im letzten Sommer nicht ins Freizeitlager. Es war ausgesprochen anstrengend.«

»Und ihre Mutter?«

Mit angemessen gleichgültiger Stimme.

Er lächelte dünn. Offene Wunde.

»Sie lebt nicht mehr in der Stadt«, sagte er nur.

»Und was hast du gemacht?«

»Meine Mutter ist hergezogen«, sagte Bengt Åkesson und kicherte. »Aus Arjeplog. Erst wohnte sie bei uns, dann habe ich ihr eine eigene Wohnung besorgt. Ganz in der Nähe.«

»Und wo wohnt ihr?«

Åkesson schaltete den blauen Blick ein und sagte: »Tomtebogatan. Fragst du aus einem besonderen Grund?«

Sie räusperte sich und schaute an die Decke. »Wie alt ist Vera?«

»Und du erzählst mir was von ›beat about the bush‹«, lachte Åkesson. »Neun«, fügte er hinzu.

»Was würde sie dazu sagen, mit einem ein Jahr jüngeren Jungen zusammen zu sein? Und was würde die Großmutter sagen?«

Bengt Åkesson lachte schallend.

»Nur vorübergehend«, sagte sie und bekam lächerlich rote Backen.

»Ich glaube, Vera fände es lustig«, sagte er.

»Und deine Mutter?«

»Die will lieber ein paar Flaschen Bourgogne als Geld. Damit es nicht so nach Schwarzarbeit aussieht.«

Dann war er weg.

Sie blieb einen Augenblick reglos stehen und sah die Tür an. Dann schüttelte sie alle widersprüchlichen Gefühle ab, griff nach der Mappe und ging hinaus auf den Gang.

Anders saß auf Lena Lindbergs Schoß und faltete seltsame kleine Papierfiguren. Er war hoch konzentriert.

»Origami«, sagte Sara Svenhagen von der anderen Schreibtischseite. »Eine edeljapanische Kunstform. Hast du die Eröffnung der Fußball-WM gesehen?«

Holm nickte langsam. Die Papierstücke formten sich nach und nach zu einem Tiger. Einem edeljapanischen Tiger?

Auf jeden Fall war es etwas völlig anderes als Autos, die wie wild an den Häusern der Stadt vorbeisausten. Endlich.

»Was sagen die Damen zu einem richtigen Fall?«, fragte Kerstin Holm.

13

Der Mann im Spiegel war ein Fremder. Er war es jetzt schon seit einigen Monaten. Und er wurde immer fremder.

Von außen betrachtet, war es ein so wunderlicher Schritt. Ganz falsch – und ganz unerwartet. Ein Sprung ins Leere, ohne Sicherheitsnetz. Von innen heraus betrachtet, sah es anders aus. Das letzte Jahr hatte es notwendig gemacht. Es ging nicht mehr.

Eine Scheidung ist nie schön. Pauls und Cillas gehörte wohl nicht zu den allerhässlichsten, aber auch nicht zu den sachlichsten. Vermutlich war es eine ziemlich durchschnittliche Trennung, mit beiderseitigem Unvermögen, die Position des anderen zu verstehen. Mit all diesen komplizierten Gefühlen, die zu reinem Hass reduziert wurden. Weil es so am einfachsten war. Weil es die einzige Möglichkeit war, den Sturm der Gefühle zu ertragen. Ihm eine Richtung zu geben.

Alle diese Worte, die eigentlich Monologe waren und nie das Ohr des anderen erreichten. Wie konnte es sein, dass Menschen einander nicht mehr zuhörten?

Dass Worte nicht mehr Worte waren?

Es war vielleicht eine Krise, eine verspätete Midlife-Crisis, oder auch zwei. Zwei zur gleichen Zeit. Sie gingen in entgegengesetzte Richtungen.

Im vergangenen Jahr hatte Paul Hjelms allgemeines Unbehagen an der Kultur ungeahnte Ausmaße angenommen. Er fand, dass die Welt um ihn herum zusammensackte. Er lebte sein Leben in der Spätphase des Römischen Reiches. Abgeschirmtes Bewusstsein, betäubt von Trivialität, von Gewinn- und Genusssucht. An den Börsen tobte der Kampf ungehemmt, nachdem die Banken der Welt die Bürger zu gescheiterten Aktienspekulanten gemacht hatten. Eine ganze Armada gerissener Verkäufer hatte alle, die außerhalb des Börsenbetriebs standen, dazu gebracht, sich als Verlierer zu fühlen. Millionen von Kleinsparern wurden ruiniert, und wer ihnen eigentlich ihr Geld stahl, war in keiner Weise zu erkennen. Der gerissenste Coup aller Zeiten.

Die Zwillingstürme des Weltkapitalismus waren durch eine Macht kastriert worden, die kaum vorzuziehen war. Sowie durch eine zeitgemäß ungenügende Konstruktion. Die Rache gestaltete sich grob und verzerrt – und hatte gleichzeitig, ohne dass dies je beabsichtigt gewesen wäre, die Millionen Frauen des großen Landes Afghanistan befreit. Zumindest dem offiziellen Bild zufolge. Es war ein eigentümlicher Mischmasch von Gut und Böse, und alle bezeichneten sich gegenseitig als den großen Satan.

Israel und Palästina bewiesen, dass Menschen nicht mehr miteinander reden konnten, sondern sich in kindischer Grausamkeit übertrafen. Und alle Formen von Kultur waren in nackten Konsum verwandelt. Jahr für Jahr wurde mit immer großerer Präzision jede denkbare Nuance aus dem menschlichen Bewusstsein getilgt. Die Menschen wurden zielbewusst immer viereckiger gemacht. So ließen sie sich leichter stapeln. Handlichere Bausteine. Darauf wartend, verwendet zu werden.

In dieser Lage hatte Paul Hjelms Lebenshunger sich gewaltig gesteigert. Das Leben entzog sich ihm. Alle eitlen Versuche, sein Leben zu bereichern, wurden unmittelbar vom allgegenwärtigen Schimmel der Trivialität und des Konsums überzogen. Hundert Prozent Luftfeuchtigkeit. Ein Ausweg war die Sexualität. Sein Sexualtrieb steigerte sich erheblich. Er war die Form, in der sein Lebenshunger sich manifestierte – neben Literatur, Kunst, Musik, Essen und Trinken.

Cilla ging den genau entgegengesetzten Weg. Das jedenfalls war Pauls vielleicht nicht ganz objektive Ansicht. Ihr Sexualtrieb war fast ganz abhanden gekommen, und sie lebte nur für ihre Arbeit als Abteilungsleiterin einer Reha-Einrichtung im Krankenhaus Huddinge. Wenn sie nach Hause kam, war sie für alles zu müde. Früher waren sie wenigstens noch zusammen ins Kino gegangen, doch es fand sich kein Film mehr, den beide gern sehen wollten. Sie hatte angefangen, Illustrierte zu lesen; sie waren das Einzige, was sie noch las. Sie schlief viel, doppelt so lange wie er, und wenn sie nicht schlief, stellte sie unermüdlich fest, wie viel besser es allen anderen ging, wie viel flottere Autos sie hatten, wie viel schönere Tapeten und Fußböden und Lampen und Kleiderschränke, wie viel schickere Wochenendhäuser. Sie spürte ihr eigenes Unbehagen an der Kultur, und hätte es auch nur einen einzigen gemeinsamen Zug mit dem seinen aufgewiesen, hätten sie zusammen den Kampf aufnehmen können. Wie früher.

Stattdessen schien alles darauf hinauszulaufen, seine Unzulänglichkeit zu demonstrieren.

Und das in dem Augenblick, in dem er einen neuen Posten mit richtig gutem Gehalt antrat, zum ersten Mal in seinem Leben. Er hatte darüber nachgedacht, diese Gelegenheit zu nutzen, um ihr gemeinsames Leben zu erneuern, vielleicht auch ihr Sexualleben. Sie konnten ein wenig reisen, doch es zeigte sich, dass das mit ihren Arbeitszeiten vollkommen unvereinbar war. Sie schien sich überhaupt nie freinehmen zu können.

Er machte ein paar vergebliche Versuche, das Ganze zusammenzuflicken. Was sie tat, wusste er nicht. Er wusste überhaupt nicht, was sie wollte. Es war ihm nicht möglich, es herauszufinden. Wahrscheinlich wusste sie es selbst nicht.

Er ertappte sich dabei, den ganzen Prozess mit ihren Augen sehen zu wollen. Was würde er entdecken? Welches Verlangen würde ihm begegnen? Stattdessen war da eine kompakte Undurchdringlichkeit.

Sie wollte nichts erzählen, wollte nicht sagen, was ihr fehlte, wollte nicht darüber sprechen, wer sie jetzt war. Sie wollte stumm, leer und glatt sein und ihre Ruhe haben. Vor allem ihre Ruhe haben. Nichts erfreute sie mehr als seine Abwesenheit. Es war das beste Geschenk, das er ihr machen konnte.

Und auf einmal reichte es ihm. Es überraschte ihn. Eines Tages diese glasklare Einsicht. Er verdiente etwas Besseres. Sie vielleicht auch.

Er spürte eine nicht allzu teure Wohnung aus zweiter Hand in jenem Teil von Södermalm auf, der vor gar nicht so langer Zeit Messer-Söder genannt wurde, in den ihm ziemlich unbekannten Vierteln zwischen Tanto und Långholmen. Eine Zweizimmerwohnung mit einem Jahresvertrag als Untermieter. Länger erstreckten sich seine Zukunftsaussichten nicht.

Früher war er seinem Unbehagen bei der Arbeit entkommen. Er verwandelte sie in etwas Kreatives. Etwas Vitales, Lebendes, etwas, was ihn anging. Jedenfalls in den besten Momenten. Er hatte die Zeit mit der A-Gruppe als die beste seines Lebens in Erinnerung.

Jetzt war die Lage eine andere. Dies war eine andere Arbeit. Wenn Kreativität darin eine Rolle spielte, dann war sie von struktureller Art. Die Kreativität des Überblicks. Er erteilte Befehle, stellte zusammen und strukturierte, was andere schufen.

Und diese anderen waren keineswegs die A-Gruppe. Alles war straffer und strenger reglementiert. Es lag in der Natur der Sache, dass es keinerlei Spielraum gab, was die Dienstvorschrift betraf. Innerhalb der Abteilung für Internermittlungen musste jeder Vorgang weiß wie Schnee sein. Zumindest nach außen hin. Er hatte lange gebraucht, in dieses neue Denken hineinzufinden. Zumal sein übriges Leben schwerlich als weiß wie Schnee bezeichnet werden konnte.

Er zog seinen Krawattenknoten zurecht und schob die nahezu gewichtslose Brille in die Stirn. Er warf einen kurzen Blick auf seine neue Armbanduhr und erschoss sich.

Mit dem Zeigefinger. Der Fremde im Spiegel schoss zurück. Wer als Sieger aus dem Duell hervorging, ist nicht überliefert.

Langsam kehrte er an seinen Schreibtisch zurück. Es war ein ansehnlicher Weg. Er warf einen Blick durchs Fenster hinüber zur Fensterreihe der A-Gruppe. Er beneidete sie nicht. Wenn die Sonne schien, wurden die Zimmer zu Backöfen.

Sein Zimmer war klimatisiert.

Er setzte sich und betrachtete die Mappe mit laufenden Ermittlungen. Es gab zweifellos einiges zu tun. Die Anzeigen gegen Polizisten strömten nur so herein. Es war ein neuer Trend, Anzeige gegen die Polizei zu erstatten. Jeder Verbrecher nahm die Gelegenheit wahr, den Beamten, der ihn festgenommen hatte, anzuzeigen. Sicherheitshalber. Es war Pauls Aufgabe, die Auswahl vorzunehmen.

Da flog die Tür auf, Niklas Grundström stürmte mit einem Tonbandgerät in der Hand herein. Er sah aus, als hätte er lange den Atem angehalten.

Der Chef der Abteilung für Interne Ermittlungen atmete aus und blickte sich im Zimmer um. Schließlich betrachtete er Paul Hjelm, der instinktiv die Brille in die Stirn schob.

»Alles klar jetzt?«, fragte Niklas Grundström kurz.

Hjelm verstand zu seiner eigenen Verwunderung genau, was er meinte. »Ja«, sagte er. »Wenn ich heute Abend nach Hause komme, ist die Wohnung nicht mehr leer. Abgesehen von Menschen.«

»Gut«, sagte Grundström. »Dann ist wenigstens das erledigt.«

»Aber …?«, fragte Paul Hjelm.

Grundström machte eine Geste zum Stuhl auf der anderen Seite des Schreibtischs hin. »Kann ich mich setzen?«

»You're the boss«, sagte Hjelm und machte seinerseits eine Geste zum Stuhl hin.

Grundström setzte sich.

Hjelm zeigte auf das Tonbandgerät. »Lass mich raten«, sagte er. »Ein anonymer Hinweis?«

Grundström nickte. »Allerdings nicht ganz das Übliche«, sagte er und verzog das Gesicht zu einer kleinen Grimasse.

»Was ist schon das Übliche. Die Fantasie hat sich als unerschöpflich erwiesen, wo es um Anzeigen gegen Polizisten geht.«

»Du hast recht«, sagte Grundström. »Dieser Anruf kam direkt an mich und berührt dich. Ich habe dich vor derartigen Situationen gewarnt. Es gilt, kühlen Kopf zu bewahren.«

Paul spürte, wie sich ein Kloß in seinem Hals bildete. Er versuchte, ihn hinunterzuschlucken. Es ging nicht richtig. »Berührt mich?«

»Am besten hören wir es uns zunächst einmal an, ohne etwas zu kommentieren. Ich habe den Anruf vor einer knappen Stunde bekommen. Bist du bereit?«

»Allzeit bereit«, sagte Paul Hjelm.

Grundström drückte auf die Starttaste. Als Erstes war seine eigene Stimme zu hören: »Grundström.«

Eine Männerstimme, die sich ziemlich verzerrt anhörte, sagte: »Sind Sie der Chef der Abteilung für Interne Ermittlungen?«

»Ja. Worum geht es?«

»Es geht um einen Polizeibeamten, der in schwerwiegende kriminelle Machenschaften verwickelt ist.«

»Wer spricht denn da?«

»Das hat Zeit.«

»Um was für kriminelle Machenschaften geht es?«

»Drogenvergehen«, sagte die dumpfe Stimme.

»Und wer ist der Polizeibeamte?«

Kurze Pause. Dann: »Kriminalinspektor Jorge Chavez von der Spezialeinheit für Gewaltverbrechen von internationalem Charakter bei der Reichskriminalpolizei.«

»Aha«, sagte Grundströms Stimme, und sie klang nicht ganz wie sonst. »Und worum genau geht es jetzt?«

»Es liegt einige Jahre zurück«, sagte die dumpfe Stimme. »Als Chavez bei der Polizei in Sundsvall arbeitete.«

»Und da hat er sich also eines schweren Drogenvergehens schuldig gemacht, Ihnen zufolge. Einem anonymen Anrufer?«

»Wollen Sie zuhören oder nicht?«

»Ich höre zu.«

»Jorge Chavez hat damals viel Musik gemacht. Meistens Jazz, ein bisschen Rock. Zusammen mit einer Gruppe von Musikern betrieb er ein kleines Jazzcafé, eine Art Jazzclub mit Namen Majls. Nach Miles Davis. Dort wurde damals einiges an Drogen konsumiert. Es war eine richtige verdammte Opiumhöhle.«

»In welcher Weise war Chavez beteiligt?«

»Man konnte dort Drogen kaufen. Alles, von Marihuana und Haschisch bis zu Crack und Ecstasy. Hauptsächlich Kokain und Heroin. Ziemlich viel Amphetamin. Mehr Aufputsch- als Abtörnstoff. Das Majls war ein Umschlagplatz für Rauchheroin in Norrland.«

»Aha«, sagte Grundström ruhig. »Noch was?«

Nach einem Moment des Schweigens fuhr die dumpfe Stimme fort: »An Ihrer Stelle würde ich gleich heute einen Drogentest bei Chavez machen. Ich wette, dass er immer noch Drogenmissbrauch betreibt.«

»Okay«, sagte Grundström. »So weit die Anklage. Und jetzt die Beweise.«

»Ich habe keine Beweise, aber ich habe eine Menge Namen von Leuten, die bestätigen können, was ich gesagt habe. Wollen Sie sie haben? Oder werden Sie dieses Gespräch einfach begraben? Wenn in ein paar Tagen nichts passiert ist, rufe ich vom Reichskriminalchef bis zum Justizminister alle an. Von der Presse ganz zu schweigen.«

»Wie bekomme ich die Namen?«, sagte Grundström.

»Ich faxe sie Ihnen im Lauf der nächsten Stunde zu.«

»Okay, gut. Nein, ich werde es nicht begraben. Ich werde

untersuchen, ob an Ihren Behauptungen etwas dran ist. Aber es wäre glaubwürdiger, wenn Sie nicht anonym blieben.«

»Wenn es zum Prozess kommt, werde ich in Erscheinung treten. Machen Sie sich darum keine Sorgen.«

»Also im Lauf der nächsten Stunde?«

»Im Lauf der nächsten Stunde.«

Das Gespräch war zu Ende. Grundström drückte auf die Stopptaste. Er musterte Hjelm.

Hjelm war übel. Jorge Chavez war sein bester Freund. Mehr war dazu nicht zu sagen. Chavez war der beste Freund, den er je gehabt hatte. Er hatte ihm über die schwierige Phase der Scheidung hinweggeholfen. Er war für ihn da gewesen, als Hjelm dringend Menschen um sich herum brauchte. Paul Hjelm war der Erste gewesen, den Chavez angerufen hatte, nachdem seine Tochter Isabel geboren war.

»Ich nehme an, das Fax ist gekommen«, sagte er schwer.

Niklas Grundström legte ein Blatt Papier neben das Tonbandgerät. Hjelm sah es an. Acht Namen und Anschriften mit Telefonnummern und E-Mail-Adressen. Ein penibler Denunziant.

»Niemand außer mir weiß davon«, sagte Grundström. »Du kannst von Befangenheit und so weiter reden, aber ich gebe es dir, damit nur du und ich davon wissen. Sonst keiner. Mach einen guten Job. Und bewahre einen kühlen Kopf.«

»Wie gesagt«, sagte Hjelm.

»Wie gesagt«, nickte Grundström.

14

Die Finger der linken Hand um den Hals des E-Basses. Ihre Beweglichkeit. Als lebten sie ihr eigenes Leben. Die Kraft bei jeder Bewegung mit den Fingern der Rechten. Das Zusammenspiel der Hände. Das sagenhafte Zusammenspiel mit dem Drummer. Der Druck der Rhythmusgruppe.

Ein Riff mehrmals. Die Wände wurden nach außen gedrückt.

»Jorge«, rief der Mann hinter der Glasscheibe und zog die Schalter am Mischpult herunter, »mach leiser.«

Dann wandte der Mann sich um und schaukelte zwei der drei Kinderwagen, die neben ihm in dem digitalen Ministudio standen. Es befand sich im Flur, außerhalb des eigentlichen Übungsraums. Die Technik hatte sich unbestreitbar weiterentwickelt, seit Chavez aufgehört hatte.

Er blickte sich in dem kleinen, gut isolierten Übungsraum um. Die Anzahl der Musiker stimmte nicht ganz. The Police war ein klassisches Trio. Wie EST, Esbjörn Svenssons Trio, das in den USA vor dem Durchbruch stand. Doch das war Jazz, ein Pianotrio. The Police war eher ein … Basstrio. Mit dem Bass im Zentrum. Ausnahmsweise.

Allerdings waren sie fünf. Trommel, Bass, Gitarre, Keyboard und Gesang. Erweitertes Trio.

Jorge Chavez war der halbe Sting. Der Bassist, nicht der Sänger. Er sang mit dem Bass.

»Ich nehme mich ein bisschen zurück«, rief er. »Aber dass du es nicht wagst, mich in einen verdammten Backgroundbassisten zu verwandeln, Jonte.«

»Bassisten sind immer Background«, rief Jonte zurück und steckte sich eine Fluppe an. »Wo fangen wir an? ›Spirits‹?«

»›Spirits In The Material World‹«, flüsterte der Sänger Robin, ein dreiunddreißigjähriger Webdesigner im Vaterschaftsurlaub, ins Mikro. »Lass es gaaanz leise anfangen, Jonte.«

Jonte winkte bekräftigend hinter der Glasscheibe.

»Pass jetzt auf diesen komischen Takt am Anfang auf, Erik«, sagte der Gitarrist zu dem Brillenträger am Keyboard. »Es ist nur scheinbar eine einfache Akkordfolge. Alles steht und fällt mit dem Takt. Spiel, als ob es Backbeat wäre. So ist die Schleife gebaut.«

Der Gitarrist, ein ehemaliger Studioprofi namens Johan, jetzt Arzt, ebenfalls im Vaterschaftsurlaub, war der Boss. Es war seine Band, er hatte die Annonce aufgegeben: ›Erfahrener Bassist für Amateurrockband mit Jazzeinflüssen gesucht, der Erziehungsurlaub hat und zwischen Jobs spielt.‹ Er bekam zwölf Antworten. Chavez wurde nach altmodischem Vorspielen ausgesucht. Für eine Amateurband. In Schweden wimmelte es von gealterten Halbmusikern der Punkgeneration, die sich an ihre geschwundenen Jugendjahre erinnerten. Die meisten seiner Mitbewerber gehörten dazu. Konnten fünf Bassläufe.

Hinterher hatte Johan gesagt: »Wo bist du mein ganzes Leben lang gewesen, verdammt?«

»Jazz«, sagte Jorge. »Kontrabass.«

»Klasse«, hatte Johan gesagt. »Aber dich hätte ich vor fünfzehn Jahren treffen sollen.«

Danach hatten sie nicht mehr viel miteinander geredet. Wenn das Zusammenspiel klappte, brauchte man keine Worte. Those who talk don't know, those who know don't talk.

»Ich kann das«, sagte Keyboard-Erik sauer. Er war Computertechniker von gehobenem Kaliber, ›between jobs‹, wie es in der Branche so schön hieß, in der alle zu taumeln begannen wie die Fliegen im Herbst. Wenn sich jemals einer Sorgen um die Zukunft machte, ließ er sich nach außen nichts anmerken.

»Du kannst es und du spielst richtig, und trotzdem ist es nicht ganz richtig«, sagte Johan. »Und du, Stickanpickan, das Trommelintro. Eine Sekunde Virtuosität. Mehr nicht. Es ist kein Raum für ein Show-off.«

Es zeigte sich, dass Stickanpickan in einem Nachbarhaus in der Birkagata wohnte, nur zwei Haustüren von Chavez entfernt. Es war merkwürdig, als sie sich auf der Straße begegneten und einander anstarrten. Sie waren in ein Café gegangen und bekamen richtig guten Kontakt. Es endete damit, dass Stickanpickan sagte: ›Du bist der klügste Bulle, der mir je untergekommen ist.‹ Abgesehen davon, dass er ein ungewöhnlich vernünftiger Mann war, war er ein verflucht guter Drummer, der in einer der Reggaebands gespielt hatte, die in den frühen Achtzigerjahren auf Södermalm ihr Unwesen getrieben hatten, im alten Mariahissen und in Münchenbryggeriet. Jetzt machte er dann und wann Vertretungen als Hochschullehrer, während er an seiner Doktorarbeit in Philosophie schrieb.

»Jonte«, rief Stickanpickan, »ich schlag im Intro ziemlich hart drauf.«

Jonte, einst schwedischer Juniorenmeister im Weitsprung und Produzent bei Sveriges Radio, war kürzlich gefeuert worden, als der Reichsrundfunk sein großes Sparpaket realisiert hatte. Ein Vollblutprofi an einem Minipult im schäbigen Übungsraum einer Amateurband. Er schien sich wohlzufühlen wie ein Fisch im Wasser.

»Okay«, sagte Jonte und streckte den Daumen in die Höhe. »Any time.«

Stickanpickan schlug viermal die Trommelstöcke aneinander und schickte das minimale Trommelintro auf den Weg. Der seltsame rückwärtsgewandte Rhythmus setzte ein. Chavez fiel in die hypnotisch schnelle, umgekehrte Bassschleife. Robin näherte sich dem Mikro. Seine Stimme war nicht Stings Halbfalsett, kam ihm aber erstaunlich nah.

»There is no political solution / To our troubled evolution / Have no faith in constitution / There is no bloody revolution.«

Dann der Refrain. Kurze Befreiung. Ein fetziger Trommelwirbel markierte den Übergang. We are spirits in the material world. Basslauf und Gesang fielen für einen kurzen Augenblick zusammen. Blickkontakt zwischen Jorge und Robin.

»Our so-called leaders speak / With words they try to jail you / To subjugate the meek / But it's the rhetoric of failure.«

Wieder der Refrain. Der Rhythmus gradliniger. Das sagenhafte Miteinander von Bass und Trommeln. Dieses Zusammenspiel im Rhythmus, das alle Worte übersteigt. We are spirits in the material world. Dann ein Break. Keyboard-Erik arbeitete mit mehreren Klaviaturen gleichzeitig und trieb das kurze Riff voran. »Where does the answer lie? / Living from day to day / If it's something we can't buy / There must be another way.«

Refrain. Langes Ausklingen am Ende. We are spirits in the material world. Are spirits in the material world. Ausklang nach weniger als drei Minuten. Effektive kleine Stücke.

Dann war Schluss. Ein kurzes, intensives, prägnantes Stück. Kein richtiger Höhepunkt, aber ein guter Anfang einer ordentlichen Session. Auch ziemlich gut gespielt. Alle schienen richtig zufrieden zu sein, als sie sich auf Sofa und Fußboden ausstreckten.

Gitarren-Johan boxte Keyboard-Erik gegen den Arm. »Jetzt hat es gesessen«, sagte er.

»Ja«, sagte Erik. »Es ist ganz richtig. Es ist ein verdeckter Backbeat. So einfach, dass er schwer wird.«

»Oder so schwer, dass er einfach wird. Los, fahr mal ab, Jonte.«

»Warte«, sagte Jonte und wedelte mit den Händen vor seiner Nase. »Jorge, deins schreit. Es riecht nach Kacke.«

Chavez öffnete die Tür zum Glaskäfigflur und fuhr Jonte durch das zottige Haar. »Du kannst sie doch auch mal wickeln«, sagte er. »Das ist eine gute Übung.«

»Wofür?«, fragte Jonte und betätigte seine Schieber. »Für das Alter in Einsamkeit? Damit man sich selbst die Windeln wechseln kann, während man verfault?«

»Du bist der Typ, der massenhaft Kinder kriegt«, sagte Jorge. »Gib's nur zu.«

»Du kannst mich mal«, sagte Jonte und brüllte: »Jetzt kommt es, ihr Coverclowns!«

Hinter seinem Rücken wechselte Jorge Isabels Windel. Gleichzeitig setzte die Musik ein. Tatsächlich, es hatte funktioniert. Der Introwirbel, die pseudomechanischen Synthesizerakkorde, der Bassgroove. Ein Wahnsinnsgroove, dachte er zufrieden, während er konstatierte, dass Isabel Durchfall hatte. Nicht einmal der Umstand, dass seine Finger von braunem Brei trieften, konnte die Freude beeinträchtigen, die er empfand. Die Freude an der Musik. Das Glück des Musizierens. Es gab nichts Besseres. Vielleicht sollte er Profi werden?

»Meine Fresse, stinkt das«, sagte Jonte und wedelte frenetisch mit den Händen vor der Nase.

Jorge legte Isabel zurück in den Wagen. Sie schrie nicht. Ein bisschen Schaukeln nur, und sie schlief. Als hätte sie die Musik tatsächlich im Blut. Er ging hinter Jonte zurück in den Übungsraum.

»Hör ich da ein bisschen Rauschen, du Kasper?«, sagte Johan und trank einen Schluck Bier.

»Das Rauschen ist nur in deinem Gehirn«, entgegnete Jonte und nahm einen Joint, den Robin gedreht und angezündet hatte. Er nahm einen tiefen Zug und reichte ihn weiter an Jorge.

Jorge Chavez nahm einen kleinen Zug und ließ sich von der Musik erfüllen. Ganz und gar. Das hier war das Leben.

Ausnahmsweise dachte er nicht, ›was für ein Glück, dass

ich nicht im Dienst bin‹, als er den widerstrebenden Rauch einsog.

Johan klatschte in die Hände und klopfte Stickanpickan ein paar Mal auf den Kopf. Ein kurzer Trommelwirbel.

»Kommt, wir machen weiter«, rief er. »Das hier wird ein verdammt herrlicher Tag. Was haltet ihr von ›Voices Inside My Head‹«?

»Absolut«, sagte Chavez, denn das war es, was die Stimmen im Kopf schrien.

15

»Ich sehe echt Scheiße aus«, sagte Lena Lindberg und befingerte ihren Nabel. Das Piercing hatte angefangen zu eitern. Sie zog die Hand vom Hemd und roch heimlich an den Fingern. Tatsächlich, entzündet. Verdammt. Schon wieder.

»So schlimm ist es wohl nicht«, sagte Sara Svenhagen und beugte sich über den Schreibtisch nach unten. Ein wenig verwundert vielleicht.

»Ich glaube, es war, als er sagte, er habe es sein ganzes Leben lang ›mit‹ gemacht oder so was in dem Stil. Was hat er damit gemeint?«

Sara lächelte. »Ich habe einmal in einer live gesendeten Pressekonferenz mit Waldemar Mörner gesessen«, sagte sie. »Man versteht nie, was er meint.«

»Soll man es vielleicht metaphorisch verstehen, dass er es sein ganzes Leben ›mit‹ gemacht hat?«, fragte Lena.

»So würde ich es sehen«, meinte Sara. »Immer geschützt. Mach weiter, statt dir über so was Gedanken zu machen.«

Lena Lindberg nahm das nächste Bild von dem dicken Fotostapel.

»Wer ist das?«, fragte sie und zeigte auf einen kleinen dunklen Typ mit einem winzigen Bündel vor dem Bauch. »Der neben dir?«

»Aber da ist ja meine kleine Isabel«, stieß Sara Svenhagen aus. »Mit einer Art Anhängsel. Ja, jetzt erkenne ich es. Das ist mein hochverehrter Gatte. Der frustrierte Musiker.«

Lena Lindberg starrte verblüfft auf ihre große blonde Tischnachbarin: »Sag bloß, und ich hatte mich für vorurteilsfrei gehalten. Entschuldigung. Er ist ja eine Legende, fast vom gleichen Kaliber wie Hjelm. Jorge Chavez.«

»Hör doch auf mit dieser Heldenverehrung«, sagte Sara. »Woher kommt diese Unsitte?«

»Unten beim Fußvolk wird geredet. Daher komme ich. Die A-Gruppe ist so ein bisschen was wie die erste Liga, ob ihr es mögt oder nicht. Ihr werdet wirklich bewundert. Und beneidet. Die, die euch am meisten bewundern, sagen, dass ihr euch für was Besonderes haltet.«

Sara Svenhagen lachte. »Da sieht man's. Hier oben, auf dem Gipfel des Berges, merkt man davon nichts.«

»Ein Haufen Kinder«, sagte Lena Lindberg und zeigte auf das nächste Bild. »Der Chef der Internabteilung hat mich abgefragt, als wäre ich ein Unterstufenkind unter all den anderen.«

»Er ist zu förmlich, um es zu zeigen, aber er ist wahnsinnig stolz auf die kleine Horde von Kindern. Was du mitgekriegt hast, war wahrscheinlich Niklas Grundströms Art und Weise, die Brieftasche herauszuholen und Familienbilder zu zeigen. Nimm es nicht persönlich.«

»Nein, um Gottes willen«, sagte Lena Lindberg und nahm es persönlich. »Und die zwei kleinen Mädchen da, die Puppen?«

»Viggos kleine Gottesgaben«, sagte Sara. »Charlotte und die kleine Sandra.«

»Norlanders?«, platzte Lena heraus.

»Schwedens am meisten videogefilmte Kinder.«

»Was? Seine Enkel?«

»Nein. Seine Töchter. Das ist eine lange Geschichte. Die erzähle ich ein andermal.«

»Ich will alles hören, alles, alles«, sagte Lena Lindberg und griff zum nächsten Bild. »Das hier ist auf jeden Fall Hultin höchstpersönlich.«

»Ja«, sagte Sara. »Diese Miene! Sonst sieht man in der Regel nicht viel in seinem Gesicht.«

»Außer der Nase.«

»Ja. Außer der. Vermutlich hat er gerade Mörner erblickt. Das ist sein gefühlsgeladenster Moment. Apropos …«

Sara Svenhagen ergriff den ganzen Stapel und blätterte wild darin.

»Ich möchte gern wissen, ob es was geworden ist«, sagte sie kryptisch.

»Ich glaube, ich weiß, woran du denkst.«

Sara schlug mit der Hand auf den Schreibtisch: »Ha, hier ist es. Ich dachte doch, ich hätte einen Blitz gesehen. Guck mal.«

Das Bild stellte den Abteilungschef Waldemar Mörner dar, formell Chef der Spezialeinheit für Gewaltverbrechen von internationalem Charakter bei der Reichskriminalpolizei, die normalerweise als A-Gruppe bezeichnet wurde. Er lag der Länge nach in der Luft, und sein Gesicht drückte die reinste Verblüffung aus. Über ihm schwebte ein großer Tisch. Und neben ihm in der Luft flatterte – wie eine Schwalbe, die vor schlechtem Wetter warnt – ein blondes Toupet.

»Jesses«, sagte Lena Lindberg.

»Da haben wir die seit langem ersehnte Antwort«, sagte Sara Svenhagen. »Es ist ein Toupet. Die Zeit der Wetten ist vorbei. Sie standen sowieso schlecht.«

»Aber was ist ihm eigentlich passiert?«

»Ich habe ihn heute Morgen im Korridor gesehen. Er sah so aus wie immer. Als wäre nichts geschehen. So etwas rinnt von ihm ab wie Wasser von einer Gans. Wahrscheinlich hat er es schon vergessen.«

Sie lachten eine Weile. Eine gute Weile. Mit langsam zunehmender Lautstärke.

Das Haustelefon summte. Eine Frauenstimme sagte: »Sara? Im Vernehmungsraum ist alles klar.«

Sara Svenhagen gelang es, ihre Stimme unter Kontrolle zu bringen. Sie sagte: »Okay, Kerstin. Wir kommen.«

»Kann ich die Fotos durchsehen, während ihr sie verhört?«

»Ja, sicher. Bring Anders mit. Es gibt eine ganze Reihe Leckerbissen dabei. Besonders einen.«

»Darauf habe ich gewartet«, sagte Kerstin Holms Stimme.

Sara und Lena mussten ihr Denken neu kalibrieren. Das dauerte eine Weile. Es war Zeit für einen radikalen Stimmungswechsel.

Sie traten in den Korridor hinaus.

Lena Lindberg sagte: »Wie wollen wir es angehen?«

»Wir werden so nett sein wie möglich«, sagte Sara Svenhagen.

»Was glaubst du? Ist sie schuldig?«

»Alles andere wäre reichlich abwegig. Die Frage ist vor allem, wessen sie schuldig ist. Aber wir müssen unvoreingenommen an die Sache herangehen. Hast du die Papiere?«

Lena wedelte kurz mit Bengt Åkessons Mappe. Sie waren da. Einen Augenblick blieben sie vor dem Vernehmungszimmer stehen.

»Nach dir«, sagte Sara und öffnete die Tür.

In dem engen Raum saß ein zartes dunkles Mädchen, das keinen Tag älter als achtzehn zu sein schien. In Wirklichkeit war sie dreiundzwanzig. Seit einigen Monaten hieß sie Rosa Beckman. In den über zweihundertfünfzig voraufgegangenen hatte sie Naska Rezazi geheißen.

Sara Svenhagen fragte sich, ob sie allein auf den Namen gekommen war. Rosa Beckman.

Sie traten ein und begrüßten die junge Frau. Sie sah unendlich traurig aus. Als trüge sie an einer schweren Trauer, einer von der Art, die weit über den reinen Verlust hinausgeht.

»Ich bin Sara Svenhagen«, sagte Sara und setzte sich, »und das ist meine Kollegin Lena Lindberg. Wir sind Inspektorinnen bei der Reichskriminalpolizei.«

Die junge Frau blickte zu ihnen auf und sagte: »Ich weiß

nicht mehr, wie ich mich vorstellen soll. Es muss wohl ein dritter Name sein. Damit ich nicht im Gefängnis ermordet werde.«

»Warten wir erst einmal ab, was mit dem Gefängnis wird«, sagte Sara. »Keine voreiligen Schlussfolgerungen. Ist es in Ordnung, wenn wir dich Naska nennen?«

»Warum nicht? Es gibt zwei Sorten Namen: solche, die man ist, und solche, die man hat. Ich habe mehr als zwanzig Jahre lang geglaubt, ich wäre Naska. Jetzt weiß ich, dass das ein Irrtum war. Ich werde nie mein Name sein.«

»Was hat dazu geführt, dass du den Namen wechseln musstest?«

»Das steht doch wohl alles in euren Papieren.«

»Es ist besser, du erzählst es selbst.«

»Ich habe versucht, Schwedin zu werden. Ich mag meine kurdischen Wurzeln, aber es sind eben Wurzeln. Jetzt lebe ich in Schweden. Und es war nicht meine Entscheidung, hierherzuziehen.«

»Ein Mann ist für dich ausgesucht worden?«

»Ein vierzigjähriger kurdischer Bauer, der gerade erst nach Schweden gekommen war. Es war unmöglich. Da fing mein Vater an, mir zu drohen. Und er bekam Nedim auf seine Seite.«

»Deinen älteren Bruder?«

»Ein Jahr älter als ich. Wir waren mehr wie Zwillinge.«

»Nachdem Nedim dich misshandelt hatte, bekamst du eine neue Identität, nicht wahr? Das war im Januar, zu Hause in Norrköping?«

»Was ist geschehen, Naska?«

»Er hat mich mit dem Messer geschnitten und mir gedroht. Schnittwunden auf den Wangen. Streifen. Man kann sie noch sehen. Aber der Arzt hat gesagt, sie würden verschwinden. ›Die Zeit heilt alle Wunden‹, hat er gesagt.«

»Im Winter bist du nach Tensta gekommen und hast eine Arbeit als Reinigungskraft gefunden.«

»Ich wollte an der Uni anfangen, aber ich habe so schlechte Noten. Ich hatte nie die Möglichkeit, zu Hause zu lernen. Immer musste etwas anderes getan werden. Jetzt habe ich wieder im Gymnasium angefangen. Als Rosa Beckman. Aber Rosa bekommt nie ein Abschlusszeugnis.«

»Was willst du werden, Naska?«

»Ich möchte Tierärztin werden«, sagte Naska, und das erste schwache Lächeln huschte über ihre Lippen. »Ich habe Tiere gern.«

»Und gestern früh bist du nach Hause gegangen und hast dich an den Küchentisch gesetzt und nachgedacht. Und du bist darauf gekommen, dass der einzige Ort, an dem du Ruhe hättest, Tiermedizin zu studieren, das Gefängnis wäre. Dass es am einfachsten wäre zu gestehen.«

Naska Rezazi sah zu Sara Svenhagen auf. Ihre Augen waren offen, nackt. Aber auch enttäuscht. Doch enttäuscht auf die richtige Art und Weise.

»Ich weiß nicht, wovon du redest«, sagte sie.

Sara lächelte und warf einen Blick zu Lena Lindberg hinüber. Lenas Augen sahen ungefähr so aus wie Naskas. Möglicherweise noch etwas erschrockener.

Sara Svenhagen musste zugeben, dass es kein guter Schachzug gewesen war. Ein Test. Alle Möglichkeiten, an dem Fall weiterzuarbeiten, hätten zerstört werden können. Aber wenn jedes Vertrauen verschwunden wäre, hätte Naska einfach dicht gemacht. Die Worte ›Ich weiß nicht, wovon du redest‹ waren fast eine Einladung zur Fortsetzung des Gesprächs.

Sara war erleichtert. Sie konnten weitermachen.

»Wir gehen ein wenig zurück«, sagte sie. »Wie kam es dazu, dass deine neue Identität aufgedeckt wurde?«

»Nedim rief an.«

»Wann war das?«

»Am Abend vorher. Gegen acht Uhr.«

»Also vorgestern Abend? Was hat er gesagt?«

»Nicht viel. Seine Worte waren falsch. Er wollte nicht

reden. Es war nicht seine Redestimme. Die hatte er auch. Früher einmal. Wir redeten sehr viel miteinander, als wir klein waren. Aber seine Redestimme verschwand. Als er groß wurde und die ›Last der Verantwortung‹ spürte, wie er sich ausdrückte. ›Generationen von Verantwortung‹.«

»Was hat er gesagt, als er anrief?«

»Er hat gesagt: ›Wir müssen uns treffen, Naska.‹ Und ich habe gesagt: ›Ich heiße nicht Naska. Ich heiße Rosa.‹ Da sagte er: ›Es gibt ein Vereinsheim in deiner Nähe. Die niedrigen Gebäude. Weißt du, was ich meine?‹ Ich sagte: ›Ja. Ich mache einen Kurs da. Willst du wissen, was für einen Kurs ich mache, Nedim?‹ Er sagte: ›Wir sehen uns im Innenhof bei dem Vereinslokal heute Nacht um halb drei. Wir müssen reden.‹ Ich sagte: ›Einen Selbstverteidigungskurs für Frauen.‹ Aber da hatte er schon aufgelegt.«

»Warum hast du nicht die Polizei angerufen, Naska?«

»Daran habe ich auch gedacht. Ich hatte schon den Hörer in der Hand. Aber dann dachte ich: Man kann nicht das ganze Leben lang fliehen. Das halte ich nicht durch. Es muss ein Ende haben.«

»Auf welche Weise sollte es ein Ende haben?«

»Ich hoffte, ich könnte ihn dazu bringen, mit mir zu reden. Ich hoffte, ich könnte seine Redestimme wieder hervorlocken. Sie konnte nicht gestorben sein. Sie war nur verschüttet unter all den Trümmern.«

»Und trotzdem hast du das kleine Schweizer Klappmesser in die Tasche gelegt?«

»Ich habe es gekauft, als ich den Kurs in Selbstverteidigung anfing. Sie warnten mich vor allem, was Männer sich einfallen lassen. Ich hatte nicht die Absicht, es gegen meinen Bruder einzusetzen. Ich glaubte ja, dass ich ihn nie wieder treffen würde. Und das stimmte ja.«

»Ich glaube, jetzt bringst du die Dinge durcheinander, Naska. Du hast ihn ja doch getroffen. Bevor du ihm das Messer ins Herz gestoßen hast.«

»Richtig, ja«, sagte Naska und bekam wieder diesen großen, nackten Blick.

»Du bist zum Treffpunkt gegangen, um zu versuchen, ein für alle Mal mit ihm zu reden. Als ob Worte tatsächlich einen Austausch zwischen zwei Menschen beinhalteten. Und doch hast du das Messer mitgenommen.«

»Das waren die beiden Möglichkeiten, die es gab. Gewalt oder Worte.«

»Man kann wohl sogar sagen, dass es die beiden Möglichkeiten sind, die es überhaupt gibt. In der Welt. Gewalt oder Worte.«

»Ja«, nickte Naska. »So ist es. Wenn es richtige Worte sind. Sonst sind sie auch Gewalt.«

»Aber du wusstest doch, wie Nedims Messer aussieht. Es war groß. Und er hatte es vorher schon benutzt. Du hattest es aus nächster Nähe gesehen. Du hast noch die Spuren davon als Narben auf den Wangen. Was sollte dein Taschenmesser gegen dieses Riesenmesser ausrichten?«

»Ich habe auf ein Wunder gehofft.«

»Wenn er dich zuerst angegriffen hat, ist es Notwehr. Dann kommst du nicht ins Gefängnis.«

»Er hätte mich angegriffen, wenn er eine Chance gehabt hätte. Ich bin ihm zuvorgekommen.«

Sara betrachtete ihre Kollegin. Lena Lindberg hatte dichtgemacht. Sie nickte ihr nur kurz zu. ›Mach weiter.‹ So sah es auf jeden Fall aus.

Sara wollte, dass es so aussah.

»Weißt du, was ich glaube, Naska?«, sagte sie schließlich.

»Nein.«

»Ich glaube, du bist eine sehr, sehr intelligente Frau mit einem raffinierten Plan, der aber von einer falschen Voraussetzung ausgeht. Nämlich der, dass das Gefängnis der einzige Ort ist, wo du Ruhe und Frieden findest. Es gibt andere und bessere Möglichkeiten.«

»Die haben wir schon ausprobiert«, sagte Naska und

blickte tief in Saras Augen. Da war eine Widerstandskraft. Stärker als Sara sie jemals gesehen hatte. Aber gut versteckt. Und nicht stark genug, um dem großen Messer in der Hand des zornigen Mannes zu widerstehen. Sie war stärker als das Messer. Wenn auch auf einer ganz anderen Ebene. Auf einer Ebene, die Bruder Nedim überhaupt nicht kannte. Oder für die er sich blind gemacht hatte. Blind gemacht worden war. Von der mystischen Kraft, die unter dem Decknamen Tradition läuft.

Sara sagte: »Du willst ein Jahr Ruhe im Knast haben, im Höchstfall zwei. Welches Verbrechen bringt dir das ein? Nicht Mord, das gibt mehr. Nicht Notwehr, das gibt überhaupt nichts. Also sollen wir glauben, du wärst hingegangen und hättest gehofft, mit deinem Bruder reden zu können: Das Verbrechen ist nicht vorsätzlich. Dagegen können wir nicht akzeptieren, dass Nedim zuerst zugestoßen hat: Dann liegt überhaupt kein Verbrechen vor. Am besten wäre es, wenn du zugestoßen hast, weil du glaubtest, er würde zustoßen. Dann ist es Totschlag. Eine angemessene Zeit im Knast. Du machst das Abi nach. Dann brauchst du nur noch ins Tierarztstudium einzusteigen, wenn deine Strafe verbüßt ist.«

Der Blick, der Sara traf, war zerstört, vollkommen zerstört.

»Sag so was nicht«, sagte Naska.

»Okay«, sagte Sara. »Dann sag ich so was nicht. Stattdessen sage ich Folgendes: Es gibt ein anderes und viel schlimmeres Szenario. Du hast einen Mittäter darauf angesetzt, deinen Bruder zu ermorden – einen Liebhaber oder einen bezahlten Mörder. Alles, damit du dein freies Jahr im Knast verbringen kannst. Denn man hat ja gehört, wie locker es zugeht in schwedischen Gefängnissen. Wie ein Jahr im Hotel, und alles bezahlt. Klingt doch riesig. Zeit genug. Wie eine lange Charterreise, gratis. Und dann kann der Staat noch einmal eine Million aufbringen, um dir eine weitere geschützte Identität zu beschaffen, während du studierst und

Krafttraining machst und dich in Solarien aalst und fernsiehst und dein Leben wie geschmiert läuft.«

»Aber zum Teufel noch mal!«, platzte Lena Lindberg heraus.

Sara Svenhagen nahm sie gar nicht zur Kenntnis. Sie war völlig auf Naska Rezazi fixiert. In Naskas Augen war die Kraft wieder erwacht, die Widerstandskraft, aber sie sah jetzt anders aus. Als wäre sie zum vergeblichen, aber urgewaltigen Widerstand des Todeskampfs geworden.

»Nein«, sagte sie nur.

»Dochdochdoch«, polterte Sara weiter. »Statt dich an die Polizei zu wenden, als Nedim angerufen hatte, hast du deinen Liebhaber angerufen und ihn deinen Bruder abmurksen lassen. Du hattest einen sicheren Ausweg. Und weißt du, woher ich das weiß?«

Schweigen. Zum ersten Mal Schweigen. Ein verstohlener Blick unter den Tisch. Die Weigerung zu antworten.

»Weißt du, was eine Akelei ist?«, fragte Sara.

Naska blickte auf und betrachtete sie. Mit – Interesse. Als wäre sie an gerade dieser Frage interessiert.

»Ja«, sagte sie erstaunt. »Es ist eine Blume.«

»Es ist eine Blume, die nicht in Tensta wächst. Auf jeden Fall nicht da, wo du deine Mittsommerblumen gepflückt hast. Woher hast du sie?«

»Was weißt du von meinen Mittsommerblumen?«

»Ich glaube, dass du sie wegen des Wunders gepflückt hast. Auf das du gehofft hast. Ein Zeuge hat dich auf dem Weg zum Vereinslokal gesehen. Er hat gesehen, wie du Blumen gepflückt hast. Komm schon, Naska. War dein Mittäter da und hat dir die Blume gegeben? Hatte er Nedim schon getötet? Und gab dir zum Trost eine kleine Blume?«

»Es gibt keinen Mittäter«, sagte Naska ruhig. »Ich kann mich auf keinen Mann verlassen.«

»Okay. Wir sagen, dass du keinen Mittäter hattest. Du bist selbst hingegangen. Wir wissen, dass es sich nicht um

Notwehr gehandelt hat. Du kannst dich unmöglich so erfolgreich gegen das große Messer in der Hand des großen Mannes gewehrt haben. Nicht einmal eine Schramme hast du abbekommen. Du kannst ihn auch nicht überrascht haben, weil der Messerstich im Herzen saß. Mit Präzision genau von vorn ausgeführt. Du musst erzählen, was am Treffpunkt passiert ist. Was ist passiert? Nun komm schon. War er eingeschlafen? Saß er da und schlief, und du hast die Gelegenheit ergriffen und das Messer in die schlafende Gestalt gestoßen? Hatte er selbst die Akelei und gab sie dir? Als Todeskuss? Um sie mitzunehmen in die nächste Welt? Was ist passiert, Naska?«

Naska blickte zu ihr auf. »Er hielt das Messer«, sagte sie entschlossen.

Mehr nicht.

Sara war einigermaßen zufrieden. Jetzt wussten sie, wo sie einander hatten. Beim nächsten Mal würde sie weiterkommen.

»Du warst ein bisschen voreilig, Naska«, sagte sie.

Naska starrte unverwandt auf die Tischplatte.

»Es ist noch nicht richtig Mittsommer«, sagte Sara Svenhagen.

Die junge dunkle Frau blickte auf mit diesem offenen, nackten Blick. Sie sagte: »Aber es ist nicht mehr lange.«

Sie kamen in den Korridor hinaus. Sara Svenhagen lehnte sich schwer gegen den Türpfosten. Sie fühlte sich vollkommen ausgelaugt. »Du hättest mich unterbrechen sollen«, sagte sie.

Lena Lindberg betrachtete sie ernst und sagte: »Das hätte ich bestimmt nicht getan.«

Sara begegnete ihrem Blick und lachte. »Nicht diesen Blick«, sagte sie.

»Wieso, welchen?«, sagte Lena.
»Den bewundernden. So gut ist es nicht gelaufen.«
»Ich frage mich nur etwas.«
»Was?«
»Ob wir wirklich so nett wie möglich waren.«
Sara drückte den Rücken durch und streckte die Arme zur Seite aus. »Ich finde, schon«, sagte sie.

16

Weit draußen im äußersten Winkel des Blickfelds – da, wo das Auge mehr ahnt als sieht – geschah etwas. Nur eine kaum wahrnehmbare Bewegung, hoch oben, zur Decke hin.

Kerstin Holm ahnte eine Richtung, mehr nicht. Eine Richtung hin zur inneren linken Ecke der Decke, so schnell, dass sie sie nicht sah. Es war eine ganz andere Art von Wahrnehmung.

Eine, für die es kein Wort gibt.

Sie fixierte die Deckenecke und stand auf. Nichts zu sehen. Nur eine gewöhnliche Ecke. Kein Leben, keine Bewegung. Hatte sie sich etwas eingebildet? Hatte sie Halluzinationen? War sie ausgebrannt, noch bevor sie auch nur angefangen hatte?

Sie trat näher. Drehte den Kopf, suchte neue Blickwinkel, wie eine Katze, die eine Kreuzotter fixiert. Aber nichts.

Plötzlich, aus einer einzigen Perspektive, erglühte die Zimmerecke von einem goldenen Feuer.

Wie ein Engelsflügel.

Als sie den Kopf ein paar Millimeter zur Seite bewegte, war er weg. Wie eine Luftspiegelung. Sie zog den Kopf zurück, vorsichtig, vorsichtig, und da war er wieder, der Engelsflügel. Er erstreckte sich einen halben Meter weit ins Zimmer, und sein leuchtendes, schimmerndes Muster war atemberaubend.

Sie musste ganz, ganz still stehen, um ihn zu sehen. Die Sonnenstrahlen fielen in einem sehr präzisen Winkel ein und verwandelten die leere Ecke an der Decke in ein Wunder. Ein Wunderwerk von unfassbarer Schöpferkraft. Und durch dieses gleichsam selbst leuchtende Netz erahnte sie die unansehnliche Spinne, die in ihrer Ecke lauerte, mehr als dass sie sie sah.

Die Schöpferin selbst.

Wolken schoben sich vor die Sonne. Alles verschwand. Als wäre es nie da gewesen.

Ohne eine Miene zu verziehen, überblätterte Gunnar Nyberg das Foto des fliegenden Toupets. Er hatte es schon sehr oft gesehen, in der einen oder anderen Form.

Er suchte nach etwas ganz anderem. Er suchte nach sich selbst.

Es war eine kleine Eigenheit, zu der er sich nicht gern bekannte. Er sah gern Bilder seines neuen, straffen, durchtrainierten Körpers, nachdem er ein gutes Jahrzehnt lang Spiegeln aus dem Weg gegangen war.

Da war er. Leider neben Chavez. Das ließ ihn immer abnorm groß aussehen. Als hätte er einen Chromosomenfehler. Wie in der NBA, der amerikanischen Basketballliga. Er versuchte sich vorzustellen, wie die Rekrutierung abliefe. Ein großer Stab von Nachrichtenagenten sammelte Informationen über große Menschen, die sich wenigstens ein bisschen bewegen konnten. Plötzlich Alarm. Ein riesiger Schafhirte war am Rand der Kysyl-Kum-Wüste gesichtet worden. Angeblich stützte er sich nur bei jedem fünften Schritt auf seinen Stock. Einen Ball hatte er zwar noch nie in seinem Leben gesehen, aber damit nahm man es nicht so genau. Eine Gruppe Feldagenten verließ Chicago und schaffte es mithilfe modernster Suchausrüstung, den Schafhirten in Usbekistans kargster Berglandschaft auszumachen. Die Agenten starten vom Feldbasislager in Kattakurgan. Sie suchen die Hänge ab. Glücklicherweise ist der Schafhirte gut sichtbar. Er ragt ganz einfach auf. Bevor er sich einen Betreuer beschaffen kann, ziehen sie einen Vertrag aus der Tasche und bringen ihn dazu zu unterschreiben. Zwei Tage später lässt er zu seiner nicht geringen Verwunderung kleine Bälle in kleine Körbe fallen. Schöne Frauen scharen sich um seinen imposanten Körper. Nach der Rolle als monströser Straßenräuber im letzten James-Bond-Film liegt er mit achtzehn nackten Groupies in seinem privaten Swimmingpool in Beverly Hills und sehnt sich nach den Schafen.

Es war besser, neben Sara zu stehen. Eine stattliche Frau. Er war nur einen Kopf größer. Leider doppelt so breit. Doch in diesem Zusammenhang war das akzeptabel.

Gunnar Nybergs Armbanduhr piepte. Er stellte den Piepton ab. Halb fünf. Es war Zeit. Er hatte eine Verabredung mit Modelltüftlern in Glömsta. Er sammelte die Fotos zusammen, nickte kurz Yes im Innern des Glaskäfigs zu und machte sich auf den Weg.

Er klopfte bei Kerstin Holm und trat ein, ohne eine Antwort abzuwarten. Sie stand in der Ecke des Zimmers und sah zur Decke auf, wobei sie den Kopf in einem merkwürdigen Winkel hielt. Als Nyberg eintrat, wirkte sie wie auf frischer Tat ertappt. Sie stellte sich wieder gerade hin und sagte: »Die Sonne ist rausgekommen.«

Weil diese Äußerung alles klarmachte, ließ er die Sache auf sich beruhen. Er legte die Fotos auf ihren Tisch, nickte kurz dem wie immer zeichnenden Anders zu und sagte: »Ich zische ab zum Modellbauclub in Glömsta, um über einen Textilsticker zu reden.«

Weil diese Äußerung sowohl ausführlich als auch klärend war, sagte Holm nur: »Okay.«

Und alle Sorgen waren aus der Welt.

Kerstin Holm betrachtete die geschlossene Tür und dachte zum dritten Mal an diesem Tag über Flipcharts und komplizierte Grafiken nach. Sie sollte in dieser Richtung wirklich etwas unternehmen. Und wenn man vom Teufel spricht …

Es klopfte schüchtern an der Tür. Sie erkannte das Klopfen.

»Komm rein, Jon«, sagte sie.

Jon Anderson kam herein. Er hielt ihr ein Papier vor die Nase. »Ich muss nach Polen fahren«, sagte er.

»Aha«, sagte sie, und das Fehlen der Flipchartgrafik war jetzt direkt auffallend.

»Sieh mal hier«, sagte er und zeigte auf das Papier. Es enthielt eine Liste mit vielen Zahlen und seltsamen Buchstabenkombinationen mit Akzenten an komischen Stellen.

»Das sieht aus wie Polnisch«, sagte sie.

»Na klar ist das Polnisch«, sagte er gekränkt. »Sieh dir mal die Zahlen an.«

Sie seufzte tief und sagte aufrichtig: »Ich habe nicht die blasseste Ahnung, was ich da sehen soll.«

Da hielt er inne und betrachtete sie von oben. »Du weißt also nicht, woran ich arbeite?«

»Nicht im Detail. Setz mich ins Bild.«

»Was für eine Überraschung«, sagte Jon Anderson in einem Ton, der Sarkasmus vorstellen sollte.

»Setz mich ins Bild«, wiederholte sie mit der Neutralität, die im Lauf des Tages in ihre Erbmasse eingesickert war.

»Hier sind die Kontoauszüge der polnischen Krankenschwester Elzbieta Kopanska aus den letzten drei Jahren. Es geht viel zu viel Geld ein. Tausend Złoty in regelmäßigen Abständen. Fast dreitausend Kronen. Mindestens einmal im Monat seit etwas mehr als einem Jahr.«

Kerstin Holm zuckte die Schultern. »Sie hat vielleicht einen Teil ihres Haushalts verkauft oder nebenher als Kellnerin etwas verdient oder von einer reichen Tante in Czestochówa immer mal etwas bekommen. Warum sollte das eine Reise nach Polen rechtfertigen, die unser Budget sprengt? Warum sollte ich mein Budget schon am ersten Tag überziehen?«

Jon Anderson betrachtete sie. Mit diesem Blick. Von

oben. »Weil die Polen behaupten, dass etwas faul ist«, sagte er. »Und die haben eine hohe Toleranzschwelle. Es muss schon ziemlich dicke kommen, bis sie sagen, dass etwas faul ist.«

»Was genau sagen sie?«

»Eben das müsste ich herausfinden. Es gibt Andeutungen en masse, aber keine klare Aussage. Als wüssten sie etwas, wollten es aber nicht sagen. Ich muss mit den Leuten selbst sprechen. Nun komm schon. So teuer wird es gar nicht. Einen Billigflug und ein Billighotel kann ich allein buchen. Ich bin absolut davon überzeugt, dass Elzbieta Kopanskas Tod eher mit Polen zu tun hat als mit Schweden.«

»Ich habe noch nicht das entscheidende Argument gehört.«

»Ihr seid mich ein paar Tage los.«

Kerstin Holm sah ihn an. Sein Gesicht verriet nicht, ob er einen Witz hatte machen wollen. »Ich denke darüber nach«, sagte sie.

Womit Jon Anderson offenbar zufrieden war, denn er verschwand schneller, als man Yes sagen konnte.

Von neuem betrachtete sie die geschlossene Tür. Sie war anscheinend ein Füllhorn, denn jetzt quollen die Leute förmlich herein, um die Resultate ihres Arbeitstags mitzuteilen. War es Hultin auch so ergangen? Und kein einziges Mal hatte er sich beklagt.

Großer, starker, schweigsamer Mann.

Arto Söderstedt und Viggo Norlander traten ein. Sie beschimpften sich.

»Wir waren uns doch einig«, sagte Norlander.

»Du warst dir einig mit deinem Schatten«, sagte Söderstedt. »Das ist der Einzige, mit dem du redest.«

»Es wiederholt sich nur alles. Ich bring es einfach nicht, noch einmal dieselbe Tour zu fahren. Über die Ballons kommen wir nicht hinaus.«

»Ich habe neue Asse im Ärmel.«

»Erzähl das den sieben Zwergen. Das Einzige, was du im Ärmel hast, ist Sonnenschutzfaktor dreißig.«

»Erlaubt ihr, dass ich mich einmische?«, sagte Kerstin Holm freundlich.

Sie sahen sie erstaunt an. Vielleicht fragten sie sich, was sie dort zu suchen hatte.

»Habt ihr mir etwas zu sagen?«

»Der Fernsehmord ist aufgeklärt«, sagte Viggo Norlander, nachdem er sich eine Weile gewundert hatte. »Wir übergeben ihn dem Staatsanwalt.«

»Der Fernsehmord ist nicht aufgeklärt«, sagte Arto Söderstedt. »Ich brauche viel mehr Zeit für Lars-Inge Runström. Er fängt an, sich zu erinnern.«

»Wie gut, dass ihr euch einig seid«, sagte Kerstin Holm.

»Gib uns noch ein paar Tage mit ihm, Kerstin«, sagte Arto. »Er ist dicht dran. Bald erinnert er sich.«

Kerstin sagte: »Er ist jetzt seit zwei Wochen dicht dran. Ich weiß nicht, wie viel Zeit ich ihm noch geben kann.«

»Wir hatten heute einen kleinen Durchbruch«, sagte Söderstedt.

»Genau«, sagte Viggo eifrig. »Er hat sich verplappert und angefangen, von mystischen, nichtmenschlichen Wesen zu schwafeln. Es hört sich an wie *Akte X*. Lass es gut sein jetzt, Arto. Du wirst langsam alt. Du musst akzeptieren, dass er dämlicher ist, als du geglaubt hast.«

»Was schwebt dir vor, Arto?«, fragte Holm. »Hypnose?«

»Gar keine so dumme Idee«, sagte Söderstedt. »Aber ich dachte auch weiterhin eher an subtile Verhörtechnik.«

»Wie Ballons mit Stecknadeln zum Platzen zu bringen«, sagte Viggo.

»Kerstin«, sagte Arto flehentlich. »Rette mich vor dem Würstchenbudenfritzen.«

»Ich gebe euch noch einen Tag«, sagte Kerstin Holm. »Und jetzt haut ab, bevor ich explodiere.«

»Nimm Tesafilm«, sagte Söderstedt.

In der Tür stießen sie mit Lena Lindberg und Sara Svenhagen zusammen.

»Bumm!«, schrie Norlander, dass die Damen einen Satz machten.

»Was sollte das denn?«, fragte Sara und zeigte auf die geschlossene Tür. »Ist der verrückt geworden?«

»Geworden?«, sagte Kerstin. »Wie ist es mit Naska gegangen?«

»Ich habe kein Bein auf den Boden gekriegt«, sagte Lena Lindberg.

»Sara?«, sagte Kerstin. »Du solltest Lena doch in die Arbeit einführen.«

»Eine bessere Einführung kann ich mir nicht vorstellen«, sagte Lena.

»Tut mir leid«, sagte Sara. »Ich hatte mir was in den Kopf gesetzt. Und ich glaube immer noch, dass ich recht habe.«

»Nämlich?«

»Dass sie gesteht, um ihre Ruhe zu bekommen.«

»Wie meinst du das?«

»Alles, was sie will, ist Ruhe und Frieden, um ihr Abi nachzumachen und Tiermedizin zu studieren. Sie hat alles versucht. Nichts hat funktioniert. Es gibt niemanden, auf den sie sich verlassen kann. Ein Jahr im Gefängnis ist ihre einzige Chance. Sie will uns glauben machen, dass es Totschlag war.«

»Und was war es?«

»Das ist immer noch unklar. Aber ich vermute, dass sie völlig unschuldig ist.«

»Lena?«

»Ich bin auch der Meinung«, sagte Lena Lindberg. »Wir brauchen noch ein paar Tage mit ihr. Sie ist kurz davor, die Wahrheit zu sagen. Ich glaube, sie hat zumindest ein ganz klein wenig Vertrauen zu Sara gefasst.«

»Überall ist man kurz davor«, sagte Kerstin Holm. »Und die Medien scheinen immer noch keinen Wind von der Sache bekommen zu haben. Also macht weiter. Aber hängt es nicht so hoch.«

»Ausgezeichnet«, sagte Sara Svenhagen.

Sie ließen sie mit ihrem Sohn allein. Er war zu seinen schnellen Autos zurückgekehrt, die durch eine Stadt fuhren. Origami konnte man nicht allein falten.

»Wirst du langsam müde, Anders?«, fragte sie. »Wollen wir nach Hause gehen?«

Er nickte matt.

Da ging das Telefon.

Es war Gunnar Nyberg: »Was für eine Auflösung haben unsere Phantombilder?«, fragte er.

»Unsere Gespräche werden immer sonderbarer«, sagte sie.

»Kann es dreihundert Punkt sein? Ein wichtiger Zeuge möchte das wissen. Er heißt Lasse Gunnarsson.«

Aha, dachte Kerstin Holm. Die gute alte Strategie: Vertrauen-bei-einem-Verrückten-gewinnen.

»Dreihundertvierzehn, würde ich tippen«, sagte sie. »Hundert mal pi. Pass auf, dass du auf dem Heimweg heil bleibst.«

»Ausgezeichnet«, sagte Gunnar Nyberg und legte auf.

Er wandte sich dem Mann auf der anderen Seite des Schreibtischs zu. Lasse Gunnarsson leimte gerade ein Modellflugzeug zusammen, das bald in die Luft sollte.

Sie befanden sich in einem kleinen Vereinslokal nicht weit entfernt von Glömstadalens Sportplatz. Der Raum war voll mit Modellflugzeugen und Fernsteuerungsgeräten. Auf der Rückseite des Monitors, die Nyberg zugewandt war, klebte ein weißer Sticker. Darauf ein roter Kreis um ein rotes Modellflugzeug, teilweise verdeckt von den drei blauen Buchstaben GMC. Glömsta Modellbauclub.

»Doch«, sagte Nyberg. »Es sind dreihundertfünfzig Punkte Auflösung.«

Ohne von seiner Arbeit aufzublicken, sagte Lasse Gun

narsson, der in den Dreißigern war und eine marode Schirmmütze mit den Worten ›Ich bin scharf‹ trug: »Ich kann überhaupt keine Computerausdrucke erkennen, die eine Auflösung von unter dreihundert Punkten haben. Es ist sinnlos. Es sind alles nur Quadrate.«

»Aber jetzt können Sie sich das Bild doch ansehen? Wo Sie jetzt die Bestätigung von meiner Chefin haben.«

»Dann lassen Sie mal sehen«, sagte Gunnarsson und legte die Leimtube zur Seite.

Nyberg reichte ihm das Phantombild.

Der Mann guckte zehn Sekunden darauf. Er sagte: »Das ist ein sehr schlechtes Bild von Ingvar.«

»Ingvar?«

»Ingvar Tillgren. Er fliegt manchmal hier. Aber jetzt ist er eine Weile nicht hier gewesen.«

»Wie lange nicht?«

»Zwei Wochen.«

»Und das ist lange?«

»Er gehört zu den fleißigeren Fliegern. Mindestens dreimal die Woche. Und ich frage mich, ob das wirklich dreihundertfünfzig Punkte Auflösung sind. Höchstens dreihundertzwanzig.«

»Jetzt lassen wir mal Bildauflösungen und sonstige Fixierungen beiseite. Wer ist Ingvar Tillgren? Erzählen Sie alles, was Sie wissen.«

Lasse Gunnarsson zuckte mit den Schultern: »Er lässt gern Modellflugzeuge fliegen.«

»Wollen Sie mich verarschen?«

»Ich glaube, er ist arbeitslos. Er ist ziemlich unregelmäßig hier.«

»Suchtproblem?«

»Nein, das glaube ich nicht. Ein ganz gewöhnlicher Junge. Fünfundzwanzig vielleicht. Nicht besonders helle. Mehr kann ich nicht sagen.«

Nyberg steckte das Phantombild in die Innentasche seines alten Lumberjacks und sagte: »Doch, haben Sie seine Adresse?«

»Västergårdsvägen 28 in Kynäs.«

»Wissen Sie sie auswendig?«

»Ich verschicke immer mal Rundschreiben. Und so wahnsinnig viele Mitglieder haben wir nicht. Haben Sie sich jemals mit Modellflugzeugbau befasst? Wollen Sie eine kleine Einführung? Wir haben ein Gratisangebot. Sie dürfen es ausprobieren und selbst steuern.«

»Wenn Mora das nächste Mal in Flammen steht«, sagte Gunnar Nyberg und stand auf. Er bedankte sich bei Lasse Gunnarsson mit einem knappen Nicken und ging hinaus zu seinem goldgelben Renault Laguna.

Der Weg von Glömsta nach Kynäs war nicht weit. Besonders nicht, wenn man schnell fuhr. Nyberg konnte währenddessen nur denken: Was bringt einen Menschen dazu, ein Käppi mit der Aufschrift ›Ich bin scharf‹ zu tragen? Was denkt man sich dabei? War es wirklich vorstellbar, dass man damit auch nur bei einem einzigen Exemplar des weiblichen Geschlechts irgendein Gefühl wecken konnte? Außer Verachtung? Konnte man wirklich mit Erfolg auf die Mitleidskarte setzen?

Er war da. Kynäs und Hörningsnäs lagen dicht beieinander. Ingvar Tillgren wohnte vier Straßenecken von der polnischen Krankenschwester Elzbieta Kopanska entfernt. Es bestand kaum ein Zweifel, dass Nyberg hier richtig war. Der Hauseingang war grau und trist, aber nicht direkt verfallen. Nur fantasielos. Der Architekt, den Gott vergessen hatte.

Im Fahrradständer vor der Haustür stand ein altes Militärfahrrad, und es war kein Problem, auf der Tafel der Mieter im Eingang den Namen Tillgren zu finden. Dritter Stock. Nyberg erteilte dem Aufzug eine Abfuhr und nahm die Treppe. In Anbetracht seiner neuen Lebensführung.

Er klingelte. Einmal. Zweimal. Dreimal. Als er sich umdrehte, um wieder zu gehen, wurde die Tür geöffnet. Durch einen Spalt sah ein blasses Gesicht heraus, ein recht alltägliches Männergesicht mit ziemlich weit auseinanderstehenden Augen, schmalem, spitzem Kinn und hoher Stirn unter einer wilden blonden Mähne, die der Schwerkraft zu trotzen schien. Er trug eine Jeansjacke mit einem runden weißen Sticker, auf dem ein rotes Modellflugzeug in einem roten Kreis von den blauen Buchstaben GMC überlagert wurde.

»Hej«, sagte Gunnar Nyberg. »Ingvar Tillgren?«

»Ja«, sagte der Mann gedämpft. »Ich will auch heute keine Gehirnwäsche. Tut mir leid.«

»Ich habe die Ausrüstung im Wagen«, sagte Nyberg und hielt ihm seinen Polizeiausweis hin. »Waschmaschine für pflegeleichte Gehirne.«

Das auseinanderstehende Augenpaar betrachtete den Polizeiausweis mit einer gewissen Entgeisterung. Kein Pokergesicht, so weit das Auge reichte.

»Entschuldigung«, sagte er und öffnete die Tür. »Die ganze Woche laufen hier schon die Zeugen Jehovas herum. Wenn man erst einmal nett zu ihnen ist, wird man sie nicht mehr los. Kommen Sie herein.«

»Danke«, sagte Nyberg. »Sehe ich wirklich einem Zeugen Jehovas ähnlich?«

Er betrat ein Modellflugzeugmuseum. Überall hingen Modellflugzeuge in allen Größen und Farben. Tillgren führte ihn durch den Dschungel in die Küche. Nyberg wurde an einen Küchentisch gesetzt, der ziemlich lange nicht abgewischt worden war. Über dem Tisch hing ein grellgelbes Modellflugzeug.

»Nein«, sagte Tillgren und setzte sich. »Nein. Es war eine Fehlreaktion. Sie sehen nicht nach einem Zeugen Jehovas aus. Möchten Sie vielleicht Kaffee?«

»Nein danke«, sagte Nyberg. »Sie lieben Modellflugbau?«

»Das ist mein Hobby.«

»Aber jetzt sind Sie einige Zeit nicht geflogen?«

Tillgren warf dem großen Polizeibeamten einen raschen Blick zu. »Warum sind Sie eigentlich hier?«, sagte er.

»Ich glaube, das wissen Sie«, sagte Nyberg.

Ingvar Tillgren legte die Hände auf den Tisch, als machte er sich bereit, gekreuzigt zu werden. Er schloss die Augen. »Wie haben Sie mich gefunden?«, fragte er.

»Das da«, sagte Nyberg und zeigte auf den Sticker.

Tillgren betrachtete seinen Arm und nickte. »Darauf wäre ich nicht gekommen«, sagte er. »Hat mich jemand gesehen?«

»Man wird immer gesehen«, sagte Nyberg. »Das ist eine Lehre fürs Leben: Es gibt immer jemanden, der einen sieht. Auf dem Fahrrad vor dem Krankenhaus. Wo Sie auf das Ende von Elzbieta Kopanskas Nachtschicht gewartet haben. Auf dem gleichen Fahrrad vor Södertörns Hochschule. Wenn Sie sie begrüßt haben, als sie zu ihrem Schwedisch-Intensivkurs ging.«

»Wir sind uns hier im Viertel begegnet«, sagte Tillgren. »Sie ging zum Vorortzug. Ich fuhr auf dem Rad vorbei. Sie sah so traurig aus. Als ob sie an einer furchtbaren Trauer litte. Sie war das Schönste, was ich in meinem ganzen Leben gesehen habe. Drei Wochen hatten wir. Ich glaubte, es wäre fürs Leben. Dass ich endlich nicht mehr allein zu sein brauchte.«

»Erzählen Sie von Ihrer Beziehung.«

»Ich habe ein paar Albernheiten mit dem Fahrrad gemacht. Fuhr im Kreis um sie herum, vor und zurück. Führte Kunststücke vor. Wie ein verliebter Fünfzehnjähriger. Ich wartete auf sie, wenn sie mit dem Vorortzug kam. Ich fuhr neben ihr her, aber vorsichtig, damit sie keine Angst bekam. Schließlich brachte ich sie zum Lachen. Ich habe sie eingeladen. Wir gingen in die Pizzeria. Sie erzählte, dass sie erst seit einem Monat in Schweden war. Und sie sprach besser Schwedisch als manche der Nachbarn.«

»Was passierte weiter, nachdem Sie zum ersten Mal in der Pizzeria waren?«

»Ich bin mit ihr nach Hause gegangen. Sie fragte, ob ich mit hochkommen wollte. Ich wollte. Danach haben wir uns fast jeden Tag getroffen. An dem Abend, an dem sie starb, sollte Betta zu mir kommen. Ich hatte Essen gemacht. Das ist nichts, was ich besonders häufig tue.«

»Warum haben Sie sich nicht bei uns gemeldet, Ingvar?«

Tillgren verstummte. Erst jetzt nahm Gunnar Nyberg die überwältigende Trauer in seinen Augen wahr. Eine Hoffnung, die geweckt worden und wieder erloschen war. Mit dreiwöchiger Verzögerung.

Scheiße, dachte er gleichzeitig. Das hier ist ganz falsch. Ich habe richtig gedacht, bin aber völlig falsch gelandet.

»Daran habe ich überhaupt nicht gedacht«, sagte Tillgren. »Ich bin in die Stadt gefahren und habe mich aufs Geländer von Västerbron gestellt. Es war Nacht. Ich stand zwei Minuten da und balancierte. Dann bin ich wieder runtergestiegen und habe mich eingeschlossen. Die Einzigen, die ich getroffen habe, waren die Zeugen Jehovas.«

»Aber Sie wissen, dass sie ermordet wurde?«

»Ich habe in der Zeitung gelesen, dass sie tot ist. Ermordet. Ich kann es nicht beschreiben. Wir liebten uns. Frisch verliebt.«

»Sie wurde am Abend des zehnten Juni ermordet, es war ein Montag. Vermutlich gegen sieben Uhr. Und da haben Sie gerade Essen für sie gekocht?«

»Ja, sie hatte am Vormittag gearbeitet. Dann kam sie gegen halb fünf nach Hause. Wir hatten uns für acht Uhr verabredet. Ich machte zwischen sechs und acht Essen. Seezunge Walewska. Ich wollte für sie ein polnisches Gericht zubereiten. Aber es war ziemlich schwer, diese Sauce hinzukriegen. Das Eigelb ist geronnen.«

»Ich fürchte, Seezunge Walewska ist ein französisches Gericht«, sagte Gunnar Nyberg. »Benannt nach Napoleons Geliebter Maria Walewska.«

»Da sieht man's wieder«, sagte Ingvar Tillgren.

»Kommen wir zurück zum Montagabend, dem zehnten Juni. Elzbieta Kopanska wurde gegen sieben Uhr ermordet. Da machten Sie also Essen für sie? Allein natürlich?«

»Ja. In Ewigkeit. Amen.«

»Kann das jemand bestätigen?«

»Nein. Vielleicht die Verkäuferin an der Fischtheke im Konsum. Sie sah völlig entgeistert aus, als ich Seezunge kaufte. Ich bin wohl nicht der Seezungentyp. Aber das war ja früher. Als ich kochte, war ich ganz allein.«

»Es war nicht so, dass sie Sie anrief, während die Mornaysauce stockte, und sagte, sie könne Sie nicht mehr treffen? Dass sie einen Fehler gemacht habe und dass jetzt Schluss sein müsse?«

»Nein«, sagte Ingvar Tillgren still. »Wir wollten heiraten. Damit sie die unbegrenzte Aufenthaltserlaubnis bekäme.«

»Okay«, sagte Nyberg und rieb sich den Augenwinkel. Da saß eine Menge Mist, der nicht verschwinden wollte. »Hat sie davon gesprochen, dass sie irgendwie bedroht würde?«, fuhr er fort.

»Nein«, sagte Tillgren. »Aber …«

»Das schöne alte ›Aber‹ …«

»Sie hat etwas gesagt. Nur so nebenbei. Ich weiß nicht mehr.«

»In welchem Zusammenhang war das?«

»Ich weiß nicht mehr. Es sei nichts Wichtiges, sagte sie. Ich habe es mir nicht gemerkt.«

»Wann war das?«

»Es muss eine Woche vor ihrem Tod gewesen sein. Oder ein paar Tage davor. Eher ein paar Tage. Jemand hatte sie angerufen, glaube ich. Ein Pole.«

»Pole?«, stieß Nyberg aus. »Sind Sie sicher?«

»Ja. Sie sagte, es sei nichts, aber ihre Stimme war anders. Ich habe mich in den letzten Tagen an nichts erinnern können, aber jetzt fällt mir wieder ein, dass sie ein bisschen anders war. Ihr Lächeln war nicht ganz dasselbe. Ein bisschen angestrengt.«

»Und diese Änderung trat nach dem Anruf des Polen ein?«

Tillgren sah nachdenklich aus und nickte langsam. »Ja, so um die Zeit war es tatsächlich.«

»Können Sie es näher beschreiben? Das Gefühl, dass sie anders war?«

Schweigen. Die Erinnerung, die ins Leben gerufen wurde, wo nur Tod war.

»Es hört sich vielleicht an, als würde ich übertreiben«, sagte Ingvar Tillgren. »Aber ich glaube, sie hatte Angst.«

Gunnar Nyberg nickte kurz und zog sein Handy hervor.

»Ja, Kerstin«, sagte es ein wenig gehetzt am anderen Ende.

»Du bist noch da?«, fragte Nyberg.

»Ich wollte gerade los.«

»Eine Sache. Elzbieta Kopanska erhielt einige Tage vor ihrem Tod einen Anruf. Es scheint, als ob der sie in Angst versetzt habe. Von einem Polen.«

»Einem Polen?«

»Ja.«

»Sonst nichts?«

»Nein, aber die Nummer müsste herauszufinden sein.«

»Okay. Gut gemacht, Gunnar.«

Kerstin Holm legte auf und blickte zu Anders hinüber.

Er stand schon draußen im Gang. »Ich will jetzt gehen«, sagte er. »Wir wollten doch gehen.«

»Kannst du noch einen ganz, ganz kleinen Moment warten, Anders?«, sagte sie und nahm den Hörer wieder auf.

»Ja«, sagte der Angerufene.

»Jon? Okay.«

»Okay?«

»Fahr nach Poznań. Von allem das Billigste.«

»Ausgezeichnet«, sagte Jon Anderson. »Ich fliege morgen früh.«

»Oder heute Abend.«

»Warum hast du es dir überlegt?«

»Einige Tage vor ihrem Tod wurde Elzbieta Kopanska vom Anruf eines Polen in Angst versetzt. Du hast wahrscheinlich recht mit deiner polnischen Theorie.«

»Okay. Melde dich, wenn du mehr von dem Gespräch weißt.«

»Ich rufe dich morgen im Laufe des Tages auf deinem Handy an«, sagte Kerstin Holm und legte auf.

Sie blickte hinaus in den Gang. Die Uhr dort draußen zeigte Viertel vor sechs. Anders war verschwunden. Ihr Herzschlag vervierfachte seine Frequenz ohne jede Vorwarnung.

Verdammt!

Nachdem sie fünf schreckliche Sekunden lang vollkommen unbeweglich dagestanden hatte, schaute sie in Sara Svenhagens Zimmer. Da saß er ganz allein und faltete einen Papiertiger. Sie schlich auf Zehenspitzen zurück in ihr Zimmer und rief Telia an. Sie forderte eine vollständige Auflistung aller ein- und ausgegangenen Gespräche von Elzbieta Kopanskas Telefon. Es gab kein Problem. Die Liste würde am folgenden Tag geliefert werden.

Sie hielt den Hörer noch in der Hand. Sie dachte an Papiertiger und an Autos, die mit Höchstgeschwindigkeit in eine Stadt fuhren, und an den Ausruf ›Nie darf ich mal Freunde treffen‹. Und sie dachte an einen kraftvollen blauen Bannkreis.

Dann wählte sie eine Nummer.

Der Angerufene antwortete: »Åkesson.«

17

Es war kein Fall. Er zwang sich, die Sache so zu sehen. Es war ein Nichtfall. Er war darangesetzt worden, um dafür zu sorgen, dass es ein Nichtfall blieb. Er war der Schutzwall gegen die Medien. Er war darangesetzt worden, um Gegenbeweise zu sammeln, die die Story im gleichen Augenblick, in dem sie veröffentlicht würde, zu einer Nichtstory machen würden. Und es eilte.

Dennoch fuhr er nach Norrviken im gut zehn Kilometer nördlich von Stockholm gelegenen Vorort Sollentuna. Bald erkannte er das stille, unbewegliche schwarze Wasser. Den mythischen See Ravalen.

Er fuhr seinen metallicgrünen Volvo S-60 auf den Kiesweg vor eine Garage. Weit unten, unterhalb des steil abfallenden, grasbewachsenen Hangs, lag ein Haus. Weil er zum allerersten Mal hier war, konnte er nur vermuten, dass das anspruchslose Haus in der Mitte zwischen dem dicht belaubten Mischwald und dem See das richtige war. Das hügelige kleine Grundstück war nicht mehr als ein Gedankenstrich zwischen dem See und dem Wald. Eine große Veranda erstreckte sich vom Haus zur Seite, parallel zum Ufer, dahinter ragte eine Angelrute über die Bordwand eines Ruderboots hinaus. Unmittelbar am Strand lag ein kleines Häuschen, eindeutig eine Sauna. An einem Nagel in einer Tanne am Waldrand hing ein Ornithologenfernglas. Es war kaum zu glauben, dass er nur fünfzehn Kilometer von der Stockholmer City entfernt war.

Und Sisyphos gleich rollte ein älterer Mann in Hawaiihemd und zu kleinen Shorts einen Handrasenmäher den steilen Grashang hinauf und hinab.

Paul Hjelm ging behutsam Schritt für Schritt abwärts. Er

wollte keine Grasflecken auf den Anzug bekommen. Der Mann mit dem Rasenmäher hielt inne und starrte den Anzugmenschen an. Es dauerte eine ganze Weile, bis er ihn erkannte. Da ließ er den Rasenmäher vor einem Büschel Löwenzahn stehen und ging Hjelm entgegen.

»Ich dachte schon, du wärst einer von diesen schwerstkriminellen Immobilienmaklern«, sagte er und streckte ihm die Hand entgegen. »Die tauchen in der Regel in Hugo-Boss-Anzügen hier auf und unterbreiten einem schamlose Angebote.«

»Hugo Boss kann man nicht tragen«, sagte Paul Hjelm und schüttelte seinem früheren Chef die Hand. »Hugo Boss hat die SS-Uniformen entworfen. Das hier ist Armani.«

»Na so was«, sagte Jan-Olov Hultin. »Maßgeschneidert?«

»Grundström hat mir einen günstigen Schneider empfohlen. Türke.«

»Stellt er Quittungen aus?«

»Tja«, sagte Paul Hjelm zögernd. »Wenn man will.«

»Auf die Weise wirst du vermutlich noch Reichspolizeichef«, lachte Hultin. »Wer hätte das vor einem Jahr gedacht.«

Einen Moment lang standen sie da und sahen einander verlegen an. Als kämen die Worte nur widerwillig.

»Du mähst also den Rasen?«, sagte Hjelm sinnlos.

»Ich bringe es immer noch nicht übers Herz, das Unkraut zu beseitigen«, sagte Hultin. »Löwenzahn ist schön.«

Ein weiterer Moment von Verkrampftheit. Dann sagte Hultin: »Komm, wir setzen uns auf die Veranda. Ich merke doch, dass du was auf dem Herzen hast. Stina hat Kaffee aufgesetzt.«

Sie gingen zum Haus. Es hatte kaum mehr als fünfzig Quadratmeter Grundfläche. Hier hatten die Eheleute Hultin zwei Söhne bekommen und großgezogen, beide waren zu erfolgreichen Geschäftsleuten geworden und kamen nie zu Besuch. Und hier war das Ehepaar geblieben.

Hjelm setzte sich auf den ihm angebotenen Platz auf der Veranda dicht am Ufer. Er blickte hinunter ins Ruderboot und sah eine große Dose, vermutlich mit Regenwürmern. Dann hob er den Blick und ließ die Schönheit auf sich einwirken. Die Sommersonne schien, und das schwarze Wasser funkelte.

Hultin kam mit Kaffee und Zimtschnecken. Er goss ein und bot an. Seine Frau kam mit Lockenwicklern im Haar heraus und begrüßte Hjelm. Sie setzte sich neben ihn.

Hultin sagte: »Mal abwarten, wie lange wir noch hier wohnen können. Noch sind wir beweglich, aber es kommt eine Zeit, wenn wir den Hang hinunterrollen und im Ravalen ertrinken.«

Hjelm lächelte. Die Zeit schien ihm noch recht weit entfernt zu sein. Das pensionierte Paar war ungewöhnlich gut erhalten.

Eine Weile herrschte Schweigen. Zwei Männer, deren Namen einmal für die meistbeachtete Polizeispezialeinheit des Landes gestanden hatten.

Schließlich sagte Hultin: »Ich bin erst ein paar Tage pensioniert. Und du bist schon da.«

Hjelm warf einen schnellen Blick auf Stina. Das reichte.

»Ich bin nicht mehr Polizist«, sagte Hultin. »Alles, was du mir sagen willst, kannst du auch Stina sagen. Sie hat mir über die Jahre viel mehr geholfen, als du glaubst. Schweigepflicht hat es zwischen uns nie gegeben.«

Stina lachte kurz auf. Ihr Blick ruhte weit draußen über dem Wasser. »Die Möwe ist wieder da«, sagte sie.

Eine große Silbermöwe segelte in weiten Kreisen über dem gegenüberliegenden Seeufer.

»Wie ist es bei den Internen?«, fragte Hultin.

»Ganz okay«, sagte Hjelm. »Alles ist extrem professionell. Aber es lässt sich nicht verheimlichen, dass es auch viel unfreier ist. Und ich komme mir verdammt komisch dabei vor, einem Mann Anweisungen zu geben, der noch vor ein paar Jahren versucht hat, meine Entlassung zu bewirken.«

»Du denkst an Mårtensson? Grundströms alten Kollegen?«

»Er nagelt mich ständig mit dem Blick fest. Das beeinträchtigt das Arbeitsklima. Also, wenn du mich fragst, ob ich jetzt glücklicher bin, weiß der Kuckuck. Aber ich habe eine eigene Sekretärin. Und ein klimatisiertes Büro.«

Hultin lachte laut. »Das hatte ich nie«, sagte er. »Weder noch. Und wie geht es mit … dem anderen …?«

»Der Scheidung? Puhh. Ich bin jetzt ausgezogen, nach Messer-Söder. Slipgatan. Es ist ziemlich … abgelegen. Aber lieber das als Eiseskälte.«

»Hättet ihr es nicht wieder hinbiegen können? Cilla und du, ihr machtet den Eindruck, als gehörtet ihr zusammen. Es kommt nicht oft vor, dass man es so deutlich sieht. Es ist für mich genauso unwahrscheinlich, als ob Stina und ich getrennte Wege gingen.«

»Vielleicht«, sagte Hjelm. »Wenn wir nur miteinander hätten reden können. Darum geht es eigentlich. Aber sobald einer von uns etwas sagte, hat der andere draufgehauen. Unfehlbar.«

Hultin schwieg. Er warf seiner Frau einen Blick zu.

»Na dann«, sagte er. »Warum bist du hier?«

Hjelm schwieg eine Weile und schlürfte von dem mörderisch starken Kaffee. Während er ihm durch die Kehle rann und alles wegputzte, was ihm in den Weg kam, sagte Hjelm: »Was weißt du von Jorge?«

Jan-Olov Hultin betrachtete ihn aufmerksam. Chavez war seine eigene ›Entdeckung‹, das wusste Hjelm. Die anderen in der ursprünglichen A-Gruppe waren das Ergebnis von Tipps von Seiten der Polizeibehörden im Land, Söderstedt aus Västerås, Holm aus Göteborg, Norlander aus Stockholm, Nyberg aus Nacka und Hjelm aus Huddinge.

Aber Jorge Chavez hatte Hultin ganz allein auf irgendeine Weise von Sundsvall heruntergeholt.

»Was ist denn los?«, sagte Hultin.

»Eine anonyme Anzeige von der Art, um die wir uns normalerweise einen Dreck scheren.«

»Und warum macht ihr das nicht auch mit dieser?«

»Wegen einer überzeugenden Drohung, alles zu veröffentlichen, wenn wir der Sache nicht nachgehen. Das ist genau das, wonach sich die Presse jetzt in der Sauregurkenzeit die Finger lecken würde. Sie würde die Sache an die große Glocke hängen. Ich kann es schon vor mir sehen: ›Landesweit bekannter Polizist aus Einwanderermilieu in Drogenskandal verwickelt.‹«

»Drogenskandal?«

Hjelm beugte sich hinunter zu seinem neuen Aktenkoffer, hob das Tonbandgerät heraus und schaltete es ein. Es lief lange.

Als es zu Ende war, sagte Hultin: »Drogentest? Spinnt der?«

»Da geht er zu weit«, nickte Hjelm. »Du und ich, wir haben beide sehr viel und sehr, sehr eng mit Jorge zusammengearbeitet. Ich setze mein Leben darauf, dass er nie unter dem Einfluss von stärkeren Drogen gestanden hat als Columbiakaffee.«

Hultin stöhnte und machte eine Geste zum Tonbandgerät: »Was ist das hier eigentlich? Wer ist der Mann? Was bezweckt er?«

»Mit diesen Fragen habe ich mir die Nacht um die Ohren geschlagen«, sagte Hjelm. »Es könnte natürlich ein freier Journalist sein, der da oben in Sundsvall über irgendwas gestolpert ist. Aber warum es dann an uns geben? Vielleicht ein zorniger, rachelüsterner Kollege?«

»Die Stimme sagt etwas anderes«, sagte Stina Hultin plötzlich.

»Wie meinst du das?«, fragte Hjelm überrascht.

»Es liegt kein Hass in der Stimme. Er ist eher informierend. Ruhig und gefasst.«

»Ja«, sagte ihr Mann. »Es ist ein ziemlich sonderbares Gespräch. Spiel es noch einmal ab.«

Hjelm spulte zurück und spielte es noch einmal ab.

»Grundström.«

Eine Männerstimme, die sich ziemlich verzerrt anhörte, sagte: »Sind Sie der Leiter der Abteilung für Interne Ermittlungen?«

»Ja. Worum geht es?«

»Es geht um einen Polizeibeamten, der in schwerwiegende kriminelle Machenschaften verwickelt ist.«

»Wer spricht denn da?«

»Das hat Zeit.«

»Um was für kriminelle Machenschaften geht es?«

»Drogenvergehen«, sagte die dumpfe Stimme.

»Und wer ist der Polizeibeamte?«

Kurze Pause. Dann: »Kriminalinspektor Jorge Chavez von der Spezialeinheit für Gewaltverbrechen von internationalem Charakter bei der Reichskriminalpolizei.«

»Aha«, sagte Grundströms Stimme, und sie klang nicht ganz wie sonst. »Und worum genau geht es jetzt?«

»Es liegt einige Jahre zurück«, sagte die dumpfe Stimme. »Als Chavez bei der Polizei in Sundsvall arbeitete.«

»Und da hat er sich also eines schweren Drogenvergehens schuldig gemacht, Ihnen zufolge. Einem anonymen Anrufer?«

»Wollen Sie zuhören oder nicht?«

»Ich höre zu.«

»Jorge Chavez hat damals viel Musik gemacht. Meistens Jazz, ein bisschen Rock. Zusammen mit einer Gruppe von Musikern betrieb er ein kleines Jazzcafé, eine Art Jazzclub mit Namen Majls. Nach Miles Davis. Dort wurde damals einiges an Drogen konsumiert. Es war eine richtige verdammte Opiumhöhle.«

»In welcher Weise war Chavez beteiligt?«

»Man konnte dort Drogen kaufen. Alles, von Marihuana und Haschisch bis zu Crack und Ecstasy. Hauptsächlich Kokain und Heroin. Ziemlich viel Amphetamin. Mehr Aufputsch- als Abtörnstoff. Das Majls war ein Umschlagplatz für Heroin in Norrland.«

»Aha«, sagte Grundström ruhig. »Noch was?«

Nach einem Moment des Schweigens fuhr die dumpfe Stimme fort: »An Ihrer Stelle würde ich gleich heute einen Drogentest bei Chavez machen. Ich wette, dass er immer noch Drogenmissbrauch betreibt.«

»Okay«, sagte Grundström. »So weit die Anklage. Und jetzt die Beweise.«

»Ich habe keine Beweise, aber ich habe eine Menge Namen von Leuten, die bestätigen können, was ich gesagt habe. Wollen Sie sie haben? Oder werden Sie dieses Gespräch einfach begraben? Wenn in ein paar Tagen nichts passiert ist, rufe ich vom Reichskriminalchef bis zum Justizminister alle an. Von der Presse ganz zu schweigen.«

»Wie bekomme ich die Namen?«, sagte Grundström.

»Ich faxe sie Ihnen im Lauf der nächsten Stunde zu.«

»Okay, gut. Nein, ich werde es nicht begraben. Ich werde untersuchen, ob an Ihren Behauptungen etwas dran ist. Aber es wäre glaubwürdiger, wenn Sie nicht anonym blieben.«

»Wenn es zum Prozess kommt, werde ich in Erscheinung treten. Machen Sie sich darum keine Sorgen.«

»Also im Lauf der nächsten Stunde?«

»Im Lauf der nächsten Stunde.«

Das Trio am Ufer des Ravalen saß schweigend da und betrachtete das Tonbandgerät.

»Schwache Stimmenverzerrung«, sagte Jan-Olov Hultin schließlich. »Dahinter gebildete Stockholmer Stimme eines Mannes in mittleren Jahren. Kommt nicht ins Stottern. Weiß, was er sagen will.«

»›Drogen konsumiert‹«, sagte Stina. »Ist das nicht eine etwas ausgefallene Wortwahl?«

»Nachdenklich«, sagte Hjelm. »Als ob er nicht ›kiffen‹ oder so was sagen wollte. Ich stimme zu: gebildet, zielbewusst. Kein Wort über den Zweck der Übung. Schwer durchschaubar.«

»Telefongespräch und Fax«, sagte Hultin. »Habt ihr die Nummern überprüft?«

»Das Telefongespräch kam von einem öffentlichen Telefon am Hauptbahnhof. Das Fax eine halbe Stunde später aus dem Tele-Laden in der Kungsgata.«

»Also unidentifizierbar. Hast du mit dem Personal in dem Tele-Laden gesprochen?«

»Nur am Telefon. Erinnert sich an nichts. Erzähl jetzt mal von Jorge.«

Hultin schnaubte wütend: »Vor zehn Jahren fragten sie von der Polizeihochschule bei mir an, ob ich vor den Studenten eine Vorlesung über das Reichskrim halten könnte. Ich war damals ein ziemlich routinierter Kriminalkommissar und wusste eine ganze Menge über die Aktivitäten des Reichskrim, nahm also die Einladung an. Ich hielt meinen Vortrag, bekam aber von einem kleinen dunklen Burschen unter den Studenten einiges an Einwänden und schweren Fragen zu hören, unter anderem über die Zusammenarbeit mit der Sicherheitspolizei. Der Bursche war gewitzt und schnell im Denken, und ich blieb hinterher noch eine Weile da und unterhielt mich mit ihm. Ich erlaubte mir die Frage, wie er es geschafft habe, aufgenommen zu werden, obwohl er eigentlich zu klein war. ›Ablenkung im richtigen Augenblick‹, antwortete er. Ich nahm mir vor, seine Entwicklung im Auge zu behalten. Er war einer der ersten richtigen Kerle aus Rågsved an der Polizeihochschule. Einwanderer der zweiten Generation. Ich weiß noch, dass ich dachte: Der ist wichtiger, als wir voraussehen können.«

»Und dann landete er in Sundsvall?«

»Das war mein Fehler, fürchte ich. Ich wollte, dass er direkt als Kriminaler anfing. Aber nicht in Stockholm. Er sollte sich in einer halbwegs großen Stadt entwickeln können.«

»Hattest du Kontakt zu ihm, als er da oben war?«

»Ich wollte mich nicht zu stark einmischen. Es war besser, wenn er nicht wusste, dass ich ein Auge auf ihn hatte. Ich fragte dann und wann vorsichtig bei seinem Vorgesetzten nach. Zunächst schien alles in Ordnung zu sein, doch nach einem Jahr begann der Vorgesetzte, sich zu winden und um den heißen Brei herumzureden. Ich hatte kein gutes Gefühl mehr bei der Sache und rief schließlich Jorge selbst an. ›Die Musikszene ist gut‹, sagte er. ›Aber …‹«

»Das schöne alte ›Aber‹.«

»Ja. Es dauerte eine Weile, es aus ihm herauszulocken. Er hatte Anfeindungen auszustehen da oben. Seitens der Kollegen. Schikane noch und noch. Es reichte offenbar vollauf, dass er klein und dunkelhäutig war. Er bekam nur Scheißjobs. ›Aber ich habe ja das Majls‹, sagte er.«

»Den Jazzclub Majls«, sagte Hjelm. »Ein Luftloch zum Atmen.«

»Aber bei den Kollegen nicht besonders geschätzt. Ich meine mich zu erinnern, dass sie einige Razzien durchführten.«

»Drogenrazzien?«

»Ich glaube, ja«, sagte Hultin. »Ergebnislos.«

»Dann ist es wohl tatsächlich ein ehemaliger Kollege. Der sauer darüber ist, wie weit es sein früheres Mobbingopfer gebracht hat.«

»Aber es ist lange her, dass ihr in der Öffentlichkeit in Erscheinung getreten seid. Dich habe ich als Letzten von allen in die A-Gruppe geholt, und du warst der Held von Hallunda; Jorge, den ich als Ersten ausgesucht hatte, wurde der Tantoheld, als er vor undenklichen Zeiten den Machtmörder stellte.«

»Es kann ein alter Hass sein, der jetzt wieder aufflammt, weil Jorge mit einer großen und schönen arischen Frau ein Kind hat. Ist es ein Zufall, dass alles jetzt passiert, wo er im Vaterschaftsurlaub ist?«

»Wohl kaum«, sagte Stina. »Er tut eine Menge Dinge, die ein Einwanderersohn aus Rågsved nicht tun sollte. Vielleicht war das der Tropfen, der das Fass zum Überlaufen gebracht hat. Vaterschaftsurlaub.«

»Dann hätten wir es mit einem faschistischen Polizisten aus Sundsvall zu tun, mit dem es abwärts geht? Auf dem Tonband klingt es nicht so. Sieh dir mal die Liste an, die er uns gefaxt hat, Jan-Olov. Sagt dir einer der Namen etwas?«

Hjelm zog die Faxliste aus dem Aktenkoffer und schob sie Hultin hin. Da kreischte die Silbermöwe auf der anderen Seeseite aus Leibeskräften. Hjelm drehte sich blitzschnell um und stieß dabei gegen die Kaffeetasse, sodass der Kaffee sich über die Liste ergoss. Die Möwe schoss im Sturzflug ins Wasser und schien einen Herzinfarkt erlitten zu haben.

Möwenherzinfarkt.

»Scheiße«, sagte Hjelm. Er stand auf, nahm das Blatt vom Tisch und schüttelte den Kaffee ab. Dann nahm er eine Serviette und presste sie auf das Papier.

»Original?«, fragte Hultin.

»Aus naheliegenden Gründen habe ich keine Kopien«, sagte Hjelm gereizt und sah auf das Papier. Die Buchstaben schienen in Kaffee zu schwimmen, waren aber noch lesbar.

Er setzte sich.

Hultin las.

»Dies sind also acht Personen, die Jorges Schuld bezeugen können?«, sagte er. »Soll man es so sehen?«

»Das behauptet er jedenfalls«, sagte Hjelm und untersuchte seinen Armani-Anzug. Zu seiner Überraschung schien der unbefleckt davongekommen zu sein.

»Scheißmöwe«, sagte er.

»Sag so etwas nicht«, sagte Stina. »Draußen in den Schären sterben die Möwen wie die Fliegen. Niemand weiß, woran. Wir sollten dankbar sein für jede Möwe, die wir zu Gesicht bekommen.«

Hjelm konnte die Dankbarkeit über die Möwe nicht ganz nachvollziehen. Sie hatte sich inzwischen erholt und schwamm wieder friedlich auf dem schwarzen Wasser des Sees.

»Mårdström kenne ich«, sagte Hultin, den Finger auf der Liste. »Der war Jorges Chef bei der Kripo in Sundsvall. Rickard Blomdahl ist inzwischen Kommissar bei der Interpol-Abteilung des Reichskrim. Und ich frage mich, ob nicht auch Bengt Eriksson ein Kollege war. Der Rest sagt mir nichts.«

»Der anonyme Anrufer weist also auf mindestens zwei Polizisten hin«, nickte Hjelm. »Das lässt eher auf eine interne Geschichte schließen.«

»Die Sache wirkt durch und durch faul«, fasste Jan-Olov Hultin zusammen.

18

Zuerst ist es nichts.

Dann ist es nichts.

Dann ist es nichts mit schwachen, schwachen Konturen.

Werden langsam klarer. Nehmen Form an.

Nehmen im Roten Form an. Schaukeln leicht. Wippen in der Flüssigkeit.

Viele Konturen jetzt. Striche und Figuren. Eine Anhäufung. Versuchen zu verstehen. Versuchen wahrzunehmen, was exakt in dem Augenblick geschieht, in dem sie zusammengefügt werden und zu einem Bild der Welt werden. Erkennbar.

Wie es sich anfühlt in genau dem Moment.

Da. Ein Vogel. Ausgebreitete Flügel.

Wie alle losgelösten Einzelheiten zusammengefügt werden. Vereinigt werden.

Der Augenblick.

Das leicht Absurde an dem Bild. Lächeln, ja. Lächeln. Es geht. Es ist möglich. Versuchen, die eigenen Handlungen zu verstehen, während das Bild fixiert wird. Zusammengefügt wird. Vereinigt wird. Wie sie schreien müssen, um gehört zu werden.

Aber in einer anderen Sprache.

Einer anderen Art von Schrei.

Damit es nicht im Brausen der Schreie verschwindet.

Da. Fertig. Hebt ab. Schwebt.

Das rote Licht, das die Augen zerstört. Das die Augen an das kommende Licht gewöhnt. Von der sterbenden Sonne.

Invisible sun.

Das Bild eines Vogels. Ja. Eines großen Vogels. Die Spannweite der Flügel fast von einer Ecke in die entgegengesetzte, eine bildfüllende Diagonale. Aber der Hintergrund ist da. Ist am Platz.

Wissen, dass du das Gleiche fühlst, Hintergrund. Wissen, dass du verstehst. Wie alles sich verflüchtigt und leicht wird. Wie alle Werte zerrinnen. Eine leicht verdauliche, leicht vergessene, leichtlebige Welt.

Dem Übel an der Wurzel Einhalt gebieten. Das geht nicht. Aber es zeigen.

Nur zeigen. Das ist alles.

Wir könnten glücklich sein.

Der große Vogel ist eine Möwe. Wasser hinter den ausgebreiteten Flügeln, eine Veranda. Auf der Veranda ein stehender Mann, der mit einem Papier wedelt. Daneben zwei sitzende Menschen. Ein älterer Mann und eine ältere Frau.

Dieser Schreck, Möwe.

Das Bild an die Leine hängen. Wäscheklammer. Die Klammer an den Fingern spüren. All dies Sinnlose. Die Materie. Die Entwicklung hin zur Wäscheklammer. Die Finger an der Leine. Eine normale Wäscheleine. Fühlen, wie sie sich entwickelt hat. Jedes Ding hat eine Geschichte, eine Entwicklung. Die ersten Häute wurden über die Äste von Bäumen gehängt. Bald spannte man Sehnen zwischen den Bäumen. Die Häute wurden aufgehängt. Das Seil wurde erfunden, der Faden. Die Wäscheleine. Jahrtausende von Entwicklung hin zu dieser Leine in einem Fotolabor.

Das zu fühlen, die ganze Zeit. Bei allem, was man berührt. Wie es das impulsive Jetzt auslöscht. Dass wir es fühlen sollen, das ist der einzige Sinn. Jede Abweichung vom impulsiven Jetzt ist ein Defekt.

Der Mann auf der Veranda. So. Aufgehängt. Das Foto daneben auf der Wäscheleine: der mächtige Mann, die große Frau, der kleine Mann. Und das kleine Kind. Auf dem nächsten die laufenden Kinder. Und auf dem nächsten wieder der große Mann, an einem Küchentisch, über dem ein grellgelbes Modellflugzeug hängt. Und auf dem nächsten ein Mann, waagerecht in der Luft. Über ihm schwebt ein großer Tisch.

Es sind viele Bilder.

Der grenzenlose Schmerz darin, das alles zu sehen.

All dies, weil ein ganz besonderes Band zwischen zwei Menschen entstanden ist. Alles, weil genau dieses Band auf die Probe gestellt werden soll. Denn ohne dieses Band kann kein wirkliches Denken stattfinden. Gerade dieses Band fällt mit der menschlichen Natur in ihrer reinsten Form zusammen.

Wen man liebt, den züchtigt man.

Ein Klischee. So unglücklich.

Will kotzen.

Unterdrückt es.

Lächelt. Doch, es ist ein Lächeln.

Macht Licht. Das rote Licht ist wahrer als dieses.

Die Wand ist weiß. Weiß mit vielen schwarzen Strichen und vielen Buchstaben. Whiteboard.

Nimmt den Schreiber. Zieht einen Strich, einen kleinen, kleinen Strich in der unteren Ecke der großen, wild verzweigten Figur. Die Figur hat eine seltsame, unerwartete Schönheit. Wie ein Netz, das nie ganz richtig vorauszusehen ist. Nur fast.

Schreibt klein neben dem Strich.

Schreibt. Spürt die Geschichte des Filzschreibers. Die ersten Schriftzeichen. Ein Zufall. Ähnlichkeit. Symbole, die die Welt bezeichnen. Symbole, die Geräusche bezeichnen. Die Geburt des Schreibstifts aus dem Ästchen.

Die wunderbare Entwicklung hin zum Flipchart.

Will kotzen.

Unterdrückt es.

Schreibt: ›Hjelm, Ehepaar Hultin.‹

Ist zufrieden.

Vorerst.

Aber bald ist Mittsommer.

19

Poznań, eine Stadt, in der man sich fühlt, als hätte sich das Ozonloch über einem geöffnet.

Wie am Polarkreis. In Schweden. In Tornedalen. Zu Hause. Eine nackte Sonne.

Das merkwürdige Gefühl, nach Jahren im Exil nach Hause zurückzukehren. Ein Fremder. Und die Sonne war auch fremd. Als wäre sie sehr viel näher gekommen.

Als wollte sie ihn festbrennen.

Jon Anderson war dort oben geboren, dreißig Kilometer südlich von Pajala. Da hatte er seine Wurzeln. Aber Poznań kannte er besser. Wo er als Erwachsener gelebt hatte. Nicht in Tornedalen. In Tornedalen würde er immer Kind sein.

Nach Poznań zurückzukehren, war etwas ganz anderes. Auf den eigenen Spuren zu reisen, zu erleben, wie man damals war. Ungestüm, wie ein freigelassenes Kalb.

Wenn man sich dafür entschieden hatte, wer man war.

Das Gefühl.

Selbst unter Folter würde er abstreiten, dass er deswegen darauf bestanden hat hierherzukommen.

Weil es ihn an jene Jahre erinnerte. Die besseren Jahre.

Außerdem war er die A-Gruppe eine Weile los. Diese Ansammlung superschlauer einspuriger Intelligenzen. Fähige Polizisten? Ja, vielleicht. Aber auf einen klitzekleinen Sektor des Weltalls festgelegt. Mit Gunnar Nyberg zusammenzuarbeiten … diesem Grobian. Und unter einer derart unsicheren und unbestimmten Chefin wie Kerstin Holm hatte er noch nie gearbeitet. Es war ein Skandal, offen gesagt. Hultin war zumindest einer von der alten Schule gewesen. Durchschaubar. Aber Holm? Er fragte sich, ob die Gerüchte stimmten, die über sie im Umlauf waren. Ob sie – wie die Gerüchte, aber nicht die Medien behaupteten – tatsächlich in die komische Geschichte mit dem durchgeknallten Polizisten Dag Lundmark verwickelt gewesen war. Persönlich. Die Medien hatten es nicht richtig begriffen. In der wirren Presseberichterstattung ahnte er den Hauch von bewusst ausgelegten falschen Spuren.

Die Einsamkeit gefiel ihm. Sie war seine Begleiterin. Er kannte sie. Er war in ihr zu Hause.

Er begegnete seinem Blick im Spiegel des schäbigen Hotelzimmers. Vier Jahre lang hatte er sein Gesicht nicht im Spiegel gesehen. Er hatte aufgehört, sich anzusehen, als er noch ein Kind war und zum ersten Mal bei den Männern in der Sauna eine Erektion bekam. Als er sich wiedersah, war er erwachsen. Es dauerte eine gute Weile, bis er begriff, wer der Mann war, der ihn aus dem Spiegel anstarrte.

Eigentümliche Jahre. Prägende Jahre. Das fromme Læstadianische Erbe. Die Strenge, die er von sich selbst kannte, die er bei sich wiederfand, als er glaubte, er habe eine vollständige Metamorphose durchgemacht.

Wie alles wiederkehrte. Unentrinnbar.

Dennoch war er wieder hier. In Poznań. Wo er die mutigste Tat seines Lebens begangen hatte. Würde er eine Wiederholung wagen?

Park Marcinkowskiego.

Das Hotelzimmer lag im Dunkeln. Der Abend ging in die Nacht über, in die Nacht nach einem langen und produktiven Tag. Und etwas rumorte in ihm. Zerrte und riss. Ein brauner Bannkreis. Ein innerer Hochdruck. Park Marcinkowskiego.

Ein Tier wohnte in ihm, das ihn zwang, sich zu bewegen. Es gab kein Zurück. Er musste hinaus. Wurde hinausgedrückt. Einsamer Ausländer in der harten polnischen Nacht.

Er harrte noch aus, indem er den Tag Revue passieren ließ. Das munterte auf. An der Anderson'schen Effizienz gab es nichts auszusetzen. Nicht einmal die grantige Plastikkommissarin Holm, per Frauenquote aufgestiegen, würde etwas bemängeln können.

Er war kurz nach zwölf am Mittag in Poznań angekommen, nach zwei angenehmen Stunden zwischen Arlanda und Warszawa und einer wahren Horrorstunde auf dem Inlandsflug von Warszawa nach Poznań. Die rekonstruierte polnische Fluggesellschaft Lot hatte offenbar zwei Gesichter, ein Auslandsgesicht und ein Inlandsgesicht. Letzteres bescherte ihm einen jener Albtraumflüge, von denen er geglaubt hatte, sie seien mit dem Fall der Mauer Vergangenheit. Die Stewardessen waren militante Grundschullehrerinnen, die aufmüpfige Passagiere bestraften, indem sie ihnen mit dem Lineal auf die Fingerknöchel schlugen. Jede Hoffnung, ein bisschen zollfreien Wyborowa-Wodka oder Jarzebiak-Vogelbeerschnaps mitnehmen zu können, wurde zunichte. Wenn es hochkam, musste man zu den Schlägen auf die Fingerknöchel eine Dosis Rizinusöl schlucken.

Es war ein schöner Sommertag. Die Sonne war grausam, als er aus der Maschine stieg und die wenigen Schritte zum Flughafengebäude hinüberging. Es war nicht die Art von Hitzeschock, die Reisende aus nördlichen Ländern überfällt, wenn sie beispielsweise in Marokko das Flugzeug verlassen und die Lungen sich mit glühendem Gas füllen. Im Schatten war es fast ein wenig kühl. Aber die Sonne war nackt. Wie eine ganz andere Sonne, ohne alle Filter und Schutzschichten der Atmosphäre.

Wie in Tornedalen. In Olkamangi.

Danach konnte er für den Rest des Tages die schwedische Landschaft nicht aus dem Kopf bekommen. Die wunderschönen Kulissen vor dem Hintergrund der sprudelnden Strömung des Torne Älv begleiteten ihn auf seinen Wanderungen durch Poznań. Es war ein wenig zwiespältig. Das Kind und der Erwachsene gingen nebeneinander. Doch das hieß nicht, dass sie sich einig waren.

Poznań war grüner und blauer, als er die Stadt in Erinnerung hatte, doch es waren nicht nur die vielen Parks und Seen, die einen anderen Eindruck entstehen ließen. In Jon Andersons Erinnerung war Poznań eine osteuropäische Industriestadt ohne Farben. Entweder ließ ihn seine Erinnerung im Stich, oder die Stadt hatte sich drastisch verändert. Da seine Erinnerung ihn nie im Stich ließ, musste die Stadt sich verändert haben.

Poznań wirkte ganz einfach wohlhabend. Im guten Sinne repräsentativ für europäische Städte mittlerer Größe. Die Stadt hätte ebenso in Deutschland oder in Frankreich liegen können. Farben und moderne Autos. Poznań war Hauptstadt der Woiwodschaft Großpolen, in der Landschaft Wielkopolskie, und Polens fünftgrößte Stadt nach Warszawa, Łódź, Kraków und Wroctaw. Und kurz vor Gdánsk.

Poznań konnte neben Warszawa als kommerzielle Hauptstadt betrachtet werden, mit gut dreißig Banken und einer erstaunlichen Anzahl von kleinen Unternehmen. Erst vor kurzem war sie als eine der investitionsfreundlichsten Städte des ehemaligen Ostblocks eingestuft worden. Der Wohlstand hing in starkem Maß mit der jährlichen großen Wirtschaftsmesse in der gut besuchten internationalen Messehalle zusammen.

Dass Poznań, wie ganz Polen, während des Weltkriegs schwer verwüstet worden war, sah er noch deutlich auf der Taxifahrt vom Wagenfenster aus – bis das Auto sich der mittelalterlichen Altstadt, *stare miasto*, näherte, von wo es, an einem weiteren Park entlang, weiterglitt und sicher beim Polizeihauptquartier landete. Angesichts der wahnwitzigen Verkehrssituation musste dies als ein kleineres Wunder eingestuft werden.

Er betrat das nach osteuropäischen Sechzigerjahren riechende Polizeipräsidium und fand sofort, was er suchte. Die Götter waren mit ihm. Er warf seine kleine Umhängetasche über die Schulter und klopfte bei Kommissar Marek Wojcik von der Kriminalpolizei Poznań an.

Kommissar Wojcik sah anders aus, als seine Stimme hätte vermuten lassen. Jon Anderson hatte sich einen korpulenten älteren Herrn in einem dicken Mantel vorgestellt – wie auch immer eine Stimme den Gedanken an einen Mantel hervorrufen mochte –, doch stattdessen traf er einen durchtrainierten Mann in den Vierzigern mit gepflegtem Schnauzbart und maßgeschneidertem Anzug. Der Mann wirkte nicht im Geringsten osteuropäisch. Kommissar Marek Wojcik stand auf und kam seinem jungen schwedischen Kollegen entgegen. Er sah ihn aus schönen braunen Augen fest an und sagte in gutem Englisch: »Willkommen in Poznań, Mister Anderson. Ich hatte nicht erwartet, dass Sie so –«

»Kriminalinspektor Jon Anderson«, sagte Anderson und war sich des schlechten Timings bewusst.

»– jung wären«, fuhr Wojcik unbeirrt fort und vollführte eine einladende Geste zu einer Art Barocksofa, das den halben Raum einnahm.

Sie setzten sich. Der Kaffee stand bereits auf dem Tisch. Der Dampf stieg aus den Tassen. Es war verblüffend. Woher konnte der polnische Kollege wissen, dass er genau jetzt eintreffen würde?

Wojcik las Andersons Gedanken und sagte: »Man braucht nur den Flugplan zu lesen. Bitte schön, trinken Sie in Ruhe Ihren Kaffee. Dann diskutieren wir Ihren Fall.«

Jon Anderson trank nie Kaffee. Kaffee ließ seinen Magen rebellieren. Es war eine unerwartete und betrübliche Komplikation, nicht zuletzt weil Marek Wojcik neben ihm saß und wartete. Es gab kein Entrinnen. Er nahm einen kleinen Schluck und hoffte, dass sein Lächeln nicht allzu falsch aussah. Der nussbraune Blick nagelte ihn fest und machte den labberigen Kaffee erträglich. Aber er spürte sofort, wie sein Magen aufbegehrte. Er hoffte, den Protest mit einer Willensanstrengung unterdrücken zu können.

»Sie hatten es eilig herzukommen«, sagte Kommissar Marek Wojcik. »Sie hätten ein wenig warten können, dann hätten wir alle Nachforschungen für Sie erledigt. Jetzt haben wir sie auch so gemacht. Sie hätten sich die Reise sparen können.«

Aber ihr hättet es nicht so schnell gemacht, wenn ich nicht gekommen wäre, dachte Jon Anderson.

»Ausgezeichnet«, sagte er. »Und zu welchem Ergebnis sind Sie gekommen?«

Wojcik stellte die Kaffeetasse ab und senkte den Blick. Offenbar hatte er damit gerechnet, dass die Konversation noch ein wenig weiterginge.

Anderson spürte das und sagte: »Entschuldigen Sie, wenn ich das sage, Kommissar Wojcik, aber ich habe schon in Stockholm gemerkt, dass es da etwas gibt, worüber Sie nicht richtig sprechen wollen. Warum?«

Wojcik antwortete noch immer nicht, doch er hob seinen klaren braunen Blick und richtete ihn fest auf sein Gegenüber. Dass Jon Anderson sich vollkommen aus dem Gleichgewicht gebracht fühlte, lag nicht nur daran, dass der Kaffee in seinem Magen hin und her schwappte wie Leckwasser in der Bilge bei starkem Sturm.

»Ich hatte einen Verdacht«, sagte der Kommissar schließlich.

Mehr kam nicht. Anderson beobachtete ihn und war verblüfft über die plötzliche Veränderung der Szene. Doch es war nicht Schuld, was er in der Haltung der nun verschlossenen Gestalt sah. Es ging nicht darum, etwas zu vertuschen, nicht darum, einen hochgestellten Diplomaten zu decken oder einem verwöhnten Diplomatensohn zu helfen, das Gesicht zu wahren. Etwas in der Art hatte er vermutet. Das war der Tonfall, den er zu erkennen gemeint hatte: den Kehren-wir's-unter-den-Teppich-Tonfall. Befehl von höchster Stelle, die schwedische Polizei in die Irre zu führen. Um der nationalen Sicherheit willen.

Nein, das war es nicht. Nicht Schuld, sondern Scham.

Scham, nicht Schuld.

Der erfahrene Kommissar Marek Wojcik von der polnischen Kriminalpolizei saß da und schämte sich wie ein Hund vor seinem jungen, unschuldigen schwedischen Kollegen.

»Ich hoffte bis zuletzt, dass es nicht darum ginge«, sagte Wojcik schließlich und versenkte aufs Neue seinen nussbraunen Blick in dem des jungen Schweden.

Der junge Schwede schluckte schwer. »Um was nicht?«, fragte er.

Wojcik schloss die Augen und kniff sie ein paar Sekunden fest zusammen.

»Um einen polnischen Schandfleck«, sagte er.

Dann war es wieder still. Die unbarmherzigen Strahlen der nackten Sonne strömten in das kleine Büro und trugen zu Jon Andersons betrüblichem Allgemeinzustand bei. Er schwitzte, sein Magen revoltierte, und mitten in all diesem Leiden glühte eine wachsende Leidenschaft wie Lava einhundert Meter unter dem rauchenden Vulkan.

Etwas schickte sich an, geboren zu werden.

Doch nach außen war davon nichts zu sehen. Er saß vollkommen neutral da und sah aus, als verfügte er über grenzenlose Geduld. Der Widerstreit zwischen Innerem und Äußerem hätte jeden anderen Menschen zusammenbrechen lassen. Nicht so Jon Anderson. Widerstreit war sein Lebenszustand.

Schließlich sprach Wojcik: »Ein wichtiger Teil des polnischen sozialen Sicherungsnetzes heißt Sterbegeld. Die Hinterbliebenen erhalten viertausend Złoty vom Staat, um ihren verstorbenen Verwandten zu beerdigen. Ich habe ausgerechnet, dass dies in etwa zehntausend Schwedenkronen entspricht. Das ist in Polen sehr viel Geld. Aber unsere Beerdigungen sind teurer. Wir geben Unsummen dafür aus, unseren Toten einen würdigen Abschied zu bereiten.«

Marek Wojcik hielt inne und beobachtete seinen sanft lächelnden Kollegen. Nichts verriet, dass er eine Ahnung hatte, wohin die Erklärung führen würde. Aber auch nichts, dass er keine Ahnung hatte.

»Das bedeutet«, fuhr Wojcik fort, »dass wir eine sehr große Beerdigungsindustrie haben. Die Beerdigungsinstitute bilden mächtige und einflussreiche Netzwerke. Sie jagen buchstäblich Kunden. Ihre Zuträger werden ›Kopfjäger‹ genannt rekrutieren sich hauptsächlich aus Krankenwagenbesatzungen und Pflegepersonal. Menschen, die Kontakt mit den frischen Leichen haben – und die in unserem goldenen Zeitalter des freien Marktes für reine Hungerlöhne qualifizierte Arbeit leisten. Es ist schwer, der Belohnung von bis zu achtzehnhundert Złoty für ein schnelles Telefongespräch mit einem Tipp an ein Beerdigungsinstitut zu widerstehen. Nur Stunden nachdem die Angehörigen die Todesbotschaft erhalten haben, klingelt das Personal des Beerdigungsinstituts an der Tür und bietet den Trauernden seine Dienste an.«

Wieder hielt Marek Wojcik inne und warf einen verwunderten Blick auf seinen allem Anschein nach balsamierten nördlichen Kollegen.

Er fuhr fort: »Vor einigen Monaten wurde von der größten polnischen Tageszeitung Gazeta Wyborcza ein beachtliches Netzwerk aufgedeckt. Es war in der Textilstadt Łódź. Viele Menschen waren beteiligt, und es ging nicht mehr nur um Belohnungsgeld für Hinweise. Die ›Kopfjäger‹ hatten auch angefangen, aktiv zum Beschaffen der Leichen beizutragen. Krankenwagenfahrer ließen sich Zeit, damit Kranke und Verletzte unterwegs sterben konnten, und am Ende gingen sie ein Stück zu weit. Sie injizierten Mittel, die den Tod beschleunigen sollten. Unsere Kollegen von der Polizei in Łódź interessierten sich besonders für den übermäßig hohen Verbrauch des Muskelentspannungsmittels Pavulon, das normalerweise nur bei Operationen eingesetzt wird. In anderen Fällen kann es zum Atemstillstand führen. Man exhumierte eine Menge Tote, und der Skandal wurde in seiner ganzen Tragweite aufgedeckt. Es zeigte sich, dass das Netzwerk Verzweigungen auch in anderen Städten hatte, aber Poznań war weitgehend verschont geblieben. Bis jetzt.«

Zum ersten Mal bewegte sich Jon Anderson. Sein Gesundheitszustand hatte sich ein wenig stabilisiert, und er begann, den Zusammenhang zu ahnen. Er sagte: »Die Krankenschwester Elzbieta Kopanska war also ›Kopfjägerin‹?«

»Alles deutet darauf hin«, nickte Wojcik. »Es lässt sich natürlich nicht nachprüfen, woher die Zahlungen kamen, aber es sind immer tausend Złoty, während des vergangenen Jahres mindestens einmal im Monat.«

»Und immer ist jemand in ihrer Station gestorben?«

Wojcik lächelte freudlos und beobachtete Anderson.

»Ganz richtig«, sagte er. »Das Geld ist, ein paar Tage nachdem eine Person in ihrer Station im Raszeja-Krankenhaus gestorben ist, auf ihrem Konto eingegangen.«

»Gibt es Gründe zu der Annahme, dass sie eine ... aktive ›Kopfjägerin‹ war?«

»Leider ja. Mindestens fünf der betreffenden Todesfälle müssen als ›verdächtig‹ bezeichnet werden.«

»Inwiefern ›verdächtig‹?«

»Um es konkret zu sagen: Sie hat sie ermordet. Ihre finanzielle Lage war äußerst kritisch. Sie wohnte allein in einer zu teuren Wohnung, arbeitete extrem hart und hatte absolut keine Möglichkeit, einen Nebenjob anzunehmen. Also musste sie anderweitig ihr Einkommen aufbessern, um kein Sozialfall zu werden. So überschritt sie eine Grenze. Ich glaube, das ist die einzig mögliche Erklärung.«

»Und wie sieht es in diesen fünf ›verdächtigen‹ Todesfällen mit den Angehörigen aus?«

Wojcik blickte in seine Papiere. »Zwei waren Alkis vom üblichen osteuropäischen Zuschnitt«, sagte er ohne Umschweife. »Kein Verwandter weit und breit. Drei von ihnen hatten dagegen eine relativ normale Familiensituation. Pawel Wlodarczyk, zweiundachtzig Jahre alt, dementer Ex-Admiral mit zwanzig Jahre jüngerer Ehefrau, aber keine

Kinder, gestorben im Juni vorigen Jahres. Artur Krzosek, vierundfünfzig Jahre, krebskranker pensionierter Lehrer mit Ehefrau und drei erwachsenen Kindern, gestorben im Dezember vorigen Jahres. Und Irina Zazawska, sechsunddreißig Jahre, krebskranke Fabrikarbeiterin, geschieden, Mutter von vier kleinen Kindern, gestorben im Januar dieses Jahres. Im gleichen Monat deckt die Gazeta Wyborcza das große Netzwerk in Łódź auf. Elzbieta Kopanska spürt, dass die Gefahr aufzufliegen wächst. Der erforderliche Nebenverdienst droht zu versiegen. Sie nimmt die Gelegenheit wahr und verlässt das Land. Es passt ziemlich gut.«

»Dass ausgerechnet Pflegepersonal so etwas tut, das ist schwer zu verstehen«, sagte Jon Anderson. »Sie haben doch einen Eid abgelegt.«

Marek Wojcik betrachtete seinen unschuldsvollen Kollegen. Dass Welten so unterschiedlich sein können.

Leicht zögernd sagte er: »Es ist ganz und gar nicht schwer zu verstehen. Alle Werte sind doch bereits auf den Kopf gestellt. Die Welt ist vollkommen verrückt. Was sagt es über den Wert unseres Lebens aus, wenn diejenigen, die es retten sollen, sich mit einem Taschengeld abfinden müssen? Eine so wichtige und schwere und anstrengende Arbeit für einen so lächerlich niedrigen Lohn, während der kleinste Handlanger bei den privaten Firmen das Doppelte verdient. Wir bei der Polizei sind in einer ähnlichen Situation. Für einen Polizisten ist es nicht schwer zu verstehen, dass man Skrupel abbaut, wenn man durch einen Telefonanruf mehr verdient als mit einem ganzen Monat harter Arbeit. Eine internationale Untersuchung hat gezeigt, dass die korrupteste Berufsgruppe in Polen die Ärzte sind, dicht gefolgt von den Verkehrspolizisten.«

»Einen Hinweis zu geben ist eine Sache, zu morden eine ganz andere.«

»Ja«, sagte Marek Wojcik und umfing Jon Anderson mit seinem starken nussbraunen Blick. »Eine ganz andere. Polnische Krankenpfleger sind keine Mörder. In der Regel leisten sie trotz schlechtester Bedingungen eine hervorragende Arbeit.«

Anderson riss sich aus der Umklammerung des Blicks los und sagte: »Ich möchte die Familien der drei ›verdächtigen‹ Todesfälle gern treffen.«

»Das habe ich vermutet«, sagte Wojcik sanft und überreichte ihm das Blatt. »Hier sind die Anschriften von Pawel Wlodarczyks Ehefrau, von Artur Krzoseks Ehefrau und die der drei erwachsenen Kinder und von Irina Zazawskas Vater, der sich um ihre vier kleinen Kinder kümmert. Im Nebenzimmer wartet Kriminalassistent Rafael Cazapiewski, der mit einem Polizeiwagen und seinen Englischkenntnissen zu Ihrer Verfügung steht. Er hat auch eine Digitalkamera bei sich, um die Verwandten unbemerkt zu fotografieren. Ich hoffe, das Arrangement sagt Ihnen zu, Mister Anderson.«

»Ausgezeichnet«, erwiderte Jon Anderson und stand auf. Der Kaffee in seinem Magen erwachte zu neuem Leben und verursachte eine erstaunliche Serenade von Knurrgeräuschen.

Marek Wojcik ergriff seine ausgestreckte Hand und sagte: »Vielleicht wäre es angebracht, mit einem Mittagessen anzufangen.«

So ergab es sich, dass Jon Anderson den Rest des Tages damit verbrachte, in einem alten Saab durch Poznań zu kutschieren und mit Verwandten der potenziellen Opfer der Krankenschwester Elzbieta Kopanska zu sprechen. Er hätte vielleicht Entsetzen empfinden sollen über die Taten, aber es gelang ihm nicht, etwas zu empfinden. Alles, was er fühlte, war Zielbewusstheit – und eine zunehmende körperliche Unruhe, die er so gut kannte. Zumal als der Saab eine ihm gut bekannte Stelle passierte, den Eingang eines Parks.

»Was ist das hier?«, fragte Jon Anderson.

Kriminalassistent Rafael Cazapiewski warf einen kurzen Blick zum Beifahrersitz hinüber und wechselte mit der lässigen Präzision der Routine die Fahrspur in dem Wahnsinnsverkehr. »Der Marcinkowskiegopark«, sagte er. »Wieso?«

Jon Anderson nickte nur.

Bei vier der sechs Adressen war jemand zu Hause. Zwei der drei erwachsenen Kinder des krebskranken Lehrers Artur Krzosek waren nicht da, dagegen seine Frau und sein ältester Sohn, ebenso der Vater der Fabrikarbeiterin Irina Zazawska und die unglaubliche Admiralswitwe Wlodarczyk. Letztere war eine vitale Sechzigjährige, die Gigolos ›abonnierte‹. Man konnte beim besten Willen nicht behaupten, dass sie um ihren dementen, um zwanzig Jahre älteren Ehemann trauerte.

»Was heißt ›abonnieren‹?«, fragte Jon Anderson verblüfft.

»Das ist ein Internetservice«, ließ die Admiralin durch den etwas peinlich berührten Cazapiewski antworten. »Man macht Kreuze auf einem elektronischen Formular, und eine Stunde später hat man einen kleinen Leckerbissen im Haus. Gerade passend, um sich vorzubereiten, nicht wahr?«

Anderson fand, dass die Admiralin ein wenig zu tief in seine Augen blickte. Und Cazapiewskis Tonfall, als er sagte ›don't you think?‹ war ihm auch zu vielsagend. Ihn zog es nur in eine einzige Richtung. Zum Marcinkowskiegopark.

»Hatten Sie je das Gefühl, dass am Tod Ihres Gatten etwas verdächtig war?«, fragte er.

»Verdächtig fand ich, dass er so lange am Leben blieb«, erwiderte die Admiralin, als die Türklingel ging und ein wunderschöner Jüngling von etwa zwanzig Jahren eintrat.

»Ich glaube, jetzt ist es Zeit, dass die Herren uns allein lassen«, sagte die Admiralin. »Es sei denn, Herr Anderson möchte teilnehmen, was ich als einen Gunstbeweis betrachten würde.«

Die Witwe des Lehrers Krzosek war dagegen eine verschüchterte Person, durch die man geradewegs hindurchsehen konnte. Wahrscheinlich hatte sie ihr ganzes Leben im Schatten ihres Lehrer-Ehemanns zugebracht. Drei Kinder waren aus der Ehe hervorgegangen, aber man konnte sich nicht vorstellen, wer sie geboren hatte. Es war ja doch eine recht körperliche Tätigkeit.

»Den Tod gibt es nicht«, sagte sie, als sie nach langen Überredungsversuchen zum Sprechen ansetzte.

»Wie meinen Sie das?«, fragte Jon Anderson durch den Dolmetscher Cazapiewski. Hin und wieder hatte er den Eindruck, dass der sehr entgegenkommende Kriminalassistent eigene Sätze erfand. Einen kurzen Moment war er vollkommen überzeugt, dass Cazapiewski zur Witwe Krzosek sagte: ›Sie sind eine partiell durchsichtige Frau.‹

»Mein Mann ist bei mir«, antwortete die Witwe mit dünner Stimme. »Wir sitzen wie immer jeden Abend hier am Tisch und unterhalten uns. Er erzählt aus dem Jenseits. Da gibt es Gutes und Schlechtes. Alles ist ziemlich ähnlich. Er sagt, ich soll zu ihm kommen, wann ich es selbst will. Was ihn betrifft, können wir uns auch jeden Abend hier treffen. Es ist genauso wie zu seinen Lebzeiten.«

»Haben Sie jemals den Verdacht gehabt, dass etwas mit dem Tod Ihres Gatten nicht stimmte?«, fragte Jon Anderson.

»Ja, natürlich«, sagte die Witwe Krzosek und starrte ihn aus ihrer Schattenzone heraus an.

»Natürlich?«, platzte Cazapiewski heraus.

Die semitransparente Witwe sagte: »Mein Mann ist ermordet worden. Von der Krankenschwester auf der Station.«

Die beiden Polizisten wechselten Blicke.

»Woher wissen Sie das?«, fragte Anderson unverhohlen verblüfft.

Die Witwe Krzosek sah ihm weiter mit ihrem diffusen Blick in die Augen und sagte: »Das hat Artur mir gesagt. Als er am Abend, an dem er gestorben war, zu mir kam, sagte er: ›Man muss sie verstehen. Sie verdient nicht genug, die Ärmste. Und ich wäre ja sowieso bald gestorben.‹«

»Haben Sie Ihren Kindern davon erzählt?«

»Wir haben darüber gesprochen. Mein jüngster Sohn glaubt, dass ich verrückt bin. Meine Tochter glaubt, dass ich eine heilige Person bin. Und mein ältester Sohn wurde zornig.«

»Wie zornig?«

»Sehr zornig.«

Das Polizistenpaar fuhr weiter zu den Hinterbliebenen der Fabrikarbeiterin Irina Zazawska. Ihre vier Kinder schienen in sehr dichter Folge entstanden zu sein. Zwischen dem Ältesten und dem Jüngsten lagen höchstens vier Jahre, und das Älteste ging noch nicht zur Schule. Sie saßen am Küchentisch bei einer Art von Zwischenmahlzeit. Anderson betrachtete den Großvater, einen ausgemergelten kleinen Weltkriegsveteranen, der den linken Arm verloren und Granatsplitter im Kopf hatte. Metallstücke ragten aus der Glatze auf. Es sah aus, als könnte er jeden Augenblick explodieren. Wie eine freigelegte Granate aus dem Zweiten Weltkrieg.

»Und Sie versorgen die Kinder ganz allein, Herr Kohutek?«

Der Alte zuckte mit den Schultern und sagte: »So gut es geht. Die Nachbarin hilft mir ein wenig. Und es sind so liebe Kinder. Sie helfen sich gegenseitig.«

»Was ist denn mit dem Vater? Hilft er nicht?«

Großvater Kohutek vollführte eine resignierte Geste. »Er lebt in Warschau und hat eine neue Familie. Zwei Kinder. Er tut so, als hätte er überhaupt nie in Poznań gelebt. Als ob es diese vier hier gar nicht gäbe.«

»Er zeugt Kinder in ziemlich dichter Folge.«

»Er ist ein guter Katholik«, sagte Kohutek mit vielsagender Miene.

»Haben Sie nie den Verdacht gehabt, dass mit dem Tod Ihrer Tochter etwas nicht stimmte?«

Kohutek bedachte Jon Anderson mit einem scharfen Blick. Es bestand kein Zweifel, dass dieser kleine Invalide vollauf in der Lage war, vier kleine Kinder aufzuziehen. Er hatte alles eisern im Griff.

»Polen funktioniert nicht richtig«, sagte er.

»Wie meinen Sie das?«

»Die Krankenpflege ist nicht gut. Irina war auf dem Wege der Besserung, der Krebs ging zurück. Sie erkannte die Kinder wieder. Sie konnte aufstehen und spazieren gehen. Die Ärzte sagten, ihre Prognose sei gut. Plötzlich starb sie.«

»Hatten Sie den Verdacht, dass ein Verbrechen der einen oder anderen Art vorlag?«

»Die öffentliche Krankenversorgung ist zu schlecht«, sagte Kohutek. »Das ist ein Verbrechen.«

Sie fuhren weiter zum ältesten Sohn des Lehrers Artur Krzosek. Dem ›sehr zornigen‹. Er war um die dreißig und lebte allein in einem Plattenbauviertel der alten Ostsorte. Ebenso riesig und einförmig wie trostlos und geisttötend. Anderson empfand geradezu Widerwillen dagegen, die Abscheulichkeit zu betreten. Als liefe er Gefahr, angesteckt zu werden.

Wojtek Krzosek roch schlecht. Er roch nach Mann, wenn der Mann am schlimmsten riecht. Es war ekelerregend. Anderson hielt sich die Nase zu, wenn er glaubte, dass keiner hinsah.

»Was für eine Arbeit haben Sie?«, fragte er.

Wojtek Krzosek starrte den armen Dolmetscher Cazapiewski mit offenem Mund an, als hätte der und nicht der lange Schwede den Verstand verloren.

»Finden Sie, dass es hier aussieht, als ob ich Arbeit hätte?«, fragte er schließlich.

Cazapiewski nannte ungefragt eine Arbeitslosenquote, die fast durch Andersons Glaskäfig drang. Aber nur fast.

»Wie lange geht das hier schon so?«, fragte Anderson.

»Sie meinen den Verfall?«, sagte Krzosek. »Dann sagen Sie es doch.«

»Der Verfall«, sagte Jon Anderson folgsam.

»Ein Jahr«, sagte Krzosek. »Ich war Hochschullehrer in Soziologie. Ich wurde wegen drastischer Mittelkürzungen gefeuert. Es geschah etwa zur gleichen Zeit, als mein Vater starb. Es war einfach zu viel. Besonders wenn man die Umstände berücksichtigt, unter denen er starb.«

»Die im Endeffekt die gleichen Umstände waren, die zu Ihrer Entlassung führten.«

»Sie haben's erfasst, Kommissar.«

»Kriminalinspektor.«

»Drastische Kürzungen der öffentlichen Ausgaben«, sagte Krzosek und angelte eine Flasche Wodka aus dem kaputten Polster des Sessels. Er bot dem wild kopfschüttelnden Kriminalinspektor einen Schluck an und fuhr fort: »Hochschullehrer, die schon alles – Familie, Gesundheit und Ersparnisse – für ihre Forschung geopfert haben, werden von heute auf morgen gefeuert. Krankenschwestern, die rund um die Uhr arbeiten, ermorden pensionierte Lehrer, um zu überleben. Alles nur, um den Forderungen der EU zu genügen.«

»Ihre Mutter scheint nicht besonders rachsüchtig zu sein, aber Sie und Ihre Geschwister muss es stark getroffen haben.«

Wojtek Krzosek nahm einen kleinen Schluck Wodka, schnitt eine bittere Grimasse und sagte: »Mein Bruder macht Karriere in einem Online-Unternehmen. Er hält den Kapitalismus für Gott. Den Retter in der Not, den Erlöser von dem Bösen. Meine Schwester ist schon fast eine Nonne. Obwohl sie selbst davon nichts weiß. Keinem von beiden liegt etwas an meinem Vater, nur an meiner Mutter. Mein Bruder hält sie für total verrückt wegen ihrer Behauptung, dass unser Vater jeden Abend zu Besuch kommt. Meine

Schwester hält unsere Mutter für eine Heilige. Wenn sie stirbt, wird meine Schwester wahrscheinlich ihr Leben der Aufgabe widmen, sie heilig sprechen zu lassen. Um Audienz beim Papst ersuchen. Mit korrupten Pädophilenkardinälen schachern.«

»Aber Sie haben anders reagiert. Was haben Sie gegenüber der Krankenschwester empfunden?«

»Ich habe einen starken und ohnmächtigen Hass empfunden«, sagte Wojtek Krzosek und starrte Anderson mit unerwartet klarem Blick an. Aber ich bin mir nicht sicher, ob der Hass sich gegen die Krankenschwester oder gegen ihr Motiv richtete. Das ist nicht unbedingt dasselbe.«

»Also haben Sie nie in Schweden angerufen und sie bedroht?«

»In Schweden? Warum sollte ich in Schweden anrufen?«

»Weil sie dahin umgezogen ist.«

»Aber ich weiß nicht einmal, um wen es sich handelt«, stieß Krzosek hervor. »Das war der Spinnkram meiner Mutter. Und es gab doch Massen von Schwestern im Krankenhaus. Jede von ihnen konnte schuldig sein. Wenn es denn einen Schuldigen gab. Außer den USA.«

»USA? Dem Land USA?«

»Sie sind soziologisch nicht besonders bewandert, nicht wahr, Kommissar?«, sagte Wojtek Krzosek und stellte die Wodkaflasche ab.

»Kriminalinspektor«, sagte Jon Anderson.

Draußen im Treppenhaus wandte er sich an Cazapiewski, der zum vierten Mal die kleine Digitalkamera in die Innentasche seines Sakkos steckte.

»Was glauben Sie, Krapinski?«, fragte er. »Wie verhält sich das mit diesem Alkoholismus?«

Kriminalassistent Cazapiewski, der bisher kaum angesprochen worden war, betrachtete verwundert seinen aalgleichen schwedischen Kollegen. »Er gehört nicht zu den richtig schweren Alkoholikern«, sagte er vorsichtig.

»Glauben Sie, dass es eine Tarnung ist? Dass er gar nicht so tief unter dem Eis steckt, wie er vorgibt?«

»Vielleicht tut er, was er kann, um nicht unterzugehen«, sagte Cazapiewski.

Die Rushhour musste man ertragen um diese Tageszeit. Es war nach fünf. In einem Stau unter der noch immer vollkommen nackten, glühenden Sonne klingelte das Handy.

»Yes«, sagte Jon Anderson.

»Na so was«, sagte Kerstin Holm. »Ich dachte, du könntest den Namen nicht leiden.«

Trotz des schlechten Empfangs verstand er ihre nervige Stimme gut, als sie fortfuhr: »Wie läuft es?«

»Elzbieta Kopanska hat allem Anschein nach mindestens fünf Patienten ermordet, um von den Beerdigungsinstituten eine Art Prämie zu kassieren. Ich habe mit vier potenziell verdächtigen Verwandten gesprochen und mache morgen weiter. Namen und Fotos kann ich nachher mailen.«

»Es ist doch nicht zu fassen«, sagte Kerstin Holm und schien aus der Fassung gebracht. »Ich glaube, ich habe davon gelesen. ›Kopfjäger‹, richtig? Aber es war in einer anderen polnischen Stadt.«

»Łódź«, sagte Jon Anderson. »Deshalb hat die Polizei erst spät geschaltet. Sie glaubten, Poznań sei verschont geblieben. Sie wollten sicher sein, bevor sie weitere Ermittlungen anstellten. Sie haben das Ganze sehr professionell gehandhabt.«

»Du hörst dich ja richtig positiv an.«

»Hm.«

»Ist jemand mehr als nur potenziell verdächtig?«

»Möglicherweise der Sohn eines an Krebs gestorbenen Lehrers und einer Heiligen.«

»Das hört sich nach nervigen Genen an.«

»Er heißt Wojtek Krzosek. Etwa dreißig. Der Tod seines Vaters hat ihn ziemlich mitgenommen, nicht zuletzt weil er gleichzeitig arbeitslos wurde.«

»Ausgezeichnet. Mach ein paar Tage weiter. Ich habe gerade die Liste der Telefonate bekommen, die in Elzbieta Kopanskas Wohnung in Huddinge eingegangen sind. Es gibt zwei polnische Nummern, die zu der Zeit passen, als sie ein Gespräch auf Polnisch entgegengenommen hat, das sie in Angst versetzte. Aber es ist auch ein Anruf aus Deutschland dabei und zwei schwedische. Von einer Telefonzelle in Helsingborg und aus einem Motel in Linköping. Ich maile dir die Nummern. Es ist jetzt fünf Uhr. Ich wollte bald nach Hause gehen und meinen Sohn abholen. Wann kannst du deine Mail schicken?«

»Das kommt auf den Verkehr an«, sagte Jon Anderson und schaute durch die Windschutzscheibe hinaus. Immer noch Stillstand. Eine Ansichtskarte aus Poznań, dachte er ungerecht.

»Ich warte eine halbe Stunde«, sagte Kerstin Holm. »Sonst eben morgen.«

Kommissar Marek Wojcik hatte Feierabend gemacht, als sie eine Viertelstunde später ins Polizeipräsidium kamen. Die Bewegungen des Kriminalassistenten Rafael Cazapiewski waren etwas gehetzt, als er seinem schwedischen Kollegen einen Computer zeigte, ihn instruierte und die am Tag aufgenommenen Bilder von der Digitalkamera auf die Festplatte überspielte.

»Hast du es eilig, Krackilewski?«, fragte Anderson.

»Ich habe um sechs ein Fußballspiel«, sagte Cazapiewski leicht verlegen.

»Spielst du Fußball?«, entfuhr es Anderson.

»Spielmacher in einer Mannschaft der dritten Liga. Poznań-Polizei-FC.«

»Bei der WM hat Polen nicht gut abgeschnitten, was, Krokodilski?«

»Na ja«, brummte Cazapiewski.

»Geh nur«, sagte Anderson.

Nachdem er seinem Fräulein Kommissarin eine Mail geschickt und seinerseits eine erhalten hatte, machte er sich auf den Weg, um ein Hotel in der Nähe zu suchen. Er hatte Glück. Er fand eine richtige Absteige, die eine ansehnliche Menge Prostituierte zu beherbergen schien. ›Von allem das Billigste‹, wie die Schlampe Holm gesagt hatte.

Jon Anderson machte einen Spaziergang in der näheren Umgebung und fand ein Restaurant, das annehmbar zu sein schien. Er aß ein ziemlich rohes Beefsteak und trank zwei Bier dazu. Kommissar Marek Wojtics brauner Blick drang langsam ins Innere des Glaskäfigs. Ein kleines, kleines Tier begann sich in seinem Innern zu regen.

Er überlegte, was die nächste Zukunft bringen sollte, und fasste einen Beschluss. Eine vage Erinnerung trieb ihn zu einem großen Marktplatz in der Nähe von etwas, was Garbary hieß. Skorpio Pub lag etwas versteckt, getarnt, aber er erkannte es auf der Stelle wieder. Es war Dienstag und Themenabend. Voll von Männern in allen erdenklichen Kostümierungen. Er ließ sich an einem Tisch nieder und trank noch ein Bier. Vorn auf einer kleinen Bühne nahm der Themenabend seinen Anfang. Der Geräuschpegel stieg beträchtlich. Ein gut gekleideter blonder Junge mit gelöstem Schlips betrat die Bühne, und Anderson begriff, welches das Thema des Abends sein würde. Sein Blick blieb an dem blonden Jüngling hängen, der sich langsam eines Kleidungsstücks nach dem anderen entledigte, bis nur noch ein minimaler Stringtanga übrig war.

Vor fünf Jahren war Jon Anderson hier glücklich gewesen. Er hatte mitten im Menschenmeer gestanden, sich zu den Eurodiskorhythmen gewiegt und überall Körper gefühlt. Ein Ozean von Körpern wie sein eigener, geprägt von seinen Erfahrungen, bebend vom mühsam eroberten Freiheitsglück. Aber jetzt war die Lage eine andere. Nichts war mehr wie damals. Er wollte nicht mehr Hüfte an Hüfte mit lächerlichen Transen und Ledermachoschnauzern dastehen. Er wollte nicht einmal mehr hinuntergehen in den Keller,

Skorpio Night, in das vibrierende, dröhnende, muffige Inferno der Darkrooms.

Aber der Schauer, der ihn vom Kopf her durchzuckte und den Unterleib traf wie eine Bombe, als der blonde Jüngling sich aus dem Stringtanga wand, war nicht zu verkennen.

Das Tier in ihm machte seine ersten taumelnden Schritte.

Er verließ das Lokal. Das hier war für die anderen. Die aufgehört hatten, Widerstand zu leisten. Hierher gehörte er nicht.

Es wurde rasch dunkel. Anders als in Tornedalen. Um diese Zeit war die Mitternachtssonne gekommen. Die erbarmungslos alle Geheimnisse der Nacht enthüllt. Es war bald Mittsommer, und in Olkamangi würde die Mitternachtssonne eine knappe Woche lang scheinen. Ein ersehnter Gast, der nur übernachtete.

Hier auf dem Kontinent war alles in Dunkel gehüllt. In seinem Innern dehnte sich ein Vakuum aus. Eine nächtliche Leere. Er sah, wie sich die Mitternachtssonne im blanken Torne Älv spiegelte. Er sah in der öden Helle der mittsommernächtlichen Landschaft die Mückenschwärme, wie sie ein Auto, das sich in die helle Nacht verirrt hatte, binnen einer Sekunde gesprenkelt aussehen ließen. Er sah die Rentiere, die auf die Heide hinaustraten und vorsichtig witternd am dunstschimmernden Waldrand stehen blieben.

Elfen tanzten in der Mittsommernacht.

Er war zu Hause im Hotelzimmer. Zu Hause. Er bestellte eine Flasche Jarzebiak aufs Zimmer und wanderte wie ein ruheloser Geist im Zimmer umher. Bilder vermischten sich vor seinem inneren Auge. Der klare braune Blick des Kommissars Marek Wojtic, der Gigolo bei der Admiralin Wlodarczyk, ihre Einladung, an der Orgie teilzunehmen, der blonde Stripper, der sich aus dem Stringtanga wand.

Und alles formierte sich. Alles trieb ihn. Der innere Druck, der Zwang, sich aufzumachen.

Die Bewegungen des Tiers.

Er begegnete seinem Blick im Spiegel des schäbigen Hotelzimmers. All die Jahre, in denen er nicht gewagt hatte, sich im Spiegel anzusehen, weil er fürchtete, etwas Abgezehrtem, Infiziertem, Verfaultem zu begegnen.

Was ihm jetzt begegnete, war etwas anderes. Eine Maske. Eine starre Maske. Starr, eingebrannt. Und dahinter war alles abgezehrt, infiziert, verfault.

Etwas musste geschehen. Er machte sich auf. Blindlings.

Die Dunkelheit roch nach Abgasen. Er folgte seinen fünf Jahre jüngeren Beinen, und sie fanden den Weg. Nicht eine Sekunde waren sie über den Weg im Zweifel. In diesem Augenblick ging die Mittsommerwoche in ihren mittleren Tag. Es wurde Mittwoch.

Die Straße hieß Towarowa. Auf der anderen Seite hieß sie Niepodleglosci. Dazwischen lag der Marcinkowskiegopark.

Eine Weile blieb er am Eingang zum Park stehen. Dantes Pforte. Das Dunkel dahinter. So still. Alle Geheimnisse gehütet. Keine Mitternachtssonne, die sie ans Licht zerrte.

Er ging hinein.

Das Tier trieb ihn hinein.

Zuerst nichts. Als hätte sich alles verändert, wäre gesäubert. Als wäre nichts mehr übrig von der guten alten Zeit.

Aber dann glitten die Gestalten durch das Dunkel des Parks heran, und alles war gut. Der matte Schein der Straßenlaternen warf ein schwaches, schwaches Licht über die abgelegenen Winkel des Parks.

Hinter einem Busch ganz in der Nähe hörte er ein wohlbekanntes Geräusch. Das leichte Stöhnen. Er sah einen Mann mit Schirmmütze hinter einem Busch stehen. Der untere Teil seines Körpers wurde vom Busch verdeckt, aber die ruckhaften Kopfbewegungen und der in den dunklen Smoghimmel gerichtete Blick waren unverkennbar. Anderson blieb an einem Baum stehen und beobachtete. Ein Zucken durchfuhr den Mann mit der Mütze, und er gab einen gedämpften Schrei von sich. Kurz darauf tauchte ein weiterer Mann hinter dem Busch auf. Ohne ein Wort gingen die beiden auseinander.

Er betrat ein kleines Wäldchen. Ein Mann glitt an seine Seite. Kein Gesicht, nur ein leichtes Streichen über die Lenden. Er blieb stehen. Fühlte, wie der Reißverschluss des Hosenschlitzes heruntergezogen wurde. Er spürte, wie er auf der Stelle hart wurde. Der Körper erinnerte sich. Es dauerte nicht länger als eine Minute. Blitze durchzuckten sein Gehirn. Mitten in einem nussbraunen Bannkreis.

Der Mann verschwand.

Er ging weiter. Es war jetzt an ihm, aktiv zu werden. Nach einer Weile erkannte er einen Mann im Trainingsanzug. Er hatte ihm den Rücken zugewandt. Niemand sonst in der Nähe. Er trat hinzu und strich leicht von hinten über den Trainingsanzug. Es war fast pechschwarz.

Der Mann im Trainingsanzug drehte sich um. Sein Blick war ein anderer. Hass und Tod. Und er erkannte ihn.

Etwas in der Hand.

Etwas, was selbst im Dunkeln funkelte.

Die Dehnung der Zeit. Die Langsamkeit in der Bewegung. Alles, was er noch denken konnte. Alle Bilder, die er noch sehen konnte. Viel Tornedalen. Alles durchleuchtet. Die helle Landschaft ohne Menschen.

Das Messer zum ersten Mal in den Bauch sinken zu fühlen. Eine Penetration, ein kurzer, schwacher Schmerz, der irgendwo im dunklen Weltraum war. Der darauf wartete, langsam hinabzugleiten und mit fürchterlicher Kraft, die alles erleuchten sollte, auf ihm zu landen. Alles durchleuchten sollte. Wie die Mitternachtssonne.

Der Glaskäfig zerbarst.

Das Geräusch. Ratschend, berstend. Die starke Haut, die platzt, aufgeschlitzt wird.

Wie seine Unschuld zu verlieren.

Ein Kaiserschnitt für das Tier im Bauch.

Es würde nie mehr das innere Tier sein.

Das Blut rann nicht. Es spritzte. Ein Orgasmus des Todes, als die starre Maske zerbrach. Und als der zweite Stich kam, schien bereits die Mitternachtssonne.

Die erbarmungslos alle Geheimnisse der Nacht enthüllt.

20

Kinder von acht Jahren denken viel an den Tod. Diese plötzliche Erkenntnis, die alles verändert, die das Leben auf eine andere Ebene hebt. Die Erkenntnis, dass wir sterben werden, verschwinden, dass es unendlich viel Zeit gegeben hat, bevor wir geboren wurden, und unendlich viel Zeit geben wird, wenn wir gestorben sind. Dass wir für eine kurze, kurze Zeit in ein Zeitalter hineingestellt sind, das wir uns nicht auswählen können.

Das sollte genug sein.

Dennoch sind es immer Kinder, die Leichen finden. Wenn es nicht Hunde sind. Und Hunde sind ein bisschen zu trist. Das haben wir viel zu oft gesehen.

Ich, das einst so irritierende Pseudonym, dachte mir, dass eine Bande Achtjähriger unsere Leiche finden sollte. Ich sah sie vor mir, eine Grundschulklasse in den Sommerferien auf einem Freizeitausflug nach Långholmen zum ersten Bad des Jahres in dem nicht ganz zuverlässigen Wasser des Mälarsees. Einmal heißt es, dass es rein wie Quellwasser sei, dass man es sogar trinken könne, ohne Vorsichtsmaßnahmen. Ein andermal kommen ganz im Gegenteil lautstarke Warnungen, die besagen, dass man in dem See mit Schwedens tödlichstem Grund auf eigene Gefahr badet.

Was soll man davon halten.

Die Achtjährigen würden sich um den treibenden, nicht ganz appetitlichen Körper versammeln, der plötzlich wie ein von der Pest befallenes mittelalterliches Schiff aus dem Schilf gleiten würde. Die erste, ebenso erschreckende wie faszinierende Begegnung mit dem Tod. Dem konkreten Tod.

Aber lieber nicht. Ich verschone sie. Sie dürfen noch eine

Weile unschuldsvoll bleiben. Die Wirklichkeit holt sie früh genug ein.

Nein, ich suche mir jemanden, der es leichter verkraftet. Bei dem es nicht so traumatisch ist. Überhaupt nicht traumatisch, genau genommen. Ich wähle einen Pathologen.

Der Pathologe, den ich mit einer gewissen geografischen Logik im Söder-Krankenhaus arbeiten lasse, soll in der Nähe wohnen, im alten Messer-Söder. Tatsache ist, dass er – ohne es jemals zu erfahren – Nachbar des gerade erst zugezogenen Paul Hjelm in der Slipgata ist. Der Stolz von Messer-Söder. Im gleichen Treppenaufgang sogar, als hätte es mit dieser Erzählung zu tun. In der Zukunft werden sie einander im Treppenhaus kurz zunicken, und sie werden keine Ahnung davon haben, dass sie im selben Buch vorgekommen sind.

Der Pathologe joggt. Er joggt fleißig, es ist ein Teil seiner neuen Lebensführung. Früher war er ziemlich übergewichtig, aber vor einigen Jahren hat er seine Ernährung umgestellt. Und seine Trinkgewohnheiten. Es musste genug sein mit dem Verfall nach der Scheidung. Immerhin war es zwanzig Jahre her, dass seine Frau mit einem Staubsaugerverkäufer durchgebrannt war, der sie aus ihrer Hausfrauentristesse befreit hatte.

Etwa jeden zweiten Tag läuft der Pathologe fünf Kilometer. Nicht mehr. Er will kein Marathonläufer werden. Es muss Grenzen geben.

Die Runde auf Långholmen passt genau. Außerdem kann man sich nach verrichteter schweißtreibender Arbeit direkt in die ach so blauen Wellen stürzen. Der Pathologe möchte der erste Badende des Jahres im dubiosen Wasser des Långholmsbades sein. Eine steinharte Dame in den Achtzigern macht ihm Konkurrenz. Als er sie im frühen Frühjahr in ihrem üblichen großgeblümten Badeanzug dastehen und die Wassertemperatur zwischen den letzten Eisschollen fühlen sah, lief er einfach geradeaus und warf sich hinein. Er verbarg geschickt, dass er sich den Brustkorb an einer Eisscholle aufgeschrammt hatte. Als er mit zusammengebissenen Zähnen und über der blutenden Brust gekreuzten Armen wieder herauskam, fragte die Dame: »Ist es so kalt wie gestern?«

Sie ist jetzt seine Feindin. Sie fühlen sich in ihrer gegenseitigen Feindschaft wohl. Er wird bald in Pension gehen. Wahrscheinlich wird er werden wie sie, allein und gestählt und mit einem großen Bedürfnis nach Bestätigung, dass man noch lebt. Weil man es so ganz genau nicht weiß. Die Kombination von angeberischen alten Weibern und scharfkantigen Eisschollen war eine außerordentliche Bestätigung. Jetzt können sie einander für den Rest ihres Lebens ihre Existenz bestätigen.

Am Morgen des achtzehnten Juni, eines Dienstags, waren im Långholmsbad weder nassforsche alte Weiber noch Eisschollen anzutreffen. Das Wasser hatte Lufttemperatur, und als er in die trüben Wellen stieg, war unser Pathologe nicht ganz überzeugt von seiner eigenen Existenz. Er hob ein wenig das Bein, um zumindest zu fühlen, wie die Wellenbewegung sein Bein streichelte, doch er fühlte nichts. Es war, als stünde er gar nicht im Wasser. Er hätte seinen Schwanentauchsprung ebenso gut auf dem Sergels Torg ausführen können. Es war erstaunlich, dass er nicht sogleich mit dem Schädel auf dem bleivergifteten Grund aufprallte.

Der Pathologe hatte die Angewohnheit, unter Wasser die Augen aufzumachen – auch das als eine Art Lebensbestätigung. In der Regel sah man nichts. Was bewies, dass man sich unter Wasser befand und nicht an Land, wo es trotz allem ziemlich ungewöhnlich war, ganz abrupt von akutem grauem Star befallen zu werden. Oder eher grünem.

Dieser Tag war nicht wie die anderen. Er sah nämlich etwas im Wasser. Weit unter der Oberfläche. Wo es immer nur trübgrün war.

Zuerst war er überzeugt, dass es die Alte war. Dass sie da unten auf dem Grund saß, nur um ihm zu zeigen, dass sie tatsächlich auch heute wieder als Erste gekommen war. Dann sah er, dass er sich irrte.

Als Pathologe war er ein wenig abgestumpft. Es war eine ziemlich eintönige Arbeit, und wenn man ihm heute die Möglichkeit geboten hätte, sein Leben noch einmal zu leben, würde er mit großer Sicherheit eine andere Facharztqualifikation wählen. Dennoch gab es immer wieder Augenblicke, die ihn überraschen konnten. Rein professionell. Dies war ein solcher.

Pathologie ist die Lehre vom veränderten, besonders vom krankhaft veränderten Leben. Das hört sich so an, als wäre im Großen und Ganzen die gesamte ärztliche Kunst Pathologie. Gleichwohl wird die Pathologie instinktiv mit toten Körpern verbunden. Das dürfte darauf beruhen, dass die Forschung auf diesem Gebiet im Lauf der Geschichte der Medizin vom Sezieren ausgegangen ist. Dass man Leichen zersägt.

Der Pathologe war, mit anderen Worten, mit toten Körpern vertraut. Aber es handelte sich hauptsächlich um kranke tote Körper. Der Mann, der ihm zwei Meter unter der Wasseroberfläche des Mälarsees von Angesicht zu Angesicht gegenüberhing, wirkte nicht besonders krank. Nur tot.

Er streckte die Hand nach der Leiche aus und befühlte die eiskalte Haut. Er nahm eine schnelle Analyse des Zustands der Leiche vor. Bekleideter Mann um die vierzig, seit etwa zwei Tagen tot, rechtes Hosenbein abgerissen, Todesursache ein großes Loch im Kopf.

Die Leiche trieb herum, langsam, aber eindeutig, wie ein Astronaut in schwerelosem Zustand. Er sah einen kleinen schwarzen Fleck, der sich gegen die kreideweiße Haut in der rechten Kniebeuge abzeichnete. Und er sah, was es war.

Dann ging ihm die Luft aus.

Er war immerhin fünf Kilometer gejoggt.

Der Pathologe kam an die Wasseroberfläche und schwamm zum Strand des Långholmsbads zurück. Als er näher kam, sah er eine Gestalt am Strand. Eine krumme, aber starke Gestalt in großgeblümtem Badeanzug.

Auf dem Weg zur Telefonzelle ging er an ihr vorbei und sagte: »Es ist wunderschön im Wasser. Nur hinein.«

21

Die Tomtebogata war wirklich ein Idyll. Ein Gartenzwergidyll. Sie lag wie ein kleines Universum eingeklemmt ungefähr in der Mitte von Vasastan und machte nicht viel Aufhebens von sich. Sie schien ganz einfach mit sich selbst zufrieden zu sein, so, wie sie war. In aller Anspruchslosigkeit.

Die Stadt erwachte nach und nach. Auch an diesem Dienstag fielen aus Osten, von den Durchfahrtsstraßen Torsgatan und Sankt Eriksgatan, milde Sonnenstrahlen ein und unterschieden sich nicht sehr von denen am Montag. Es war wieder ein sehr ruhiger, schöner Morgen in Stockholm.

Sie gingen zu Fuß. Das taten sie fast immer und überall, und sie hatten sich beide erst daran gewöhnen müssen. Anders war trotz seiner ländlichen Wurzeln bisher nicht viel zu Fuß gegangen. Es hatte lange gedauert, ihm abzugewöhnen, acht Stunden am Tag Fernsehspiele zu spielen, und ihm dann beizubringen, dass er sich aus eigener Kraft fortbewegen konnte. Kerstin ihrerseits war zu der Einsicht gelangt, dass die Kraft der Endorphine, dieser durch die Körperbewegung selbst produzierten Droge, nicht viel schwächer war als künstliche Drogen. Wahrscheinlich war es für sie schwieriger gewesen, sich das Joggen abzugewöhnen, als für Anders, sich das Fernsehspielen abzugewöhnen.

Ob sie Anders mit dem Kompromiss Spaziergänge wirklich auf halbem Weg entgegengekommen war, blieb eine offene Frage. Wahrscheinlich lagen schnelle Spaziergänge durch die Stadt doch näher am Joggen als an Fernsehspielen.

Sie betraten den Eingang des schönen Hauses aus der

Jahrhundertwende und fanden im dritten Stockwerk die richtige Tür. Auf dem Briefschlitz stand ›Åkesson‹.

Motiv und Möglichkeit, dachte Kerstin Holm, während sie klingelte. Die guten alten M. *Möglichkeit* bestand – eine Möglichkeit, die sich unversehens aufgetan hatte und sie hoffentlich von einem schwer zu meisternden, aber selbst verschuldeten Dilemma befreien würde. Mit dem *Motiv* war es heikler. Natürlich das äußere: ihren eigenen und Anders' Sommer zu retten. Aber gab es nicht ein lästigeres, tiefer liegendes inneres Motiv? Einen blauen Bannkreis …

Sie hatte den starken blauen Blick vor Augen, als sie hinter der Tür Schritte nahen hörte.

Und der zersprang und fiel in Scherben zu Boden.

Sie zerschnitt sich die Füße an den Scherben eines klarblauen Bannkreises.

Eine üppige Blondine um die dreißig öffnete und sah sie fragend an. Über den wenigen bedeckten Teilen ihres gebräunten Körpers trug sie eng anliegende Joggingsachen.

»Ja?«, sagte sie.

Ja? dachte Kerstin Holm. Ihr Gesicht hing kraftlos auf Höhe der Knie. Sie bückte sich und zog es hoch.

Das verlorene Gesicht.

»Ist Bengt da?«, fragte sie mit einem Lächeln, das dementsprechend schief sein musste.

»Ja, klar«, sagte die Blondine unbekümmert. »Ich war gerade auf dem Weg.«

Dann wand sie sich an dem Paar im Hausflur vorbei und lief mit lockeren Schritten die Treppe hinunter.

Kommissar Bengt Åkesson kam aus der Küche und sagte: »Hej, kommt rein.«

Sie folgten ihm in ein schönes Wohnzimmer. Alles sehr sauber und ordentlich.

Auf einem Sofa saß ein neunjähriges Mädchen mit scharfem blauen Blick. Anders sah sie erstaunt an.

»Das ist Vera«, sagte Åkesson. »Und das hier ist Anders.«

Die Kinder vermieden es sorgfältig, einander zu grüßen. Und alles war gut, und alles war schrecklich.

»Und hier ist Veras Oma Klara«, sagte Bengt Åkesson. »Kerstin und Anders.«

Sie begrüßten sich über kreuz.

»Oh, ihr werdet euch bestimmt gut verstehen«, sagte Oma Klara im Norrlanddialekt. »Vera hat sich ein bisschen einsam gefühlt, seit keine Schule mehr ist.«

Vera warf ihrer Oma einen bösen Blick zu und stöhnte.

Peinlich.

Anders sah nur verwirrt aus.

Kerstin beugte sich zu ihm hinunter. »Meinst du, dass es klappt hier mit euch beiden?«

Anders nickte, ohne zu zögern.

»Willst du ins Präsidium?«, fragte Bengt und zog sich seine ewige Jeansjacke über.

Sie nickte und drückte Anders.

Im Flur fasste sie sich ein Herz und sagte mit gezwungener Lockerheit: »Hast du nicht gesagt, du wärst alleinstehend?«

Bengt Åkesson schickte ihr seinen blauen Blick. Machte eine unangenehme Pause, um sie zu beobachten. Sie spürte, dass die Nähte sehr deutlich waren. Die ein kürzlich verlorenes Gesicht verrieten.

»Vickan?«, sagte Åkesson.

Natürlich, dachte Kerstin Holm. Vickan. Was sonst?

»Wenn sie so heißt, ja«, sagte sie.

»Wir wohnen nicht zusammen«, sagte Åkesson. »Vickan würde nie auf die Idee kommen, sich auf ein Alltagsleben einzulassen, schon gar nicht mit Kindern.«

»Und was macht ihr dann zusammen?«

Die verdammte Zunge, auf die man sich immer zu spät beißt …

Bengt Åkesson antwortete amüsiert: »Wir haben Sex.«

Es wird ein langer Tag werden, dachte Kerstin Holm und holte zum zweiten Mal ihr Gesicht von den Kniescheiben zurück.

Als sie in ihr Büro trat, steckte ein Fax im Faxgerät. Eine Anzahl von Buchstaben in vierundzwanzig Punkt Garamond: ›Denkt an Yasser Askar.‹ Sie betrachtete es eine Weile. Dann klopfte es an der Tür.

Sie legte das Fax zur Seite und rief: »Herein.«

Ein Hundertfünfzigkilohausmeister bugsierte eine Sackkarre mit einem großen Karton ins Zimmer. »Haben Sie den hier angefordert?«, fragte er und kratzte sich mit einem Bleistift am Ohr.

»Ja«, sagte Kerstin Holm und stand auf.

»Unterschreiben Sie hier«, sagte der Hausmeister, breitete ein zerknittertes Blatt Papier auf dem Schreibtisch aus, schob den Karton von der Karre und ließ ihn an der Tür stehen, riss das Papier an sich und war verschwunden.

Sie beäugte grimmig den großen Karton auf dem Fußboden. War das selbstverständliche Bedürfnis von Handwerkern, Damen in Not zu helfen, tatsächlich auch ein Begriff aus der Vergangenheit?

Das Klebeband war dick und in mehreren Lagen übereinander geklebt. Sie durchsuchte die Schreibtischschubladen nach einer Art Werkzeug. Die Schubladen waren praktisch leer. Ein Bleistift musste es tun.

Die Spitze brach ein paar Mal ab, und als sie es schließlich geschafft hatte, das dicke Klebeband zu durchstoßen, zerbrach der ganze Bleistift, und die Teile flogen durchs Zimmer. Sie seufzte, riss in ihrer Wut den Karton mit den bloßen Händen auf und blickte auf einen Fernseher. Sie hob ihn heraus und trug ihn durchs Zimmer. Mit letzter Kraft stellte sie ihn auf das Regal neben der Kaffeemaschine. Das Regal bebte besorgniserregend. Sie drehte ein bisschen daran, um den besten Winkel vom Schreibtisch aus zu bekommen. Dann steckte sie den Stecker in die Steckdose, ging zum Karton zurück und zog die Plastikbeutel mit Antennenkabel, Fernbedienung und Bedienungsanleitung heraus. Sie riss den Plastikbeutel mit der Bedienungsanleitung auf und blätterte bis zum Punkt ›Sendereinstellung‹ vor. Sie suchte die Antennensteckdose und führte das Antennenkabel bis zum Fernseher. Und mit den mächtigen Energien der Frustration riss sie die widerspenstige Plastiktüte der Fernbedienung in Streifen und schaffte es tatsächlich, ein automatisches Sendersuchprogramm zu starten.

Während sie auf ein Ergebnis wartete, klingelte das Telefon: »Du vergisst doch nicht diese Telefonnummern?«, sagte Jon Anderson.

»Wo bist du?«, entgegnete Kerstin Holm kurz angebunden und nahm den Blick nicht von dem wie wild suchenden Fernsehschirm.

»Irgendwo über Norrköping auf dem Weg nach Poznań.«

»Flugzeugtelefon?«

»Ja. Denk an die Nummern.«

Die Suche war abgeschlossen. Sie legte den Hörer auf und drückte die Eins. Es funktionierte. Die Technik machte unbestreitbar Fortschritte.

Japan – Türkei. Babyface Inamoto war immer sehenswert, und wie alle Nationalhelden wurde Hidetoshi Nakata klar überschätzt. Der Status eines Nationalhelden beruhte in der Regel auf etwas anderem als Kompetenz. Nationalheld wurde man nicht aufgrund eines Verdienstes. Doch vor allem zeichnete sich wie gewöhnlich Pierluigi Collina aus, allgemein als der beste Fußballschiedsrichter der Welt bekannt, mit wie üblich brennendem Blick und glänzender Glatze. Sie hatten erst eine Viertelstunde gespielt, und die Türkei führte bereits mit 1:0 nach einem schönen Tor des brillanten Technikers Ümit Davala vom AC Mailand. Die eine Gastnation war auf dem Weg aus dem Turnier, die zweite traf am Nachmittag auf Italien …

Der Fernseher musste im Hintergrund stehen. Wenn jemand hereinkam, konnte sie immer behaupten, sie sei dabei, ihren neuen Fernsehapparat richtig einzustellen, den sie, nach Ansicht des Reichskriminalchefs, in ihrem Zimmer haben sollte. Oder, falls ein Mann eintrat, dass sie Hilfe benötige, um etwas anderes als diesen dämlichen Fußball reinzubekommen.

In einer solchen Welt lebte sie noch immer.

Sie kehrte zum Fax zurück. ›Denkt an Yasser Askar.‹ Der gleiche Stil, die gleiche lakonische Formulierung. Hatte es mit Joy Rahman zu tun? Dem unschuldig wegen Mordes verurteilten Pfleger, an den man anscheinend auch denken sollte? ›Denkt an Joy Rahman.‹ Und warum kam das Fax zu ihr?

War es wirklich wichtig? Jeden Tag landete eine Menge Mist auf dem Faxgerät der A-Gruppe. Warum sollte ausgerechnet dieses etwas anderes sein? Warum ließ sie zu, dass es Platz in ihrem Gedächtnis einnahm?

Der Tonfall? Na ja, von einem Tonfall konnte man eigentlich überhaupt nicht sprechen. Und doch … Ganz normal war es nicht.

Das Telefon klingelte. Es war Åkesson. Bengt. Es fiel ihr schwer, den Hörer zu halten. Er fühlte sich feucht an.

»Störe ich?«, fragte er.

»Ist etwas mit Anders?«, entfuhr es ihr.

»Was? Mit wem?«

»Mit wem? Meinem Sohn. Den ich deiner Mutter anvertraut habe. Falls du dich erinnerst.«

»Ach so. Nein, nein. Da ist nichts. Ich wollte nur fragen, ob du Zeit hast, mich unten in der Gerichtsmedizin zu treffen. Ich habe da etwas, was ich dir zeigen möchte.«

Japan hatte gerade einen ziemlich guten Angriff, und die Türkei war eines der am meisten unterschätzten Fußballländer der Welt.

Sie sagte angestrengt: »Natürlich.«

Und begab sich hinunter in die dunklen Kellergewölbe.

Kommissar Bengt Åkesson stand in einem von Leuchtröhren erleuchteten Korridor, von denen mindestens die Hälfte defekt war, und schaute durch ein Fenster. Dahinter lag eine Leiche, vollkommen nackt. Aufgedunsen. Aber nicht ertrunken. Die Leiche hatte ein großes Loch im Kopf.

Sie standen da im Korridor, einen halben Meter auseinander, ohne sich anzusehen. Stattdessen schauten sie auf den betrüblichen Rest eines menschlichen Wesens.

»Und wer ist das?«, fragte sie.

»Ich habe über heute Morgen nachgedacht«, sagte er.

Es war eine Weile still. Sie hatte nicht vor, ihm weiterzuhelfen.

Schließlich fuhr er fort: »Ich habe dir vielleicht falsche Signale gegeben.«

Erneut Schweigen. Er wieder: »Das war nicht meine Absicht. Es tut mir leid.«

»Deine Mutter kümmert sich um meinen Sohn«, sagte sie. »Das ist alles, was zählt.«

»Ja«, sagte er. »Vielleicht.«

»Du vögelst deine Fitness-Vickan, die keine Kinder mag. Das ist ja wohl okay. Das hat nichts mit mir zu tun.«

»Nein«, sagte er. »Hat es wohl nicht.«

Und sie hatten sich noch nicht angesehen.

Ich sollte die Hand an seinen Schwanz legen, dachte sie verwundert. Das sollte ich wirklich.

»Und warum schauen wir auf diese Attraktion?«, fragte sie und zeigte auf das Fenster. »Ich habe noch anderes zu tun.«

»Ich weiß nicht so richtig«, sagte er. »Irgendwas daran …«

»›Irgendwas‹ ist super. Wenn ich eines leiden kann, dann ist es ›irgendwas‹.«

»Nun sei nicht so«, sagte Bengt Åkesson und drehte sich zu ihr. Sie starrte weiter durchs Fenster.

Wieder ein Moment Schweigen. Dann sagte er: »Ich habe gerade ein langes und seltsames Gespräch mit einem Pathologen namens Reinhold von Sydow geführt.«

»Ist Qvarfordt endlich in Pension gegangen?«

»Er arbeitet am Söder-Krankenhaus.«

»Qvarfordt? Hat er sich mit hundertvier Jahren einen neuen Job gesucht?«

»Hundertvier?«

»Ich übertreibe. Das tun Frauen manchmal. Es heißt Humor.«

Åkesson verzog ein bisschen das Gesicht und sagte: »Der Pathologe, der im Söder-Krankenhaus arbeitet, heißt Reinhold von Sydow. Ich hatte gerade ein langes und seltsames Gespräch mit ihm. Er hat die Leiche gefunden.«

»Ein Pathologe hat die Leiche gefunden? Wie praktisch.«

»Ich weiß«, sagte Åkesson. »Manche Absonderlichkeiten muss man einfach akzeptieren. Er machte sich hauptsächlich Sorgen um eine alte Dame mit Namen Ada Wennström. Sie ist gleich nach ihm ins Långholmsbad gestiegen und auf dieselbe Leiche gestoßen. Sie ist ohnmächtig geworden, und er musste sie aus den eiskalten Fluten retten. Er hat sie an Land getragen wie ein heroischer australischer Rettungsschwimmer, wenn die Haifischflossen sich nähern. Irgendwie schien er zu glauben, es sei seine Schuld.«

»Und was hat das mit mir zu tun?«

»Tja, du siehst doch, dass er ermordet wurde …«

»Wir können nicht jeden Mord in Stockholm und Umgebung übernehmen. Du kannst nicht jeden Fall, den du bekommst, bei mir abladen.«

»Es handelt sich um einen ungewöhnlich grausamen Mord. Möchtest du den Befund des Gerichtsmediziners hören?«

Kerstin Holm starrte weiter durchs Fenster. »Was soll man glauben«, sagte sie etwas verbindlicher, sah ihren Kollegen aber immer noch nicht an. »Meißel im Gehirn? Sieht ein bisschen nach Zoff in der Unterwelt aus. Möglicherweise eine private Abrechnung. Typischer Fall für die Provinzpolizei.«

Bengt Åkesson antwortete in einem Tonfall, der unverkennbar an den des Gerichtsmediziners Sigvard Qvarfordt erinnerte: »›Das Kranium wurde mittels eines auf einer Seite gezackten Steckwerkzeugs unmittelbar oberhalb der rechten Schläfe penetriert, mit an Sicherheit grenzender Wahrscheinlichkeit demselben, das anschließend benutzt wurde, um das kreisrunde Loch in selbiges Kranium zu sägen, und zwar, der Schnittoberfläche nach zu schließen, einer elektrischen Stichsäge. Das runde Schädelknochenstück wurde dann wie eine Oblate auf den hinteren Teil der Zunge des Opfers gelegt, wo es – wahrscheinlich in Übereinstimmung mit der Absicht – während des gesamten etwa achtundvierzig Stunden langen Aufenthalts im Wasser des Mälarsees verblieb. Zu erwähnen ist weiter, dass der geschilderte Vorgang zu Lebzeiten des Opfers (allerdings gegen deren Ende hin) vollzogen wurde. Die Verletzung führte jedoch schließlich zu dessen Ableben.‹«

»Igitt«, sagte Kerstin Holm.

»In Übersetzung«, sagte Bengt Åkesson, »hämmerte jemand eine Stichsäge in den Kopf des lebenden Mannes, sägte ein kreisrundes Knochenstück aus der Schädeldecke und steckte es ihm in den Hals. Dann starb er. Es fällt einem schwer, sich die letzte Minute seines Lebens vorzustellen.«

»Ich hab's beim ersten Mal schon verstanden«, sagte Kerstin Holm gedämpft. »Wer ist der Mann?«

»John Doe«, sagte Åkesson.

»Also keine Ahnung?«

»Nicht vorbestraft, kein Ausländer. Seine Fingerabdrücke gehen gerade um die Welt.«

»Sonst nichts?«

Wieder sprach Sigvard Qvarfordt aus dem Mund von

Bengt Åkesson: »Das Opfer ist gut vierzig Jahre alt. Relativ groß, 193 cm, leichtes Übergewicht, 104 Kilo. Dunkelblondes Haar mit beginnendem Haarausfall. Leicht geschrumpfte Leber, was auf ein Alkoholproblem hindeuten könnte.«

»Und nur die Grausamkeit, mit der der Mord ausgeführt worden ist, soll ihn zum Fall für die A-Gruppe machen?«

Åkesson wandte sich ihr wieder zu und versuchte, ihren Blick einzufangen. Wieder entzog sie sich.

»Das ist dein Argument, nicht meines«, sagte er, und sie meinte, diese Worte schon einmal gehört zu haben.

»Und was ist deines?«, sagte sie und erkannte auch das wieder.

»Es ist nicht meines, es ist das des Pathologen Reinhold von Sydow.«

Pause. Neues sprechendes Schweigen.

Dann fuhr er fort: »Gegen Ende unseres Gesprächs, nachdem ich ihn endlich hatte überzeugen können, dass die alte Dame mit Namen Ada Wennström unverletzt war, sagte er plötzlich: ›Was sagen Sie zu der Tätowierung?‹ Ich schaute Qvarfordts vorläufiges Protokoll an und fand nichts über eine Tätowierung. ›Sie sitzt in der rechten Kniekehle‹, fuhr unser Pathologe fort. ›Sie ist ziemlich klein. Das Wasser hat sie vergrößert. Es ist ein U.‹«

»Und …?«, sagte Kerstin Holm, weil sie eine Fortsetzung ahnte. Ihre Unterhaltung begann sich nach einem Muster zu formen.

»Ich habe im Großen und Ganzen das Gleiche gesagt. Da antwortete von Sydow: ›Es ist eine posthume Tätowierung.‹«

»Aha.«

Åkesson versuchte weiter, ihren abgewandten Blick einzufangen. Er fuhr fort: »Ich fragte natürlich, woher er das wissen könne, da er die Leiche doch nur unter Wasser gesehen habe. Da hat er geantwortet: ›Ich mache solche.‹«

»Er macht solche?«

»Es handelt sich offenbar um eine Kennzeichnung von Körperteilen bei irgendeiner Form von pathologischer Forschung. Frag mich nicht näher, ich will es gar nicht wissen. Scheißjob.«

»Und was hat Qvarfordt gesagt?«

»Ein sehr, sehr frustrierter Hundertvierjähriger ist noch einmal zur Leiche gegangen und hat festgestellt, dass es stimmt. Er sagte: ›Bei der eingehenden gerichtsmedizinischen Untersuchung wäre dies natürlich aufgefallen. Trotzdem ist es irritierend, dass es mir entgangen ist.‹ Ich streute ein bisschen Salz in die Wunde und sagte: ›Aber du musst sie doch gesehen haben.‹ Er sagte: ›Ich kann doch nicht jedes kleine bedeutungslose Mal protokollieren.‹«

»Kann man wirklich einen Unterschied zwischen einer posthumen und einer anderen Tätowierung erkennen?«

»Ein trainiertes Auge kann es offenbar. Und in seiner ›eingehenden gerichtsmedizinischen Untersuchung‹ bekräftigt es Qvarfordt. Du findest es hier in der Mappe. Aber ich kann sie zurücknehmen, wenn du sie nicht haben willst.«

Dann war es so weit. Kerstin Holm wandte sich ihm zu und begegnete seinem Blick. All dem Blauen, das er ausstrahlte. Verdammt.

»Ein U?«, fragte sie skeptisch und griff vorsichtig nach der Mappe, die er ihr hinhielt.

Åkesson ließ noch nicht los und nickte, mit dem Blick in ihrem. »Zuerst sägt man ein kreisrundes Loch in den Schädel eines lebenden Menschen. Dann steckt man dem noch lebenden Menschen das Schädelstück in den Rachen. Wie eine Oblate beim Abendmahl. Dann wartet man, bis er stirbt. Danach tätowiert man ein drei Millimeter großes U in die rechte Kniekehle des Toten und lässt ihn ins Wasser des Mälarsees hinab. Mit wem spricht man?«

Sie nickte. »Mit der Polizei.«

»Mit welcher Polizei?«

Sie verzog das Gesicht und begegnete wieder seinem Blick. »Ach so«, sagte sie. »Meinst du?«

»Weiß nicht«, sagte er. »Aber man kann, nur als Hypothese, sich vorstellen, dass er diese spektakuläre Form gewählt hat, um die Aufmerksamkeit einer bestimmten Gruppe auf sich zu ziehen. Er weckt deine Neugier, genau wie ich es gerade getan habe.«

»Das ist wilde Spekulation.«

»Natürlich«, sagte er und ließ die Mappe los.

Sie hielt sie fest.

22

Das Schweigen. Wie sie es liebte. Alles, was draußen geschah, brauchte sie nicht zu kümmern. Selbst die Zelle war angenehm. Sie musste wieder zu sich selbst finden – nur das zählte. Im Moment. Bis auf Weiteres. Sich hinauszubegeben in die Umwelt, ohne in sich selbst gefestigt zu sein, das war sinnlos, jede Anstrengung seelenlos. Noch einmal von vorn anzufangen, ohne ein ›vorn‹ zu haben, wo man beginnen konnte – schwer, als Dreiundzwanzigjährige geboren zu werden. Mehrere Versuche, gescheitert. Doch wenn sie eines konnte, dann das, von vorn anfangen, ›from scratch‹.

Ein Ausdruck, den sie gelernt hatte: from scratch.

Ihr eigener Ausdruck. Und Schwedisch war es nicht.

Name, neuer Name. Rosa Beckman hatte sie sich selbst ausgedacht. Rosa – so allgemein, ebenso viel Zigeunerin wie Schwedin, ebenso viel Kurdin wie Jüdin. Rosa Taikon. Rosa Luxemburg. Starke, verständige, bedeutende Frauen. Ein guter Vorname – den sie jetzt vergessen musste.

Beckman – nach ihrem Lieblingsautor Erik Beckman. Der so mit den schwedischen Wörtern spielte, dass jemand, der sie nicht richtig kannte, lachen musste. Gibt es eine bessere Art zu lernen?

Aber nein, Rosa Beckman konnte nicht weiterleben.

Zeit, neu anzufangen, from scratch. Wieder einmal.

Naska Rezazi war Rosa Beckman, war …

Tja, was denn? Tot?

Sie überraschte sich dabei, dass sie an ihre Mutter dachte, ohne Verrat zu denken. Nur Mutter. Ihre Situation. Die doppelten Loyalitäten. Wie hin und her gerissen sie sein musste. Zerrissen. Zerbrochen.

Nein, denk an den neuen Namen. Einen guten Namen. Kurdische Mädchen werden nach Schönem in der Natur benannt, Jungen nach Eigenschaften. Ihre Lieblingsmädchennamen waren Bahar (Frühling), Ciwan (schön), Gêlas (Kirsche), Hêro (Stockrose), Kajal (Gazelle), Sirwe (Brise), Xunce (Blütenknospe). Und Jungennamen: Aram (ruhig, still), Azad (frei), Dana (weise), Hiwa (Hoffnung), Shemal (leichter Wind), Zana (der Wissende).

Das kurdische Erbe. Das sie wirklich haben wollte. Ohne die Schattenseiten.

Und sie fühlte einen Stich von schwedischer Wehmut.

Sie suchte einen Namen.

Die Tür wurde geöffnet. Die Außenwelt trat ein. Sie betrachtete sie.

Polizisten. Vernehmungsleiter. Stell dir vor, wie sie in der Türkei wären. Oder im Iran. Vom Irak ganz zu schweigen.

Stattdessen diese Frauen. Die etwas Dunklere in Jeans. Aus hartem Holz. Wusste, wie man schwieg, ohne passiv zu sein. Konnte wahrscheinlich ziemlich hart sein, wenn es nötig war. Und dann sie, die Große, Blonde, Kurzgeschorene. Die glatt durch sie hindurchsah. Es war schrecklich und schön zugleich. Sie stellte sich vor, dass die Blonde lesbisch war. Als ob das einen Unterschied machte. Warum hatte sie die Wache gefragt? Weil man zu fragen wagte. Vermutlich nur deshalb. Weil die Worte möglich waren. Die Wache hatte geantwortet, mit einem Lachen, das sie als wirklich herzlich empfand: ›Sara? Neinneinnein, die hat gerade ein Kind bekommen. Mit einem Chilenen, der einen Kopf kleiner ist als sie. Die Wege der Liebe sind unergründlicher als die Wege Gottes.«

Wahrscheinlich hatte der Wachmann nicht das Recht, auf die Frage zu antworten. Dennoch tat er es. Und keiner ermordete ihn. Freiheit?

Sie setzten sich. Sie beobachtete die beiden.

Der Feind?

Nein. Überhaupt nicht. Wunderliche Frauen, stark. Frei? Nja. Ja. Doch. So frei es geht.

Die freiesten Frauen in der Weltgeschichte?

It's a man's world. James Brown. Der es wissen musste.

Und trotzdem: Wollte sie so sein? Wie sie?

War es wirklich das?

Ja.

Kurz und gut.

»Also dann«, sagte Sara Svenhagen und betrachtete sie. »Wie geht es dir, Naska? Hast du Zeit gehabt, im Lauf der Nacht über die Lage nachzudenken?«

Im Lauf der Nacht über die Lage, dachte Naska Rezazi, die Rosa Beckman wurde, die …

»Nennt mich Lera.«

Sara Svenhagen und Lena Lindberg sahen sich an.

»Lera?«, stieß Sara hervor. »Das heißt doch Lehm?«

»Ja, formbar«, sagte Naska Rezazi. »Bis sie in den Brennofen kommt.«

»Bist du da jetzt? Im Brennofen?«

»Nein.«

»Du hast dich also entschieden?«

»Ja.«

»Was geschah, … Lera? Was geschah da bei dem Vereinslokal? Es war halb drei in der Nacht. Es war eine helle Sommernacht, fast Mittsommer. Du kamst an. Saß dein Bruder da? Im Hof?«

Sie lächelte. Kurz. Scheu. Und sagte klar und deutlich: »Er hatte mir den Rücken zugewandt. Er saß ganz still. Ich ging zu ihm. Ich wusste, dass er sich jeden Augenblick zu mir umdrehen und das Messer in mich stoßen würde. Ich hätte schon tot sein müssen, als ich die Hand auf seine Schulter legte.«

»Und trotzdem hast du es getan?«

»Ja. Ich hatte noch Hoffnung.«

»Welche Hoffnung?«

»Dass er vielleicht mit mir reden würde. Wie früher, als wir Kinder waren.«

»Du hattest ja die sieben Mittsommerblumen.«

»Nicht richtig.«

»Erzähl weiter.«

»Ich hatte sechs von sieben. Das sind über fünfundachtzig Prozent. Ich habe es nachgerechnet. Vielleicht würde das reichen. Fünfundachtzig Prozent Magie. Eure Mittsommermagie. Wenn alles Verdrehte wieder richtig gedreht wird.«

»Geht es wirklich darum bei unserer Mittsommermagie?«

»Weißt du das nicht?«

»Lassen wir das. In deiner Tasche waren sieben Blumen, Lera, nicht sechs.«

»Ich weiß. Das kann man ein Wunder nennen.«

»Erzähl.«

»Ich legte die Hand auf Nedims Schulter. Er fiel nach vorn. Er war tot. Das große Messer saß fest in seiner Hand. Das ganze Hemd war blutig. Im Knopfloch seiner Brusttasche steckte die Akelei. Kommt, Lilien und Akeleien. Ich muss geschrien haben. In den Fenstern der Häuser gingen Lichter an. Ich gab ihm einen Abschiedskuss und lief nach Hause. Niemand folgte mir. Mir war klar, dass ich gefasst werden würde. Alle waren hinter mir her. Es gab nur einen sicheren Ort. Einen ruhigen Ort.«

»Das Gefängnis«, sagte Sara Svenhagen und nickte.

Einen Moment lang war es still. Sie betrachteten einander. Sara nickte Lena Lindberg zu, die zum ersten Mal das Wort ergriff.

Es war das erste Mal, dass Lera ihre Stimme hörte. Sie war tiefer, als sie erwartet hatte. »Aber die Akelei hast du mitgenommen, Lera? Du hast laut geschrien vor Entsetzen und Trauer, und doch hattest du die Geistesgegenwart, die Akelei zu nehmen und in deinen Strauß zu stecken?«

»Es dauerte ein paar Sekunden, bis ich begriff. Da habe ich es getan, ohne irgendetwas dabei zu denken. Es gibt ein Wort dafür ... Überschusshandlung.«

»Übersprungshandlung«, sagte Lena Lindberg. »Gehen wir weiter. Es war also jemand anders, der deinen Bruder getötet hat, mit deinem Messer, das in deiner Tasche steckte. Das hört sich ziemlich unglaubhaft an.«

»Ich weiß«, sagte Naska Rezazi und sah die beiden mit klarem dunkelbraunen Blick an. »Es macht kaum Sinn, es zu erzählen. Es ist zu unglaublich. Ich weiß nicht einmal, ob ich es selbst glaube.«

»Wenn es so ist, dann kommt jetzt die wichtige Frage, Lera. Hör genau zu. Wer kann dein Messer gekannt haben? Und wer kann geahnt haben, dass du Blumen pflücken würdest?«

»Darüber habe ich auch schon nachgedacht«, sagte Naska-Rosa-Lera und verzog das Gesicht. »Aber ich weiß es nicht.«

»Lass uns versuchen, den Personenkreis einzugrenzen«, sagte Lena. »Du bewegst dich hauptsächlich an drei Orten. Du arbeitest als Reinigungskraft. Du gehst an drei Abenden in der Woche ins Abendgymnasium. Und du machst einen Kurs in Selbstverteidigung für Frauen in dem Vereinsheim, wo du dich mit deinem Bruder verabredet hattest. Habe ich etwas vergessen?«

»Nein. Das ist alles, was ich tue. Was ich tat.«

»All dies ist in Tensta, nicht wahr?«

»Ja. War in Tensta.«

»Fangen wir mit dem Schweizer Klappmesser an. Wo hast du dein Messer gezeigt? Denn wir können wohl davon ausgehen, dass nicht dein Messer benutzt wurde, sondern ein anderes von derselben Art?«

»Im Selbstverteidigungskurs. Aber ich zeige es ziemlich oft. Meine Schlüssel hängen daran. Ich benutze es als Schlüsselbundanhänger. Es ist so ein Allzweckmesser mit vielen Werkzeugen. Meine Arbeitskollegen haben es oft gesehen, und in der Schule öffne ich damit den Schrank.«

»Also die Blumen. Du hast eine sehr eigentümliche Vorstellung von unserer nordischen Mittsommermagie. Woher kommt die?«

»Ich habe viel darüber gelesen, als ich klein war. In der Mittsommernacht gibt es eine übernatürliche Kraft in allem, was wächst, in den grünen Baumzweigen, in den Kräutern am Boden, im Wasser der Quellen und im Tau, der fällt. Man soll sich nackt auf dem Boden rollen, um seinen Körper mit dem Mittsommertau zu befeuchten, und Tau ins Brot mischen und ihn in einem Laken sammeln und aufheben. Um Mitternacht blüht der Farn. Nur dann. Wer die magische Farnblüte in der Mittsommernacht sieht, wird ein gutes Leben bekommen, besonders wenn er sie in einem Beutel am Körper trägt. Und man soll sieben Sorten Blumen pflücken, damit die Wünsche, die man hat, in Erfüllung gehen. Wenn man sie an einer Weggabelung mit drei Wegen pflückt, sollen es neun Sorten Blumen sein, und man darf sie nur schweigend pflücken. Man soll nackt an neun Gräben in einem Roggenfeld entlanglaufen, dreimal gegen den Uhrzeigersinn um ein Roggenfeld laufen und über neun Holzzäune springen. Man soll rückwärts um eine Kirche gehen, und man muss schweigen, allein sein und sich gegen den Uhrzeigersinn bewegen, drei- oder neunmal. Und alles kann geschehen, denn alles, was verkümmert und verzerrt ist, bekommt wieder Leben. Nur vor Pionien soll man sich hüten, denn in Pionien steckt Krebs. Aber es war keine Pionie. Es war eine Akelei. Das weiß ich jetzt. Und die Akelei ist gut.«

Lena und Sara musterten Lera. Die Formbare.

»Du hast vieles gelernt«, sagte Lena Lindberg. »Viel mehr, als ich über meine eigenen Wurzeln wusste. Wir haben es nicht so mit den Wurzeln in Schweden.«

»Das solltet ihr aber.«

»Vermutlich. Aber ich frage mich, ob du nicht etwas ausgelassen hast.«

»Was denn?«, sagte die junge Frau und sah plötzlich unangenehm berührt aus. Als wüsste sie schon.

»Ist Mittsommer nicht eine stark sexuelle Zeit? Eine Zeit der Fruchtbarkeit? Sieh dir die Mittsommerstange an. Das ist doch ein gigantischer Phallus. Ein Penis.«

»Und bei den sieben Sorten Blumen«, sagte Sara Svenhagen, »geht es doch wohl darum, dass man seinen Zukünftigen im Traum sieht. Den man heiraten und mit dem man tausendmal und öfter Sex haben wird.«

»Nein«, sagte Naska-Rosa-Lera mit Entschiedenheit und sah sie fest an. »Es dreht sich darum, dass Wünsche in Erfüllung gehen.«

»Okay«, sagte Lena Lindberg und nickte. »Und mit wem hast du darüber gesprochen?«

»Mit ziemlich vielen, glaube ich. Ich mag Mittsommer.«

»Ein Teil davon, auf jeden Fall …«

»Das Wichtigste steht aber noch aus«, sagte Sara Svenhagen und stand auf. »Wer kann gehört haben, dass du dich mit Nedim verabredet hast? Wer kann das Telefongespräch am Abend vorher mitgehört haben?«

»Niemand«, sagte Naska-Rosa-Lera und senkte zum ersten Mal den Blick. »Es ist ganz unmöglich.«

Sara Svenhagen nickte. »Ja«, sagte sie. »Das wirkt eigenartig. Es ist gut, dass du trotzdem versuchst, uns zu helfen, Lera. Das ist eine kluge Entscheidung. Vielleicht ist es dann jetzt an der Zeit, dich freizulassen?«

Die junge Frau erstarrte. »Nein«, sagte sie. »Nicht das.«

Sara nickte wieder. »Dann bleiben wir dabei, dass du weiterhin unter Verdacht stehst, wenn das okay ist. Unter starkem Verdacht.«

Ein kurzes, kurzes Lächeln huschte über das Gesicht der Frau, die einmal Naska Rezazi geheißen hatte. »Das ist okay«, sagte sie.

Die beiden verließen sie. Es war Nachmittag. Ein eigentümlich zauberisches Licht hing im Korridor. Als wäre Mittsommernacht.

»Lera?«, sagte Lena Lindberg und sah ihre Kollegin fragend an. »Weil sie formbar ist?«

»Ja«, sagte Sara Svenhagen, »teilweise deshalb. Aber das sind auch wir. Du und ich.«

»Wir?«

»Lera ist Lena und Sara. Le-ra.«

»Glaubst du?«

»Sie kennt nicht viele erwachsene Frauen, mit denen sie sich identifizieren konnte. Warten wir mal ab, welchen Nachnamen sie sich einfallen lässt. Lindhagen oder Svenberg?«

»Svenberg ist nicht so schön …«

»Nein«, sagte Sara. »Aber Lindhagen ist hübsch. Lera Lindhagen.«

»Unerhört. Es muss also jemand ihr Telefon abgehört haben. Oder wie sollen wir das sehen?«

»Es gibt immer noch zweifelhafte Momente in ihrer Aussage. Ein abgehörtes Telefon kommt mir ziemlich weit hergeholt vor. Es muss jemand im Zimmer gewesen sein, als sie das Gespräch von ihrem Bruder angenommen hat. Zu Hause bei ihr. Ich glaube, es gibt noch Dinge, die sie nicht sagt.«

Sie gingen an Kerstin Holms Tür vorbei.

Lena blieb stehen. »Ich will nur ein paar Worte mit Kerstin wechseln«, sagte sie, klopfte an und trat ein, ohne eine Antwort abzuwarten.

Kriminalkommissarin Kerstin Holm saß an ihrem Schreibtisch und hielt den Kopf in einem komischen Winkel, als wäre ihr ohne jede Vorwarnung das Genick gebrochen. Ihr Blick war starr zur Decke gerichtet, genauer gesagt, zur inneren linken Ecke. Lena Lindberg folgte ihrem Blick. Sie sah nichts.

Kerstin Holm brachte den Nacken wieder in Normallage, errötete und sagte streng: »Man geht nicht einfach so in ein Zimmer.«

»Ich habe geklopft«, sagte Lena verschreckt.

»Und was ist der Sinn des Klopfens, wenn man die Antwort nicht abwartet?«

»Entschuldigung. Ich –«

»Es ist eine Spinne. Sie spinnt ein immer größeres Netz. Man sieht es nur, wenn man den Kopf genau im richtigen Winkel hält.«

»Wo? Da oben?«

»Ja. Das Netz ist fast einen Quadratmeter groß. Aber ich finde den richtigen Winkel nicht wieder.«

»Ööhh. Jaha …«

»Und was wolltest du?«

Lena Lindberg hustete leicht und versuchte, ihre Gedanken zu sammeln. »Nur so eine Idee«, sagte sie vorsichtig. »Wir treffen uns heute Abend auf ein Bier, ein paar Frauen. Im Sturehof. Hast du Lust mitzukommen?«

»Ein paar Frauen?«, fragte Kerstin Holm und richtete einen scharfen Blick auf sie.

»Ja, eine Clique Singlefrauen. Okay, hauptsächlich von der Polizei.«

Und Kerstin Holm sah eine Menge Dinge vor sich. Sie rollten vor ihr ab. Sie sah einen blauen Bannkreis. Sie sah eine Tussi mit Namen Vickan. Und sie sah ihren Sohn. Anders. »Ich bin keine Singlefrau«, sagte sie langsam. »Ich bin eine alleinstehende Mutter in mittleren Jahren.«

»Auch solche gehen ab und zu mal aus. War nur so eine Idee.«

»Ich kann nicht. Ich habe Anders. Sonst wäre ich gern mitgekommen.«

»Tja«, sagte Lena Lindberg und zuckte die Schultern. »Falls du es dir noch anders überlegst. Wir sind gegen sieben, halb acht da. Hast du meine Handynummer?«

»Ja. Danke. Wie kommt ihr mit Naska voran?«

»Sie steht weiter unter starkem Verdacht.«

»Aber wie kommt ihr voran?«

»Sie hat gestanden. Dass sie nicht hätte gestehen sollen. Aber es gibt noch viele offene Fragen. Wir sollten sie noch nicht laufen lassen.«

»Das ist ja auch nicht aktuell. Okay. Gut.«

Lena Lindberg verließ das Büro ihrer Chefin mit einem kurzen Nicken. Die Bilder im Kopf der Chefin waren noch nicht richtig zum Stillstand gekommen. Kerstin Holm sah das halb durchsichtige Spiegelbild einer abgewandten Frau, einen großen Mann in einer Jeansjacke und eine Leiche mit einem großen Loch im Kopf. Und die abgewandte Frau spürte plötzlich eine vollkommen unerwartete Lust, ihre Hand an den Penis des Mannes ... Jaja.

Die Bilder verschwanden.

Andere kamen. Eine mit einer Axt ermordete polnische Krankenschwester. Ein erschossener Fernsehchef in einem weißen Wagen in einer Garage. Ein erstochener kurdischer Bruder vor einem Vereinsheim. Ein schwerer Mann, dem ein Stück seines Kopfs im Mund steckte. Ein paar Faxe. Ein fehlendes Flipchart. Und Paul Hjelm, der Ehemalige, was der nun da zu suchen hatte.

Und da sah sie es wieder. Das Spinnennetz in der linken inneren Ecke des Zimmers glühte auf. Und es war gewaltig. Ein Wunder an zweckmäßiger Präzision. Aber die Spinne war nicht zu sehen.

Verdammt, dachte sie und stand auf. Das Spinnennetz verschwand.

Und sie vergaß, was sie gedacht hatte. Sie hatte das Spinnennetz erblickt, und ein Gedanke war ihr durch den Kopf geschossen. Jetzt war er verschwunden. Wie weggeblasen.

Einen Moment stand sie da und kniff ein paarmal fest die Augen zusammen.

Nein, es half nichts, zurück an die polizeiliche Routinearbeit. Aber sie verstand jetzt auf jeden Fall, was Paul Hjelm da gemacht hatte. Zwischen den vorbeiziehenden Bildern.

Wäre er bei ihr gewesen, hätte sich ihr Gedanke nicht verflüchtigt. Dann hätten sie ihn festgehalten. Gemeinsam.

Und alles war sehr verwirrend. Paul Hjelm. Bengt Åkesson. Anders Holm. Und es passte nicht zusammen.

Stattdessen also ein nichtidentifizierter Mann mit einem Loch im Kopf.

Sie hatte den Fall noch nicht in der Kampfleitzentrale zur Sprache gebracht. Es war offiziell noch kein Fall für die A-Gruppe. Sie fürchtete, dass der Tote sich als Alkoholiker herausstellte, der im Suff gestürzt und mit dem Kopf auf eine Geländerstange geknallt war. Was allerdings recht unwahrscheinlich war.

Bei den Vermisstenmeldungen gab es einige denkbare Kandidaten. Sie hatte den Nachmittag damit zugebracht, sie auszuschließen. Einen nach dem anderen. Und auf die internationale Anfrage wegen der Fingerabdrücke waren noch keine Antworten eingegangen.

Wer war der Mann? Seine Identität musste mit der grauenvollen Hinrichtungsmethode zusammenhängen, von der eigentlich nur auf eine Form von organisiertem Verbrechen geschlossen werden konnte. Einem Normalbürger wird nur selten ein Loch in den Schädel gesägt und das Stück Knochen in den Mund gesteckt. Eine Hinrichtungsmethode, die von irgendeinem Zweig der Mafia praktiziert wurde? Roch das Ganze nicht ein wenig nach Osteuropa? Der Mann war außerdem vom ›nordischen Typ‹, wie Qvarfordt es geschmeidig ausgedrückt hatte, also warum nicht Russe? Oder war das jetzt ein Vorurteil?

Gab es überhaupt einen Weg weiterzukommen? Die Kleider. Unauffällig. Normale Alltagskleidung für einen Mann um die vierzig. Sandalen der Marke Laja Pro, Größe 45. Natürlich keine Brieftasche, kein Ausweis. Qvarfordts zweites, ausführlicheres Obduktionsprotokoll enthielt nichts direkt

Neues. Nur der Ton war jetzt etwas nervös, der Ton eines Mannes, dem etwas Wesentliches entgangen war und der dies mit überflüssigem Detailreichtum kompensierte. Die Tendenz zur Schrumpfleber nahm jetzt zwei Seiten im Spezialistenjargon in Anspruch. War der gute Gerichtsmediziner nicht eine Spur zu alt, um noch so nervös zu werden? Oder sah er ganz einfach ein, dass er allmählich zu alt wurde? Ein merkwürdiges Detail: ›Ziemlich schlechte Fingerabdrücke‹.

Wieso ziemlich schlechte? Das war nicht Qvarfordts Sprache.

Sie griff zum Telefon, um ihn anzurufen, bremste sich aber. Es war sinnlos. Er war nach Hause gegangen und ärgerte sich und verfluchte sein Alter. Stattdessen wählte sie eine andere Nummer.

»Svenhagen«, kam es aus dem Hörer, aber es war nicht Saras Stimme, sondern die bedeutend strengere ihres Vaters. Brynolf Svenhagen, Chef der Kriminaltechniker und kerniges Urgestein.

»Ah, du bist noch da«, sagte Kerstin Holm, weil ihr nichts Besseres einfiel. »Holm hier. Hast du schon Zeit gehabt, dir die Långholmsleiche anzusehen?«

»Nur einen Blick drauf geworfen«, sagte Brynolf Svenhagen. »Zugegebenermaßen eine sehr ausgefallene Methode. Von so etwas habe ich noch nie gehört.«

»Sonst etwas, was dir ins Auge gefallen ist?«

»Schlechte Fingerabdrücke.«

»Das habe ich vermutet. Sind sie bewusst weggefeilt?«

»Das wäre möglich, dann bekäme der Fall ja einen deutlich kriminellen Anstrich. Aber ich habe sie mir unterm Mikroskop angesehen, und es kommt mir eher so vor, als handelte es sich um eine über lange Zeit hinweg erfolgte Abnutzung vor allem an der rechten Hand. Es könnte mit seinem Beruf zusammenhängen. Ich will morgen im Laufe des Tages Vergleichsmaterial aus der Fachliteratur zusammenstellen.«

»Abnutzung? Also mechanisch? Oder chemisch?«

»Das kann ich noch nicht entscheiden. Ich melde mich morgen wieder. Heute Abend bin ich bei unserem Enkelkind.«

Und der Ton seiner strengen Stimme bekam einen ganz neuen Klang. Eine Erzader im Urgestein. Kerstin Holm musste lächeln, als sie sich die kleine Halbchilenin Isabel mit durchgesuppten Windeln in den steifen schwedischen Armen ihres Großvaters Brynolf vorstellte.

»Bist du Babysitter?«, fragte sie.

»Ja, meine Frau und ich. Es ist das erste Mal. Sara und Jorge wollen ins Kino. Leider schläft meine Frau meistens ziemlich früh ein. Aber ich wollte noch etwas anderes sagen. Dieses Stück Schädelknochen im Rachen. Ich vermute, du denkst hier an etwas Russisches. Aber wie verhält es sich mit Russen und Oblaten? In welchem Zweig des Christentums spielt die Oblate die größte Rolle? Und welche Rolle spielt überhaupt das Abendmahl?«

Wie es ihm gelang, mitten im Satz den Tonfall zu wechseln.

»Spielst du Polizist?«, sagte sie.

»Alle anderen spielen ja andauernd Kriminaltechniker«, entgegnete er und legte auf.

Oblate, dachte sie und starrte auf den Telefonhörer, als wäre er ein trockenes rundes Stück Brot. Das Abendmahl. Christi Leib und Blut. Offiziell inszenierter Kannibalismus. Als Zeichen der Gemeinschaft. Sie machte sich eine Notiz.

Es war sorgfältig geplant. Der Schädel genau an der Stelle rasiert, wo das runde Stück ausgesägt werden sollte. War es möglich, so etwas zu tun, wenn das Opfer bei Bewusstsein war? Fanden sich Spuren von Schlafmittel im Blut? Sie hatte Qvarfordt gefragt, der sehr mürrisch geantwortet hatte: ›Ich gehe jetzt nach Hause.‹ ›Ist das eine Antwort?‹, hatte sie elegant erwidert. ›Ich werde es morgen untersuchen‹, hatte der alte Uhu erwidert und in den sauren Apfel gebissen. Noch ein Patzer.

Es waren zwei ganz unterschiedliche Morde, je nachdem, ob das Opfer bei Bewusstsein oder betäubt gewesen war. Im ersten Fall eine richtige Schauerorgie, grausamste Folter mit spritzendem Blut und Gehirnsubstanz, verzweifelt zuckenden Gliedern und unermesslichen Schmerzen. Im zweiten Fall mehr klinisch.

Doch die Oblate – was war das für ein Zeichen? Kerstin kehrte zu ihr zurück. Da war etwas. Die Oblate war das Symbol für den Leib Christi. Ein unschädlich gemachtes Symbol. Ungefährlich gemacht. Das Fleisch war der Preis der Gemeinschaft, der Preis, den Jesus bezahlen musste für das, was die christliche Gemeinschaft werden sollte, sein Leben, sein Fleisch. Daraus hatte man ein kleines, trockenes Stück Brot gemacht. Was tat der Mörder? Eroberte das Fleisch zurück, machte es wieder zum Symbol? Verwies auf seinen makabren fleischlichen Hintergrund? Hauchte einer toten Metapher Leben ein? Oder war es eher das, was Åkesson vorgeschlagen hatte: eine extreme und hinreichend rätselhafte Geste, um das Interesse der A-Gruppe auf sich zu ziehen? Es kam ihr immer noch ziemlich weit hergeholt vor. Aber nicht völlig absurd.

Und das U? Warum tätowierte man nach vollzogener Untat ein kleines U in die Kniekehle des Opfers? War es überhaupt ein U? Gab es nicht andere gewundene Symbole von dieser Art?

Sie schrieb es auf ihre Liste und warf einen finsteren Blick zu ihrem nagelneuen Fernseher hinüber. Sie sollte den Nachmittag natürlich mit etwas anderem verbringen als mit Südkorea-Italien. Selbst wenn es ein wahnsinniges Feuerwerk gab, als der junge Ahn Jung-Hwan in der siebenundzwanzigsten Minute der Verlängerung Tottis Mannen ohne Umschweife aus dem WM-Turnier katapultierte. Da war Totti von dem etwas zweifelhaften Schiedsrichter Byron Moreno aus Ekuador bereits des Feldes verwiesen worden. Der südkoreanische Fußball war recht eigenartig. Ein Team glänzender, aber unselbständiger Techniker. Genau der Spielertyp, den man im Westen mit einem gigantischen Ego verbindet, das kleine technische Spielgenie, war hier zu einem Rädchen in einer reibungslos arbeitenden Maschinerie verwandelt. Es war eine ganz neue Art, Fußball zu spielen. Zehn routinierte Francesco Tottis, die ratlos dastehen würden, wenn die Maschinerie plötzlich ins Stocken geriete.

Das Faxgerät knarrte. Sie ging hinüber und sah eine Liste von Telefonnummern herausquellen. Mist, dachte sie, während sie die Liste überflog. Qvarfordt war wahrlich nicht der Einzige, dem Fehler unterliefen. Sie musste anrufen. Um ein Haar hätte sie es vergessen.

»Yes«, sagte Jon Anderson.

»Na so was«, sagte Kerstin Holm. »Ich dachte, du könntest den Namen nicht leiden. Wie läuft es?«

»Elzbieta Kopanska hat allem Anschein nach mindestens fünf Patienten ermordet, um von den Beerdigungsinstituten eine Art Prämie zu kassieren. Ich habe mit vier potenziell verdächtigen Verwandten gesprochen und mache morgen weiter. Namen und Fotos kann ich nachher mailen.«

»Es ist doch nicht zu fassen«, sagte Kerstin Holm und schien aus der Fassung gebracht. »Ich glaube, ich habe davon gelesen. ›Kopfjäger‹, richtig? Aber es war in einer anderen polnischen Stadt.«

»Łódź«, sagte Jon Anderson. »Deshalb hat die Polizei erst spät geschaltet. Sie glaubten, Poznań sei verschont geblieben. Sie wollten sicher sein, bevor sie weitere Ermittlungen anstellten. Sie haben das Ganze sehr professionell gehandhabt.«

»Du hörst dich ja richtig positiv an.«

»Hm.«

»Ist jemand mehr als nur potenziell verdächtig?«

»Möglicherweise der Sohn eines an Krebs gestorbenen Lehrers und einer Heiligen.«

»Das hört sich nach nervigen Genen an.«

»Er heißt Wojtek Krzosek. Etwa dreißig. Der Tod seines Vaters hat ihn ziemlich mitgenommen, nicht zuletzt weil er gleichzeitig arbeitslos wurde.«

»Ausgezeichnet. Mach ein paar Tage weiter. Ich habe gerade die Liste der Telefonate bekommen, die in Elzbieta Kopanskas Wohnung in Huddinge eingegangen sind. Es gibt zwei polnische Nummern, die zu der Zeit passen, als sie ein Gespräch auf Polnisch entgegengenommen hat, das sie in Angst versetzte. Aber es ist auch ein Anruf aus Deutschland dabei und zwei schwedische. Von einer Telefonzelle in Helsingborg und aus einem Motel in Linköping. Ich maile dir die Nummern. Es ist jetzt fünf Uhr. Ich wollte bald nach Hause gehen und meinen Sohn abholen. Wann kannst du deine Mail schicken?«

»Das kommt auf den Verkehr an«, sagte Jon Anderson und schaute durch die Windschutzscheibe hinaus. Immer noch Stillstand. Eine Ansichtskarte aus Poznań, dachte er ungerecht.

»Ich warte eine halbe Stunde«, sagte Kerstin Holm. »Sonst eben morgen.«

Sie legte auf. Es war nicht zu fassen. Die dem äußeren Anschein nach so gütige Krankenschwester Elzbieta Kopanska war ›Kopfjägerin‹ gewesen. Sie hatte, mehr oder weniger aktiv, fünf Menschen ermordet, war dann unruhig geworden und hatte sich nach Schweden abgesetzt. Eine Woche bevor sie mit einer Axt erschlagen wurde, hatte sie einen Anruf in polnischer Sprache bekommen, der sie in Angst versetzte. Es musste ein Verwandter eines ihrer Opfer gewesen sein, damit hatte Jon wahrscheinlich recht. Dieser Verwandte sagte ihr, er wisse, was geschehen sei, und komme nach Schweden, um sich zu rächen. Aber sie konnte nicht einmal ihrem Verlobten, dem bedauernswerten Ingvar Tillgren, etwas davon erzählen. Sie konnte nichts anderes tun, als auf die Rache zu warten. Sie musste gewusst haben, dass der Tod nahte. Weiter als nach Schweden konnte sie nicht fliehen.

Kerstin Holm ging zu ihrem Computer, tippte die infrage kommenden polnischen Nummern ein und mailte sie an Jon Anderson. Während sie auf seine Antwortmail wartete, tat sie das einzig Logische. Sie wusste, dass es ihm nicht gefallen würde: »Hej, Gunnar.«

»Du bist also auch noch da?«, sagte Gunnar Nyberg in den Hörer. »Womit vertun wir unser Leben?«

»Kannst du mal zu mir kommen?«

Er trat ein, groß und stattlich und nicht mehr im Geringsten schwabbelig. Auch seine Haltung war anders als zu der Zeit, in der sie das Zimmer geteilt hatten. Er war ein neuer Mann. Sie freute sich immer über die Verwandlung. Aber jetzt würde seine Haltung sich ändern, und sie müsste ihm das Gewicht auf die Schultern packen. »Ich habe gerade mit Jon in Poznań telefoniert.«

»Und unserem kleinen Sonnenstrahl geht es gut?«

»Besser, als es dir gleich gehen wird. Du hattest doch die Vorstellung, dass dir Elzbieta Kopanska gefallen würde, nicht wahr? Eine Frau nach deinem Geschmack?«

»Was behauptet er jetzt Bösartiges?«

»Sie war eine Mörderin, Gunnar. Sie hat allem Anschein nach mindestens fünf Patienten ermordet, um von den Beerdigungsinstituten Prämien zu bekommen.«

Gunnar Nyberg setzte sich auf die Schreibtischkante. Er war blass geworden. »Herrgott, was sagst du da?«

»Es ist in letzter Zeit mehrfach vorgekommen. Polen tut alles, um die Aufnahme in die EU zu schaffen, alles wird privatisiert und rationalisiert, und die Angestellten im öffentlichen Dienst sind gezwungen, auf jede denkbare Art und Weise ihr Einkommen aufzubessern.«

Er nickte. »Der Hass«, sagte er. »Der Axtmordhass. Es war kein gewöhnlicher Hass. Und dieser grauenhafte Blick, der noch in ihren Augen stand. Es war keine gewöhnliche Angst, es war das Akzeptieren eines Todes, der schon eingetroffen war. Vollkommen rechtmäßig. Verdammt.«

»Tut mit leid«, sagte Kerstin Holm.

Mehr gab es auch nicht hinzuzufügen.

»Der Blick war ja von Schuld erfüllt«, sagte Gunnar Nyberg.

Sie schwiegen. Kerstin dachte: Das ist das beste Zeichen von Freundschaft – dass man wagt, zusammen zu schweigen.

Doch dann ertrug sie die Schwere seines Schweigens nicht mehr und sagte: »Jon mailt uns die Namen und Fotos einiger Verdächtiger her. Du bekommst sie. Wenn du warten kannst.«

Nyberg blieb ohrenbetäubend still. Zum Glück dauerte es nicht lange, bis ein ›Pling‹ im Computer das Eintreffen von Jons Mail anzeigte. Kerstin drehte den Monitor in Gunnars Richtung. Die Halbkörperfotos von vier Gestalten mit knappem dazugehörigen Text erschienen auf dem Bildschirm:

1. Izabela Wlodarczyk, 62 Jahre, Witwe des im Dezember vergangenen Jahres verstorbenen Admirals Pawel Wlodarczyk;

2. Malgorzata Krzosek, 51 Jahre, Witwe des im Juni vergangenen Jahres verstorbenen Lehrers Artur Krzosek;

3. Mateusz Kohutek, 76 Jahre, Vater der im Januar dieses Jahres verstorbenen Fabrikarbeiterin Irina Zazawska;

4. Wojtek Krzosek, 35 Jahre, ältester Sohn des oben genannten Lehrers Artur Krzosek.

Jon Andersons Mail enthielt kein einziges persönliches Wort. Dafür gab es eine kleine Liste mit Informationen über die Personen – und über die noch nicht vernommenen Verwandten. Kerstin Holm kopierte alles auf eine CD und reichte sie Gunnar Nyberg.

»Ein bisschen Arbeit für zu Hause?«, sagte sie.

»Ist das ein Befehl?«

»O ja.«

Nyberg nahm die CD entgegen und betrachtete den Bildschirm. »Eine finstere Schar«, sagte er.

Dann verließ er den Raum.

Kerstin Holm sammelte sich und sah auf die Uhr. Jesses, dachte sie. In dem Moment bemerkte sie einen Schein. Ohne den Kopf zu drehen, änderte sie vorsichtig die Blickrichtung.

Das Spinnennetz wirkte jetzt noch größer; ein gigantischer Engelsflügel spannte sich quer durch den tristen Büroraum.

Da stand sie auf und rief: »Was willst du?«

Doch da war er natürlich wieder verschwunden.

Dann ging sie. Sie war schon verspätet. Anders war den ersten Tag bei der Kinderfrau, und sie würde fast eine Stunde zu spät kommen. Was würde Oma Åkesson denken? Ganz zu schweigen von Anders … Wenn er sich nun den ganzen Tag unwohl gefühlt hatte.

Also Stress. Blauer Bus 1 von der Scheelegata nach Stora Essingen. Umsteigen am Fridhemsplan in den Blauen Bus 4 zum Radiohaus. Die Busse krochen durchs Verkehrschaos. Zwischen zwei Rucksäcken eingeklemmt, dachte sie über den Begriff ›Staugebühr‹ nach, der nicht richtig das traf, was er ihrer augenblicklichen Ansicht nach bedeuten sollte. Sie kam zu dem Ergebnis, dass es vielleicht gar keine so blöde Idee war, den Autofahrern gerade während der Rushhour eine saftige Maut abzuknöpfen. Was würden die Djursholmer sagen, wenn alle Stockholmer jeden Tag über die Straßen ihres schönen Reservats brettern würden? Man sollte es vielleicht einmal ausprobieren. Einen Tag im Jahr müsste man den Spieß umdrehen und den gesamten Innenstadtverkehr nach Täby oder Saltsjöbaden oder Ekerö verlegen. Nur damit sie dort einmal spürten, wie es war, in der Innenstadt zu leben, die für sie nichts anderes war als eine Müllkippe für Abgase.

Ein ziemlich rachelüsterner Wunsch, dachte sie, als sie ausstieg und die Sankt Eriksgata hinaufhetzte. Sie schwitzte. Dies war inzwischen ihre Form von Jogging. Stressjogging. Wirkt Wunder für die Herzklappen.

Sie erreichte die Tomtebogata, hechelte die eleganten Treppen hinauf und klingelte. Vera machte die Tür auf. Anders stand hinter ihr und strahlte wie die Sonne.

»Darf ich heute hier schlafen?«, waren seine ersten Worte.

Sie atmete tief durch und nahm ihn in die Arme. Das Problem wenigstens war gelöst. Er hatte einen schönen Tag verbracht. »Ich weiß nicht«, sagte sie zögernd. »Da müssen wir erst einmal Veras Papa fragen.«

Wie auf Bestellung löste sich Bengt Åkesson aus dem Hintergrund und erschien mit einer KONSUM-Schürze vor dem Bauch und einer Bratpfanne in der Hand. Herrgott im Himmel, dachte sie.

»Von uns aus gern, kein Problem«, sagte er.

»Tut mir leid, dass ich so spät komme«, sagte sie.

»Geht das Gespenst von Långholmen um?«

»Unter anderem. Vielem anderem. Wo ist die Großmutter?«

»Sie heißt Klara. Großmutter wird sie oft genug genannt. Sie ist nach Hause gegangen. Sie wohnt gleich nebenan.«

»Er hat keine Zahnbürste. Und keinen Schlafanzug.«

»Das macht nichts. Wir haben solche Sachen in Reserve.«

Einen Moment zögerte sie. Ein kleiner, kleiner Teil von ihr sagte: ›Dann habe ich mir für nichts und wieder nichts den ganzen Stress gemacht.‹ Im nächsten Moment wurde der kleine, kleine Teil entschieden größer. Aus dem dunklen Hintergrund löste sich eine blonde, tipptopp getrimmte Gestalt und legte den Arm um den schürzendrapierten Rumpf.

»Hej«, sagte Vickan. »Klar geht das in Ordnung. Die beiden bleiben für sich.«

Das ist ja wohl die Voraussetzung, dachte Kerstin Holm.

Kleinlich.

Dann fasste sie einen Entschluss. Das überraschte sie. »Okay«, sagte sie und beugte sich zu ihrem Sohn hinunter. »Dann sehen wir uns erst morgen Nachmittag, Anders. Und sei ein lieber Junge.«

Er stöhnte zärtlich, drückte sie kurz und verschwand.
Die erste Nacht außer Haus.
Sie warf einen Blick auf das umschlungene Paar. Vickan, die Schöne, umschwärmt von einem klarblauen Bannkreis.
Das hatte die Sache entschieden. Eindeutig.
»Ruft mich an, wenn irgendwas ist«, sagte sie und hielt ihr Handy hoch. »Dann danke und tschüs.«
Sie zog die Tür hinter sich zu und ging langsam die Treppe hinunter, den Blick auf ihr Handy gerichtet. Als sie weit genug von der Tür entfernt war, wählte sie eine Nummer.
»Ja, Lena.«
»Bleibt es bei sieben, halb acht im Sturehof?«, fragte Kerstin Holm.
»Ja klar«, sagte Lena Lindberg verblüfft. »Ey, klasse.«
»Okay«, sagte Kerstin Holm. »Ich komme.«
Sie trat auf die Tomtebogata hinaus und machte sich auf den Weg nach Hause in die Regeringsgata. Um sich auf einen Abend mit einer ›Clique Singlefrauen‹ vorzubereiten.
Eine andere Art von Stress stellte sich ein.
Sie spürte das dringende Bedürfnis nach einem Flipchart.

23

Die Kaffeeflecken auf dem Fax hielten seine Gedanken in der Wirklichkeit fest. Sie waren so deutlich in dem schwachen Licht. Eine alte Reispapierkugel an der Decke war die einzige Lichtquelle in der Wohnung. Ein Erbstück aus der Wohnung seiner Eltern in Södra Botkyrka. Cilla hatte die Lampe nie aufhängen wollen, und so hatte sie zwanzig Jahre lang in der Garage gelegen. Und jetzt hing sie da in einer ziemlich dunklen Wohnung in Messer-Söder und sah verwundert aus. Verwundert darüber, nicht schon seit Jahrzehnten auf einer Müllhalde zu verrotten.

Und längst zu etwas anderem geworden zu sein.

Paul Hjelm hatte vergessen, Lampen zu kaufen.

Er brauchte eigentlich keine – in wenigen Tagen war die hellste Nacht des Jahres –, doch die Häuser auf der gegenüberliegenden Seite der Slipgata verdeckten den hellen Abendhimmel. Und alle anderen Himmel auch, was das betraf. Die Wohnung war dunkler, als ihm von seiner ersten Besichtigung her in Erinnerung war.

Er sah sich um. Die Umzugskartons aus Norsborg waren noch nicht ausgepackt. Noch nicht angerührt, genauer gesagt. Er wollte sie nicht anrühren.

Und das Klavier hatte er noch keines Blickes gewürdigt.

Auf einem Bügel an der Garderobentür hing der Armani-Anzug wie ein blutarmer Bürokratenkörper, komplett mit weißem Hemd und gebundenem Schlips. Er selbst trug sein altes Leinenjackett, hinter dessen Anschaffung Jorge Chavez gesteckt hatte, und dachte an alte Zeiten.

Wie der klassische Polizeichef.

Er nahm einen Schluck Whisky. War er wirklich der Richtige, um in einen dieser geschiedenen, deprimierten und leicht alkoholisierten Einzelgängerbullen verwandelt zu werden, die in schwedischen Krimis vorherrschten? Nein, verdammich. Er hatte einen Job zu machen – und sein Job war, Jorge zu schützen. Sonst nichts.

Unruhe erfasste ihn, und die hatte nicht nur mit dem Fall zu tun. Sie ließ ihn eher Ekel empfinden, in erster Linie Ekel vor sich selbst. Was war es, zu dem er sich verwandelte?

Nein, es war eine andere Art von Unruhe. Eine physische Unruhe.

Er wandte sich wieder dem kaffeefleckigen Fax zu. Neben den meisten Namen auf der Liste stand eine Zahl, die die Bandposition auf einem Tonbandgerät angab. Acht Personen, die dem anonymen Anrufer zufolge Jorges Schuld bezeugen konnten. Fünf von ihnen hatte er telefonisch erreicht sowie einen Extrabonus.

Das Resultat konnte durchaus als erfreulich betrachtet werden, wenngleich die Freude nicht ganz ungetrübt war.

Was die Schwere des vermeintlichen Vergehens betraf organisierter Verkauf von Marihuana, Haschisch, Crack, Ecstasy, Kokain, Heroin, Amphetamin, Rauchheroin, also das ganze Drogenspektrum –, zeigten sich die mutmaßlichen Zeugen erstaunlich verständnislos. Der Jazzclub Majls in Sundsvall galt allgemein als angenehmes Lokal. Kurz und gut.

Also weit entfernt vom ›Umschlagplatz für Rauchheroin in Norrland‹.

Das Problem war: Wenn die Vorwürfe haltlos waren, steckten andere Motive dahinter. Und die schienen nicht ganz lupenrein zu sein. Wenn nicht direkt widerlich.

Die Liste mit acht Namen enthielt drei Polizeibeamte, Chavez' früheren Chef bei der Kripo in Sundsvall, Emil Mårdström sowie die Kollegen Bengt Eriksson und Rickard Blomdahl. Dazu zwei Musikerkollegen, Stig Nilsson und Rocke Rööf, und einen Mitinhaber des Majls, Micke Furberg. Die beiden letzten Namen auf der Liste waren weiblich: eine Unbekannte namens Eva-Liza Besch sowie die Sekretärin Ann-Charlotte Stefansson von der Sozialbehörde in Sundsvall. Mit fünf der mutmaßlichen Zeugen hatte Paul gesprochen: Mårdström, Eriksson, Nilsson, Rööf und Stefansson. Blomdahl, mittlerweile Kommissar bei der Interpol-Einheit der Reichskriminalpolizei, war überhaupt nicht zu sprechen. Und weder Eva-Liza Besch, deren Identität unklar blieb, noch Furberg, der jetzt einen Rockclub in Eskilstuna betrieb, waren zu erreichen. Mårdström und Stefansson hatten noch ihre Posten in Sundsvall inne, Eriksson arbeitete für eine private Sicherheitsfirma in Enköping, und die in Stockholm ansässigen Nilsson und Rööf schlugen sich, ihren eigenen Angaben zufolge, weiterhin ›als Musiker durch‹.

Er zog das kleine Tonbandgerät heran und spulte vor auf Position 876.

»Rööf«, sagte eine heisere Stimme.

»Heißen Sie wirklich so?«

»Ich rocke Ihnen den Arsch ab, yes. Rocke Rööf speaking.«

Hjelm konnte ein Lächeln nicht unterdrücken. Er spulte ein Stück vor.

»Drogen?«, sagte Rocke Rööf. »Ich streite alles ab.«

»Sie haben nie gehört, dass im Majls Drogen gehandelt wurden?«

»Nie. Ich streite alles ab.«

»Okay. Wissen Sie, wer der Besitzer des Majls war?«

»Besitzer?«, sagte Rocke Rööf. »Nein, weiß ich nicht. Ich weiß nicht, ob überhaupt jemand das Majls besessen hat. Es waren mehrere, die es betrieben. Also Micke natürlich, Micke Furberg, ein richtiger Kümmeltürke, und dann noch ein paar. Suppan, ja, und dann Gurgel, und außerdem, ja klar, er war Bulle, genau wie Sie, Helmut, Spanier, glaub ich. Jorge irgendwas. Guter Bassist.«

»Helmut?«

»Hjelm, Helmet, Helmut. Whatever. Wenn jemand das Majls besaß, würde ich auf Micke Furberg tippen. Er hat bezahlt.«

»Wer waren die anderen? Suppan und Gurgel?«

»Ja, was weiß ich. Richtige Stümper. Holten Sinfonierocker aus Lappland ran. Ganz gute Musiker, aber kein Blues. Verstehn Sie?«

»Wissen Sie, wie sie hießen?«

»Suppan und Gurgel. Ich dachte, das hätte ich gesagt.«

Hjelm drückte die Stopptaste und spulte bis 1346 vor.

»Suppan und Gurgel?«, sagte Kommissar Emil Mårdström. »Nein, keine Ahnung. Nichts, was es bei mir klingeln ließe.«

»Stimmt es, dass im Majls Razzien durchgeführt wurden?«

»Ich habe eine vage Erinnerung daran, ja. Es gab Gerüchte wegen Drogen. Aber das haben die Kollegen von der Drogenfahndung gemacht. Und ich vermute, dass das hier irgendwas mit Chavez zu tun hat?«

»Es hört sich ja problematisch an, Polizist zu sein und ein Lokal zu betreiben, in dem die Drogenfahndung Razzien macht.«

»Ich weiß nicht, in welchem Umfang er das Lokal tatsächlich ›betrieb‹. Soweit ich mich erinnere, waren es eigentlich nur Musiker. Ich glaube, er half vor allem dabei, andere Musiker ranzuholen. Aus Stockholm. Für mich war das kein Problem. Wir hatten andere Probleme, die schlimmer waren.«

»Welche zum Beispiel?«

»Schwierigkeiten ganz allgemein bei der Zusammenarbeit. Er war ein aufsässiger kleiner Nervbolzen. Wollte immer alles auf seine Art und Weise machen. Ich musste ihn an einer ziemlich kurzen Leine halten.«

»Schreibtischdienst?«

»Ich höre, dass er Mist über mich verbreitet hat. Bist du der Paul Hjelm? Chavez' Partner in der A-Gruppe?«

»Früher einmal, ja. Wie gesagt, ich bin jetzt Leiter der Stockholmer Abteilung für Interne Ermittlungen.«

»Und du ermittelst in einem Fall, der Chavez betrifft? Ist da nicht ein bisschen Befangenheit im Spiel?«

Paul Hjelm betrachtete das Tonbandgerät und schüttelte den Kopf. Verflucht noch mal, dass man sich auch vorstellen musste. Man sollte einen Decknamen haben. Ein Pseudonym. Dann gäbe es weniger Nervkram.

Er spulte vor auf 1812. Ein stark knisterndes Mobiltelefon mit Störungen und metallischen Stimmen.

»Behauptet jemand, ich hätte vorgeschlagen, die Razzia im Majls zu machen?«, sagte Bengt Eriksson, Wachmann bei einem Sicherheitsdienst in Enköping, mit stark verzerrter Stimme.

»Habe ich das behauptet?«, fragte Paul mit bedeutend klarerer Stimme.

»Es hört sich so an. Er hat wohl gejammert, der schwule Kanakenzwerg. Es war die Hölle, mit ihm zusammenzuarbeiten, das kann ich dir sagen.«

»Ich höre dich nicht richtig. Wirklich ein verflucht schlechter Empfang.«

»Das ist überall so in diesem beschissenen Land. Swinski ryju!«

»Was sagst du? Wo bist du überhaupt?«

»Das kann dir doch egal sein«, sagte Bengt Eriksson. »Was willst du eigentlich?«

»Warum warst du der Meinung, dass im Majls eine Razzia stattfinden musste?«

»Weil es eine verdammte Drogenhöhle war. Mit einem sogenannten Einwandererpolizisten mittendrin. Aber es war nicht meine Idee. Das kannst du nicht behaupten.«

»Was war das Ergebnis der Razzia?«

»Nichts. Fehlanzeige. Es gab kaum ein alkoholfreies Bier in dem Laden, obwohl es förmlich aus den Wänden stank nach Drogen und illegalem Alkohol. Man hatte sie gewarnt.

Und wer sie gewarnt hatte, kann man nur raten. Der dürfte nicht mehr bei der Polizei sein. Und stattdessen ... Na ja, scheiß drauf. Jemand hat ihn gedeckt, das war klar.«

»Ich höre nicht richtig, was du sagst. Warum hast du bei der Polizei aufgehört?«

»Nein, jetzt versteh ich kein Wort mehr. Jetzt mach ich Schluss.«

Paul Hjelm rieb sich die Augen und spulte vorwärts auf 2308.

»Ja, ich bin Stig Nilsson. Ich habe ein paarmal im Majls gespielt. Richtig dufter Laden, dafür, dass es in einer Kleinstadt war.«

»Haben Kleinstädte nicht oft die besten Jazzclubs?«

»Okay, die haben oft die richtigen Freaks. Da haben die Leute Zeit, Musik zu hören. Ich glaube, im Majls waren die Marsalis-Brüder. Ich frage mich, ob Jorge nicht mit Wynton zusammen gespielt hat. Und weiß der Kuckuck, ob nicht auch Kenny Kirkland dabei war.«

»Was war das Majls für ein Lokal? Wie wurde es geführt?«

»Wie gesagt, ich habe nur ein paarmal da gespielt. Geführt wurde es ja von Micke.«

»Micke Furberg? Der Kümmeltürke?«

»Aha, ich höre, Sie haben mit Rocke Rööf geredet. Er nennt alle, die er mag, Kümmeltürken. Was das heißen soll, weiß kein Mensch.«

»Waren noch andere beteiligt?«

»Wenn ich mich richtig erinnere, war es eine Art ideelle Vereinigung. Sie haben keinen Gewinn gemacht. Es gab einen Vorstand. Micke war der Vorsitzende, ein Enthusiast aus dem Ort war zweiter Vorsitzender, ein bärtiger Typ, der Suppan genannt wurde, glaube ich, er kann Sundberg geheißen haben oder so ähnlich, Jorge war als Stellvertreter dabei oder so, aber das Finanzielle hat Gurgel gemacht, und zwar verdammt schlecht – das war ein richtiger Raucher.«

»Raucher?«

»Rauchte so ziemlich alles. Immer ziemlich bekifft.«

»Kam das im Majls häufig vor?«

»Was? Rauchen? Nein, eigentlich nicht. Nur eben Gurgel. Natürlich kam es vor, dass jemand mal einen Joint geraucht hat. Aber das Lokal war ziemlich clean. Ich habe bedeutend Schlimmeres gesehen.«

»Und Jorge?«

»Nein, ich glaube nicht. Und ich selbst habe immer versucht, mich cool zu verhalten, wenn es um Drogen ging. Drogen sind ja in den Kreisen gang und gäbe, um es mal so zu sagen.«

»Aber im Majls nicht mehr als in anderen Lokalen?«

»Eher weniger, würde ich sagen. Es saß ein Bulle im Vorstand, herrje. Wenn sich etwas in organisierter Form abgespielt hat, dann haben sie es jedenfalls vor ihm geheim gehalten. Allerdings frage ich mich, ob ich Jorge nicht auch ein paarmal habe mitrauchen sehen. Er hat davon erzählt, dass er in seinem Job die Hölle hatte. Schikanen und solche Scheiße. Rassisten. Das war bei der Polizei wohl nichts Ungewöhnliches.«

»Hat er jemand besonders erwähnt?«

»Einen, der Eriksson hieß, glaube ich. Bernt Eriksson oder so ähnlich.«

»Bengt Eriksson?«

»Kann gut sein.«

Dann das Unangenehme. Paul Hjelm durchfuhr ein Frösteln, als er seine leicht ausweichende Stimme vom Band hörte: »Also Jorge hat ›mitgeraucht‹? Was denn? Heroin?«

»Nein, nein. Nur ein bisschen Gras. Ich habe es nur ein- oder zweimal gesehen. Es sah nicht nach einer Gewohnheit aus.«

»Woher bekam er es?«

»Hören Sie mal zu. Es wäre lächerlich, ihn deswegen festnageln zu wollen. Ich hätte nichts davon sagen sollen. Ein paar Züge bloß. Und Heroin habe ich nicht gesehen. Ich weiß nicht mal, ob es das damals schon gab zum Rauchen.«

»Manche Leute sagen, das Majls wäre der Umschlagplatz für Rauchheroin in Norrland gewesen.«

Stig Nilsson lachte laut. »Das hört sich eher nach dem Fuchs und den sauren Trauben an. Albern.«

»Und dieser Gurgel. Was wissen Sie noch über den?«

»No, sorry. Nur ein Gesicht. Aber ich erinnere mich, dass eine Sekretärin von der Sozialbehörde hinter ihm her war.«

Hjelm spulte vor auf 2805.

Eine klare Frauenstimme, die der Sekretärin Ann-Charlotte Stefansson gehörte, sagte mit einem leichten Lachen: »Gurgel? Ja, natürlich. Unsere lokale Tragödie. Unglaublich starke Konstitution. Er kifft einfach immer weiter. Scheint unheimlich viel zu vertragen.«

»Wie heißt er?«

»Gunnar Urbansson. Gurgel. Im Augenblick ist er auf Entzug. Es ist das dreizehnte Mal. Er muss jetzt jede Woche rauskommen.«

»Und er war also für die Finanzen des Majls zuständig?«

»Ja, so kann man es vielleicht nennen. Sie sind in Konkurs gegangen, natürlich. Im Herbst achtundneunzig, wenn ich mich richtig erinnere.«

»Wer war da noch im Vorstand? Wissen Sie das?«

»Er war zuletzt der Einzige. Es ging ziemlich rasant den Bach runter, nachdem die Vernünftigen, die immer noch dafür gesorgt hatten, dass er auf dem Teppich blieb, ausgestiegen waren. Es fing an mit Chavez, dem Polizisten, dem Klugen, der alles zusammenhielt. Er bekam eine Stelle in Stockholm. Dann ging Micke Furberg nach Eskilstuna. Hat da einen Club aufgemacht, mehr profimäßig. Am Ende blieben nur noch Gurgel und Suppan übrig. Ein richtiges Rattennest.«

»Woher wissen Sie so viel darüber?«

»Mein Arbeitsbereich war der Drogenmissbrauch in

Sundsvalls Kneipen. Die Polizei führte ziemlich früh, ich glaube, fünfundneunzig, eine völlig unmotivierte Razzia durch. Danach musste ich ein Auge auf das Lokal haben. Aber es war nie was. Ich hatte ziemlich guten Kontakt mit Chavez. Er passte auf Urbansson auf. Man kann sagen, dass wir zusammengearbeitet haben.«

»Und Chavez selbst?«

»Nein, nichts. Seine Rolle war nicht ganz einfach. Er musste ja auch im Majls ein bisschen Polizist sein. Micke Furberg war es egal, ob gekifft wurde, Hauptsache, es kamen Leute. Suppan war und ist bis heute total weltfremd. Ein Jazzfanatiker ohne jeden Durchblick, was die Außenwelt angeht.«

»Und gleichzeitig war es für Jorge der Ort, wo er durchatmen konnte?«

»Ganz bestimmt. Nach meiner Erfahrung kann man, wenn man Musik macht, Rock oder Jazz, gar nicht umhin mitzukriegen, dass dabei reichlich Drogen im Spiel sind. Er liebte die Musik. Er hat in Kauf genommen, dass um ihn herum Drogen konsumiert wurden. Man kann nicht ganz sauber bleiben.«

»Er war also nicht ganz sauber?«

»Ich meine saubere Hände. Klar hat er eine Menge Dinge mitgekriegt, die er, rein formell gesehen, hätte melden müssen. Aber wer lebt schon ein rein formelles Leben?«

»Sie haben also nie gesehen, dass er Drogen genommen hat?«

»Jorge Chavez? Nein, kaum. Ich frage mich, ob Gurgel ohne ihn heute noch leben würde.«

»Noch eines: Sagt Ihnen der Name Eva-Liza Besch etwas?«

»Besch? Nein. Nein, ich glaube nicht. Aber es waren immer Mädchen da. Mädchen, die Musiker lieber mögen als Musik, um es mal so zu sagen.«

»Können Sie sich melden, falls Sie noch darauf kommen?«

»Klar, natürlich«, sagte Ann-Charlotte Stefansson, Sekretärin bei der Sozialbehörde.

»Und Suppan? Sundberg?«

»Alvin Sundqvist. Er arbeitet jetzt bei der Stadtverwaltung in der Kulturabteilung. Aber er kriegt nie was auf die Reihe. Lebt hoch über den Wolken.«

»Und Gunnar Urbansson sollte man also erreichen können?«

Untermalt von einem tiefen Seufzer, ließ Hjelm das Band auf 3314 vorlaufen. Ganz in Übereinstimmung mit seinem schicken, ausgeklügelten Schema.

»Uäääkrrrääächz.«

»Fühlen Sie sich jetzt besser?«

»Ja, klar doch. Und selbst?«

»Als ob der Hörer ziemlich verschleimt wäre. Erzählen Sie jetzt vom Majls, Gurgel.«

»Ein stilvolles Etablissement im Stadtkern von Sundsvall.«

»Wo Sie schwer drogenabhängig geworden sind.«

»Hören Sie mal. Ich bin entgiftet. Fast, auf jeden Fall. Und ich bin nicht da drogenabhängig geworden, wie Sie es so süß bezeichnen. Im Gegenteil, könnte man sagen. Da bin ich überhaupt auf andere Gedanken gekommen.«

»Im Majls kamen also keine Drogen vor.«

»Ich glaube nicht, dass ich das gesagt habe.«

»Was haben Sie denn gesagt?«

»Dass ich da auf andere Gedanken gekommen bin. Aber klar, dass es Drogen gab. Es war ein Jazzclub.«

»Also haben Sie ein bisschen verkauft, um die Einnahmen zu strecken?«

»Sehr wenig. Micke, Suppan und ich, wir haben das Geschäftliche betrieben. Ist das nicht übrigens verjährt?«

»Für Sie, Micke und Suppan ist es das wohl.«

»Wir haben die tägliche Plackerei erledigt.«

»Waren Sie nicht mehr Leute im Vorstand?«

»Doch, aber Jorge spielte nur. Und besorgte Musiker aus Stockholm. Micke hat das Publikum rangeholt. Hauptsache, es kamen Leute, dann war er mit allem einverstanden.«

»Jorge?«

»Nein, Micke. Er ließ mich ein bisschen dealen. Nicht sehr viel. Ist es auch sicher, dass das inzwischen verjährt ist? Ich bin im Begriff, ein gesetzestreuer und giftfreier Bürger zu werden.«

»Keine Sorge. Erzählen Sie weiter.«

»Also, wenn jemand nicht lockerließ, konnte ich ein bisschen was zum Rauchen rausrücken. Das war alles. Hasch und Marihuana.«

»Kein Rauchheroin?«

»Es kann vorgekommen sein, aber ich habe absolut nichts dergleichen verkauft. Wo hätte ich es herhaben sollen? Ich war Kiffer, kein Dealer.«

»Was haben die anderen dazu gesagt, dass Sie Hasch verkauft haben?«

»Suppan dachte nur in Riffs und Tonfolgen und rhythmischen Figuren. Rein theoretisch. Micke hat ein Auge zugedrückt; es trug dazu bei, dass Leute kamen. Und Jorge hat versucht, es mir auszureden.«

»Hat Jorge selbst nichts genommen?«

»Dann und wann konnte er mal mitrauchen. Kleine Züge. Hauptsächlich, um nicht als Spielverderber dazustehen, war mein Eindruck. Wenn ich heute, wo ich clean bin, an die Zeit zurückdenke, war er mein einziger wirklicher Freund. Ja, doch. Der Rest waren Kifferkumpel.«

»Erinnern Sie sich an eine Razzia? Irgendwann fünfundneunzig?«

»Ein mieser Arsch hat mich verprügelt. Und Micke hat auch ein paar Schläge mitgekriegt.«

»Und Jorge?«

»Er war nicht da. Ich weiß nicht mal, ob er da schon angefangen hatte.«

Paul Hjelm schaltete das Tonbandgerät ab. Die anschließende Stille hallte bedeutend schlimmer als die Worte.

Das Bild war wirklich nicht glasklar, aber es war etwas deutlicher geworden. Wenn man sich in Musikerkreisen bewegt, kommt man unvermeidlich mit Drogen in Kontakt. Jorge hatte bestimmt vieles gesehen, wahrscheinlich auch den einen oder anderen Zug getan, aber der Verkauf schien in äußerst bescheidenem Umfang und ganz ohne Jorges Verschulden vor sich gegangen zu sein. Wahrscheinlich hatte er versucht, ihn zu unterbinden. Er hatte in Emil Mårdström einen ihm übelwollenden Chef und in Bengt Eriksson einen ihm noch übler wollenden Kollegen. Bei Musikern, Mitarbeitern und Sozialarbeitern genoss er allgemein Respekt.

Doch theoretisch war es immer noch möglich, dass er in irgendeine Form von Drogengeschäft verwickelt war, von dem die offenbar mediokren Figuren in seiner nächsten Umgebung keine Ahnung hatten. Suppan und Gurgel. Es galt, diese Möglichkeit auszuschließen. Dann war sein Job klar. Volle Rückendeckung, falls der Idiot von Angeber auf die Idee käme, sich an die Polizeiführung oder die Presse zu wenden.

Und immer noch war unklar, worum es bei der anonymen Anzeige eigentlich ging.

Ein anderer Teil von Paul Hjelm dachte: War es Jorge wirklich gelungen, Wynton Marsalis und Kenny Kirkland nach Sundsvall zu holen? Das kam ihm gewaltig vor.

Eine Weile saß er im Halbdunkel von Messer-Söder. Die sonderbare Unruhe in seinem Körper hatte sich noch nicht gelegt. Langsam begann er zu akzeptieren, was es war. Er warf einen Blick auf das Buch, das aufgeschlagen neben dem Fax und dem Tonbandgerät lag. Es war ein dunkler, ziemlich dicker Roman mit einem Sternenhimmel auf dem Umschlag. Paul Hjelm gefiel er, ein eigenartiger historischer Roman. Doch etwas anderes zog ihn, etwas, was stärker war als das Buch, eine Unruhe, die der Widerwille dagegen war, allein zu sitzen und deprimiert zu sein, die das Bedürfnis nach Handlung war, die der Sirenengesang des Geschlechts war.

Nein, heute kein Leseabend. Etwas anderes.

Jorge konnte er kaum anrufen. Aus vielerlei Gründen. Und Freunde, die Singles waren, hatte er ganz einfach nicht. Es war an der Zeit, zum ersten Mal seit fünfundzwanzig Jahren das Leben als Single auszuprobieren.

Er stand auf und nahm seinen Anzug von der Garderobentür. Sollte er darin als Single agieren? Verkleidet. Doppelt verkleidet. Nja.

Gleichzeitig überlegte er, wohin er gehen sollte. Es gab verschiedene Lokale im Umkreis von Messer-Söder, aber das kam ihm nicht richtig vor. Lieber gleich aufs Ganze gehen. Das denkbar schlimmste Singlelokal nehmen. Zum Beispiel Stureplan.

Er beschloss, sein abgetragenes Leinenjackett anzubehalten. Und ein T-Shirt. Er konnte nicht als jemand ausgehen, der er nicht war. Den Anzug betrachtete er mehr und mehr als Uniform; auf seltsame Weise hatte er sich im Kreis bewegt und war jetzt wieder im Streifendienst. Mit ein bisschen mehr Geld in der Tasche.

Nein, dachte er. Klar wage ich es. Klar wage ich, ich selbst zu sein und im Sturehof ein Bier zu trinken. Ganz allein.

24

Lena Lindberg war vierunddreißig Jahre alt und wusste, dass sie jünger aussah. Zehn Jahre lang hatte sie dem Bereitschaftsdienst der City-Polizei angehört. Schwedens härtester Job. Und sie war mit intakter Ehre daraus hervorgegangen. Immer freundlich, immer mit einem Lächeln auf den Lippen. Manchmal kam sie sich vor wie eine Stewardess. Als sie auf einem Podium auf Sergels Torg stand und vom Stockholmer Einzelhandel die Auszeichnung ›Freundlichste Polizistin des Jahres‹ entgegennahm, konnte sie sich während der gesamten Zeremonie ein Lächeln nicht verkneifen. Aber das merkte bestimmt keiner.

Auch die Junkies, die sie mit dem hinteren Teil des Schlagstocks traktierte, ahnten es nicht im Voraus. Sie zeigte ihr sexy Lächeln und machte sie fertig. Es war sehr effektiv gewesen.

Vom Podium auf dem Sergels Torg aus erkannte sie einige Schatten hinter den Säulen. Einige abweichende Meinungen. Dass sie keineswegs die ›Freundlichste Polizistin des Jahres‹ war.

Welch eine Befreiung, zur Kriminalpolizei zu kommen. Sich die verdammte Uniform abzustreifen, das Haar offen zu tragen, den blutbesudelten Gummiknüppel fortzuwerfen und ihren gepiercten Bauchnabel zeigen zu können. Der nie aufhörte zu eitern.

Sie stopfte das wenig glamouröse Doppelspiel in den sorgfältig verschlossenen Tresor des Vergangenen und wurde ein neuer Mensch. Eine gute, professionelle Kriminalinspektorin. Sie war im Paradies gelandet. Mit der Superfrau Sara Svenhagen an ihrer Seite und der souveränen Kerstin Holm als Chefin. Besser konnte es nicht werden.

Es war ein Geschenk. Sie wusste nicht, womit sie das verdient hatte.

Sie wollte zurückgeben. Sie meinte, bei Kerstin etwas Unfreies zu erkennen, und daran würde sie etwas ändern können. Mit ihrer eigenen Form von Erfahrung.

Hier lag nämlich ihre Stärke.

Im Kneipenleben.

Sie war vierunddreißig und hatte in ihrem ganzen Leben noch keine feste Beziehung gehabt. Es bekümmerte sie nicht im Geringsten. Vermutlich sagte es wenig Schmeichelhaftes über sie aus. Aber das war ihr scheißegal.

Sie saß mit drei Frauen an einem hinteren Tisch im Erdgeschoss des Restaurants Sturehof am Stureplan und quatschte. Drei Frauen wie sie, Freundinnen von der Polizeihochschule vor zwölf, dreizehn Jahren, eine zwar mit einem Kind, eine andere zwar mit einer Scheidung hinter sich – aber im Grunde glichen sie sich. Der Umgangston war rau, aber herzlich, wie es zu heißen pflegt, wenn Männer sich hemmungslos benehmen. Und das Gespräch drehte sich in betrüblich hohem Maß um Männer. Hass auf Männer – und den verfluchten Hang zu Männern.

»Frauen verstehen was von Beziehungen«, sagte eine.

Und es wurde gelacht.

Okay, es war ziemlich witzig. Eine schreckliche Plattitüde, die in den Medien unaufhörlich wiedergekäut wurde.

In Wirklichkeit verstanden Frauen nicht mehr von Beziehungen als Männer. Sie waren nur auf ganz andere Weise schlecht.

Dann kam Kerstin Holm, und alles wurde anders.

Sie war schön auf die Art einer reifen Frau, dachte Lena, ohne sich des Klischees zu schämen. Ein Hauch von Makeup verstärkte das Dunkle an ihr, der schmale, zarte Körper war unaufdringlich in einfache schwarze Sachen gehüllt. Verhalten und wahrscheinlich wahnsinnig attraktiv für eine bestimmte Sorte Männer.

»Hej«, sagte Kerstin Holm.

»Hej«, sagte Lena Lindberg.

Und danach verschwanden die anderen auf merkwürdige Art und Weise. Kerstin verbreitete etwas um sich, an das Lena nicht gewöhnt war. Man konnte nicht einfach mit ihr quatschen. Es war unmöglich. Auch wenn es lustig war, war es ernsthaft. Lena war sensibel genug, um zu verstehen, dass Kerstin aus einer Erfahrung heraus sprach, der sie selbst sich noch nicht einmal genähert hatte, und sie war klug genug, nicht zu versuchen, sie zu ihrer eigenen zu machen. Es war ganz einfach etwas anderes.

Es wurde ein vertrauliches Gespräch, ohne jedes Gehabe, und Kerstin, ihre Chefin in der legendären A-Gruppe, erzählte ganz unverblümt aus ihrem Leben. Als wäre es ihr ein Bedürfnis, ohne dabei aufdringlich oder übertrieben selbstbezogen zu sein.

Der Teil, der von ihrer Beziehung zu einem Kollegen namens Dag Lundmark handelte, war empörend. Lena Lindberg fand sich selbst direkt abgeklärt, vielleicht sogar auf eine urbane Weise zynisch, aber angesichts der Geschichte mit ›Rosenrot‹ fiel es ihr schwer, diese Attitüde aufrechtzuerhalten.

Am Ende saßen sie nur da, zwei vom Leben ziemlich mitgenommene, aber dennoch intakte Menschen, und betrachteten einander. Aus einem fernen Hintergrund drangen Geräusche herüber. Es war das Rauschen der Außenwelt.

Schließlich sagte Lena: »Und was ist jetzt? Heute?«

»Männer, meinst du? Nein, nichts, nicht seit dem Pastor.«

»Dem krebskranken Pastor? Aber das muss drei Jahre her sein.«

»In den letzten Tagen habe ich etwas gespürt. Ich weiß nicht richtig, was. Irgendetwas hat sich geöffnet. Eine Art Lebenstrieb.«

Lena Lindberg beugte sich vor. Normalerweise hätte sie eine hammerharte Bemerkung über den Bedarf nach einem richtig robusten Pferdepenis gemacht, doch das kam ihr vor wie in einem anderen Leben. Sehr vorsichtig sagte sie: »Glaubst du nicht, dass du jemanden brauchst? Du musst ja nicht den Rest deines Lebens mit ihm verbringen.«

Kerstin Holm lächelte schwach. Als dächte sie an jemanden im Besonderen. Und als dächte sie mit einem gewissen Zorn an ihn. »Ich muss jetzt eines«, sagte sie.

»Was denn?«

»Aufs Klo.«

Und damit verschwand sie.

Sie ging langsam durchs Lokal. Überall waren Menschen. Es war Dienstagabend. Dieses unendliche, nie versiegende menschliche Bedürfnis. Sie hatte ein paar Bier intus und brauchte das Gefühl, dass ihre Schuhe wirklich auf dem Boden aufsetzten. Wie bei einem Menschen, der richtig ging. Mit richtigen irdischen Schritten. Sie kannte Lena Lindberg kaum, dennoch hatte sie ihr alles erzählt. War das richtig gewesen? Warum hatte sie es getan? Gab es einen Hintergedanken dabei, der ihr selbst nicht klar war? Oder war es nur ein elementares Bedürfnis? Sie ging die Treppe zur Toilette hinunter, und das bläuliche Licht erinnerte sie stark an einen blauen Bannkreis. Dessen Bann jetzt gebrochen war. Sie ging hindurch. Gefühle strömten durch ihren Körper. Prickelnd, ziehend. Drei Jahre Zölibat. Vor der Toilette war eine Schlange. Eine Weile stand sie da und dachte nach. Die Minuten vergingen, zehn, zwölf. War es wirklich denkbar? Eine Stimme in ihr sagte: ›Ich habe dir vielleicht falsche Signale gegeben. Das war nicht meine Absicht. Es tut mir leid.‹ Die Arroganz, deren es bedurfte, um so etwas zu sagen.

Die Schlange setzte sich noch ein gutes Stück jenseits der Toilettentür fort. Im selben Augenblick, in dem sie die Tür öffnete, schwang die Tür der Herrentoilette auf. Aber da war sie schon in der Damentoilette.

Aus der Tür trat ein Mann im verschlissenen Leinenjackett mit einer Kunststoffbrille. Er betrachtete die Schlange vor der Damentoilette. Ein Dienstagabend. Es war erstaunlich. Dieses unendliche, nie versiegende menschliche Bedürfnis. Er hatte ein paar Bier intus und brauchte das Gefühl, dass seine Schuhe wirklich auf dem Boden aufsetzten. Er stieg langsam die erste Treppe hinauf, drängte sich durch die Menschenmenge und erklomm die zweite Treppe, die zum Obergeschoss führte. Hier oben war es dunkler und rauer. Es passte ihm besser. Obwohl der Geräuschpegel genauso hoch war, eine Mischung aus allzu lauter Musik und allgemeinem Lärm. Er drängte sich zur Theke durch, um noch ein Bier zu bestellen. Das misslang ihm gründlich. Der Barkeeper schien ihn nicht zu sehen. Einen Moment hatte er die Vorstellung, unsichtbar zu sein. Er fing an zu kichern. Wie ein unsichtbarer Mann kichern kann. Ohne dass jemand es zur Kenntnis nimmt.

»Tatsächlich, so ist es«, sagte eine dunkle Frauenstimme. »Man kommt sich vor, als wäre man unsichtbar.«

Er blickte zur Seite und zog die Augenbrauen hoch. Eine Frau von ungefähr fünfunddreißig Jahren saß leicht gequetscht auf einem Barhocker direkt neben ihm. Sie war ziemlich unansehnlich und machte einen sympathischen Eindruck. Und seine Dankbarkeit darüber, dass sie den ersten Satz gesagt hatte, würde er nie unterschätzen. Außerdem traf der Satz genau ins Schwarze.

»Sie lesen meine Gedanken«, sagte er. »Wie unheimlich.«

»Das denken die meisten hier an der Theke«, sagte sie. »Es sei denn, sie sind Verkäufer.«

»Verkäufer?«

»Die meisten hier sind Verkäufer«, sagte sie, »in der einen oder anderen Form. Lieben es, sich hinzusetzen. Die sieht der Barkeeper. Das scheint ein Naturgesetz zu sein.«

»Darwin«, sagte er und wedelte vergeblich mit seinem Fünfzigkronenschein. Schließlich gab er es auf und wandte sich der Frau zu. »Ich heiße Paul«, sagte er. »Ich bin kein Verkäufer.«

»Ich auch nicht«, sagte sie. »Ich heiße Christina.«

Der nächste Satz hätte problematisch sein können, dachte Paul einen Tag später, doch genau in dem Moment kam er ihm nicht im Geringsten problematisch vor. Vielleicht war das Reife. Dass der nächste Satz tatsächlich keine größere Rolle spielte. Er hätte sagen können: ›Kommst du oft her?‹, ohne dass es eine Katastrophe gewesen wäre. Aber er sagte: »Ich hatte fest vergessen, wie es zugeht in der Kneipe. Dieses Gesetz des Dschungels. Im Krieg und in der Liebe ist alles erlaubt.«

»Dann ist das hier also Liebe?«

»Krieg ist es doch wohl nicht?«, sagte Paul Hjelm vorsichtig.

»Häufig doch«, sagte die Frau und musterte ihn. »Krieg zwischen Männern und Frauen, Krieg zwischen den Geschlechtern.«

»Darauf verzichte ich gern. Wenn das überhaupt möglich ist.«

»Lass uns nicht fragen, was wir beruflich tun«, sagte die Frau. »Es ist schön, um so etwas herumzukommen.«

»Da bin ich deiner Meinung«, sagte er.

»Es ist ziemlich laut hier«, sagte sie.

Ja, dachte er. Und bald ist Mittsommer. Also lass uns gehen.

»Wollen wir woandershin gehen?«, fuhr Christina fort.

»Warum nicht?«, sagte Paul und lächelte. »Hast du einen Vorschlag?«

»Hast du bei dir zu Hause schon ausgepackt?«, fragte sie.

Sein Herz schlug schneller. Es überwand eine Schwelle und schlug auf einmal mit spürbar höherer Frequenz.

»Meinst du das, was ich vermute?«

»Die Scheidungssachen«, nickte sie. »Stecken sie noch in den Umzugskartons?«

Er lachte überrascht. »Sprichst du aus eigener Erfahrung?«, fragte er.

»Ja«, sagte sie und zeigte ein gewinnendes Lächeln. »Meine stehen noch da.«

»Meine auch«, sagte er.

Als sie das Lokal verließen, konnte er es nicht glauben. Er war aufgerissen worden, von einer Frau in der gleichen Situation wie er. Ohne sich im Geringsten anzustrengen. Es war wie ein Traum. Und er handelte, als wäre es ein Traum. Sein Herz zog sich zurück über die Schwelle und fiel wieder in seinen üblichen Trott. Alles war leicht. Sie gingen die Treppe hinunter und bewegten sich auf den Ausgang zu. In einem Spiegel sah er den Umriss einer Frau auf dem Weg zu einem Tisch im hinteren Teil des Sturehof. Erst draußen auf dem Stureplan kam ihm in den Sinn, dass er den Umriss kannte. Aber es konnte nicht Kerstin sein. Er musste ein Gespenst gesehen haben. Er beeilte sich und holte Christina ein, die schon ein Taxi herangewinkt hatte.

Kerstin Holm kam von der Toilette zurück. Die Schlange war auch hinter der Tür noch lang gewesen. Auf dem Weg zurück zum Platz meinte sie, einen gut bekannten Rücken zu sehen, der das Lokal verließ. Aber es konnte nicht Paul sein. Sie musste ein Gespenst gesehen haben.

Als sie an ihren Platz zurückkam, saß dort ein Mann. Sie gab Lena Lindberg einen langen, doch nicht direkt überraschten Blick. Lena lächelte sanft und nickte kurz. Wie eine Bestätigung. Ein Gütezeichen der Prüfstelle. Ein Qualitätsstempel.

Und die drei Freundinnen waren verschwunden.

»Hej«, sagte der Mann und stand auf. »Habe ich vielleicht deinen Platz besetzt?«

»Rutsch nur rein«, sagte Kerstin Holm. »Ich passe schon noch hin.«

Der Mann war eindeutig jünger als sie, an die dreißig, dunkel und sportlich, das halblange Haar in einem Pferdeschwanz zusammengefasst. Und sein Blick war angenehm braun. Er lächelte sie an. Vielleicht ein bisschen zu breit, vielleicht ein bisschen zu geübt. Vielleicht auch nicht.

»Das ist Viktor«, sagte Lena und nahm einen Schluck Bier. »Er ist Lehrer.«

»Hej, Viktor«, sagte Kerstin und verschluckte ihre Zunge.

So viele Hindernisse. Eine ganze Barrikade. Sie begriff, dass Lena in aller Stille Viktor für sie aufgerissen hatte. Er war eine Art Geschenk. Sie wusste nicht, ob sie dankbar war. Es lag so vieles im Weg. Bengt Åkesson und sein klarblauer Blick. Anders und die ganze Geschichte mit Dag Lundmark. Die tristen Bande des Vergangenen. Aber das hatte jetzt so lange da gelegen. Sogar ihre Therapeutin sagte, es sei an der Zeit für einen neuen Schritt ins Leben, und sie hatte genau auf dies hier angespielt. Und wie gesagt, es musste ja nicht für den Rest des Lebens sein. Als alleinstehende Mutter ohne großelterlichen Babysitter bekam man nicht so viele Chancen.

Und so übel sah er ja nicht aus. Viktor. Mit diesem Pferdeschwanz.

»Lena hat mir ein bisschen von dir erzählt«, sagte er.

»Was kann das denn gewesen sein?«, sagte sie und warf Lena einen raschen Blick zu.

»Vieles, was faszinierend klingt«, sagte Viktor und versuchte, ihren Blick festzuhalten. Doch der irrte noch umher.

»Was kann an mir schon Faszinierendes sein?«

»Soweit ich verstanden habe, hast du eine wichtige Stellung im öffentlichen Dienst inne. Vielleicht bist du meine Chefin.«

»Ich bin die Chefin von Lena und noch ein paar anderen. Nicht besonders vielen. Ganz bestimmt nicht deine. Was für ein Lehrer bist du?«

»Ich unterrichte Schwedisch und Mathe am Gymnasium von Kungsholmen. Viel mehr gibt es darüber nicht zu sagen. Ich rede lieber über dich.«

»Eine ungewöhnliche Kombination«, sagte Kerstin Holm, und ihre Zunge fühlte sich wie ein zäher Klumpen an.

»Ich glaube nicht richtig an die Grenzen zwischen den geisteswissenschaftlichen und den naturwissenschaftlichen Fächern«, sagte Viktor mit einem Schulterzucken. »Schwedisch und Mathe ergänzen sich gut. Das gibt ein bisschen Gleichgewicht im Dasein.«

»Braucht man Gleichgewicht im Dasein?«

»Ich brauche es jedenfalls im Moment. Meine Arbeit hat mir viel dabei geholfen, eine schwere Zeit zu überstehen. Ich liebe die Schüler und ihre Begeisterung.«

»Eine schwere Zeit?«

»Wir wollten doch von dir reden«, sagte Viktor mit einem schiefen Lächeln.

»Erzähl schon.«

»Meine Frau ist vor einem Jahr an Krebs gestorben. Mir ist es danach ziemlich schlecht gegangen.«

»Das tut mir leid. Hast du keine Kinder?«

»Wir wollten gerade Kinder haben, als sie die Diagnose bekam. Ausgerechnet Gebärmutterkrebs. Danach ging alles sehr schnell.«

»Das tut mir wirklich leid.«

»Das muss es nicht. Für mich war es gut, es sagen zu können. Jetzt weißt du es. Dass ich kein sorgloser Hallodri bin, falls du darauf aus warst.«

»Ich weiß nicht, ob ich auf etwas aus war. Aber jedenfalls nicht auf einen Hallodri. Was immer man darunter verstehen mag.«

Sie warf einen Blick zu Lena hinüber. Aber die war nicht mehr da. Kerstin Holm war allein und sich selbst und diesem Mann ausgeliefert. Und sie hatte nicht das Geringste dagegen, sich mit ihm zu unterhalten.

Sie hatte rundum ein gutes Gefühl.

Mit einem kleinen Lächeln bahnte sich Lena Lindberg einen Weg zum Tresen. Sie hatte rundum ein gutes Gefühl, und doch hatte sie einen kleinen Kloß im Hals. Einst hatte es für so etwas ein Wort gegeben. Kupplerin. Aber ihre Erfahrung sagte ihr, dass sie das Richtige gefunden hatte. Viktor war genau der Typ, den Kerstin brauchte.

Ein Kerl fürs Bett.

Na ja.

Sie bestellte einen Gin Tonic. Der Barkeeper sah sie sofort. Es war unfehlbar. Sie war nicht gerade der Typ, der am Tresen unsichtbar wurde. Von allen Seiten zog sie Blicke auf sich. Wie gewöhnlich. Müdigkeit überkam sie. Die Sexualobjektmüdigkeit. Blicke, die sie auszogen. Sie hatte plötzlich Lust, den Pulli hochzuziehen und ihren eiternden Bauchnabel zu zeigen.

Sie suchte einen Blick, der nicht ihren suchte. An einem Tisch saß ein Mann, den sie zu kennen meinte. Er hob den Blick von einem Buch und fing ihren Blick auf. Nein, eher umgekehrt. Er sah wieder in sein Buch. Der Unityp. Ein bescheuerter Ort, um sich hinzusetzen und zu lesen. Sie wurde ein bisschen neugierig. Vielleicht vor allem, weil er sich abwandte.

Sie ging hinüber und stellte sich an seinen Tisch. »Kann ich mich setzen?«, fragte sie.

Er sah auf wie aus einer anderen Welt, mager, blond und zerzaust und in einem verschlissenen, ungebügelten Hemd ohne Kragen. Sie musste sich eingestehen, dass sie eine Schwäche hatte für diesen Typ, den etwas ungepflegten, weltabgewandten, intellektuellen.

»Sind wir uns nicht schon einmal begegnet?«, sagte sie, weil sie nicht die Energie aufbrachte, sich eine originelle Einleitungsphrase auszudenken. »Ich kenne deinen Blick.«

»Meines Wissens nicht«, sagte er und schlug das Buch zu.

»Was kann man bei dem Lärm hier im Sturehof am späten Abend lesen?«

Er lachte und richtete seinen blauen Blick auf sie. »Nichts

Besonderes«, sagte er. »Ich habe es heute Nachmittag gekauft.«

»Nun komm schon. Wenn du allein hier bist, dann nicht zum Lesen, sondern um Frauen zu treffen. Und wenn du hier bist, wendest du den Blick ab, wenn eine Frau dich ansieht, und liest weiter.«

Er ließ die Andeutung eines Lächelns erkennen und hielt ihr das Buch hin. Es hieß *La perte sûr*. Von Georges Martin-Roucaud.

»Philosophie«, sagte er. »Es handelt davon, wie der Mythos übermächtig wird und uns einholt. Gerade in dem Augenblick, in dem wir glauben, von jeder Mythologie frei zu sein. Ganz interessant.«

»Ich heiße Lena«, sagte sie. »Bist du sicher, dass wir uns nicht schon irgendwo begegnet sind?«

»Ich glaube, ich würde mich an dich erinnern«, sagte er. »Ich heiße Claes. Und ehrlich gesagt, weiß ich nicht richtig, warum ich hierhergekommen bin. Es ist anstrengend, sich anschreien zu müssen. Ich ziehe einen normalen Gesprächston vor.«

»Dieses unendliche, nie versiegende menschliche Bedürfnis.«

»Was?«

»Du bist hergekommen aufgrund des unendlichen, nie versiegenden menschlichen Bedürfnisses. Sag's mir, wenn ich mich irre.«

Dieses sanfte Lächeln hinab auf die Tischplatte. »Du hast bestimmt recht«, sagte er.

»Sollen wir irgendwohin gehen, wo wir reden können, Claes?«

»Über das unendliche, nie versiegende menschliche Bedürfnis?«

»Warum nicht?«

Er lachte wieder und stand auf. »Mit dem größten Vergnügen«, sagte er und vollführte eine kleine galante Geste.

Lena und Claes pflügten sich eine Bahn durch die dichter werdende Menschenmasse. Auf dem Weg hinaus warf Lena einen Blick zu einem Tisch im hinteren Teil des Lokals. Viktor stand auf und streckte Kerstin die Hand hin. Sie ergriff sie und stand auf. Lena winkte ihr kurz zu und verschwand in der lauen hellen Mittsommernacht.

Kerstin Holm fühlte eine sonderbare Ruhe, als sie vom Tisch aufstand. Sie hielt Viktors Hand ein bisschen länger als nötig. Er beugte sich tatsächlich zu ihr und berührte sie leicht mit den Lippen. Der dunkle Pferdeschwanz tippte gegen ihre Hand. Sie lächelte. Sie fühlte sich zu Hause. Dankbar winkte sie Lena zu, die gerade auf dem Weg hinaus war.

»Ich wohne nicht weit von hier«, sagte sie. »In der Regeringsgata. Kommst du mit hoch auf einen Kaffee?«

»Gern dampfend heiß«, sagte Viktor.

»Darauf hätte ich fast gewettet«, sagte Kerstin und hörte, dass sie kicherte. Es klang eigentümlich.

Sie gerieten ins Gewimmel auf dem Stureplan. Die Nacht war hell und mild. Der Abgasgestank war fort, und ein Hauch von Natur wehte vom Humlegården herab. Als könnte die magische Mittsommernacht sich nicht richtig halten. Die das Dasein über den Haufen wirft und alle Versprechen einlöst. Die fruchtbare Nacht, die Verwirrung in allen Sinnen schafft, die das Alte hinauswirft und ihren heilenden Tau auf alles Verzerrte legt.

Einen Moment lang stand Kerstin Holm da und blickte zum Himmelsgewölbe auf. Eine paar vereinzelte Sterne traten am hellen Himmel hervor. »Ich muss gerade an etwas denken«, sagte sie.

»Ja?«, sagte Viktor.

»Du bist doch Lehrer. Benutzt du häufig Flipcharts?«

Er lachte auf. »Das kann man wohl sagen.«

»Ausgezeichnet«, sagte sie und nahm seine Hand.

25

Gunnar Nyberg saß im Bett und betrachtete den Bildschirm seines Laptops. Neben ihm lag Ludmila, abgewandt. Sie schlief. Er sollte auch schlafen. Aber er konnte sich nicht von den Bildern der vier Polen losreißen. Etwas reizte ihn. Izabela Wlodarczyk, Malgorzata Krzosek, Mateusz Kohutek und Wojtek Krzosek. Vier Verwandte von ermordeten Patienten. Irgendetwas hier, irgendetwas auf diesen vier Bildern ließ ihn reagieren. Oder ließ ihn das Gefühl haben, reagieren zu müssen. Die elegante sechzigjährige Admiralswitwe mit dem blaugrauen Haar und dem anzüglichen Lächeln. Die engelhafte, gleichsam durchsichtige fünfzigjährige Lehrerswitwe mit dem sanften Lächeln. Der hartgeprüfte einarmige fünfundsiebzigjährige Kriegsinvalide, dem Metallstücke aus dem Kopf ragten. Und der arbeitslose ehemalige Universitätslehrer mit dem verbitterten Blick.

Was war es? Er hatte keinen aus dieser finsteren Schar bisher gesehen. Und dennoch war da etwas, was ihm zu entgehen drohte.

Die Mittsommerwoche war soeben in ihren mittleren Tag gegangen. Mittwoch. Zwanzig Minuten nach Mitternacht.

Da geschah etwas. Er würde es nie beschreiben können. Das Geräusch splitternden Glases. Ganz deutlich. Als wenn mitten im Schlafzimmer ein Glaskäfig zersprang. Und eine große und plötzliche Schwere legte sich auf sein Herz. Er wurde vollkommen kalt.

Hätte Gunnar Nyberg dies ganz allein erlebt, wäre es vermutlich ein Herzinfarkt gewesen.

Doch er erlebte es nicht ganz allein.

Das deutliche Geräusch von splitterndem Glas hörte auch Lena Lindberg, während sie auf die blonde zerzauste Mähne hinabblickte, unter der eine Zunge ihre linke Brustwarze bearbeitete. Diese Leichtigkeit, das Öffnen, die Beine zu spreizen. Die allumfassende Freiheit. Alles, was da zusammenkommt. Und das Glied, das unterhalb ihrer Wade lag. Wartend. Sie hatte die Hand darum geschlossen, während die andere an ihrem eigenen Geschlecht ruhte. In jeder Hand ein Geschlecht. Sie liebte es. Ein wunderliches Gefühl von Ganzheit. Für einen kurzen Augenblick eins zu sein. Dann hatte sie sich zurückgebeugt und rücklings aufs Bett fallen lassen. Sein Kopf hatte sich ihren Brüsten genähert. Seine Hand schloss sich um die linke Brust, und er küsste die Brustwarze, und in dem Augenblick hörte sie ganz deutlich das Geräusch von splitterndem Glas und spürte eine große und plötzliche Schwere, die sich auf ihr Herz legte. Sie wurde vollkommen kalt. Er merkte, wie sie erstarrte. Dann war es vorüber. Ihre Erregung steigerte sich, sie griff in sein zerzaustes Haar und hob es zu sich herauf und versenkte ihre Zunge in seinem Mund.

Paul Hjelm war entrückt. Er küsste den herrlichen Nacken, den Hals, ließ die Zunge abwärts gleiten, zwischen die schönen Brüste, zu den wunderbar knospigen dunkelbraunen Warzen hinauf und um sie herum, und der Duft, der der wechselnden Topografie des Körpers entsprechend den Charakter änderte. Hinunter zum Nabel, die Zunge in den Nabel, aufgehalten, als die Bartstoppeln auf das krause Haar treffen, abwartend. Wartet die kleinen ungeduldigen Bewegungen ab. Dann abwärts, die Zunge durch das Krause, und plötzlich zur Seite, zum Schenkel hinunter. Größere ungeduldige Bewegungen, sie abwarten. Und da, die Nase versenkt in die kraftvollen Düfte, hörte er plötzlich das vollkommen deutliche Geräusch von splitterndem Glas. Eine kurze Pause in der Pause. Sie merkte nichts. Und die auf dem Herzen lastende Schwere wich. Und die Zunge bewegte sich langsam den Schenkel aufwärts, bis sie die überwältigende fleischige Knospigkeit erreichte.

Kerstin Holm hielt einen Penis umfasst. Es war so unglaublich lange her. Sie erinnerte sich kaum daran. Sie hatte vergessen, was es bedeutete. Das Wunderliche, Mächtige, Fremde. Und dabei die schlimmen Erinnerungen. So kompliziert, so unnötig und doch wunderbar kompliziert. Er war steif auf jene Art und Weise, die nicht überschritten werden kann, ohne eine Spur von Weichheit. Sie zog die Vorhaut zurück und staunte. Über das Leben. Über alles, was immer noch geschehen konnte. Die Hand wanderte hinab. Sollte sie wirklich? Gerade als sie mit einem dumpfen Beben die Zunge näher heranführte, hörte sie das deutliche Geräusch von splitterndem Glas. Sie hielt inne. Sie fühlte eine große und plötzliche Schwere, die sich auf ihr Herz legte. Die Schwere wich. Kerstin griff auch mit der anderen Hand zu. Und dann ließ sie die Lippen sich schließen. Und es war alles sehr sonderbar.

Die Wärme kehrte in Gunnar Nybergs Brust zurück. Er hielt die Hand aufs Herz und fühlte. Nein, er lebte. Alles war wie immer. Er fühlte sich sogar leichter als sonst. Und auf dem Schlafzimmerfußboden waren keine Glassplitter.

Dennoch war ein Glaskäfig zersplittert. Er fragte sich, was das bedeutete.

Vielleicht nichts. Vielleicht war überhaupt nichts passiert. Doch er bezweifelte es.

Er machte den Laptop aus und legte ihn auf den Boden. Ein lusterfüllter Strom glitt durch die Luft heran, und er sank an Ludmilas Seite nieder. Er presste sich an sie und legte eine Hand auf ihre Brust. Die andere glitt unter ihren Schlüpfer. Es musste tragen oder brechen.

Es trug.

Und bald war Mittsommer.

26

Sara Svenhagen erwachte von einem äußerst verdächtigen Geräusch. Sie blieb mit geschlossenen Augen liegen und versuchte es zu identifizieren. Es dauerte eine ganze Weile, bis sie begriff, was es war.

Es war die Stille.

Kein Babygeschrei.

Verblüffend.

Sie schlug die Augen auf und fand das Universum verlassen. Oder auf jeden Fall das Schlafzimmer leer.

Noch halb im Schlaf schwankte sie zum Fenster. Es ging schleppend. Als watete sie in Sirup.

Schließlich begriff sie, warum. Ein Zipfel des Lakens hing im Schlüpferbund fest. Als sie einen Blick hinter sich warf, sah sie, dass sie das gesamte Bettzeug hinter sich herzog und noch ein bisschen mehr. Das Betttuch lag über den Fußboden ausgebreitet da wie die Schleppe eines Brautkleids, und es wurde beschwert von zwei Kissen, zwei Daunendecken in ihren Bezügen, zwei Kuschelkaninchen und einer halb vollen Babyflasche. Mit einem Seufzer befreite sie sich von dem anhänglichen Hausrat und ließ das Rollo hochschnappen.

Von der idyllischen Birkagata ergoss sich der milde Sommermorgen mit einer blendenden Woge von Licht ins Zimmer. Sie ging zu Boden.

Es war eine anstrengende Nacht gewesen.

Auf dem Weg hinaus in die Küche fischte sie im Vorbeigehen eine von Jorges Unterhosen auf. Sie trat in die Küche. Jorge saß angezogen am Küchentisch und gab Isabel die Flasche. Der kleine dunkle Kopf saugte eifrig.

»Wie viel Uhr ist es?«, fragte Sara mit einer Stimme, die wie Gurgeln klang.

»Halb sieben«, erwiderte der Gatte forsch.

»Ist das die Brustmilch?«, fragte die Gattin und trat an den Tisch.

»Nein, das ist ein halber Liter schwarz gebrannter Kartoffelschnaps.«

Wortlos platzierte sie seine Unterhose auf dem Küchentisch.

»Sieh mal, da ist sie ja«, stieß der Gatte aus. »Nach dieser grauen habe ich gesucht.«

»Sie lag im Bett«, sagte die Gattin und öffnete den Kühlschrank. Mit leichtem Widerwillen betrachtete sie die Reihe exakt datierter Plastikflaschen. Abgepumpte Muttermilch. Sie sprudelte förmlich aus ihr heraus.

Sie griff nach einer Flasche mit chinesischer Sojasauce und stellte sie auf den Tisch.

Der Gatte beobachtete sie sachlich. »Willst du das anbehalten, während du dein Frühstückssoja trinkst?«, fragte er gelassen.

Sie schaute an sich hinunter, und alles, was sie sah, waren ein paar riesige Brustwarzen. Es fiel ihr immer noch schwer, sich an die neuen Dimensionen ihrer Brüste zu gewöhnen. Dann blickte sie über den Tisch und sah die Sojaflasche.

Aha, dachte sie. So ein Morgen.

»Bist du wach?«, fragte Jorge, wieder ganz auf Isabel und die Flasche konzentriert.

Sie sah ihn verwundert an und stellte fest: Nein. Nein, ich bin nicht wach. Einen Moment stand sie nur da und wurde wach. Dann stellte sie die Sojaflasche zurück in den Kühlschrank.

Auf dem Weg ins Schlafzimmer hörte sie den Gatten: »Wenn du darauf bestehst, kannst du gern öfter so gehen.«

Sara zog sich ein von der Schwangerschaft geweitetes T-Shirt über, das ihr gegen die Schenkel schlug, als sie in die Küche zurückging.

»Es war für mindestens fünf Jahre das letzte Mal, dass wir ausgegangen sind«, sagte sie betrübt.

»Wir müssen nur einen anderen Babysitter finden«, sagte Jorge geduldig.

»Lach nicht«, sagte Sara und hob drohend den Zeigefinger.

»Ich finde nicht, dass ich lache.«

»Du lachst innerlich. Ich seh's dir an.«

»Du denkst an Brynolf im Zustand der Auflösung? ›Die Windeln funktionieren nicht! Mit denen stimmt etwas nicht!‹ Da gibt es doch nichts zu lachen.«

Sara beobachtete Jorge. Zwei vollkommen ausdruckslose Blicke begegneten sich über dem wippenden Kopf ihrer Tochter. Es war ein Spiel.

Sara verlor. Ihre Mundwinkel zogen sich nach oben. »Mist«, sagte sie und lachte.

»Tja«, lachte Jorge. »Er hatte ordentlich Kacke auf dem Anzug. Ich wollte nur nichts sagen.«

»Mama kann sich nach acht nicht mehr wach halten. Es geht nicht.«

»Und der Film war auch nicht besonders gut.«

»Verdammt, wie kannst du so frisch sein? Die ganze Scheißnacht, um Isabel wieder ins Gleichgewicht zu bringen. Ich habe heute wichtige Vernehmungen.«

»Lera?«

»Ja. Es war jemand bei ihr zu Hause, als sie den Anruf von ihrem Bruder bekam. Da bin ich mir allmählich ganz sicher.«

Jorge nickte und sagte: »Ich bin nicht frisch. Ich versuche nur, meinen Körper zu überlisten. Das hat jetzt eine Zeit lang ganz gut funktioniert.«

»Und dann wollt ihr spielen, wenn ich es recht sehe?«

»Nicht diesen Ton, bitte. Ich besuche dich hinterher im Präsidium.«

»Wieder The Police?«

»Noch eine Zeit lang. ›King of Pain‹ und ›So lonely‹. ›I have stood here before in the pouring rain / With the world turning circles running 'round my brain / I guess I'm always hoping that you'll end this reign / But it's my destiny to be the king of pain.‹«

»Isabel hat empfindliche Ohren ...«

Er setzte eine kleine Miene auf und schwieg. Einen Moment saßen sie da und starrten sich an. Dann schrie er: »Die Windeln funktionieren nicht!«

Und sie lachten so, dass Isabel aufhörte zu nuckeln und sie misstrauisch beäugte.

Sara duschte, legte ein minimales Make-up auf, zog sich an, frühstückte, warf sich die Jacke über und las im Stehen die Schlagzeilen der Zeitungen. Der Fernsehmord hatte endlich die Titelseiten verlassen und war durch einen neuen Mord ersetzt, an einem moldawischen Schwimmtrainer. In Sara klingelte ein Glöckchen, wurde aber sofort von Isabels verblüffendem Schweigen übertönt.

»Und was ist mit deinen Eltern?«, fragte sie den Gatten, der saß, wo er saß. Die graue Unterhose lag noch immer auf dem Küchentisch.

»Dann kannst du erleben, was Chaos ist«, sagte Jorge. »Aber richtig.«

Sie gab ihm einen Schmatzer auf die Wange, drückte die Nase in Isabels wuscheliges Haar und machte sich auf den Weg; während des ganzen Spaziergangs ins Polizeipräsidium wich der Duft von Säugling nicht aus ihrer Nase.

Es war ein wunderbarer Junimorgen, kühl und klar und mit einer fast weißen Sonne, die Gutes verhieß. Die Luft fühlte sich vollkommen rein an.

Während des erfrischenden Spaziergangs kreiste nur eine Frage in ihrem Kopf: Wo fanden sie einen neuen Babysitter? Nachdem der alte sich als total unfähig erwiesen hatte?

Und dann war sie da.

Der Tag sollte mit einer Besprechung in der guten alten Kampfleitzentrale beginnen. Kerstin Holms Anfang als Chefin hatte alle Erwartungen eingelöst, fand Sara. Die A-Gruppe ging wohl einer ziemlich lichten Zukunft entgegen. Trotz allem.

In der Kampfleitzentrale saß nur Gunnar Nyberg, einen aufgeklappten Laptop auf dem Schoß. Das war ungewöhnlich.

Sie schlich sich an ihn heran und sagte in sein Ohr: »Mit Laptop und allem.«

Er fuhr hoch, dass der Laptop in die Luft hüpfte. Dann drehte er sich mit feuerspeienden Augen um. Sein Zorn erlosch sofort, als er sah, dass sie es war. Da konnte Sara immer sicher sein.

»Tu so etwas nicht«, sagte der alte Teddybär. »Ich kann einen Herzinfarkt bekommen. Ich glaubte in der Nacht schon, dass ich einen bekäme.«

»Schon wieder?«, sagte Sara.

»Normalerweise glaube ich ja, dass ich Krebs habe, nicht Probleme mit dem Herzen. Aber heute Nacht war es nahe dran.«

»Und wieso?«, sagte Sara und setzte sich neben ihn.

»Es ist schwer zu erklären. Um zwanzig nach zwölf heute Nacht war es, als hörte die Welt für eine kurze Weile auf zu existieren. Es klang so, als ob Glas zersplitterte. Ich war mit meinen Polen beschäftigt, als es passierte.«

»Polen?«

»Da ist etwas, worauf ich kommen müsste«, sagte er und zeigte auf den Bildschirm. »Vier verdächtige Leute aus Poznań.«

»Jon?«

»Ja. Er hat diese vier vernommen. Und an einem von ihnen ist etwas, worauf ich reagieren müsste.«

Sara betrachtete die vier Physiognomien und schüttelte den Kopf. »Eine finstere Schar«, sagte sie.

Gunnar Nyberg betrachtete sie verblüfft.

Dann blickte sie sich in der Kampfleitzentrale um. Sie hatte sich gefüllt, ohne dass sie es bemerkt hatte. Alle waren da.

Kerstin Holm klopfte einen Packen leerer Papiere zusammen und sagte: »Es ist ein neuer Fall dazugekommen.«

Sie sahen sich an. Als hätten sie nicht schon so genug.

»Aber keine Angst«, sagte Holm, die ihre Gedanken las. »Ich übernehme ihn selbst. Es wird Zeit, dass ich auch mal wieder ein wenig Polizeiarbeit mache. Ein unidentifizierter Mann wurde gestern Morgen im Långholmsbad treibend gefunden. Die Mordmethode hat den Ausschlag gegeben, dass ich ihn genommen habe. Trotz einer gewissen Überlastung. Jemand hat ihm, als er noch lebte, ein kreisrundes Stück aus der Schädeldecke herausgesägt und ihm dieses Stück wie eine Oblate in den Mund gesteckt und gewartet, bis er starb. Dann tätowierte der Mörder ein drei Millimeter hohes U in die rechte Kniekehle des Mannes und warf die Leiche in den Mälaren. Irgendwelche Reaktionen?«

Keine Reaktionen. Außer einigen hochgezogenen Augenbrauen.

»Nichts, was ihr mit irgendetwas verbindet?«

Auch diesmal nichts.

Kerstin Holm nickte und ging weiter: »Und wie sieht es sonst aus? Arto und Viggo?«

»Wir konnten gestern nicht mit unserem Fernsehmörder sprechen. Es ging ihm zu dreckig. Stattdessen haben wir mit Angehörigen verschiedener Art gesprochen. Kein nennenswertes Ergebnis. Und auch nichts, was diesen mystischen Ungarn Vebach Zelsai angeht, den der Fernsehchef Ronald Swärd im Szenelokal Kharma treffen sollte.«

»Also Fehlanzeige auf der ganzen Linie«, fasste Viggo Norlander zusammen.

»Okay«, nickte Kerstin. »Sara und Lena?«

Da klingelte das Telefon. Das tat es nicht oft. Nur äußerst

wichtige Gespräche durften in die Kampfleitzentrale durchgestellt werden.

Kerstin meldete sich. »Ja?«

Dann hob sie die Hand Richtung der anderen. Auf ihrem Gesicht zeichneten sich Falten ab, die sie nie zuvor gesehen hatten.

Arto Söderstedt erkannte sie trotzdem. Er hatte solche Falten schon einmal gesehen und ebenfalls in diesem Raum. Aber da waren sie in Jan-Olov Hultins weniger reizendem Gesicht in Erscheinung getreten.

Das war viele Jahre her. Als sie aus Tallinn anriefen und mitteilten, dass Viggo Norlander an den Fußboden genagelt worden war.

Für Arto Söderstedt war es glasklar. Es war etwas mit Jon Anderson in Poznań passiert.

»Yes, I'll be there« sagte Kerstin Holm in den Hörer.

Dann sagte sie nichts mehr. Sie legte auf, schloss die Augen und schlug die Hände zusammen.

Schließlich sagte sie: »Heute Nacht um zwanzig nach zwölf ist Jon Anderson in einem Park in Poznań niedergestochen worden. Er schwebt in Lebensgefahr.«

»Der Glaskäfig«, sagte Gunnar Nyberg und wurde ganz blass. »Es war der Glaskäfig, der zersplitterte. Um zwanzig nach zwölf.«

Kerstin Holm und Lena Lindberg nickten. Sie wussten, dass sie ungefähr so blass aussahen wie Nyberg.

»Was genau heißt ›in Lebensgefahr‹?«, fragte Arto Söderstedt.

»Er hat sehr viel Blut verloren«, sagte Kerstin Holm. »Er lebte noch, als er ins Krankenhaus eingeliefert wurde, aber nur noch gerade eben. Er wird künstlich beatmet. Sie wissen nicht, ob er bleibende Gehirnschäden davongetragen hat und ob er überhaupt überleben wird. Er liegt im Koma.«

Dann wurde es still. Bilder tauchten auf, die Bilder leichter Demütigungen, diese kleinen, im Vorbeigehen und gedankenlos abgefeuerten Sticheleien. Jon Andersons verständnisloses Zwinkern.

Yes.

Unbehagen breitete sich in der Kampfleitzentrale aus. Sie betrachteten sich mit neuen Augen. Eine Mauer inneren Einverständnisses. Mit der nicht zu reden war. Die Worte als Maskierung. Als ob sie mit ihm sprächen.

»Wir hätten netter zu ihm sein können«, sagte Arto Söderstedt.

»Ja«, sagte Kerstin Holm, ohne den Blick von ihren leeren Blättern zu heben. »Das hätten wir.«

»Was ist denn passiert?«, fragte Nyberg.

»Ich weiß nicht mehr, als ich euch gesagt habe«, sagte Holm.

»Doch«, sagte Söderstedt. »Natürlich tust du das.«

Da hob Kerstin Holm den Blick und richtete ihn fest auf seine Augen: »Wenn es so wäre, würde ich auf jeden Fall nicht mehr sagen. Nicht, bevor ich vollständig klar sehe.«

»Und um das zu können, fährst du hin? Hat es mit dem Fall zu tun? Der Krankenschwester?«

»Das werde ich herausfinden. Ich fahre sofort.«

»Und der neue Fall? Der Oblatenmann im Mälaren?«

»Ist dein Fall, Arto. Viggo kann allein an dem Fernsehmord weitermachen. Vorläufig. Ich gebe dir die Details, bevor ich fahre. Den Polen zufolge geht in einer knappen Stunde eine Maschine nach Warszawa.«

Arto Söderstedt nickte. Es war nicht der Moment für Proteste.

»Fährst du allein?«, fragte Gunnar Nyberg und klappte seinen Laptop auf. Die vier Polen erschienen, einer nach dem anderen. Als wollten sie etwas.

»Ihr habt anderes zu tun«, sagte Kerstin Holm und raffte ihre Dummies zusammen.

Gut zwei Stunden später war sie in Warszawa; Europa schrumpfte. Es war fast vierundzwanzig Stunden her, seit sie ihren Sohn gesehen hatte, und zwölf Stunden, seit sie mitten während ihres ersten Sexualakts seit ein paar Jahren das Geräusch splitternden Glases gehört hatte. Viktor, der Lehrer mit dem Flipchart. Und zu ihrer Freude und Verwunderung keine Spur von Scham oder Reue oder schlechtem Gewissen. Sie würden sich wiedersehen.

Sie hatte Åkesson angerufen, um zu hören, wie Anders zurechtkam. Vickan war am Apparat gewesen. Fast hätte es Kerstin die Sprache verschlagen.

Vickan. Viktor.

Scheiße.

Aber Anders hatte eine wunderbare Nacht verbracht. Mit Vera. In dieser Situation galt es, richtig zu denken. Nicht frei.

Einen Wagen über die polnischen Autobahnen zu lenken, war eine ganz neue Erfahrung. Sie fuhr sowieso nicht besonders viel, und der Schlingerkurs ihres Miet-Skodas auf Straßen, die die deutsche Autobahn als gesittet erscheinen ließen, hätte sie in schiere Panik versetzen müssen. Aber nein. Sie dachte an anderes. Obwohl sie nie hätte in Worte fassen können, woran sie eigentlich dachte. Es war etwas, was sich formte. Eine Bewegung.

Die Bewegungen einer unansehnlichen Spinne an einer Zimmerdecke.

Ein scharfer brauner Blick bohrte sich in den ihren. Sein Inhaber sagte in gepflegtem Englisch: »Das ist schnell gegangen, Kommissarin Holm.«

Sie beobachtete den eleganten Kommissar Marek Wojcik von der Kriminalpolizei Poznań, einen durchtrainierten Mann um die vierzig mit gepflegtem Schnauzbart und maßgeschneidertem Anzug. Der Mann sah nicht im Geringsten osteuropäisch aus.

»Sie haben schnelle Autobahnen«, sagte sie und ergriff seine ausgestreckte Hand. »Wie geht es ihm?«

Sie setzte sich auf den ihr angebotenen Platz vor dem Schreibtisch in Wojciks kleinem Büro.

»Die Lage ist stabil«, sagte er. »Unverändert. Man kann nur abwarten.«

»Sie haben am Telefon angedeutet, dass nicht alles mit rechten Dingen ... Ein Park?«

»Der Marcinkowskiegopark«, nickte Wojcik. »Nach Mitternacht dorthin zu gehen, ist ein wenig – speziell ...«

Sie wartete ab. Es musste notwendigerweise eine Fortsetzung kommen.

Die kam. Wenn auch zögernd.

»Es ist ein Cruisingpark.«

»Cruisingpark?«, sagte Kerstin Holm.

»Wo sich homosexuelle Männer treffen, um schnelle und anonyme sexuelle Kontakte zu haben. Der Marcinkowskiegopark nach Mitternacht ist das gefährlichste Pflaster, auf das man sich in unserer schönen Stadt begeben kann. Schwulenhasser haben leichtes Spiel. Raubüberfälle sind an der Tagesordnung, Gewalttaten nicht minder. Es gedeiht einiges Unkraut in den Ruinen der Diktatur.«

»Er wurde also beraubt? Von einem Mann, den er versuchte ... aufzureißen?«

»Ist Kriminalinspektor Anderson möglicherweise homosexuell?«

»Warum?«

»Weil er sonst im Dienst dort gewesen sein muss. Und dann verändert sich der Fall. Dann muss die Ermittlung in eine ganz neue Richtung gelenkt werden.«

»Aber er ist doch beraubt worden?«

»Er ist nicht beraubt worden. Seine Brieftasche und sein Pass waren noch in seiner Tasche. Außerdem fand der Gerichtsmediziner Spuren von ...«

»Ja?«

»Sperma«, sagte Wojcik und betrachtete seine schwedische Kollegin.

»Und wo?«

»An Andersons Hosen.«

Kerstin Holm saß einen Moment still da. »Ich muss Sie jetzt um absolute Diskretion bitten, Kommissar Wojcik«, sagte sie.

»Ich verkaufe üblicherweise die Informationen an den Meistbietenden«, sagte Wojcik, ohne eine Miene zu verziehen.

Sie musste kichern. Jan-Olov Hultin auf Polnisch.

»Ist es nicht genau das, was Sie glauben?«, fuhr der Kommissar ebenso neutral fort. »Dass die Korruption in Polen ebenso grenzen- wie hemmungslos ist?«

Sie beobachtete ihn einen Moment und sagte dann: »Wenn meine Äußerung diesen Eindruck erweckt hat, bitte ich Sie um Entschuldigung. Ja, Jon Anderson ist ein homosexueller Polizeibeamter, der deswegen schon viel gelitten hat. Was ist Ihrer Ansicht nach passiert?«

»Es sieht nach einem Schwulenhasser aus. Vermutlich ein einigermaßen etablierter Bürger, ohne akuten Geldbedarf, der seine Berufung im Leben entdeckt hat. Sittenlose Homosexuelle auszurotten.«

»Und sonst?«

»Natürlich keine Zeugen. Vier Stiche mit einem Messer mit breiter Klinge, so tief, dass man einen großen Zorn daraus ablesen könnte. Oder nur eine große Effizienz.«

»Könnte es jemand gewesen sein, dem Anderson auf der Spur war? Wie sind die Verhöre mit den Verdächtigen verlaufen?«

»Man kann sie kaum als Verdächtige bezeichnen. Sie sind einfach Verwandte von Personen, die wahrscheinlich von der Krankenschwester Elzbieta Kopanska ermordet wurden.«

»Und wie verliefen die Verhöre?«

»Ich war nicht dabei. Kriminalassistent Rafael Cazapiewski hat Anderson begleitet. Ich werde ihn rufen, dann kann er Sie außerdem ins Raszeja-Krankenhaus begleiten.«

»Raszeja-Krankenhaus? Ist das nicht das Krankenhaus, in dem Elzbieta Kopanska gearbeitet hat, bevor sie nach Schweden kam?«

»Richtig«, sagte Kriminalkommissar Marek Wojtic und drückte auf einen Knopf auf seinem Schreibtisch.

Gunnar Nyberg verließ die Kampfleitzentrale mit dem Laptop unter dem Arm. In den vergangenen Jahren hatte sein Leben sich normalisiert. Es spielte sich mittlerweile im Rahmen einer ziemlich begrenzten emotionalen Sphäre ab, meist unter positivem Vorzeichen. Keine Angstabstürze mehr. Die Vergangenheit konnte ihn nicht mehr heimsuchen.

Was er während seiner Wanderung durch die Korridore durchlebte, war eine Erinnerung an die alten Zustände.

Er betrat sein Büro. Dort hatte Jon Anderson auf der anderen Seite eines Glaskäfigs gesessen, und sie hatten nicht miteinander reden können. Sobald Anderson den Raum verließ, konnte Nyberg freier atmen.

Sicher wäre es möglich gewesen, sich ihm zu nähern. Aber er hatte es nicht ernsthaft versucht. Anderson hatte in eine Schablone gepasst, ein Zerrbild, das sich in der A-Gruppe ziemlich schnell verfestigt hatte, und an dieses Zerrbild hatte er seine Worte gerichtet. Nicht an Jon Anderson.

Wie war es dazu gekommen? Anderson sollte Paul Hjelm ersetzen. Paul Hjelm war der Leitwolf der A-Gruppe gewesen und ihrer aller Kumpel. Anderson war ein ganz anderer Typ, steif, verkorkst, trocken, förmlich, mürrisch. Und so war er zum Prügelknaben geworden. Es war so schnell gegangen, so widerstandslos. Mobbing. Ohne dass sie auch nur darüber nachgedacht hatten.

Gunnar Nyberg schüttelte das Unbehagen ab und öffnete den Laptop. Es schnarrte, und die Bilder waren wieder da.

Vier Polen und Polinnen, deren Gesichter zu ihm sprechen sollten, die sich aber weigerten, mehr preiszugeben als Andeutungen.

War es so? Hat jemand von euch Jon Anderson in Poznań niedergestochen? Weil er der Wahrheit nahegekommen war? Zuerst habt ihr Elzbieta Kopanska getötet, dann Jon Anderson. Zwei Menschen, die auf ihre Weise vor der Vergangenheit davonliefen.

Oder war das ein Fehlschluss?

Wie auch immer, es war Zeit, das fehlende Glied zu finden.

Das war er Jon Anderson schuldig.

Er vergrößerte die Bilder, eines nach dem anderen, und fixierte sie.

Izabela Wlodarczyk, 62 Jahre, Witwe des Admirals Pawel Wlodarczyk, der im Dezember letzten Jahres gestorben war. Eine flotte Witwe mit blaugrauem Haar und frivolem Lächeln. Sie vermisste ihren zwanzig Jahre älteren Mann wohl kaum. Nein, es war undenkbar, dass sie ihren Mann rächen würde. Und ihr Bild sagte ihm nichts. Überhaupt nichts.

Malgorzata Krzosek, 51 Jahre, Witwe des im Juni letzten Jahres gestorbenen Lehrers Artur Krzosek. Eine engelgleiche, fast durchsichtige Witwe mit sanftem, jenseitigem Lächeln. Ebenso undenkbar.

Mateusz Kohutek, 76 Jahre, Vater der Fabrikarbeiterin Irina Zazawska, die im Januar dieses Jahres gestorben war. Ein wahrhaft geprüfter Kriegsinvalide mit nur einem Arm, dem Metallsplitter aus dem Schädel ragten. Nyberg fixierte die eigentümlichen Metallstücke und erschauerte. Aber nein, das war allzu absurd.

Wojtek Krzosek, 35 Jahre, ältester Sohn des oben genannten Lehrers Artur Krzosek. Der Blick. Das war ein Mann, den man sich gescheitert und alkoholisiert vorstellen sollte. Doch der Blick sagte etwas anderes. Er war erloschen und enorm scharf zugleich. Selbstredend der logischste Kandidat. Aber auch Wojtek Krzoseks Erscheinung sagte Gunnar Nyberg nichts.

Denn darum ging es. Dass ihm etwas gesagt werden sollte.

Wieder stellte er alle vier Bilder nebeneinander.

Zeit verging.

Was war das? War er nicht ungewöhnlich schwer von Begriff?

Er nahm sich die Mappe mit dem Fall Elzbieta Kopanska vor. Unendlich viele sinnlose Seiten. All diese trostlosen Vernehmungen ihrer Studien- und Arbeitskollegen. Die Vernehmung der Modellflieger, der groteske Lasse Gunnarsson mit dem ›Ich bin scharf‹-Käppi, der traurige Ingvar Tillgren, der seine Zukunftshoffnung in die Hände einer mindestens fünffachen Mörderin gelegt hatte. Wie Tillgren plötzlich aus den Schatten hervorgetreten war und an allen möglichen Stellen auf seine Elzbieta gewartet hatte. Wie Nyberg ihn über einen Stoffsticker auf dem Ärmel der Jeansjacke ausfindig gemacht hatte.

War es da irgendwo? Warum erregte gerade das seine Aufmerksamkeit?

Wie war es vor sich gegangen?

Gunnar Nyberg hatte ein Puzzle zusammengesetzt wie ein Detektiv. Fragment um Fragmant, Detail um Detail. Eine Haarfarbe hier, eine Gesichtsform da, ein Kleidungsstück dort. Elf Personen hatten ihn gesehen, gleichsam aus dem Augenwinkel. Neun von ihnen waren zuverlässig gewesen, und durch sie war das Bild von Ingvar Tillgren hervorgewachsen. Aber zwei der elf Zeugen fielen aus dem Rahmen. Sie hatten ihre eigenen Phantasmen gesehen statt der Wirklichkeit. Davon war auf jeden Fall der Detektiv ausgegangen. Er blätterte sich zu ihnen vor.

Eine neurotische italienische Modedesignerin erinnerte sich an einen sehr dicken rothaarigen Mann mit drohendem Blick und einer Axt auf dem Gepäckträger, während ein

Krankenpfleger, dem ein halbes Kilo Metallschrott an verschiedenen Teilen des Gesichts hing, sich an einen gealterten magersüchtigen Transvestiten mit grausträhnigem Haar und nur einem Arm erinnerte.

Nybergs Blick schwenkte wieder zu den vier polnischen Porträts hinüber. Er zoomte Nummer drei heran. Mateusz Kohutek, 76 Jahre, Vater der Fabrikarbeiterin Irina Zazawska. Mit Metallschrott auf dem Kopf.

Und nur einem Arm.

Er wählte die Nummer des Krankenhauses Huddinge.

Kerstin Holm stand in einem Krankenhausflur und betrachtete die weiß gekleideten Personen, die wie Engel vorüberschwebten, Engel mit der irdischsten aller Tätigkeiten. Über diese Flure war auch Elzbieta Kopanska gegangen, und hinter ihrem freundlichen Lächeln war die Panik aufgestiegen. Sie war gerade in eine zentral gelegene teure Wohnung umgezogen, und die Löhne stiegen nicht, wie sie erwartet hatte, wie man es ihr vorgespiegelt hatte, als sie die Arbeit annahm. Stattdessen sanken sie. Die Erkenntnis, dass sie tatsächlich nicht in der Lage sein würde, das Darlehen für die Wohnung zurückzuzahlen, nahm immer größere Gewissheit an. Soviel sie auch schuftete, einen wie großen Teil ihres Lebens sie auch auf dem Altar für Menschenopfer namens Raszeja-Krankenhaus darbrachte, sie würde es nicht schaffen, in der Wohnung bleiben zu können. Sie würde in eine schäbige Bude in den Vorstädten zurückkehren müssen, wo die von der Gesellschaft an den Rand gedrückten armen Schlucker hausten, und dabei hatte sie sich halb tot gearbeitet, um dort herauszukommen. Gerade als sie mit Entsetzen der Situation ins Auge sah, hatte sich dieser seriöse Mann in der Krankenhauscafeteria an ihren Tisch gesetzt und ganz ruhig gesagt: ›Ein Anruf genügt. Den Rest erledigen wir. Es gibt keinen Grund zur Besorgnis.‹ Und sobald ein Patient starb, rief sie von nun an das Beerdigungsinstitut an. Aber es gab Konkurrenten, und die Patienten starben nicht schnell genug. Die Nachfrage war größer als das Angebot. Es war Marktwirtschaft in Reinkultur: Das Angebot musste der Nachfrage entsprechen. Sie begann, im Voraus anzurufen, wenn Patienten im Sterben lagen, aber es war unsicher. Bei ein paar Gelegenheiten kam das Personal des Beerdigungsinstituts vergeblich. ›Noch einmal‹, sagte der seriöse Mann vom Beerdigungsinstitut, ›und unser Vertrag ist null und nichtig.‹ Die Bank rückte ihr auf die Pelle: ›Sie sind im Rückstand mit den Zahlungen, Fräulein Kopanska. Bald sind wir gezwungen, ein Inkassounternehmen einzuschalten.‹ Dezember vorigen Jahres. In einem Zimmer lag der hochgradig altersdemente zweiundachtzigjährige ehemalige Admiral Pawel Wlodarczyk und sah sie an mit diesem Blick, der sie frieren machte. Das war alles, was geblieben war, dieser bittende Blick. Vor einigen Monaten, als er noch ansprechbar war, hatte er sich in einem kurzen Moment der Klarheit zu ihr hingewandt und geflüstert: ›Lassen Sie mich sterben.‹ Elzbieta Kopanska starrte auf die Pipette mit dem muskelentspannenden Mittel Pavulon. Ein friedlicher, ersehnter Tod. Ist das so gefährlich? Sie kennt die Methoden der sogenannten Inkassounternehmen. Ein Resultat der Privatisierungswelle im Gefolge der Anpassung an die EU: alte Folterknechte als neureiche Unternehmer. Auch Admiral Pawel Wlodarczyk war ein Teil des kommunistischen Establishments gewesen und hatte die Unterdrückung nicht nur mit getragen, sondern auch gut davon gelebt. In den Ruinen der Unterdrückung vergeudet sie ihr Leben. Sie injiziert Pavulon in die Vene des Admirals. In einem letzten Augenblick von Klarheit lächelt er sie an. Eine Obduktion wird nicht vorgenommen. Gut eine Woche später kommt das Geld. Die Bank ist zufrieden, sie hält sich die Gorillas des Inkassounternehmens vom Leib. Eine Wiederholung wäre möglich.

»Kommissarin? Hallo.«

Kerstin Holm blickte verwirrt zu dem feschen jungen Mann auf. Wer war er? Warum sprach er sie an?

Dann lachte sie und nickte Kriminalassistent Rafael Cazapiewski zu.

»Wollen wir jetzt zu ihm hineingehen?«, fragte er in perfektem Englisch.

»Ja«, sagte sie. »Natürlich.«

Die Pflegeabteilung im Krankenhaus Huddinge machte einen angenehmen Eindruck. Es gab keine Rauchzimmer mehr, deshalb saßen sie draußen auf einem ansprechend eingerichteten Balkon mit Blumen in allen Farben des Regenbogens, die ekstatisch in die Höhe kletterten. Schwester Esbjörn Bolund zählte nämlich zu der schrumpfenden Schar von Schweden, die immer noch zwei Päckchen am Tag rauchten. Ohne Filter.

»Sagt man wirklich Schwester?«, fragte Gunnar Nyberg und musterte den großen Mann, der gerade einen Lungenzug machte und den Rauch fast bis in Flemingsbergs Zentrum blies. Sein etwas feistes Gesicht war an rund zwanzig Stellen durchlöchert. Nyberg wunderte sich, dass der Rauch ihm nicht aus allen Löchern im Kopf quoll.

»Krankenschwester ist in Ordnung«, sagte Schwester Esbjörn Bolund. »Krankenpfleger ist was anderes. Das sind solche, die im Krieg Körperteile aufsammeln und sie zusammenzusetzen versuchen. Wir haben eine dreijährige Hochschulausbildung. Staatlich anerkannte Krankenschwester, inzwischen auch fil. kand.«

»Beim letzten Mal haben Sie anders ausgesehen«, sagte Nyberg.

»Man darf bei der Arbeit keine Ringe und Sachen tragen, wenn Sie das meinen.«

»Sie hatten ein halbes Kilo Metallkram im Gesicht.«

Esbjörn Bolund, der nie unnötig eine Miene zu verziehen schien, gestattete sich die schwache Andeutung eines Lächelns. »Infektionsrisiko«, sagte er.

»Also nehmen Sie sie jedes Mal ab, wenn Sie zur Arbeit gehen?«

»Sind Sie hergekommen, um über mein Gesichtspiercing zu sprechen?«

»Nein, über einen gealterten magersüchtigen Transvestiten mit grau gestreiftem Haar und nur einem Arm.«

Bolund nickte kurz. »Letztes Mal hieß es noch anders. ›Phantasmen‹, nicht wahr?«

»Ich habe mich geirrt.«

»Ich kann Sie zitieren. ›Es müsste ja auch mit dem Teufel zugehen, wenn nicht jeder dämliche Trottel seine eingefleischten Phantasmen auskotzen würde statt der Wahrheit.‹«

»Habe ich ›auskotzen würde‹ gesagt?«, fragte Gunnar Nyberg, der fand, dass die Unterhaltung richtig angenehm zu werden begann.

»Und ›eingefleischte Phantasmen‹«, sagte Esbjörn Bolund.

Die beiden groß gewachsenen Männer fingen offenbar an, sich zu verstehen.

Nyberg zeigte auf eine kleine bunte Flagge, die neben Bolunds Namensschild befestigt war. »Ist das die Gayflagge?«, fragte er.

»Ja«, sagte Esbjörn Bolund und richtete seinen scharfen grauen Blick auf den Polizeiriesen. »Ich sympathisiere mit der Gay-Bewegung.«

»Passiver Sympathisant«, nickte Nyberg.

»Aber klar doch«, sagte Bolund und nahm einen tiefen Lungenzug.

»Kehren wir zu dem Transvestiten zurück.«

»Er war in der Abteilung. Ging herum und sah verwirrt

aus. Die anderen hielten ihn für eine alte Frau, aber wenn ich einen erkenne, dann ist es ein Transvestit.«

»Es war also eine gute Verkleidung?«

»Richtig prima. Allerdings hat man in dem Alter ja eine Art Bonus. Von einem gewissen Alter an tendieren die Geschlechtsunterschiede ja dazu zu verwischen. Genau wie in der Kindheit. Greise und Greisinnen sind ein und dasselbe, und ein neugeborenes Mädchen unterscheidet sich nicht weiter von einem neugeborenen Jungen. Fragt sich, ob der Unterschied in der Zeit dazwischen wirklich so groß ist, wie wir es uns gern einbilden.«

»Gehen wir noch mal ein bisschen zurück?«, sagte Gunnar Nyberg und warf einen Blick in die Abschrift eines Vernehmungsprotokolls. »Ich habe mindestens dreißig Menschen gefragt, ob sie eine männliche Person bemerkt hätten, die mit Elzbietas Kommen oder Gehen in Verbindung gebracht werden könnte. Wir waren bei Ihnen zu Hause, und Sie antworteten, ich zitiere: ›Ich habe einen verrückten alten magersüchtigen Transvestiten mit grau gestreiften Haaren und nur einem Arm herumhängen sehen.‹«

»Und das haben Sie abgetan mit: ›Es müsste ja auch mit dem Teufel zugehen, wenn nicht jeder dämliche Trottel seine eingefleischten Phantasmen auskotzen würde statt der Wahrheit.‹ Sie haben nicht einmal gefragt, wo ich ihn habe herumhängen sehen.«

»Ich habe ja schon zugegeben, dass es ein Fehler war. Was verlangen Sie von mir? Dass ich mir zur Strafe meine Männlichkeit piercen lasse?«

»Männlichkeit ist ein komischer Ausdruck«, sagte Esbjörn Bolund ernst.

»Es war also hier in der Abteilung? Wann?«

»Eine Woche bevor sie starb. Vielleicht weniger. Anfang Juni.«

»Versuchen Sie, das Datum genauer zu bestimmen. Ist an dem Tag etwas anderes passiert?«

Bolund saß still da und befingerte ein besonders großes Loch an der rechten Augenbraue. Schließlich sagte er: »Ich hatte ein verlängertes freies Wochenende. Am Mittwoch, dem fünften, habe ich wieder angefangen. Nachtschicht. Aber dies hier war vor der Mittagspause, daran erinnere ich mich deutlich. Also Donnerstag, Freitag. Nicht Donnerstag, da hatten wir Fortbildung. Es muss Freitag gewesen sein.«

»Freitag, den siebten«, nickte Nyberg. »Elzbieta wurde am Montagabend ermordet, Montag, den zehnten.«

»So war es«, sagte Bolund. »Freitag der siebte. Ich war sauer, weil ich nicht zur Schulabschlussfeier gehen konnte. Der Transvestit hat ein bisschen von dem Ärger abgekriegt.«

»Warum wollten Sie zur Schulabschlussfeier?«

»Meine Tochter hat die erste Klasse beendet.«

Nyberg sah ihn verstohlen von der Seite an.

Bolund lachte los: »Da sieht man, wie falsch man liegen kann, wenn man seinen Vorurteilen folgt.«

»Jetzt erzählen Sie mir nicht, Sie waren nicht schwul«, platzte Nyberg heraus.

»Es gab eine Zeit, da habe ich mich selbst nicht akzeptiert«, sagte Bolund ruhig. »Ich war verheiratet und bekam eine Tochter. Ich sehe keinen Grund, das zu bereuen.«

»Wir haben alle eine Vergangenheit«, sagte Nyberg. »Erzählen Sie jetzt, was passiert ist.«

»Es war vor dem Beginn der Besuchszeit, vielleicht zehn, elf Uhr am Vormittag. Eine von den Helferinnen kam und wirkte fast verzweifelt und sagte so ungefähr: ›Kannst du dich nicht um die Alte da kümmern, Esse? Du kannst doch mit den alten Tanten. Sie scheint aus der Langzeitpflege getürmt zu sein. Total unansprechbar.‹ Etwas in der Art. Ich bin hingegangen, und er hat mit undeutlicher Fistelstimme irgendein Galimathias von sich gegeben.«

»Sind Sie sicher, dass es ein Mann war?«

»Ganz sicher. Und die Sprache klang wie Russisch. Aber ganz wie Russisch auch wieder nicht.«

»Wieso haben Sie ihn mit Elzbieta in Verbindung gebracht?«

»Er hat ihren Namen genannt. Mehrmals. ›Elzbieta. Elzbieta.‹ Ich habe ihm gesagt, dass sie an dem Tag nicht arbeitete. Auf Englisch und auf Deutsch. Ich glaube, schließlich hat er es kapiert. Und zog ab. Ehrlich gesagt, habe ich ihn rausgeworfen. In den Aufzug gepackt wie einen Sack Kartoffeln.«

»Hatte er etwas bei sich?«

»Was denn? Eine Axt?«

Nyberg grinste. »Eher etwas, worin er eine Axt tragen konnte.«

»Daran erinnere ich mich nicht. Es ist nicht undenkbar. Obwohl er ja nur einen Arm hatte. Da ist es gar nicht so leicht, eine Tasche zu tragen. Ganz zu schweigen davon, wie schwierig es ist, mit einem Arm eine Axt zu schwingen.«

»Ich möchte, dass Sie sich ein Bild ansehen.«

Esbjörn Bolund nahm die Fotografie entgegen und fuhr zurück: »Wow«, sagte er. »Was hat er denn da im Schädel stecken?«

»Kriegserinnerungen«, sagte Nyberg. »Erkennen Sie ihn?«

»Das nenn ich ein geiles Piercing«, sagte Bolund und starrte auf das Foto von Opa Mateusz Kohutek.

»Ja«, sagte er schließlich. »Natürlich kann er es sein. Aber er trug viel Make-up und Farbe.«

»Danke«, sagte Gunnar Nyberg.

Und meinte es auch.

Jon Anderson lag wie in einem Zelt. Obwohl das Zelt offen war und sein verquollenes Gesicht durch eine Spalte sichtbar war. Es sah nicht lebendig aus.

»Sie haben gerade den Respirator abgeschaltet«, sagte Kriminalassistent Rafael Cazapiewski mit einem Blick auf die Ärztin.

Kerstin Holm fuhr zusammen und erbleichte.

»Er kann jetzt allein atmen«, fügte Cazapiewski hinzu.

Das durfte als erfreuliche Information bezeichnet werden.

Kerstin atmete so unsichtbar wie möglich aus.

Die Ärztin sagte etwas. Cazapiewski übersetzte: »Er wird wahrscheinlich bald aufwachen.«

»Gott sei Dank«, sagte Kerstin. »Sie sind wohl der Letzte gewesen, der ihn noch vorher gesehen hat. Hat er gesagt, wohin er wollte, was er am Abend vorhatte?«

Cazapiewski sah schuldbewusst aus. »Es war eigentlich geplant, dass ich ihn am Abend in Poznań begleiten sollte. Aber ich fragte ihn, ob es in Ordnung sei, wenn ich stattdessen Fußball spielte. Er sagte, es wäre in Ordnung. Und er sagte nichts davon, was er vorhatte. Wir haben überhaupt nicht viel miteinander gesprochen.«

Sie blickte zu dem jungen Polen auf. »Das war nicht Ihr Fehler, Cazapiewski. Eher meiner. Ich hätte ihn nicht allein wegschicken sollen. Er war noch nicht ganz so weit. Ich hätte es ahnen müssen.«

Cazapiewski sah sie erstaunt an. Eine derartige Aufrichtigkeit hatte er von einer Vorgesetzten offenbar nicht erwartet.

»Ich bleibe eine Weile bei ihm sitzen«, sagte Kerstin Holm. »Sie haben bestimmt wichtigere Dinge zu tun.«

Der Kriminalassistent blieb eine Weile stehen und blinzelte. »Beim vorigen Mal, als ein schwedischer Polizist mir gesagt hat, ich könne gehen, sind schreckliche Dinge passiert«, sagte er. »Ich bleibe lieber.«

»Gehen Sie«, sagte Kerstin Holm. »Wir können uns einigen, dass es ein Befehl ist, wenn es Ihnen dann leichter fällt.«

Er lächelte und blieb noch einen Moment stehen. Als hätte er noch etwas auf dem Herzen.

»Ja?«, sagte sie.

»Grüßen Sie ihn …«

»Ja?«

»Und sagen Sie ihm, dass ich nicht Krokodilski heiße.«

Gunnar Nyberg befand sich vor einem menschenleeren Rezeptionstresen in einem Motel bei Linköping, lauschte zum fünften Mal dem Nachhall der primitiven Glocke und betrachtete eine Telefonliste. Gespräche zum Anschluss von Elzbieta Kopanska in Hörningsnäs, Huddinge, Anfang Juni. Außer zahlreichen Anrufen von Ingvar Tillgren gab es ein paar interessante andere. Der erste polnische kam von einer Telefonzelle in Poznań am Dienstag, dem vierten Juni. Der zweite polnische von einem Zugtelefon im Zug zwischen Poznań und Berlin am Mittwoch, dem fünften, am Vormittag. Am gleichen Nachmittag kam einer aus einer öffentlichen Telefonzelle auf dem Hamburger Hauptbahnhof und am Tag danach, Donnerstag, einer aus einer Telefonzelle in Helsingborg, in der Nähe des Turms Kärnan, sowie einige Stunden später, gegen sechs Uhr am Abend, aus diesem Motel unweit von Linköping.

Wo niemand in der Rezeption war.

Gunnar Nyberg traktierte die Klingel, bis sie den Geist aufgab. Er hatte sie in der Hand und versuchte ungeschickt, sie wieder zusammenzusetzen, als ein müder Mann von unbestimmtem Alter, aber mit sehr dezidierten Schweißflecken unter den Armen sich aus dem Innern näherte.

»Ja, bitte«, sagte der Mann und betrachtete die Klingelteile.

»Die Klingeln sind auch nicht mehr, was sie einmal waren«, sagte Gunnar Nyberg und hielt ihm die Teile hin. Der

Mann würdigte sie keines Blickes. Schließlich legte Gunnar Nyberg sie auf das Empfangspult. Der Nachklang hing noch eine peinliche halbe Minute im Raum.

»Polizei«, sagte er und hielt seinen Ausweis hoch. »Es geht um die Nacht vom sechsten auf den siebten Juni. Hatten Sie da einen polnischen Gast?«

Der Mann beobachtete ihn so lange, dass Nyberg zu der Überzeugung kam, dass er gestorben war. In der medizinischen Fachliteratur ist zuweilen von schleichenden Herzinfarkten die Rede. Man merkt nicht, dass man stirbt. Das Leben entweicht einfach, ohne den geringsten Schmerz. Der Übergang sei sehr diffus, heißt es. Man kann noch eine gute Weile nach seinem Tod das Gefühl haben, am Leben zu sein.

Doch das Drama in diesem Motel endete nicht so. Es endete mit einem Seufzen und einer müden Handbewegung zum Computer hinter dem Empfangstresen.

»Nix«, sagte der Mann schließlich. »Keine Polen.«

»Können Sie dieses Foto einmal ansehen?«

Der Motelmann blickte eine Weile auf das Foto. Dann sagte er: »Ja. Er hatte eine Mütze auf, aber er nahm sie zwischendurch ab. Da sah ich diese komischen Metallstücke in seinem Kopf. Als ob ein Modellflugzeug auf seinem Kopf abgestürzt wäre.«

Nyberg dachte einen Moment über treffende Vergleiche nach, fuhr aber dann fort: »Er war also kein Pole?«

»Nein. Ich frage mich, ob er nicht Deutscher war. Er hat für eine Nacht im Voraus bezahlt, deshalb habe ich seinen Pass nicht gesehen.«

»Können Sie es nachprüfen?«

So geschah es. Mit der gewohnten Trägheit. Der Mann musste in einem früheren Leben ein Faultier gewesen sein. So roch er auch.

»Doch, Deutscher. Manfred Rache aus Köln.«

»Na so was«, sagte Gunnar Nyberg und verließ den Ort der Katastrophe.

Auf dem Weg zu seinem Renault Laguna, mit dem er binnen einer Stunde von Stockholm hierhergefahren war, führte er ein Telefongespräch. Mit Polen.

Als Kerstin Holm einnickte, wachte Jon Anderson auf. Beide Zustände waren flüchtig, Kerstin Holms zum Glück flüchtiger. Es war, als hätte sein Blick sie geweckt. Oder umgekehrt.

»Jon«, sagte sie und legte vorsichtig die Hand auf seine.

Seine Lippen bewegten sich. Sein Blick war völlig stumpf. »Lebe ich?«, fragte er röchelnd.

»Das ist ein vorübergehender Zustand«, sagte Kerstin Holm und versuchte zu lächeln. »Wie fühlst du dich?«

»Ich fühle gar nichts«, röchelte er. »Überhaupt nichts.«

»Du bist betäubt, Jon. Sei ganz ruhig.«

Einen Moment lang schwieg er. Versuchte, sie anzusehen. Es war, als ob sein Blick keinen festen Punkt fände. Als ob er die ganze Zeit abrutschte. »Dann ist jetzt alles aus?«, sagte er dumpf. »Alle wissen es?«

»Der Glaskäfig ist zerbrochen«, sagte Kerstin Holm.

Er bekam ein Schnaufen zustande. »Ich war so verdammt dumm«, röchelte er. »Ich habe vergessen, wer ich war.«

»Oder du hast dich gerade daran erinnert. Endlich.«

»Kerstin«, sagte er. »Das kann man nicht erklären. Es ist wie Freiheit für den Gefangenen.«

»Ich habe das Gleiche gemacht«, sagte sie. »Genau zur gleichen Zeit. Aber sanktioniert und in den eigenen vier Wänden. Es ist kein Unterschied.«

Er betrachtete sie. Sein Blick hatte sich stabilisiert. »Du bist hergekommen«, sagte er. »Einen Chef wie dich hatte ich noch nie.«

»Im Guten wie im Schlechten«, sagte sie und lachte dünn.

»Grüße die A-Gruppe und erzähle alles«, sagte Jon Anderson. »Alles.«

Da klingelte ihr Handy. Sie hoffte, dass die nicht gerade topmoderne medizinische Apparatur nicht zusammenbrach. Sie holte das Handy aus der Tasche und wollte es abschalten.

»Nimm es an«, sagte Jon Anderson. »Vielleicht ist es wichtig.«

Sie nickte und meldete sich.

»Es ist der Opa«, sagte eine vertraute Stimme.

»Gunnar, du weißt doch, was ich dir über unsere Gespräche gesagt habe …«

»Der Opa ist unser Rächer«, beharrte Gunnar Nyberg. »Großvater Kohutek. Er ist am Mittwochmorgen, dem fünften, mit dem Zug aus Poznań abgefahren, ist in Berlin umgestiegen und am Donnerstag in Helsingborg angekommen. Wahrscheinlich hat er dort einen Wagen gemietet und dann die Nacht in einem Motel in der Nähe von Linköping verbracht. Hat unter dem Namen Manfred Rache eingecheckt. Freitag Vormittag tauchte er dann in Frauenkleidern auf Elzbieta Kopanskas Station im Krankenhaus Huddinge auf. Am Montag, dem zehnten Juni, tötete der sechsundsiebzigjährige einarmige Mateusz Kohutek die Krankenschwester Elzbieta Kopanska in ihrer Wohnung mit einer Axt.«

»Du bist fleißig gewesen.«

»Das kann man so sagen«, erlaubte sich Gunnar Nyberg zu bestätigen.

»Ich sitze hier bei Jon«, sagte sie. »Er ist bei Bewusstsein.«

Einen Augenblick war es still im Handy. Ein unterdrückter Seufzer der Erleichterung. Dann sagte die Stimme: »Grüß ihn und sag ihm, dass der Glaskäfig zerbrochen ist.«

»Das habe ich schon getan.«

Sie beendete das Gespräch. Jon beobachtete sie immer noch. Sein Blick war matt, blieb aber fest auf sie gerichtet.

»Gunnar Nyberg«, sagte Kerstin Holm. »Er hat Elzbieta Kopanskas Mörder gefunden. Dank deiner Vorarbeit. Es ist Mateusz Kohutek.«

»Opa Kohutek?«, sagte Jon Anderson. »Ist er sicher?«

»Sonst hätte er nicht angerufen.«

»Entschuldigung. Natürlich. Es ist nur so sonderbar. Der alte Opa mit seinen vier Enkelkindern. Seine Tochter starb, als es wieder bergauf ging mit ihr.«

»Wenn du nicht dasselbe tun willst, musst du versuchen, jetzt zu schlafen. Wir holen ihn.«

Jon Anderson atmete schwer. Sein Blick war im Begriff, wieder die Richtung zu verlieren. Er sagte: »Nicht Opa Kohutek. Was soll denn aus den Kindern werden?«

»Ich weiß nicht«, sagte Kerstin Holm und legte ihre Hand auf seine.

Jon Andersons Augen waren schon geschlossen, als er sagte: »Ich habe ihn schon einmal irgendwo gesehen.«

»Wen?«

»Den Messermann.«

Eine graue Plattenbausiedlung am südlichen Stadtrand von Poznań. Man merkt, dass es nichts Ungewöhnliches ist, wenn ein paar Streifenwagen der Polizei mit Vollgas vorfahren. Und die Kinder auf dem Spielplatz reagieren auch nicht nennenswert auf die bewaffneten Bereitschaftspolizisten, die herausspringen und in den Hauseingang stürmen. Sie arbeiten sich nach oben, Treppe um Treppe, bis sie ins vierte Stockwerk gelangen. Dort sammeln sie sich um eine unansehnliche Tür, bilden einen Korridor mit ihren gepanzerten Körpern. Durch diesen Korridor treten die drei Beamten in Zivil an die Tür.

Der Erste ist ein gut gekleideter Mann in den Vierzigern mit scharfem braunen Blick, der Zweite ein junger, sportlich trainierter Mann, die dritte Person ist eine zarte dunkelhaarige Frau.

Der Gutgekleidete wirft einen Blick auf den Briefschlitz. Darauf steht ›Kohutek‹. Darunter klebt ein zur Hälfte abgerissenes Stück Papier, auf dem der Name ›Zazawska‹ gerade noch lesbar ist.

Er klingelt und zieht einen Ausweis aus der Tasche.

Ein etwa fünfjähriges Mädchen öffnet die Tür. Sie schaut heraus. Ihr Blick geht in den Korridor, der sich zwischen den großen Polizisten öffnet. Dann richtet sie den Blick auf den jungen sportlichen Mann, ihr Blick ist unendlich fragend.

Herrgott, dachte Kerstin Holm.

Ein alter Mann trat aus dem dunklen Wohnungsinneren und streichelte dem Mädchen den Kopf. Das Kind rannte davon. Aus dem Kopf des Alten ragten Metallstücke. Durch den Korridor der Bereitschaftspolizisten ging eine hörbare Bewegung.

»Waffengeklirr«, sagte der alte Mann.

»Kommissar Marek Wojcik von der Kriminalpolizei Poznań«, sagte der Gutgekleidete. »Dies hier sind Kriminalassistent Rafael Cazapiewski und Kommissarin Kerstin Holm aus Schweden.«

Alles wurde flüsternd von Cazapiewski gedolmetscht.

»Mateusz Kohutek«, stellte sich der Alte höflich vor und vollführte eine einladende Geste.

Kommissar Wojcik hielt zwei Finger in die Höhe, und die beiden vordersten Polizisten liefen scheppernd in die Wohnung. Nach einer halben Minute schaute einer von ihnen heraus und nickte kurz. Wojcik trat ein. Cazapiewski und Holm folgten ihm.

Die beiden Bereitschaftspolizisten standen rechts und links der Küchentür. Am Küchentisch saßen vier Kinder, auch das Mädchen, das geöffnet hatte. Wojcik nickte den Kindern kurz zu und schloss die Tür. Er deutete auf einen verschlissenen Sessel. Der Alte setzte sich. Die drei Beamten in Zivil setzten sich ihm gegenüber auf ein Sofa.

»Wissen Sie, warum wir hier sind?«, fragte Wojcik.

»Ich ahne es«, sagte Mateusz Kohutek und kratzte sich mit seiner einen Hand am Kopf. »Gestern war schon ein anderer schwedischer Polizist hier.«

»Sie werden des Mordes an der Krankenschwester Elzbieta Kopanska in Stockholm verdächtigt.«

»Aha«, sagte Kohutek.

Wojcik wandte sich Kerstin Holm zu.

Sie sagte: »Sie sind an zwei Stellen identifiziert worden, in einem Motel in Linköping und im Krankenhaus Huddinge. Wir können sicher noch weitere Zeugen für die Zugreise über Berlin und Hamburg nach Helsingborg auftreiben, und es dürfte kein großes Problem sein, die Autoverleihfirma in Helsingborg ausfindig zu machen. Meine Frage ist: Warum Frauenkleider?«

Opa Kohutek wartete höflich Cazapiewskis Übersetzung ab, obwohl er offensichtlich Holms Englisch verstanden hatte.

»Warum nicht?«, antwortete er auf Englisch. »Ich musste dies hier verbergen.«

Und damit zeigte er auf seinen metallischen Kopf.

»Erzählen Sie«, sagte Kerstin Holm.

Der Alte vollführte mit seiner einen Hand eine gleichgültige Geste und sagte: »Meine Tochter Irina war gerade von ihrem Mann verlassen worden und stand mit vier Kindern allein da, als sie Brustkrebs bekam. Ich kümmerte mich um die Kinder, aber ihr ging es immer schlechter. Man setzte eine starke Chemotherapie ein, und die brachte die Wende. Es ging wieder aufwärts mit ihr, der Krebs ging zurück. Das Leben kehrte wieder. Sie erkannte die Kinder wieder. Wir machten Spaziergänge im Krankenhauspark. Die Ärzte sagte, ihre Prognose sei gut. Alles sah wieder hell aus. Da starb sie plötzlich. Die Ärzte waren ratlos und murmelten etwas von ständigem Risiko und unvorhergesehenen Komplikationen.«

»Das war also Ende Januar? Wurde keine Obduktion vorgenommen?«

»Ich wurde nie gefragt. Und als mir der Gedanke kam, war es schon zu spät. Das Beerdigungsinstitut hat sie sehr schnell eingeäschert. Ich brauchte einige Zeit, um meine Trauer und alle wahnsinnigen praktischen Probleme zu überwinden, bevor ich anfing, Nachforschungen anzustellen. Es wurde mir immer klarer, dass die Krankenschwester, die Irina betreute, die Schuldige war. Mein Zorn wuchs. Als ich endlich bereit war, sie zur Rede zu stellen, hatte sie das Land verlassen. Es dauerte ein wenig, sie zu finden.«

»Aber als Sie sie gefunden hatten, beschlossen Sie, sie zu ermorden.«

»Nicht ermorden. Gerechtigkeit einzufordern.«

»Manfred Rache.«

Mateusz Kohutek lachte. »Ja«, sagte er. »Manfred the Man.«

»Und die Axt?«

»Auf dem Weg zwischen Helsingborg und Linköping habe ich eine Axt gekauft. Kann der Ort Mjölby geheißen haben?«

»Am Freitag, dem siebten, sind Sie in Frauenkleidern in ihre Abteilung im Krankenhaus Huddinge gegangen. Warum warteten Sie danach bis Montagabend?«

»Ich habe sie nicht gefunden. Sie war das ganze Wochenende weg. Ich musste warten, bis sie zur Arbeit kam, und ihr dann vom Krankenhaus zu ihrer Wohnung folgen.«

»Und dann haben Sie Ihre neu gekaufte Axt benutzt …«

»Es war nicht meine Axt.«

»Wieso?«

»Es war ein … Mysterium.«

»Erzählen Sie.«

»Es war Montagabend. Ich kam zu ihrer Wohnung. Die

Axt trug ich in einer Tasche. Ich blieb vor der Tür stehen und öffnete die Tasche. Ich steckte die Hand in die Tasche und ergriff die Axt. Dann klingelte ich. Niemand öffnete. Schließlich drückte ich die Klinke herunter. Die Tür war offen. Und sie lag da, genau hinter der Tür. Mit einer Axt im Kopf. Es war Wahnsinn. Als hätte jemand meine Gedanken gelesen.«

Kerstin Holm schloss die Augen. Sie sah eine vage Bewegung an einer Zimmerdecke. Aber nicht mehr. »Sie sind also unschuldig?«

»Das«, sagte Mateusz Kohutek, »ist eine Frage der Definition.«

27

Arto Söderstedt hatte normalerweise kein Problem damit, die Arbeitsaufgaben zu wechseln. Man musste sich zwar in ziemlich vieles einlesen, doch damit hatte er keine größeren Schwierigkeiten. Außerdem war es sicher von Vorteil, den Fall mit Lars-Inge Runström und Kalastelevision zu den Akten zu legen. Oder vielleicht eher, ihn ruhen zu lassen. Es schien nicht möglich, Runström dazu zu bringen, sich zu erinnern, was er da in der Garage gesehen hatte. Das ›Wesen‹, auf das er zwei Schüsse abgegeben hatte. Es ging nicht. Sie kamen nicht weiter.

Es sei denn, Viggo Norlander in seiner Abgeschiedenheit hätte einen Geistesblitz. Was ungefähr so wahrscheinlich war wie die Verwandlung des Åreskuta in einen aktiven Vulkan, der halb Jämtland in seinen heißen Lavaströmen ertränkte.

Arto Söderstedt war inzwischen Mitglied einer archäologischen Expedition im fünften Jahrtausend, die mithilfe fabelhafter Technik einen Raum nach dem anderen im sogenannten neuen Pompeji freilegte. Das sündige Åre aus dem frühen dritten Jahrtausend wurde in seiner ganzen versteinerten Nacktheit bloßgelegt.

Damals hatten sich die neuen Supermächte gebildet, ein im Lauf der Geschichte stets sicheres Zeichen für den Untergang einer Zivilisation. Ein Historiker in einem eigentümlichen Weltraumhelm (okay, hier ließ seine Fantasie ihn ein wenig im Stich) blieb plötzlich in einem Raum mit acht versteinerten Gestalten stehen, die in einer wahren Orgie begriffen waren, und sagte: ›Gelehrte Kollegen. Halten wir einen Moment inne, und versuchen wir, aus dem, was in jenen törichten Jahrzehnten geschehen ist, eine Lehre zu ziehen. Die eigenständigen Kulturen in Europa wurden zugunsten eines Superstaats aufgelöst, der den Superstaat, zu dem er eine Alternative darstellen sollte, leider nur imitierte. Die Vereinigten Staaten von Europa wurden nichts anderes als ein siamesischer Zwilling der Vereinigten Staaten von Amerika. Ein Auswuchs. Kultur und Bildung und andere zeitraubende Phänomene wurden ersetzt durch Genusssucht und das Bedürfnis nach schneller Unterhaltung, die sich für die Beteiligten nicht selten so auswirkten, dass sie pflegebedürftig wurden. Die Gladiatoren der Zeit, Fußball- und Eishockeyspieler, wurden so hart angetrieben, dass ihre Körper ganz einfach zerfielen. Spiele und Glücksspiele, Prostitution und Pornografie gediehen maßlos. Menschen starben in Scharen im sogenannten Verkehr, dem kollektiven Selbstmord jener Zeit, indem man Fahrzeuge, die immer höhere Geschwindigkeiten erreichten, auf Wegen ohne schützende Trennwände aufeinandertreffen ließ. Die Privatsphäre ging verloren aufgrund intimer Gespräche über Mobiltelefone in öffentlichen Transportmitteln und durch E-Mail-Viren, die die geheimen Briefe der Menschen in infizierter Form an alle Bekannten verschickte. Die menschliche Natur wurde ein ums andere Mal mittels primitiver genetischer Manöver verändert, weil die Kontrollbehörden privatisiert wurden. Menschen kommunizierten über ihre Computer, um sich nicht von Angesicht zu Angesicht begegnen zu müssen. Alte und Arbeitslose wurden allein gelassen und starben auf den Straßen, weil niemand mehr Geld und Zeit opfern wollte, um sich mit Pflege zu befassen. Aufgrund zielbewusster Misswirtschaft mit den natürlichen Ressourcen veränderte sich das Klima auf drastische Weise. Die Gewalt nahm immer gröbere Formen an, und spezielle superduperintelligente Polizeitruppen mussten eingesetzt werden, um der allerschlimmsten Auswüchse Herr zu werden. Jetzt, da wir besser in der Lage sind, unsere Gegenwart zu betrachten, wird es uns wohl endlich gelingen, etwas aus der Geschichte zu lernen. Und jetzt ist es an der Zeit, Pille 234FR zu nehmen, denn die Wolke Tschernobyl 86C, die Sauerstoff enthält, dieses tödliche Gas, ist meinem genetisch eingepflanzten Detektor zufolge auf dem Weg hierher.‹

Nein, dachte Arto Söderstedt und riss sich am Riemen. So werden keine Kinder gemacht. Nur aus Barmherzigkeit abgetriebene Fantasiegeburten.

Er wandte sich wieder den Akten zu. Oblate, dachte er. Kerstins Notiz: ›Christi Leib wieder Leib geworden‹. Sehr poetisch. Die realisierte Metapher. Weiter: ›Schlechte Fingerabdrücke aufgr. v. Abnutzung. Brynolf fragen.‹ ›Schlafmittel? Schmerzstillende Mittel? Schlamper Qvarfordt fragen.‹ ›Russe? Interpol anfragen.‹ ›Methode. International vergleichen. Auch Interpol.‹

Tja, dachte Söderstedt. Die Methode. Elektrische Stichsäge. Wohl entscheidend, ob das Opfer betäubt war oder nicht. Die Szene, falls nicht, wollte er sich lieber nicht vorstellen. Aber seine Fantasie war auch so schon recht aktiv. Er landete in einer dunklen, vor Feuchtigkeit triefenden Lagerhalle. Ein im Boden einzementierter Metallstuhl. Ein großer Mann auf dem Stuhl festgeschnallt. Den Nacken ordentlich an einer Stange befestigt, die hinter dem Stuhlrücken aufragte. Fest gespannte Lederriemen um den Hals, die Arme und Beine. Vergebliche Versuche, sich wegzudrehen. Dickes silbernes Klebeband um den Mund. Und dann das Geräusch, als die Säge eingeschaltet wird.

Nein, das brachte nichts. Nichts außer Angst.

Arto Söderstedt saß in Kerstin Holms Zimmer. Die Chefperspektive. Stellvertretender Chef während ihrer Auslandsreise. Er kicherte ein bisschen. Wenn Mörner das wüsste. Kriminalinspektor Arto Söderstedt, stellvertretender operativer Chef der Spezialeinheit für Gewaltverbrechen von internationalem Charakter beim Reichskriminalamt. Es war ungefähr so wie Vizeministerpräsident.

Er stand auf und blickte durchs Fenster in den nichtssagenden Innenhof des Polizeipräsidiums. Mittwochvormittag. Ein schöner Tag zu Beginn des Sommers. Mehr gab es dazu nicht zu sagen. Sein Blick fiel auf den neuen Fernseher, und er schaffte es, ihn mit der Fernbedienung einzuschalten. Kein Fußball? Nein, bei der WM war Pause, vor den Viertelfinalspielen.

Eine Pause im Spiel …

Er trat an das Faxgerät. Zwei Papiere steckten darin. Auf dem oberen stand nur, in einer Schrift, die nach Garamond aussah, wahrscheinlich 24 Punkt: ›Denkt an Keith Cederholm.‹ Er betrachtete das Blatt. Vermutlich gehörte es zu einer Art interner Kommunikation, an der Kerstin beteiligt war. Besser die Finger davon lassen. Darunter lag ein sprachgewaltiges Fax von Gerichtsmediziner Sigvard Qvarfordt.

Er nahm es mit und setzte sich wieder an den Chefschreibtisch. Seltsamer Ton. Der Messer-an-der-Kehle-Ton, Kompensationsintensität. Hatte der Alte sich vielleicht einen Patzer geleistet und versuchte jetzt, Boden wiedergutzumachen?

Offenbar. Neuer Ansatz. Der große Körper mit dem Loch im Kopf war tatsächlich vollgepumpt mit Sedativen. Fein, Kerstin. Schlafmittel und schmerzstillende Mittel in ausreichender Menge, dass er nichts gespürt haben dürfte. War das ein Trost? Für das Opfer ja. Für Arto Söderstedts Wohlbefinden ja. Für die polizeiliche Ermittlung nein. Denn dieser Umstand machte eine mafiaartige Abrechnung weniger wahrscheinlich. Es lag immer etwas widersinnig Trostreiches darin, dass ein Mordopfer selbst kriminell war, dass es ebenso unbekümmert hatte morden können, wie es ermordet worden war. Aber warum sollte die Mafia sich solche Umstände machen und das Opfer vor der grausigen Tat betäuben und einschläfern? Jetzt wurde es folglich komplizierter, nicht zuletzt in Kombination mit dem posthum tätowierten U.

Wenn es überhaupt ein U war. Konnte es nicht ein C sein? Oder ein ganz anderes Zeichen? Aus einem anderen Alphabet? Oder irgendein Symbol? Das Bild einer Schale vielleicht? Ein Glas, um den Abendmahlswein daraus zu trinken: Oblate – Körper, Wein – Blut?

Spekulationen in allen Ehren – ohne sie kam man nicht weit –, aber früher oder später mussten sie mit Fakten verknüpft werden. Und Fakten waren nichts anderes als die Fingerabdrücke, so ›schlecht‹ sie auch waren. Sie schwirrten gegenwärtig in Europa herum. Wahrscheinlich waren sie inzwischen tief unter den Papierstapeln der Polizeibehörden gelandet und würden wochenlang nicht untersucht werden. Es musste eine direktere Herangehensweise geben. Es musste möglich sein, diesen Mann zu identifizieren. Irgendwie.

Es wurde Zeit, ein richtig superduperintelligenter Polizist zu werden.

Aufmerksam betrachtete er alle Bilder vom Gesicht des Mannes. Dieses leicht Feiste, ganz deutlich trotz der Aufgedunsenheit durchs Wasser. Kein Verlierer, nicht richtig Alkoholiker. Doch fast. Und dann der Körper, so groß, leicht birnenförmig. Etwas kam ihm vage bekannt vor. Der Typ. Der Menschentyp, der Charaktertyp. Etwas Brutales, leicht angefressen. Wenn der Mann kein Krimineller war, dann befand er sich in der Grauzone. Ein roher Typ. Stand höchstwahrscheinlich irgendwo auf der Welt in einer Verbrecherkartei. Aber wo? Also Zeit für ein bisschen grandios vorurteilsbeladene Nationalitätsbestimmung. Warum kam ihm der Charakter bekannt vor? Ein – ›Nationalcharakter‹? Er erlaubte sich, die modrigen Düfte von Rassenbiologie zu ignorieren, die von seinem Gedankengang aufstiegen. Er betrachtete forschend das tote Gesicht, drehte und wendete die Fotos. Die leicht schräg stehenden grauen Augen, die ziemlich hohen Wangenknochen. Es kam ihm vor, als hätte er den Mann schon einmal gesehen. Nicht diesen, aber Menschen dieses Typs. Wann? Als er ein Kind war? Ja, seine Erinnerung hatte diese Art von Klarheit. Scharen solcher Männer sammelten sich um eine Parkbank vor dem Alko in Vasa. Dem finnischen Alkoholmonopol. Das Russische passte nicht ganz, aber fast. War es nicht ein … karelisches Gesicht? Einer der vielen zugezogenen Karelier, von denen in Vasa, im etwas zivilisierteren westlichen Finnland, niemand etwas wissen wollte? Hatte er den Typ nicht auch später gesehen? Zusammen mit den kriminellen finnischen hohen Tieren, für deren Freisprüche Arto Söderstedt einen großen Teil seines frühen Berufslebens aufgewendet hatte – als juristisches Wunderkind in Vasa? Halbkrimineller Strafverteidiger. Seine Klienten hatten gelegentlich karelische Leibwächter, grausame, stumme Machotypen ohne Gewissen.

Ja, verdammt, bestimmt war der Kerl Finne.

Da war auch etwas mit den Sandalen. Die Marke Laja Pro. Hatte das nicht einen finnischen Klang? Er schaute im Internet nach.

Richtig, Laja Pro waren echte finnische Schuhe aus Laitosjalkines Schuhfabrik in Hirsilä.

Taugte das? Doch, es war möglicherweise ein brauchbarer Ansatz. Auf jeden Fall einen Versuch wert. Er griff zum Telefon und wählte eine Nummer.

Eine Stimme im Hörer antwortete: »Interpolabteilung der Reichskriminalpolizei. Kommissar Rickard Blomdahl.«

»Hej, hier ist Arto Söderstedt von der Spezialeinheit für Gewaltverbrechen von internationalem Charakter.«

»Na so was«, entgegnete Kommissar Rickard Blomdahl gereizt. »Schon wieder die A-Gruppe. Was wollt ihr eigentlich von mir?«

»Ähem, jetzt versteh ich nicht richtig, worauf du hinaus willst …«

»Einer von euch hat gestern mehrmals versucht, mich zu erreichen, hat meine Sekretärin gesagt. Aber ich war verdammt beschäftigt mit den Moldawiern. Ein richtiges Wespennest.«

»Waren wir nicht auch einmal mit dieser Moldawiergeschichte befasst? Ich habe so eine vage Erinnerung ...«

»Die Polizei in Jönköping hat sich ans Reichskrim gewandt. Schließlich kamen wir zu der Ansicht, dass es besser wäre, wenn wir uns um den Fall kümmerten. Es geht ja eigentlich eher um internationale Prostitution als um Gewaltverbrechen. Ein moldawischer Schwimmtrainer wurde während eines Schwimmwettkampfs in Jönköping ermordet. Moldawien hatte zehn Schwimmerinnen für die Wettkämpfe gemeldet, keine von ihnen tauchte auf. Es war ganz einfach eine clevere Methode, Prostituierte nach Schweden einzuschleusen. Dann wurde der Trainer ermordet. Es zeigte sich, dass er ein Zuhälter der gehobenen Sorte war, irgendeine rumänisch-moldawische Mafia. Wir haben gerade eine der Prostituierten gefasst. Es ist sehr wahrscheinlich, dass sie ihn ermordet hat.«

»Das erinnert mich stark an etwas anderes«, sagte Arto Söderstedt und spürte einen kurzen Augenblick, wie sein alter Europa-Blues ihn durchbebte.

»Aber komm zur Sache«, sagte Blomdahl brüsk. »Was wollt ihr?«

»Wer wollte dich denn gestern erreichen?«

»Paul Hjelm. Aber meine Sekretärin hatte geschrieben ›Internabteilung‹. Ich habe sie zusammengestaucht.«

»Hjelm arbeitet jetzt in der Internabteilung. Ich habe keine Ahnung, womit er sich befasst. Ich wollte eigentlich Risto Selonen sprechen.«

»Und das soll ich glauben?«, polterte Blomdahl los. »Von euch in der A-Gruppe habe ich die Nase gestrichen voll. Zwei Jahre habe ich mit Chavez in Sundsvall zusammengearbeitet. Er war ein verflucht lahmarschiger Polizist, der so gut wie nichts anderes getan hat, als in einem zwielichtigen Jazzclub unbegreifliche Musik zu machen. Einwanderer können leider nie gute Polizisten werden. Bei denen fehlt was in der Rübe.«

»Chavez ist kein Einwanderer«, sagte Arto Söderstedt sanft. »Aber ich bin einer.«

»Was meine These beweist.«

»Quod erat demonstrandum.«

»Saufinne.«

»Ist Selonen da?«

Es war eine Weile still. Rickard Blomdahl verschwand.

Eine neue Stimme erschien und sagte mit finnischem Akzent: »Ja, hier ist Kriminalinspektor Risto Selonen.«

»Hyvää päivää, mielipuoli«, begrüßte Arto Söderstedt ihn erfreut.

»Hallo, Arto. Hej.«

Söderstedt fuhr auf Finnisch fort: »Was für einen reizenden Chef du hast.«

»Ja, du«, sagte Selonen in derselben Sprache, »ein prächtiger Pfostenschuss. Der reine Wahnsinn. Jetzt beansprucht er auch noch die Ehre für sich, den Moldawierfall gelöst zu haben. Dabei haben zwei andere und ich das Ding geknackt, während er seine Zeit damit verbracht hat, holländische Olympiamedaillengewinner zu belästigen. Suchte Drogen in den Badeanzügen. Er war überzeugt davon, dass es mit Doping zusammenhing. Sein Gedankengang begann bei holländischen Haschischbars und führte via Inge de Bruijn zu moldawischen Drogenrouten. Da verstehst du ungefähr.«

»Ist er in der Nähe?«

»Er steht hinter mir. Begreift kein Wort. Mielenvikainen.«

»Ich habe ein kleines Problem«, sagte Arto Söderstedt, immer noch auf Finnisch. »Hast du noch gute Kontakte nach Helsinki?«

»Ausgezeichnete sogar.«

»Wie schnell kannst du Fingerabdrücke eines mutmaßlichen Finnen beschaffen?«

»Schnell. Sagen wir eine halbe Stunde.«

»Du machst einen glücklichen Menschen aus mir. Ich maile sie rüber.«

So geschah es. Aus der halben Stunde wurde eine Dreiviertelstunde, und während dieser Zeit dachte Arto Söderstedt ausschließlich auf Finnisch, selbst als er mit einem hohen Polizeipotentaten schwedisch sprach. Er fand, dass ihm das erlaubte, eine andere Perspektive zu den Dingen einzunehmen. Er dachte: Hjelm, Chavez, Sundsvall, Rassismus. Und er dachte weiter: Was, zum Teufel, machst du da, Paul?

Er rief ihn an.

»Hjelm«, sagte die Stimme im Hörer.

»Tittut«, sagte Söderstedt. »Ich wollte dir nur mitteilen, dass Rickard Blomdahl an seinem Arbeitsplatz ist. Wenn du ihn immer noch sprechen willst.«

»Arto! Und was verdammich weißt du über Blomdahl und mich?«

»Was tust du eigentlich, Paul? Ermittelst du gegen Jorge?«

Schweigen im Hörer. Ekliges, bejahendes Schweigen.

»Ich kann mich nicht zu laufenden Ermittlungen äußern«, sagte Paul schließlich.

»Du redest mit mir«, sagte Arto Söderstedt.

»Zwei Sachen«, sagte Hjelm. »Erstens musst du mir vertrauen. Zweitens musst du schweigen, und zwar absolut.«

»Und das ist alles?«

»Am Telefon, ja. Können wir uns heute Nachmittag treffen?«

»Ja.«

»Ich komme zu dir«, sagte Hjelm.

»Ansonsten hörst du dich an, als wärst du gut drauf.«

»Ich habe eine gute Nacht hinter mir.«

»Gut in dem Sinn?«

»Ja.«

»Ruf Blomdahl an. Der ist ja ein richtiger Scherzkeks.«

»Tu ich«, sagte Paul Hjelm und legte auf.

Arto Söderstedts finnische Gedanken wanderten. Sie wanderten weite Wege. Hjelm ermittelt gegen Chavez. Jon Anderson wird in Polen niedergestochen. Mörderische polnische Krankenschwester wird in Schweden erschlagen. Chef von Schund-Fernsehsender wird von Fernsehkritiker erschossen. Kurdische Frau ermordet kurdischen Bruder. Moldawischer Schwimmtrainerzuhälter wird von Prostituierter ermordet. Und jetzt eventuell dieser Karelienfinne mit einem Stück seines Kopfs im Mund.

Er lehnte sich im Kommissarsessel zurück. In dem Moment sah er die Konturen von etwas sehr Eigentümlichem. Es funkelte an der Decke. Ein gewaltiger schimmernder Engelsflügel.

Das Telefon klingelte. Die Konturen verschwanden.

»Du hattest recht«, hieß es im Telefon auf Finnisch.

»Kiitos«, sagte Söderstedt und war zufrieden.

»Aber die Fingerabdrücke waren schlecht.«

»Ich weiß. Wer ist es?«

»Geboren 1959 im finnischen Karelien. Zog im Alter von zehn Jahren mit der Familie nach Helsinki. Beging als Jugendlicher eine Reihe von kleineren Straftaten, Jugenderziehungsanstalt. Heiratete 1986 eine Marja-Liisa. Zwei Anklagen wegen Misshandlung seiner Ehefrau, beide Male wegen zurückgezogener Zeugenaussage freigesprochen. Wanderte 1988 mit seiner Frau nach Schweden aus. Weiter nichts in den finnischen Karteien. Und in den schwedischen ist er nicht vorhanden. Er heißt Juha-Pekka Niemelä. Beruf unbekannt.«

»Ich schulde dir einen ordentlichen Koskenkorva, Risto.«

Söderstedt nahm einen Stift. Misshandlung der Ehefrau. Hatte er das nicht im Gesicht des Toten erkannt? Wohl nicht genau. Aber immerhin konnte er über seine Intuition nicht klagen.

Juha-Pekka Niemelä stand im Telefonbuch. Er lebte auf dem Lande bei Tungelsta. Söderstedt fuhr hin. Er hoffte, dennoch rechtzeitig zurückkommen und Paul treffen zu können. Hoffentlich in Begleitung eines Mörders.

Arto Söderstedt hatte einmal eine unerwartete Erbschaft gemacht. Sie führte zu einem zweimonatigen paradiesischen Aufenthalt in der Toskana, einem gebrochenen Kiefer und ausgeschlagenen Zähnen, zu Nahkontakt mit den abschreckendsten Wesen der antiken Mythologie, einer Einsicht in das Wesen der Erbsünde sowie einem Minibus mit Namen Toyota Picnic. Von all dem gab es im Großen und Ganzen nur noch die ewig pannenanfällige Scheißkutsche, und er benutzte sie mit Vorliebe als Dienstwagen. Mit dem Rest seiner juristischen Fingerfertigkeit sorgte er nämlich dafür, dass die Reparaturkosten für ein auf Dienstfahrt zu Bruch gegangenes Fahrzeug von der Polizeikasse übernommen wurden. Das war zwar nicht ganz lupenrein, aber der letzte Rest des Erbes – und noch ein wenig dazu – war für die Einrichtung eines Kinderheims in der Ukraine gestiftet worden.

Doch das war ein gut gehütetes Geheimnis.

Es zuckte in den Zähnen, und wie um den stets gleichbleibend mystischen Schmerz zu besänftigen, drehte er den Schlüssel seines schicken Picnic im Zündschloss, hoffte, dass der Wagen nicht in den tiefsten Wäldern von Tungelsta den Geist aufgäbe, und verließ mit Vollgas die Garage des Polizeipräsidiums.

Die Wälder von Tungelsta waren tatsächlich tiefer, als er sie sich vorgestellt hatte, und die Verkehrsdichte war erstaunlich gering. Zwischendurch fühlte er sich wie ein Kind allein im großen Wald. Der Wagen klang richtig ausgelassen, als er sich wie ein Elchkalb zwischen Kiefern und Fichten tummelte. Dann war er am Ziel. In einem guten alten Hui.

Das Haus war größer, als er erwartet hatte; dafür lag es ungefähr so wie gedacht. Reichlich isoliert. Ohne störende Nachbarn.

Die perfekte Lage für ungestörte Ehefrauenmisshandlung.

Das Grundstück war unordentlich. Als er durch das Tor im hohen Zaun eintrat, erwartete er, von einem hungrigen Dobermann angefallen zu werden, doch das erwies sich als ein Vorurteil. Oder der Wauwau war ganz einfach schon verhungert. Das Haus wirkte nämlich ausgesprochen verlassen. Und es ist klar, dass ein Loch im Kopf nicht gerade förderlich ist für die Pflege eines Haushalts.

Er klingelte. Niemand öffnete, aber er hörte ein schwaches Geräusch aus dem Innern. Eine Toilette wurde gespült. Er klingelte noch einmal, fest und bestimmt. Wie um zu zeigen, dass er Bescheid wusste.

Endlich wurde die Tür geöffnet. Eine Frau blickte durch den Spalt. Sie war kaum über fünfunddreißig, sah aber alt und eingefallen aus. Ihr Blick zeigte offene Angst, und ein veilchenblaues Auge zusammen mit dem Umstand, dass sie den linken Arm in der Schlinge trug, ließ ihn zu der Einsicht kommen, dass er sehr, sehr behutsam vorgehen musste.

»Marja-Liisa Niemelä?«, sagte er leise.

Nicken im Türspalt. Er zeigte seinen Ausweis und sagte: »Darf ich hereinkommen? Es geht um Ihren Mann Juha-Pekka Niemelä.«

Sie wandte den Blick zu Boden und öffnete schließlich die Tür. Er betrat eine erstaunlich sauber geschrubbte Küche. Er wartete auf sie. Sie zeigte auf die Küchenbank. Er setzte sich. Sie setzte sich nicht.

»Ich glaube, es ist besser, wenn Sie sich setzen«, sagte Arto Söderstedt.

»Ich stehen.«

»Möchten Sie, dass wir finnisch sprechen? Ich bin auch aus Finnland. Aus Vasa.«

Marja-Liisa Niemeläs Gesicht leuchtete auf, und sie sagte auf Finnisch: »Ich bin aus Seinäjoki. Nicht weit von Vasa.«

»Da sehen Sie«, fuhr Arto Söderstedt in der gleichen Sprache fort. »Skandinavien ist nicht so groß. Können Sie sich denken, warum ich hier bin?«

»Ich bin nur froh, dass er weg ist«, sagte Marja-Liisa Niemelä und setzte sich. »Je länger, desto besser.«

»Warum zeigen Sie ihn nicht an?«

Sie lächelte schwach. Nicht direkt bitter, nur schwach.

»Was spielt das noch für eine Rolle, jetzt, wo er tot ist?«

»Wissen Sie, dass er tot ist?«

»Warum wären Sie sonst hier?«

»Wann haben Sie ihn zuletzt gesehen?«

»Als er das hier gemacht hat«, sagte sie und hob den Arm in der Schlinge. »Es ist wohl eine gute Woche her.«

»Und das da?«, sagte Söderstedt und zeigte auf ihr blaues Auge.

»Das war beim Mal davor. Vor etwa zwei Wochen.«

»Ist er häufiger eine Woche lang weg?«

»Nein.«

»Aber Sie haben ihn nicht als vermisst gemeldet?«

»Nein.«

Söderstedt betrachtete ihr geläutertes Antlitz. Alle diese Zeichen von Misshandlungen, die irrationalen Selbstvorwürfe, der große Verrat, der ein für alle Mal ihren Blick hatte erlöschen lassen, die Gefühle, die sie einmal in die Irre geführt hatten und die sie für den Rest ihres Lebens bestrafen würden. Das Festgefahrensein. Die Hilflosigkeit. Die Hölle mitten unter uns.

Und die Unfähigkeit, das Fegefeuer zu verlassen.

»Juha-Pekka ist tot«, sagte Arto Söderstedt. »Er ist ermordet worden.«

»Ermordet?«, sagte Marja-Liisa Niemelä ohne irgendein ersichtliches Gefühl.

»Ja. Auf ziemlich unschöne Art und Weise. Haben Sie hier im Haus eine Tischlerwerkstatt?«

Sie sah ihn von der Seite an. Dann lächelte sie dünn und stand wortlos auf. Er folgte ihr. Sie kamen an eine Tür. Sie hielt inne und warf ihm einen eigentümlichen Blick zu. Er verspürte einen klitzekleinen Stich von Beunruhigung, und die ließ nicht nach, als sie die Tür zu einer kohlschwarzen Kellertreppe öffnete. Sie machte eine Geste zu der Schwärze hin. Er blickte hinein, trat einen Schritt vor und blieb stehen.

»Gehen Sie vor«, sagte er.

Erst in diesem Augenblick kam ihm ernstlich der Gedanke, dass Marja-Liisa Niemelä eine Mörderin sein könnte.

Sie stieg vor ihm hinab in das feuchtkalte Dunkel. Es roch streng, erdkellerstreng. Und da war noch ein anderer Geruch, ein Hintergrundgeruch, schwächer, beunruhigender. Die zehn Sekunden, in denen es vollkommen schwarz um ihn her war, dauerten eine Ewigkeit. Seine Herzfrequenz stieg deutlich. Einen kurzen Augenblick lang war er davon überzeugt, dass sie verschwunden war, in ein dunkles, von Feuchtigkeit triefendes Lagerlokal, um ihn dann niederzuschlagen und ihn auf einem einzementierten Metallstuhl festzuzurren, den Nacken an einer Stange befestigt, die hinter dem Stuhlrücken aufragte. Fest gespannte Lederriemen um Hals, Arme und Beine. Vergebliche Versuche, sich wegzudrehen. Dickes silbernes Klebeband um den Mund.

Und dann das Geräusch, als die Säge eingeschaltet wird.

Stattdessen wurde ein schwaches Licht eingeschaltet. Marja-Liisa Niemelä stand wie ein gefallener Engel in dem flackernden Licht und zeigte auf eine Tischlerbank in einer Ecke des kleinen Kellers. Links von der Tischlerbank lag Gerümpel in Kisten in einem einsturzgefährdeten Regal. Söderstedt trat an das Regal. Ganz oben in einer der Kisten lag eine Stichsäge.

Auf dem Sägeblatt waren Flecken. Dunkelrote Flecken.

Er ließ die Finger davon. Damit konnten sich andere befassen.

Links von der Tischlerbank war eine Tür. Arto Söderstedt trat an die Tür. Sein Herz schlug noch immer ziemlich schnell. Er warf einen raschen Blick auf die Frau, die noch immer ganz still dastand, und öffnete die Tür.

Da drinnen herrschte umso bessere Ordnung. Der Hintergrundgeruch wurde stärker, wurde chemisch, erkennbar. Der dunkle Raum war klein und hermetisch geschlossen, mit Mengen von Apparaten und Papierstapeln in verschiedenen Farben und Formen. Und dunkel.

Er machte Licht. Das Licht war rot. Die Papierstapel und Apparate wurden in mattrotes Licht getaucht.

An einer Wäscheleine an der Decke hingen einzelne Fotos an Wäscheklammern.

Söderstedt wandte sich zu Marja-Liisa Niemelä um.

Sie nickte. »Er war Fotograf«, sagte sie.

28

Die Auslieferung von Mateusz Kohutek ging reibungslos vonstatten. Polen verhielt sich den EU-Ländern gegenüber zurzeit äußerst kooperativ. Kerstin Holm nahm ihn ganz einfach mit.

Problemlos.

Alle vier Enkelkinder kamen mit, um ihn zu verabschieden. Kommissar Marek Wojcik und Kriminalassistent Rafael Cazapiewski fuhren die ganze Blase zu Poznańs EU-modernem Flugplatz, zwei normale, begabte, unterbezahlte Polizisten, die versuchten, in einem Zeitalter von schnellen, undurchdachten Veränderungen den Kopf über Wasser zu halten. Kohutek verabschiedete sich höflich von dem Duo. Sie beantworteten seine Grüße so höflich, wie man dem Überbleibsel einer verschwundenen Nation huldigt, die durch ein wahnsinniges Jahrhundert gewatet ist. Er umarmte seine Enkelkinder, lange, sehr lange. Man konnte sehen, dass er nicht erwartete, sie wiederzusehen.

Seine Zeit war vorbei.

Sie ließ ihn eine Weile allein stehen und mit den Fingern seiner einen Hand die immer stärker hervortretenden Granatsplitter auf dem Kopf betasten, während die beiden Polizisten seine Enkelkinder einem unbekannten Schicksal zuführten. Kerstin weigerte sich zu glauben, dass Wojcik sie einfach sich selbst überlassen oder sie für ein paar Jahreseinkommen an die Prostitution für EU-Touristen verkaufen würde.

Sie flogen. Mateusz Kohutek sah aus dem Fenster und sagte: »Ich bin noch nie geflogen.«

Mehr sagte er nicht.

Es würde noch eine Woche dauern, bis Jon Anderson so

weit erholt wäre, dass er die Reise antreten konnte. Eine Woche der Vorbereitungen, um sich durch den zersplitterten Glaskäfig hindurchzuarbeiten – von beiden Seiten.

Stattdessen landete der sechsundsiebzigjährige polnische Kriegsinvalide Mateusz Kohutek in einer Art Glaskäfig. Er saß in einem Raum mit enormem Wandspiegel einem großen, in Leder gekleideten Mann gegenüber, der sehr grausam aussah. Er dachte an seine Begegnungen mit deutschen und später russischen Männern in Ledermänteln und fragte sich, welche schrecklichen Gedanken durch das Gehirn des furchteinflößenden Mannes gingen.

Tatsache war, dass Viggo Norlander an Rasseln dachte. An die eigentümliche Idee, Schlagwerkzeuge in zarte Mädchenhände zu geben und dann zuzuschauen, wie sie damit aufeinander einschlugen. Es handelte sich im Augenblick um eines der größten Probleme der Familie Norlander, die Unart der kleinen Töchter, sich mit ihren Rasseln zu verprügeln.

Woher kamen all diese verfluchten Rasseln?

Norlander sah unbestreitbar ziemlich grausam aus, auch von der anderen Seite des großen Wandspiegels.

Gunnar Nyberg wandte sich zu Kerstin um und sagte: »Viggo? Ist das wirklich das Erste, was er von Schweden zu sehen bekommen muss?«

»Ich finde schon«, sagte Kerstin Holm. »Dann hat er das Schlimmste überstanden.«

»Er behauptet also, er sei unschuldig?«

»Gewissermaßen. Und ich glaube ihm. Gewissermaßen.«

»Grassiert dieses ›gewissermaßen‹ im Moment nicht ein bisschen stark?«

»Gewissermaßen.«

Sara Svenhagen und Lena Lindberg tauchten in dem kleinen Kabuff auf. Sie waren in einem Gespräch, das offenbar schon einige Zeit andauerte.

»Bist du sicher?«, fragte Sara. »Meinst du wirklich schon heute? Das würde so verdammt gut passen.«

»Ich habe es selbst vorgeschlagen«, sagte Lena. »Also bin ich sicher.«

»Du hast also von unserem kleinen Problem mit Opa Brynolf gehört? Ja, die Hauspost für Klatschgeschichten funktioniert reibungslos.«

»Nein, mir ist vorgeschlagen worden, ich sollte lernen, mit Säuglingen umzugehen.«

»Psst«, zischte Gunnar Nyberg und zeigte aufs Fenster. »Er kann uns hören.«

»Schön mit Jon«, sagte Sara und drückte Kerstin kurz an sich. »Kein Aber?«

»Es sieht nicht so aus. Er soll noch eine Woche bleiben, zur Beobachtung. Sie haben ihm neues Blut eingefüllt. Er hat jetzt nur noch Osteuropablut.«

»Ist er das?«, fragte Sara und zeigte durch die Scheibe ins Vernehmungszimmer.

Kerstin Holm nickte und spürte ein leichtes Streicheln am Arm. Lena Lindberg lächelte und sagte: »Ging es gut gestern? Mit Vicke?«

»Viktor«, korrigierte Kerstin und merkte, dass sie lächelte. »Doch, doch. Und selbst?«

»Doch, ja«, sagte Lena. »Bestens. Aber heute Abend weht ein anderer Wind. Ich bin Babysitterin. Sara und Jorge wollen ins Kino.«

»Was, schon wieder?«, entfuhr es Kerstin.

»Nur wieder hoch auf den Rücken des Pferdes«, sagte Sara. »Warum es nicht gleich noch einmal versuchen? Wenn du dich wirklich von diesem Claes losreißen kannst.«

»Das habe ich doch schon gesagt«, entgegnete Lena. »Wir sehen uns stattdessen morgen. Übrigens war er es, der gesagt hat, ich sollte mich an Kinder gewöhnen. Und Vicke?«

»Viktor«, korrigierte Kerstin. »Ja, wir sehen uns heute Abend.«

»Das ist ja der reinste Hühnerhof hier drinnen«, sagte Gunnar Nyberg.

Und es wurde noch schlimmer. Ein weiteres weibliches Wesen zeigte sich in dem kleinen Raum. Allerdings an einer männlichen Brust getragen.

Ein Herzen und Umarmen setzte ein, und Gunnar Nyberg kam sich ein bisschen bedrängt vor in seiner Ecke.

»Also, Papa und Mama lassen dich schon wieder allein?«, sagte Kerstin und verwuschelte das Haar der kleinen Isabel.

»Na ja«, sagte Jorge. »Wir sehen mal.«

»Es ist schon entschieden«, sagte Sara. »Muttermilch ist reichlich vorhanden.«

»Und Sojamilch«, sagte der Gatte forsch. »Wie ist es denn gegangen mit eurer Lera?«

»Wir haben wieder mit ihr geredet«, sagte Sara. »Aber nichts Neues.«

»Lera?«, fragte Gunnar Nyberg. Aber niemand hörte ihn.

»Und wie war das Spielen?«, fragte Sara mit einer gewissen Kühle.

»Souverän«, sagte Jorge und sang: »›There's a fossil that's trapped in a high cliff wall / There's a dead salmon frozen in a waterfall / There's a blue whale beached by a springtide's ebb / There's a butterfly trapped in a spider's web.‹«

»Luft«, sagte Gunnar Nyberg und stöhnte laut.

Er wurde schnell erhört. Die Tür des kleinen Kabuffs wurde erneut aufgezogen.

»Jesses«, sagte ein hoher Polizeioberer in der Türöffnung. »Das sieht ja aus wie in einer albanischen Stehsauna.«

»Paul«, rief Kerstin. »Was führt dich in unser bescheidenes Viertel?«

»Ich wollte eigentlich Arto treffen«, sagte Paul und drängte sich herein.

»Das ist wohl der Einzige, der nicht hier ist«, sagte Jorge Chavez.

»Hallo«, sagte Hjelm und verwuschelte das Haar der kleinen Isabel. »Du bist also in deiner Freizeit hier?«

»Zwangskommandiert«, sagte Chavez. »Von meiner Frau.«

Gunnar Nyberg stellte fest, dass man jeden Tag etwas Neues lernte. Zum Beispiel, wie Klaustrophobie sich anfühlt.

»Wer ist das?«, fragte Paul Hjelm und zeigte durch die Scheibe.

»Viggo Norlander«, sagte Chavez. »Du solltest ihn kennen. Er figuriert doch in diversen Internermittlungen.«

»Das ist Mateusz Kohutek«, sagte Kerstin Holm. »Polnischer Großvater, der gewissermaßen eine Krankenschwester mit der Axt erschlagen hat.«

»Gewissermaßen?«

»Du kannst ja eine Weile hier stehen und alte Erinnerungen auffrischen«, sagte Kerstin und drängte sich hinaus. »Arto sollte gleich kommen.«

Kurz danach erschien sie im Vernehmungsraum. Viggo Norlander stand auf und trat an den großen Spiegel. Er blickte aus einem Zentimeter Abstand hinein und hob drohend den Zeigefinger. Dann lehnte er sich mit dem Rücken gegen den Spiegel.

Das verursachte ein kleineres Chaos in dem kleinen Kabuff. Man drängte sich, um freie Sicht zu bekommen. Klein-Isabel wurde an Lena Lindbergs Brust gepresst und begann instinktiv zu nuckeln.

»Hoppla«, sagte Lena.

»Daran musst du dich gewöhnen«, sagte Jorge. »So ist es, wenn man Babysitterin ist.«

Als Kerstin Holm mit der Vernehmung begann, breitete sich im Kabuff jedoch Schweigen aus.

Sie redeten englisch. Der Alte sprach ein richtig brauchbares Kabel-2-Englisch. Der Anfang des Verhörs folgte dem Standardmuster. Für Paul Hjelm war es ein merkwürdiges Gefühl, Kerstin allein dort drinnen zu sehen (wenn man von dem Lederrücken vor der Nase absah). Er erkannte, wie sehr ihm gewisse Teile der Arbeit fehlten.

Nein, dachte er und warf einen Blick auf Chavez. Nein, alles.

»Warum haben Sie eine so seltsame Reiseroute gewählt?«, fragte Kerstin Holm.

»War sie seltsam?«, sagte Mateusz Kohutek erstaunt.

»Poznań–Berlin–Hamburg–Helsingborg. Das ist ja nicht gerade der direkte Weg. Und dann Mietwagen ab Helsingborg.«

»Es war das Billigste. Ein Seniorenrabatt.«

»Kann jemand mir ein schnelles Resümee geben?«, fragte Paul Hjelm.

Dreifaches Zischen und eine geflüsterte Antwort. Von Lena Lindberg. »Dein Nachfolger hat ihn in Polen eingekreist. Und Gunnar hat den Rest besorgt.«

»Mein Nachfolger?«

»Jon Anderson. Gestern Nacht wurde er niedergestochen. Hat in Lebensgefahr geschwebt.«

»Au, verdammt«, sagte Hjelm. »Ich kenne ihn überhaupt nicht. Wann denn?«

Kurzer stirnrunzelnder Blick von Lena. »Sag nicht, dass du auch …«

»Wann?«

»Um zwanzig nach zwölf.«

Und Paul Hjelm dachte an eine großartige Frau mit Namen Christina. Er dachte an einen plötzlichen Druck auf dem Herzen, an das deutliche Geräusch von splitterndem Glas mitten im Genuss. Und alles war ziemlich wunderlich.

»Also doch«, sagte Lena Lindberg und wandte sich wieder der Scheibe zu.

»Warum nicht die Fährlinien Gdansk–Nynäshamn, Gdynia–Karlskrona und Swinoujscie–Ystad?«, wollte Kerstin Holm wissen.

»Das war viel teurer«, sagte Matheusz Kohutek. »Warum ist das so wichtig?«

»Das ist es nicht«, sagte Jorge Chavez und begann, die Tragriemen abzustreifen. Isabel war noch vollkommen ruhig. Dank eines Schnullers.

»Wohin willst du?«, fragte seine Frau und nahm das Kind entgegen.

»Ich muss pinkeln«, sagte Chavez. »Wenn du es unbedingt wissen willst.«

»Ich komme mit«, sagte Paul Hjelm, von einem unausgesprochenen Drang getrieben.

»Ich kann ihn noch allein halten«, sagte Chavez und schob sich vorbei.

Sie kamen auf den Korridor. Hjelm blickte sich um. Alles war genau wie immer. Das Einzige, was nicht war wie immer, war er selbst. Er lockerte seinen Schlips und schob die Kunststoffbrille in die Stirn.

Etwas nahm Form an. Etwas, was kein anderer je erfahren durfte.

»Wie geht's dir denn?«, fragte Chavez und straffte den Rücken.

»Gut«, log Hjelm. »Ich habe eine Frau getroffen. Christina. Man wird sehen, wie ernst es ist.«

»Hast du noch Kontakt zu Cilla?«

»Nein.«

»Schade. Finde ich, also.«

»Und dass ich eine Frau getroffen habe?«

»Sehe ich mit gemischten Gefühlen. Ich mag Cilla. Eine prima Frau.«

»Ja«, sagte Paul Hjelm und fühlte sich furchtbar.

Und es sollte noch furchtbarer werden. Schwarze Hirnzellen waren in Bewegung.

Sie kamen zur Toilette. Zuerst ein Vorraum mit Waschbecken. Dahinter die Toilette.

»Du zuerst«, sagte Jorge.

Dann blieb einem wenigstens das Problem erspart, dachte Hjelm. Er warf einen Blick auf das Waschbecken im Vorraum. Papierhandtücher, Plastikbecher. Gut.

Er betrat die Toilette. Einen Moment schloss er die Augen. Fest. Dann beugte er sich hinab und untersuchte den Spülmechanismus. Doch, es müsste gehen. Er spielte in Gedanken einen Handlungsablauf durch. Dann spülte er, schraubte schnell den Handgriff vom Spülkasten ab und steckte ihn in die Armanitasche. Er fingerte ein wenig über der Toilette. Kein Griff.

Er kam in den Vorraum, und während er sich die Hände wusch, drängte Chavez sich hinter ihm vorbei. Hjelm nahm einen Plastikbecher aus dem Halter und steckte ihn in die andere Jackentasche. Er hörte Chavez pinkeln, dass es plätscherte. Dann fluchte er laut und vernehmlich.

»Scheißkram. Verfluchte Kiste.«

Er kam heraus.

»Was hast du gemacht, um zu spülen, Paul?«

»Genau«, sagte Hjelm und trocknete sich die Hände ab. »Es war ein Trick dabei. Ich kann es machen.«

Er ging in die Toilette, trat dagegen und rief: »Verdammter Mist.«

»Gar nicht so einfach, was?«, sagte Chavez von draußen. Das Wasser wurde abgestellt, Rascheln von Papierhandtüchern.

Hjelm trat noch ein bisschen gegen die Toilette. »So eine Scheiße«, sagte er.

»Ist es in Ordnung, wenn ich schon gehe?«, sagte Chavez.

»Okay, ich komme gleich.«

Die äußere Tür wurde geschlossen. Hjelm seufzte tief und schraubte den Handgriff wieder an den Spülkasten. Dann nahm er den Plastikbecher aus der Jackentasche und schöpfte einen Deziliter Urin aus der Schüssel. Er betrachtete ihn in dem schwachen Licht und schüttelte den Kopf. Dann spülte er, ging hinaus, wickelte den Becher in ein paar Papierhandtücher und blickte auf den Korridor. Leer. Er glitt hinüber zu einem kleinen Archivraum und drückte das kleine Päckchen hinter ein paar Aktenordner. Dann kehrte er in das enge Kabuff hinter dem Spiegel zurück.

Er warf einen Blick auf Chavez' Nacken. Er war sehr konzentriert, genau wie die anderen.

»Mjölby?«, sagte Kerstin auf der anderen Seite der Scheibe.

»Eine Tankstelle«, sagte Mateusz Kohutek. »Eine ganz normale Axt. Mit Plastikstiel. Idz do wszystkich diablow!«

»Sie haben also Elzbieta Kopanskas Wohnung mit zwei Äxten verlassen, Ihrer eigenen unbenutzten und einer blutigen, die Sie aus ihrem Kopf gezogen hatten?«

»Es war eine Übersprungshandlung. Alles war so eigentümlich. Die Ärmste. Ich frage mich, ob ich sie wirklich getötet hätte. Sie war so – schön. Die Trauer in den Augen.«

»Pfui Teufel«, sagte Gunnar Nyberg auf der anderen Seite der Scheibe.

»Sie wissen also nicht, warum Sie die zweite Axt mitgenommen haben?«

»Nein. Ich war durcheinander. Takie duperele! Ich wollte es eigentlich in ihrer Station im Krankenhaus tun; das wäre logischer gewesen. Aber sie war nicht da, als ich am Freitag ankam. Sie sollte erst am Montag wieder arbeiten. Ich fand heraus, wo sie wohnte, aber sie war an dem gesamten Wochenende nicht zu Hause.«

»Sie war bei Ingvar Tillberg«, sagte Nyberg.

Die Menschenansammlung im Kabuff betrachtete ihn.

»Was haben Sie mit den beiden Äxten gemacht?«, fragte Kerstin Holm.

»Zwei«, fuhr Nyberg fort. »Sicher.«

»Ich habe sie beide weggeworfen. Meine eigene in irgendein Wasser, ins Meer, glaube ich. Die zweite in einen Container in Stockholm. Swinski ryju!«

»Sie müssen uns helfen, sie zu finden.«

»Ich bezweifle, dass ich das kann. Ich weiß nicht, wo ich war.«

»Also gibt es eigentlich keinen Beweis dafür, dass überhaupt zwei Äxte existierten?«

»Pocaluj mnie w dupe!«

Die letzten Sätze entgingen Paul Hjelm. Etwas anderes hatte sich in seinem Gehirn festgesetzt. Der Alte gab hin und wieder polnische Ausdrücke zum Besten, Flüche vermutlich. Hatte Hjelm selbst nicht einen von ihnen schon gehört? ›Swinski ryju.‹ Was war das? Kannte er das nicht? Ein Gespräch … An einem Handy mit schlechtem Empfang … Hatte es wirklich Sinn, sich den Kopf darüber zu zerbrechen? Das Wort ›schwuler Kanakenzwerg‹ … Und ›swinski ryju‹.

Doch.

Er verließ den Raum und ging ins nächstbeste leere Büro. Söderstedts und Norlanders. Er tippte an seinem Handy herum und bekam eine Nummer. Er schrieb sie auf und rief eine andere an.

»Grundström«, klang es aus dem Handy.

»Sagt dir der Name Bengt Eriksson etwas?«, sagte Hjelm.

»Ich weiß nicht … In welchem Zusammenhang?«

»Er steht auf der Liste unseres anonymen Denunzianten. Hasserfüllter Kollege von Chavez oben in Sundsvall. Benutzte Ausdrücke wie ›schwuler Kanakenzwerg‹ und einen polnischen Fluch, ›swinski ryju‹. Ich bräuchte dringend eine Überprüfung seines Aufenthalts.«

»Bengt Eriksson!«, stieß Niklas Grundström hervor. »Klar. Verflucht, dass ich nicht gleich geschaltet habe. Reine Claesson und Bengt Eriksson in Uppsala.«

»Was sagst du da?«

»Was sagst du da? Steckt Eriksson hinter der Anzeige gegen Chavez?«

»Ich habe keine Ahnung«, sagte Hjelm. »Ich hatte eine ganz andere Idee. Aber vielleicht ist es überhaupt nichts. Erzähl mal von Eriksson.«

»Vertraulich jetzt«, sagte Grundström theatralisch. »Reine Claesson und Bengt Eriksson waren zwei Polizisten in Uppsala, die gefeuert wurden, weil sie einen Kollegen schwer schikaniert haben.«

»Einen Kollegen in Uppsala?«

»Richtig.«

»Und jetzt arbeitet Eriksson bei einer privaten Sicherheitsfirma in Enköping.«

»Es scheint sich um denselben Mann zu handeln«, räumte Grundström ein.

»Der Name des Kollegen war nicht möglicherweise Jon Anderson?«, fragte Hjelm.

»Warum willst du das wissen?«

»Jon Anderson wurde gestern Nacht in Poznań in Polen niedergestochen und schwebte in Lebensgefahr. Ein paar Stunden vorher habe ich mit Eriksson am Handy gesprochen. Er hatte ganz schlechten Empfang. Dabei fluchte er auf Polnisch, ›swinski ryju‹.«

»Das klingt nicht gerade wahnsinnig überzeugend.«

»Nicht?«

»Anderson niedergestochen … Eriksson–Chavez–Anderson … Schwuler Kanakenzwerg … Polnisch … Okay. Es könnte einen Versuch wert sein.«

»Zwei Dinge also. Kannst du ganz schnell bei der Sicherheitsfirma Stjärnan in Enköping anrufen und herausfinden, wo Eriksson sich gestern aufgehalten hat, und außerdem folgende Mobiltelefonnummer überprüfen?«

Und Hjelm las die Nummer von dem Zettel, den er vor sich hatte.

»Kannst du es nicht selbst tun?«, fragte Grundström.

»Ich muss hier Schlimmeres verhüten. Söderstedt weiß Bescheid.«

»Okay«, sagte Grundström und legte auf.

Hjelm kehrte in das enge Kabuff zurück. Auf der anderen Seite des eigensinnigen Lederrückens saß Mateusz Kohutek inzwischen mit ein paar Kartenbüchern vor sich, zeigte und versuchte, zwei geografische Lagen zu beschreiben. Zeit verging. In dem kleinen Raum herrschte Schweigen. Bis ein Handy klingelte. Hjelm sauste aus dem Zimmer und zurück in Norlanders und Söderstedts Raum.

»Du Schlitzohr«, sagte Grundström.

Hjelm atmete tief durch. Ein Rest von Gefühl war noch vorhanden. Ein Rest von Polizeigefühl.

»Urlaub, der Sicherheitsfirma zufolge«, fuhr Grundström fort. »Aber Comviq hat ziemlich schnell festgestellt, dass Eriksson gestern mehrfach das polnische Mobilfunknetz der Polkomtel in Anspruch genommen hat. Es heißt, dass man in großen Teilen der Landschaft Wielkopolskie, Großpolen, in der auch Poznań liegt, automatisch über dieses Netz verbunden wird.«

»Großartig«, sagte Hjelm. »Ein Fleischknochen.«

»Was?«, fragte Grundström.

Und wurde weggeschaltet. Denn in diesem Augenblick traf Arto Söderstedt in Gesellschaft einer verwüsteten Frau ein, die einen Arm in der Schlinge trug. Verblüfft starrte er Paul Hjelm an.

»Wir waren verabredet«, sagte Hjelm hilfreich.

»Ja, natürlich. Ich musste mich um etwas anderes kümmern«, sagte Söderstedt. »Ich will nur ein paar Worte mit Marja-Liisa Niemelä hier wechseln.«

»Soll ich euch allein lassen?«

»Nein, du kannst hierbleiben. Wir werden später eine formelle Vernehmung durchführen. Setzen Sie sich, Marja-Liisa.«

Marja-Liisa Niemelä und Paul Hjelm setzten sich beide Arto Söderstedt gegenüber, der sagte: »In Ihrem Keller, auf dem Regal direkt neben der Werkbank, habe ich also eine Stichsäge gefunden, an der offenbar Blutflecken waren und wahrscheinlich auch Hirnsubstanz klebte. Die Spurensicherung ist jetzt da und untersucht, ob Ihr Keller auch der Tatort eines Mordes ist. Am Tag zuvor ist Ihr Mann Juha-Pekka Niemelä ermordet aufgefunden worden, mit einem Stück seines eigenen Schädels im Mund. Das Stück war mit einer Stichsäge herausgesägt worden. Ich möchte, dass Sie in der Untersuchungshaft über diese Fragen nachdenken, Marja-

Liisa. Es ist jetzt schon so spät, dass Sie die ganze Nacht darüber nachdenken können.«

Marja-Liisa Niemelä betrachtete ihn, ohne dass sich in ihrem verwüsteten Gesicht eine Regung zeigte.

»Verhören finnisch?«, fragte sie in gebrochenem Schwedisch.

»Natürlich können wir das Verhör auf Finnisch durchführen«, sagte Söderstedt und stand auf. Er ging zur Tür, öffnete sie und nickte in den Korridor. Zwei massive uniformierte Polizisten kamen herein und nahmen Marja-Liisa Niemelä mit.

Söderstedt betrachtete Hjelm. Schließlich sagte er: »Sie lebt seit vierzehn Jahren hier und kann kaum ein Wort Schwedisch. Das nenne ich Isolierung. Vierzehn Jahre in einem Haus in den Wäldern um Tungelsta, täglich misshandelt von ihrem Mann. Die Stichsäge kommt mir vollkommen logisch vor.«

»Ihr habt verdammt viele Fälle zurzeit«, sagte Hjelm.

»Neidisch?«

»Tja. Aber wie bekannt habe ich einen eigenen.«

»Wie bekannt.«

»Natürlich ist das hier absolut vertraulich«, sagte Paul Hjelm. »Es stimmt, dass ich Sundsvall unter die Lupe genommen habe in der Zeit, als Jorge da war. Aber es geht um einen ganz anderen Polizisten, und ich glaube, dass er euch interessiert. Er heißt Bengt Eriksson und war später Kollege von Jon Anderson in Uppsala. Da hat er Jon auf das Schlimmste schikaniert, warum, weiß ich nicht. Es war auf jeden Fall so gemein, dass er entlassen wurde. Ich glaube, dass die Rache dafür letzte Nacht kam. Ich glaube, dass er derjenige ist, der Jon Anderson in Poznań niedergestochen hat. Ich habe gestern Nachmittag mit ihm telefoniert, über Handy. Da hielt er sich in der Gegend von Poznań auf.«

Arto Söderstedt starrte ihn an. »Nicht zu fassen«, sagte er.

»Ich nehme an, ihr wollt den Fall übernehmen?«, sagte Hjelm.

»Ist es denn nicht der Fall der Internabteilung?«, fragte Söderstedt.

»Ich überlasse ihn euch liebend gern«, sagte Hjelm und ging zur Tür. Dort blieb er stehen und fügte hinzu: »Ich schicke euch das Material herüber, das ich über Bengt Eriksson habe.«

Als er in den Korridor hinaustrat, dachte er über das englische Wort ›slick‹ nach. Er ging zu dem alten Archivraum, angelte ein in Papierhandtücher gewickeltes Päckchen hinter ein paar Aktenordnern hervor und fragte sich, wie viele alte Freunde er an diesem Tag belogen hatte. Die Zahl schien sich drastisch zu erhöhen.

Mit schweren Schritten begab er sich zum Polizeilabor. Er versuchte, seinen Armani-Anzug nicht mit Urin zu bekleckern.

Erst in dem Augenblick hörte Arto Söderstedt auf, die Tür anzustarren. Er, der gedacht hatte, dass es um Jorge Chavez ging, dass Hjelm tatsächlich seinen besten Freund belauerte.

Wie man sich doch täuschen kann. Stattdessen hatte der auf entnervende Weise kompetente Paul Hjelm im Laufe eines Tages den Fall des unglücklichen Geschicks seines Nachfolgers in Polen geklärt.

Doch Arto Söderstedt rief sich zur Ordnung und wählte eine Nummer.

»Verband Schwedischer Fotografen«, klang es aus dem Hörer.

Kerstin Holm fühlte sich wie zerschlagen. Die Reise nach Poznań und zurück war reibungslos verlaufen, wie geschmiert oder, im wahrsten Sinn des Wortes, wie im Flug. Kein Zweifel, Europa schrumpfte.

Ihr Stuhl war falsch eingestellt. Jemand hatte auf ihrem Stuhl gesessen. Jemand hatte in ihrer Abwesenheit den Chefstuhl übernommen.

Es gelang ihr nicht, ihn richtig einzustellen. Sie vermisste ihren Sohn. Aber gelinde errötend, musste sie sich eingestehen, dass sie im Augenblick einen anderen Mann noch mehr vermisste.

Sie fragte sich, welchen.

Sie ging zum Faxgerät. Unter einem ansehnlichen Stapel lag ein einzelnes Blatt. Darauf stand in einer Schrift, die eine 24 Punkt Garamond sein dürfte: ›Denkt an Keith Cederholm.‹

Nur das.

Sie betrachtete das Fax und versuchte, sich dafür zu interessieren.

Stattdessen dachte sie an Mateusz Kohutek. War das mit den zwei Äxten nur Unsinn? War der Alte wirklich zu der Person gekommen, die er ermorden wollte, und hatte sie ermordet vorgefunden?

Und sollte ihnen nicht endlich irgendeine Art von Licht aufgehen?

Dann hatte Arto in ihrer Abwesenheit den Oblatenfall gelöst. Gerade als sie anfangen wollte. Sie verstand nicht alle Einzelheiten, und der einzige Grund, warum sie noch nicht nach Hause gehen konnte, war der, dass sie auf seinen Bericht wartete.

Sie setzte sich in den schief eingestellten Stuhl und sah auf das Fax.

Sie suchte die vorigen heraus und legte alle drei nebeneinander auf den Schreibtisch.

›Denkt an Joy Rahman.‹ (Montag, 12 Uhr 23)

›Denkt an Yasser Askar.‹ (Dienstag, 9 Uhr 05)
›Denkt an Keith Cederholm.‹ (Mittwoch, 10 Uhr 44)
Aha, dachte sie.
Doch etwas in ihr dachte etwas ganz anderes.

Arto Söderstedt sagte: »Kann man beim Schwedischen Fotografenverband Auskünfte über einen Fotografen bekommen?«

»Wenn er oder sie Gewerkschaftsmitglied ist«, antwortete der Schwedische Fotografenverband.

»Es handelt sich um Juha-Pekka Niemelä«, sagte Söderstedt und buchstabierte den Namen.

»Einen Augenblick«, sagte der Schwedische Fotografenverband und verschwand.

Söderstedt hing seinen Gedanken nach. Marja-Liisa hatte natürlich keine Ahnung gehabt, wo ihr Mann sein Geld verdiente. Juha-Pekka war irgendwann zwischen Samstag und Montag gestorben. Irgendwie hingen die beiden Dinge zusammen.

Dieses ›irgendwie‹ erfüllte ihn mit bösen Ahnungen.

Es piepte im Hörer. Ein anderes Gespräch war in der Leitung. Hoffentlich würde der Schwedische Fotografenverband noch eine Weile in der Kartei kramen.

Söderstedt nahm das neue Gespräch entgegen.

»Brynolf Svenhagen hier«, sagte die Stimme am anderen Ende.

»Ich höre«, sagte Söderstedt kurz.

»Der Keller ist wahrscheinlich nicht der Tatort. Es gibt keine Blutspuren außer an der Säge. Das Blut an der Säge ist anderseits inzwischen als das von Juha-Pekka Niemelä identifiziert. Ebenso die Hirnsubstanz. An der Säge sind auch Marja-Liisa Niemeläs Fingerabdrücke. Keine von Juha-Pekka. Und auch keine anderen. Die von Juha-Pekka waren, wie bekannt, ›schlecht‹, wahrscheinlich wegen ständigen Eintauchens ins Entwicklerbad.«

»All right. Danke, Brynolf.«

»Du bist aber kurz angebunden.«

»Zweites Gespräch in der Leitung«, sagte Söderstedt und schaltete um.

»Hallo, sind Sie noch da?«, fragte der Schwedische Fotografenverband.

»Ja, Entschuldigung«, sagte Arto Söderstedt.

»Also, dieser Niemelä steht in unserer Kartei. Schwedische Staatsbürgerschaft 1990, als freier Fotograf mit eigener Firma etabliert 1991. Hat für verschiedene Bildagenturen und eine Reihe kleinerer Zeitungen gearbeitet.«

»Wie zum Beispiel?«

»Wenn ich hier richtig lese, wird er jetzt hauptsächlich von einer der größeren Bildagenturen in Stockholm beauftragt.«

»Welcher?«

»Sie heißt Fotoring.«

Joy Rahman. Acht Jahre im Gefängnis wegen Mordes. Im Frühjahr vom Oberlandesgericht einstimmig freigesprochen.

Yasser Askar. Länger als zwei Jahre seiner Freiheit beraubt wegen eines Mordes auf Södermalm. Im Mai vorigen Jahres vom Oberlandesgericht freigesprochen.

Keith Cederholm. 1982 u.a. wegen Brandstiftung und Mord zu zehn Jahren Gefängnis verurteilt. Drei Jahre seiner Freiheit beraubt. Wiederaufnahme des Verfahrens vom Obersten Gerichtshof zugelassen. Freigesprochen.

Denkt an sie. Denkt an drei unschuldig Verurteilte, die jahrelang im Knast gesessen und vom Staat Entschädigungssummen erhalten haben.

Denkt an Joy Rahman. Denkt an Yasser Askar. Denkt an Keith Cederholm.

Herrgott, dachte Kerstin Holm. Dann dachte sie an eines und an nichts anderes mehr. An einen Buchstaben.

U.

»Ist dort die Bildagentur Fotoring?«, fragte Arto Söderstedt.

»Ja«, sagte eine barsche Frauenstimme. »Aber wir haben jetzt geschlossen.«

»Warum nehmen Sie dann ab?«

»Während ich den Hörer abnahm, hat es sechs Uhr geschlagen.«

»Hier ist die Polizei, und es ist wichtig. Kommissar Arto Söderstedt von der Reichskriminalpolizei. Was Sie auch machen, legen Sie nicht auf.«

Ehemaliger selbsternannter stellvertretender Kommissar für ein paar Stunden also.

»Haben wir nicht schon einmal miteinander telefoniert?«, sagte die barsche Frauenstimme. »Aber ich glaube, da waren Sie noch kein Kommissar …«

»Sie haben ein gutes Gedächtnis«, sagte Arto Söderstedt. »Ich habe das Abschiedsfest für Kommissar Jan-Olov Hultin organisiert. Ich habe bei Ihnen einen Fotografen bestellt, der Bilder machen sollte. Erinnern Sie sich?«

Eine Weile war es still. Dann kam die barsche Frauenstimme wieder: »Sie haben lange gewartet mit Ihrer Beschwerde.«

»Was meinen Sie?«

»Es wurden ja keine Bilder gemacht. Wir bedauern das sehr und können Ihnen mitteilen, dass wir den fraglichen Fotografen von der Liste unserer freien Mitarbeiter gestrichen haben. Wir schulden Ihnen natürlich eine Wiedergutmachung in der einen oder anderen Form.«

»Wurden keine Bilder gemacht?«, fragte Arto Söderstedt überaus deutlich.

»Was meinen Sie?«

»Wie hieß denn der Fotograf, der auf dem Pensionsfest Aufnahmen machen sollte?«

Die barsche Frauenstimme, die nicht mehr sonderlich barsch war, sagte: »Juha-Pekka Niemelä.«

Arto Söderstedt saß vollkommen reglos. Er schloss die Augen.

»Wie wollen wir denn mit der Entschädigung verfahren?«, fragte die schüchterne Frauenstimme.

»Ich melde mich wieder«, sagte Arto Söderstedt und legte auf.

Er erhob sich und blieb einen Moment stehen. Dann ging er hinaus in den Korridor. Kein Laut, keine Bewegung. Er ging hinüber zu Kerstins Zimmer und trat ein, ohne anzuklopfen.

Er zeigte auf sie.

Sie saß schon da und zeigte auf ihn.

»U«, sagte sie.

»Hultins Fest«, sagte er.

Dann senkten sie ihre Zeigefinger und starrten sich seltsam an.

»Fang du an«, sagte Kerstin schließlich.

Söderstedt legte die Hand über die Stirn, wie um seine Gedanken zu sammeln, und sagte: »Juha-Pekka Niemelä sollte auf Hultins Pensionsfest fotografieren. Die Bildagentur bedauert, dass kein Fotograf erschienen ist.«

»Aber es war doch ein Fotograf da«, stieß Kerstin hervor. »Wir haben doch Bilder bekommen. Mörner mit fliegendem Toupet.«

»Man könnte sich vorstellen, dass Niemelä den Auftrag einem Kollegen überlassen hat«, sagte Söderstedt. »Aber viel wahrscheinlicher ist es, dass der Fotograf, der da war, ihn ermordet hat.«

»Aber warum?«

»Ich weiß nicht«, sagte Söderstedt. »Um die A-Gruppe zu fotografieren?«

»Er hat Kinder und Frauen und Familien fotografiert. Er hat den totalen Zugang zu allen uns Nahestehenden.«

»Aber warum interessiert er sich für uns?«

Kerstin Holm fixierte ihn und sagte: »Ich bin schon vorher auf einen ähnlichen Gedanken gestoßen. Bengt Åkesson vom Länskrim hat gesagt, der Mord an Juha-Pekka Niemelä wäre vielleicht gerade deshalb so spektakulär ausgefallen, damit die A-Gruppe ihn bekäme. Er zielt auf uns ab. Irgendwie.«

»Die Oblate hat etwas zu bedeuten«, sagte Söderstedt. »Das Symbol für den menschlichen Körper wird wieder Menschenkörper.«

»Daran habe ich auch gedacht«, sagte Holm. »Stimmte das mit den Schlafmitteln? Hast du etwas von Qvarfordt gehört?«

»Ja. Niemelä war ordentlich betäubt. Kein Schmerz.«

Kerstin Holm nickte. »Ich glaube, er hat zwei Fliegen mit einer Klappe geschlagen«, sagte sie. »Niemelä hat seine Frau misshandelt, nicht wahr?«

»Richtig widerwärtig.«

»Er hatte ein U in die Kniekehle tätowiert. Ich frage mich, ob das der einzige Buchstabe ist. Trauert seine Frau um ihn?«

Arto Söderstedt zog einen Stuhl heran und setzte sich. »Nein«, sagte er. »Und ich verstehe, worauf du hinauswillst.«

»Ich habe drei Faxe über unschuldig Verurteilte in der Vergangenheit erhalten: Joy Rahman, Yasser Askar und Keith Cederholm.«

»Ich habe das Fax mit Cederholm gesehen. Ist ziemlich lange her. Neunzehnhundertzweiundachtzig.«

»Was haben die Verdächtigen in unseren aktuellen Fällen gemeinsam?«, fragte Kerstin Holm, statt zu antworten.

»Dass sie nicht richtig wissen, ob sie schuldig sind.«

»›Gewissermaßen‹«, sagte Kerstin. »Sie drücken sich so unklar aus. Ich frage mich, ob sie nicht alle gemordet hätten, wenn sie die Möglichkeit gehabt hätten. Jemand hat ihre Gedanken gelesen und das getan, was sie wahrscheinlich getan hätten. Deshalb weiß Lars-Inge Runström nicht, ob er Ronald Swärd in der Garage am Värtaväg erschossen hat. Deshalb ist für Naska Rezazi alles mittsommermystisch. Gewissermaßen hat sie ihren Bruder ermordet. Deshalb fand Mateusz Kohutek Elzbieta Kopanska, der er eine Axt in den Kopf schlagen wollte, mit einer Axt im Kopf.«

»Und deshalb«, sagte Arto Söderstedt, »trauert Marja-Liisa Niemelä nicht. Wenn es nicht geschehen wäre, hätte sie es selbst getan. Deshalb ist es ihr gleichgültig, dass in ihrem Keller die Stichsäge mit ihren Fingerabdrücken gefunden wurde. Für sie ist wichtig, dass Juha-Pekka weg ist.«

»Wir haben also vier gewissermaßen Unschuldige eingebuchtet?«, sagte Kerstin Holm.

»Es gibt einen anderen Mörder«, sagte Söderstedt leise.

»Einen?«

»Wer sind unsere Opfer?«, fragte Söderstedt. »Einer hat seine Frau misshandelt, eine war Kopfjägerin, einer hat seine Schwester gequält, einer war Programmverantwortlicher für Schundfernsehen. Das hängt alles zusammen. Die Morde ergeben ein Weltbild. Eins. Die Ermordeten sind ein Mann, der sein halbes Leben lang seine Frau tyrannisiert hat, eine Frau, die mindestens fünf Menschen ermordet hat, um die Leichen an ein Beerdigungsinstitut zu verhökern, ein Bruder, der seine Schwester misshandelt und mit dem Tod bedroht hat, weil sie ein freies Leben führen wollte, und ein Mann, der Millionen von Menschen einer Gehirnwäsche unterzogen hat. Unser Mörder ist ein Mann, und er will etwas ganz Bestimmtes.«

»U«, sagte Kerstin Holm.

»Wie sieht es bei den anderen aus? Irgendwelche Buchstaben oder Zeichen in der Kniekehle?«

»Ich habe mir gerade ihre Akten angesehen. Qvarfordt erwähnt nirgendwo eine posthume Tätowierung.«

»Weil er keine Veranlassung hatte, danach zu suchen. Wo sind die Leichen jetzt? Ist eine eingeäschert worden?«

»Hast du es eilig, nach Hause zu kommen?«, fragte Kerstin.

»Ich hatte es eilig«, sagte Arto. »Jetzt ist es zu spät für Mikaelas Gymnastikvorführung. Welches ist die älteste Leiche?«

»Der Programmchef von Kalastelevision, Ronald Swärd, er starb am Abend des ersten Juni, es war ein Samstag. Danach die Krankenschwester Elzbieta Kopanska, am Abend des zehnten Juni, einem Montag. Danach der arbeitslose Nedim Rezazi, in der Nacht auf Sonntag, den sechzehnten Juni. Und schließlich Juha-Pekka Niemelä – wann? Hultins Fest war genau am Sonntag, dem sechzehnten. Wann hast du den Fotografen bestellt, Arto?«

»Gegen Ende der vorigen Woche. Donnerstag vielleicht.«

»Und am Sonntag war er allem Anschein nach tot«, sagte Kerstin Holm. »Als Erstes morgen früh müssen wir nachsehen, ob alle Leichen noch physisch vorhanden sind. Die Wahrscheinlichkeit, dass jemand sie während der Nacht begraben oder einäschern will, ist wohl ziemlich gering. Was müssen wir morgen noch tun? Außer dass wir uns diese Faxe ein bisschen genauer vornehmen?«

Arto Söderstedt kratzte sich am Kopf und sagte: »Wir müssen mit allen reden, die auf dem Fest waren, und ein Bild des Fotografen erstellen. Erinnerst du dich an ihn?«

»Das habe ich mich schon gefragt. Nein, ich erinnere mich nur daran, dass es blitzte.«

»Mir geht es nicht anders«, sagte Söderstedt. »Ich weiß noch, dass er mit Viggos Familie im Aufzug kam. Als Erstes hat er mir einen Blitz voll ins Gesicht gefeuert. Das war wohl eine Art Lebensversicherung.«

»Er kann auf einem der Fotos hängen geblieben sein«,

sagte Kerstin. »Als Spiegelung, eine Glasscheibe. Möglicherweise hat noch jemand fotografiert und auch ein Bild von ihm gemacht. Die Überwachungskameras unten im Eingang ...«

»Wie wurden die Fotos übrigens geliefert? Erinnert sich jemand daran? Haben wir die Verpackung noch? Schreibst du das alles auf, Chefin?«

»Auf meinem inneren Flipchart«, sagte Kerstin Holm. »Vergessen wir etwas?«

Arto Söderstedt zwinkerte seltsam in dem langsam dämmernden Mittsommerlicht, das aus dem Innenhof des Präsidiums hereinfiel.

»Wir nicht«, sagte er. »Ich.«

»Was denn?«

»Paul hat Jons Messerstecher gefunden. Ich habe vergessen, das zu sagen.«

»Paul? Paul Hjelm?«

»Es ist ein ehemaliger Polizist, ein alter Kollege von Jon. Paul schickt das Material herüber. Bengt Eriksson heißt er.«

Kerstin Holm schloss die Augen. Es wurde fast zu viel.

Als sie sie wieder öffnete, glühte die ganze Ecke an der Decke von einem goldenen Licht. Wie ein Engelsflügel.

Und das leuchtende, glühende Muster war verblüffend.

Sie stand auf, und das enorme Gewebe blieb da. Es war endlich sichtbar. Von allen Seiten.

Aber die Spinne war immer noch nicht zu sehen.

29

Mittsommer ist die Zeit, in der die Elfen erwachen. Wichte und Heinzelmännchen, Zwerge und Geister, Trolle und Gnome beginnen sich zu rühren, erwachen aus ihrem langen Winterschlaf. Die Zeit nähert sich, in der alles Tote neues Leben gewinnen soll. Sie werden vom Mittsommerduft angezogen, der vielleicht von der Farnblume kommt, die nur in der Mittsommernacht blüht.

Wenn Menschen von Elfen berührt werden, spüren sie es, aber sie wissen nicht, was es ist. Ein Streicheln, ein Schauer, eine leichte Kälte, die rasch zu Wärme wird. Jeder hat es einmal gespürt.

In dieser Nacht bewegen sie sich vorsichtig durch Stockholm. Sie sind überall, und niemand bemerkt sie. Nicht bewusst. Sie halten sich abseits, beschnuppern die Zeit, suchen das Tote, Erstarrte auf, lernen, worauf sie zielen müssen. Wenn die Zeit kommt.

Sie sind überall. Sie sind immer gegenwärtig. Und niemand weiß es.

Es ist die Nacht auf Donnerstag, den Tag vor der Sommersonnenwende, und die Zeit hat die Geschwindigkeit gewechselt. Die Woche hat sich schnell bewegt, schneller als gewöhnlich, und viel ist geschehen.

Bald wird es dunkler in Schweden.

Zwar gibt es Menschen, die schlafen – doch andere sind wach. Gunnar Nyberg schläft. Ludmila an seiner Seite im Bett in der Wohnung in Nacka ist wach und liest ein Buch. Als sie das Licht löscht, spürt sie deutlich, wie etwas schwach über ihren Rücken streicht. Sie gibt es weiter an ihren großen Grobian. Lena Lindberg schläft. Sie schläft in einer Wohnung in der Birkagata, auf dem Fußboden neben einem Kinderbett, eine Hand durch das Gitter gesteckt. Sie berührt eine kleine schlafende Wange. Kurz vor der Tür rutscht Jorge Chavez an der Treppenkante ab und bekommt einen saftigen blauen Fleck am Schienbein. Sara Svenhagen wendet sich mit einem Lachen um und zieht ihn hoch. Er stößt einen derben Fluch aus. Das Paar bewegt sich ein kleines bisschen unsicher. Als hätten sie auf dem Rückweg vom Kino das eine oder andere Wasserloch aufgesucht. Als sie Lena wecken und Isabel ein kleines Grunzen von sich gibt, als Lena die Hand wegzieht, spürt Lena das Streichen über den Rücken. Und da spüren sie es auch. Viggo Norlander schläft, er schläft in der Banérgata, quer im Doppelbett, zu jeder Seite ein kleines schniefendes Wesen, beide haben die Hände ausgestreckt nach dem, was er fest in der Hand hält. Eine Rassel. Der Platz für Mama Astrid wird ständig kleiner, und als sie aus dem Bett plumpst und er für einen kurzen Augenblick glaubt, hellwach zu sein, spürt er, wie ihm etwas am Rückgrat entlangstreicht. Arto Söderstedt schläft. In der Wohnung in der Bondegata, dicht neben seiner Anja, träumt er, dass er sich in einem Keller befindet und dass eine Stichsäge losrattert. Als ihm ein Stück seiner Schädeldecke in den Mund gedrückt wird, sollte er spätestens aufwachen, kalt von Schweiß; stattdessen wird sein erregtes Gemüt von einem leichten, leichten Streichen über den Rücken zur Ruhe gewiegt. Und Jon Anderson schläft. Er ist weit weg. Dennoch sieht er die Rentiere auf die Heide hinaustreten und vorsichtig witternd am nebelschimmernden Waldrand innehalten. Die Elfen tanzen in dieser Mittsommernacht. Und bis nach Polen hinunter spürt er, wie sie über seine vielen Stichwunden streichen, wo das Messer fast ganz durch den Körper gedrungen ist.

Aber es gibt andere, die nicht schlafen, obwohl sie im Bett liegen. Obwohl sie entspannt und erschöpft sein sollten. Kerstin Holm schläft nicht. Es ist zu viel. Ihr Sohn hat gerade ihren neuen Mann kennengelernt, wenn er es denn ist, und es verlief angenehm undramatisch. Jetzt schläft Anders auf ihrer einen und Viktor auf ihrer anderen Seite in der Wohnung in der Regeringsgata, und dennoch kann sie nicht schlafen. Sie versucht, einen Willen zu verstehen, der so klar und zugleich so unklar ist, einen Willen, der nur getan hat, was sowieso getan werden würde, und der dennoch viel mehr getan hat. Sie versucht zu verstehen, was, doch dann lässt das leichte Streichen, das plötzlich über ihren Rücken läuft, sie alles vergessen und einschlafen.

Auch Paul Hjelm schläft nicht. Nur Teile von ihm schlafen. Die bemerkenswerte Frau mit Namen Christina schläft auf seinem Arm. Das ist der Teil von ihm, der schläft. Der Arm kommt ihm nicht mehr wie sein eigener vor. Er verliert Stück für Stück von sich selbst. Und er sieht den Spülmechanismus einer Toilette. Der spült seine Seele hinunter, jedes Mal, wenn er einschlafen will. Als es ihm schließlich gelingt, liegt das an einem ganz, ganz sanften Streichen über den Rücken.

Der Mann in der Dunkelkammer schläft auch nicht. Er schläft überhaupt nicht mehr. Damit hat er aufgehört. Die Fotos an der Wäscheleine glühen in einem schwachen roten Licht. Er tippt an ein Bild im Entwicklerbad. Nach und nach tritt das Bild einer Musikergang in einem Übungsraum hervor. Er hängt das Bild auf.

Die Hand bleibt noch ein wenig in der Schwebe. Sie streicht leicht durch die Luft.

There's a fossil that's trapped in a high cliff wall.
There's a dead salmon frozen in a waterfall.
There's a blue whale beached by a springtide's ebb.
There's a butterfly trapped in a spider's web.
King of Pain.

30

Brynolf Svenhagen hielt einen Plastikbecher Urin gegen das Licht. Dass dessen DNA in hohem Grad mit dem seiner Enkelin übereinstimmte, konnte mit bloßem Auge nicht einmal er feststellen.

Gott sei Dank, dachte Paul Hjelm. Er seufzte tief angesichts dessen, was kommen sollte.

»Seufze nicht«, sagte der Chefkriminaltechniker mürrisch. »Wir haben das hier mit einer Schnellanalyse gemacht. Schneller kriegst du es nirgendwo auf der Welt.«

»Ausgezeichnet«, sagte Hjelm mit großer Selbstüberwindung. »Ihr habt also die Antwort?«

Svenhagen stellte den Plastikbecher auf seinen Schreibtisch und richtete den Blick auf Hjelm.

»Mir gefällt diese Geheimniskrämerei nicht«, sagte er. »Warum kannst du nicht den offiziellen Weg gehen?«

»Darüber kann ich nichts sagen. Tut mir leid.«

»Interna«, ächzte Svenhagen und nahm ein Protokoll vom Schreibtisch. Der Urinbecher stand gefährlich nah an der Kante. Hjelm betrachtete ihn gebannt.

Er schwankte.

Und genau darunter standen Brynolfs Galoschen.

Der letzte Schwede mit Galoschen.

»Nun?«, sagte Hjelm auffordernd.

Svenhagen nickte. »Doch«, sagte er. »Die Probe enthält Spuren von Cannabis. So geringe Spuren, dass es sich nur um Marihuana oder Haschisch handeln kann.«

»Danke«, sagte Paul und nickte.

Auf eine unlogische Weise war es vollkommen logisch.

Der anonyme Denunziant würde nie darauf bestanden haben, wenn es nicht wahr gewesen wäre – so gut meinte er ihn inzwischen zu kennen. Und auch das wies Spuren einer unlogischen und doch glasklaren Logik auf.

»Halte dich in Zukunft an den offiziellen Dienstweg«, sagte Brynolf mit seiner offiziellen Stimme.

Auf dem Weg zum Schreibtisch schwebte das Protokoll über dem Plastikbecher. Der Luftzug ließ ihn wieder schwanken.

»Du sollst also nicht mehr babysitten?«, sagte Hjelm boshaft.

Svenhagen beobachtete ihn mit gerunzelter Stirn. »Ich will nicht«, sagte er und setzte sich schwer.

Hjelm war schon draußen, als er zu fluchen begann.

»Paul Hjelm«, sagte Kerstin Holm.

Es war Vollversammlung. Donnerstagvormittag, wieder einer dieser düsterschönen frühen Sommertage. Doch bis in die Kampfleitzentrale drang kein Mittsommerlicht vor.

»Das wirkt ja vollkommen unglaublich«, sagte Gunnar Nyberg. »Er hat also diesen Bengt Eriksson schon lange beobachtet?«

»Das war mein Eindruck«, sagte Arto Söderstedt. »Aber es ist, wie er gesagt hat, ›natürlich äußerst vertraulich‹.«

»Ich habe den Kontakt mit Kommissar Marek Wojcik in Polen erneuert«, sagte Kerstin Holm. »Es hat einiges gebracht. Bengt Eriksson kam mit der gleichen Maschine in Warszawa an wie Jon Anderson. In Warszawa mietete er, genau wie ich einen Tag später, einen Wagen und fuhr nach Poznań, wo er im Verlauf des Nachmittags mit seiner Visakarte Geld aus einem Automaten zog. Er hat sich nicht die Mühe gemacht, sich zu maskieren, weil er allem Anschein nach vermutete, dass alle davon ausgehen würden, es handele sich um einen gewöhnlichen Angriff auf einen Schwulen in einem der schwulenfeindlichsten Länder der Welt. Er hat sogar mit Paul am Telefon gesprochen.«

»Ich verstehe trotzdem nicht richtig«, sagte Viggo Norlander. »Was ist Cruising?«

»Homosexuelle Männer, die sich in Parks treffen.«

»Was heißt treffen?«

»Es sind flüchtige sexuelle Begegnungen zwischen anonymen Männern. Es ist vielleicht nicht einfach zu verstehen. Viele Faktoren kommen dabei zusammen, und die haben unter anderem mit der Schwierigkeit zu tun, sich zu outen. Man muss sich aus der eigenen Haut herausdenken, um es zu verstehen. Und das ist richtig nützlich.«

»Ist es das?«, sagte Norlander.

»Ist das der Grund, warum er sich die ganze Zeit abgekapselt hat?«, sagte Nyberg. »Der Glaskäfig zwischen uns. Hätte er es nicht einfach sagen können?«

»Das tut er jetzt. Er hat mich gebeten, euch zu grüßen und alles zu erzählen. Er war ja von seiner Zeit in Uppsala her ein gebranntes Kind. Was nicht zuletzt Erikssons Racheakt beweist. Die Polizei tut sich immer noch schwer im Umgang mit Homosexuellen.«

»Und jetzt hat Eriksson sich also in Luft aufgelöst?«, fragte Norlander.

»Zumindest hat er Polen nicht verlassen«, sagte Holm. »Ich habe mitbekommen, wie Kommissar Wojcik die Muskeln spielen ließ, und es würde mich wundern, wenn Eriksson nicht früher oder später gefasst wird.«

»Aber das hier ist eine Nebensache«, sagte Arto Söderstedt.

Skeptische Blicke richteten sich auf ihn.

»Wie kannst du so etwas behaupten«, sagte Gunnar Nyberg.

»Puck«, sagte Söderstedt. »Requiescat in pace.«

Ein Augenblick totaler Stille. Dann sagte Viggo Norlander barmherzig: »Heb ihn weg.«

»Ruhe in Frieden«, sagte Söderstedt, ohne ihn eines Blickes zu würdigen. »Ich war gerade bei unserem Ältesten Sigvard Qvarfordt und hatte eine Begegnung mit vier sehr kalten Leichen. Qvarfordt stand zwischen ihnen und sah aus, als hätte er verdient, die fünfte zu werden. Aber er gestand auf der Stelle. Es war ihm ganz einfach entgangen. Genau wie bei Juha-Pekka Niemelä.«

»Jetzt wird es unerträglich«, sagte Norlander. »Kann ihn nicht einfach jemand erschießen?«

»Unsere Leichen gehören zusammen«, verdeutlichte Söderstedt. »Alle haben eine etwa drei Millimeter hohe Tätowierung in der rechten Kniekehle bekommen, und zwar nach ihrem Tod. Bei Ronald Swärd steht ein K, in Elzbieta Kopanskas Kniekehle ein P, in Nedim Rezazis ein C und in Juha-Pekka Niemeläs ein U. Diese vier Buchstaben ergeben die folgenden vierundzwanzig Kombinationsmöglichkeiten: KPCU; KCUP, PCUK, CKUP, CPUK, UKPC, UCPK, KPUC, KUPC, PKUC, PUKC, CKPU, CUKP, UKCP, UCKP, KCPU, KUCP, PCKU, PUCK, CPKU, CUPK, UPKC, UPCK, PKCU. Es gibt drei Möglichkeiten: Es ist eine Abkürzung, ein anderes Alphabet oder ein Wort. Die beiden ersten Möglichkeiten sind endlos: internationale oder schwedische Abkürzungen? Russische? Ein Wort auf Russisch oder auch da eine Abkürzung? Aber wenn es ein Wort aus unserem gewöhnlichen Alphabet ist, dann gibt es eigentlich nur eine Möglichkeit: Puck.«

»Puck?«, sagte Norlander. »Eishockeypuck?«

»Jetzt mal langsam«, sagte Sara Svenhagen. »Ein Stück zurück. Sollte der Mord an Leras Bruder mit dem Mord an einem Programmchef im Schundfernsehen zu tun haben? Oder mit einem finnischen Fotografen, der seine Frau misshandelt hat? Oder einer polnischen Krankenschwester, die die Leichen ihrer Ermordeten an die Beerdigungsinstitute der Mafia verhökert? Wo zum Teufel ist die Verbindung?«

»Alle unsere Verdächtigen, unsere ›gewissermaßen‹ Schuldigen, hatten vor, genau die Morde zu begehen, deren sie verdächtigt werden«, sagte Kerstin Holm vom Katheder aus. »Wenn sie Zeit, Mut, Intelligenz und Gewissenlosigkeit genug gehabt hätten.«

Arto Söderstedt sagte: »Und darin, dass alle Morde ›gerecht‹ sind. Zumindest nach Ansicht des Mörders. Überzeugungstaten. Das ist kein Verrückter. Es ist eine äußerst gut geplante Serie, eine Mitteilung irgendeiner Art. Eine Äußerung in einer Sprache, die wir noch nicht zu sprechen gelernt haben. Denkt nur daran, wie es zugegangen sein muss. Er sorgte dafür, dass diejenigen, die ihren Quälgeist hätten ermorden sollen, diesen tatsächlich fanden. Lars-Inge Runström packte seine alte Heimwehrpistole ein und fuhr zum Fernsehstudio, um Swärd zu erschießen. Stattdessen fand er ihn erschossen vor. Mateusz Kohutek reiste quer durch Nordeuropa, um Elzbieta eine Axt in den Schädel zu schlagen, nur um sie mit einer Axt im Schädel zu finden. Und Naska Rezazi war bereit, ihr kleines Schweizer Klappmesser gegen ihren Bruder Nedim zu richten, aber er sitzt schon da, ermordet mit einem ebensolchen Messer. Die Ausnahme ist Marja-Liisa Niemelä, aber da sind andere Aspekte wichtig.«

Gunnar Nyberg sagte irritiert: »Und jetzt sollen wir dich natürlich fragen: ›andere Aspekte‹?«

»Genau«, sagte Arto Söderstedt triumphierend. »Wir sind dem Mörder nämlich begegnet. Alle. Zur gleichen Zeit.«

Sie starrten ihn an. Er spürte selbst, dass seine Vorliebe für dramatische Effekte ein wenig kindisch war, doch das hinderte ihn nicht. Nach einer wohlabgewogenen Pause fuhr er fort: »Juha-Pekka Niemelä war Fotograf. Er hatte den Auftrag, bei Jan-Olov Hultins Abschiedsfest Fotos zu machen. Stattdessen wurde er ermordet. Der Fotograf auf dem Fest war nicht der große Tollpatsch Juha-Pekka, sondern jemand ganz anderes. In jeder Hinsicht geschmeidiger.«

Söderstedt sah deutlich, wie alle zurückgeworfen wurden in der Zeit. Zum vorigen Sonntag. Zu einem Fest, auf dem man an ganz andere Dinge dachte als an einen Fotografen. Er erkannte auch, dass niemand unmittelbar ein Gesicht vor sich sah. Der Fotograf war vollkommen anonym unter ihnen herumgeschlichen. Und hatte dann die Bilder geschickt, als wäre nichts gewesen.

»Ich habe mit ihm gesprochen«, sagte Lena Lindberg und sah ziemlich betroffen aus. »Ich war nicht passend gekleidet und habe ihn gebeten, keine Bilder von mir zu machen. Aber wie er aussah, weiß ich nicht mehr.«

»Ich glaube, das geht uns allen so«, sagte Söderstedt. »Wir hatten eine Menge lila Blitze auf der Netzhaut.«

»Also zur Arbeitsverteilung«, sagte Kerstin Holm. »Einige von euch müssen mit den Festteilnehmern sprechen, mit allen, angefangen bei Jan-Olov Hultin bis zur kleinen Sandra Norlander. Jemand muss sich die Fotos vornehmen und eventuelle Überwachungskameras überprüfen. Und dann haben wir unsere bisherigen Verdachtspersonen. Arto?«

»Lars-Inge Runström hat etwas in der Garage gesehen«, sagte Söderstedt. »Es ist möglich, dass das ›Wesen‹, das er gesehen hat, tatsächlich der Mörder war. Er braucht noch einen weiteren Anstoß. Ich nehme an, dass Viggo und ich damit weitermachen. Dann war da eure … Lera.«

»So etwas von Präzision!«, sagte Sara Svenhagen. »Der Mörder muss genau Bescheid gewusst haben, wo und wann Naska ihren Bruder treffen sollte. Und dass sie Blumen pflücken und dass ihr eine Akelei fehlen würde. Er muss sein Wissen von Naska oder Nedim haben. Wenn es von Naska kam, muss er das Telefongespräch zwischen ihr und Nedim mitgehört haben, und höchstwahrscheinlich war er bei ihr zu Hause, als sie das Gespräch geführt hat.«

»Ihr dürft nicht lockerlassen bei ihr«, sagte Kerstin Holm.

»Auf der anderen Seite ist diese Präzision überall da«, sagte Söderstedt. »Er kriegt es hin, dass Runström im genau richtigen Augenblick in der Garage erscheint. Er kommt Kohuteks Axt mit im Höchstfall einer Stunde zuvor. Außerdem hat er noch die Zeit, allen posthum eine Tätowierung zu verpassen. Dahinter verbirgt sich eine sehr exakte Planung. Er kann ebenso gut Naskas oder Nedims Telefon abgehört haben.«

»Aber irgendwo hat er angefangen«, sagte Kerstin Holm. »Es fragt sich, wie er gerade auf diese Menschen kommt. Auf irgendeine Art und Weise hat er eine Gruppe von Leuten lokalisiert, die alle im Begriff sind, einen ›gerechten‹ Mord zu begehen. Das ist wirklich verblüffend. Dann gelingt es ihm, alle glauben zu machen, er habe ihre Gedanken gelesen. Ich habe die Vernehmungsprotokolle durchgesehen, und alle sagen irgendwann, jemand müsse ihre Gedanken gelesen haben. Darauf hätte ich im Übrigen früher reagieren müssen. Aber wo ist der Ausgangspunkt? Wo fängt der Täter an? Wie denkt er?«

»Kann es sein, dass es doch um einen Fernsehmord geht?«, sagte Viggo Norlander. »War Runströms Ausbruch gegen die Verdummung durchs Fernsehen der Auslöser? Swärd ist ja als Erster ermordet worden.«

»Aber vom Leichenhandel in Polen habe ich schon im Januar in der Presse gelesen«, sagte Gunnar Nyberg. »Eigentlich ist der Fall doch der komplizierteste. Wie hat er Mateusz Kohutek und Elzbieta Kopanska gefunden?«

»Wie zum Henker kann er anderseits wissen, dass Juha-Pekka Niemelä seine Frau misshandelt?«, sagte Söderstedt. »Sie geht nie aus dem Haus. Sie kann nicht mal Schwedisch.«

»Ganz zu schweigen von Nedim und Naska Rezazi«, sagte Sara Svenhagen. »Das läuft ja nicht in der Öffentlichkeit ab.«

»Die Bilder«, sagte Lena Lindberg. »Ich fand sie ziemlich professionell. Ist er Fotograf?«

»Oder arbeitet er in Runströms Zeitung oder im Krankenhaus Huddinge oder bei einer Reinigungsfirma in Tensta?«, sagte Kerstin Holm. »Ich glaube das nicht. Die Motive sind nicht persönlich. Er hat die Opfer mit einer ganz bestimmten Absicht gesucht. Aber welcher?«

»Diese Menschen sagen etwas über unsere Zeit«, sagte Arto Söderstedt. »Über eine Art von grundlegendem Werteverlust. Es ist eine Warnung. So wird die Gesellschaft werden. Wir töten Menschen und verkaufen ihre Leichen. Wir werden reich damit, dass wir die unteren Schichten im Fernsehen erniedrigen. Wir ermorden unsere Schwestern, weil sie uns nicht gehorchen. Wir sperren unsere Frauen ein und misshandeln sie. Die Dämme sind gebrochen. Alles ist möglich. Die Moral ist tot. Es ist eine grenzenlose Welt. Jeder kann alles tun. Gewissen war etwas, was man während einer kurzen historischen Zeitspanne hatte. Eine Nebensache der Geschichte.«

»Dann ist unser Mörder also ein Idealist?«, sagte Kerstin Holm.

»Ich frage mich, ob das nicht tatsächlich der Fall ist«, nickte Arto Söderstedt.

»Ist es nicht noch spezifischer?«, sagte Sara Svenhagen. »Lera hat da etwas gesagt. Über die Sprache. Kannst du dich daran erinnern, Lena?«

Lena Lindberg nickte und sagte: »›Die Wörter als Maskierung. Als ob er sich unterhielte.‹ Wir können nicht mehr miteinander reden. Wir hören nicht aufeinander. Wir hören nur das, was wir hören wollen, was wir beschlossen haben zu hören. Wir sind nicht in der Lage, das Persönliche in der Sprache zu erkennen.«

»Und deshalb«, sagte Kerstin, »brauchen wir eine andere Sprache. Damit wir lernen zuzuhören. Wir müssen wieder von vorn anfangen. Die Sprache – das, was uns Menschen vereint – wird stattdessen benutzt, um uns voneinander zu entfernen. Wir müssen sie neu lernen.«

»From scratch«, sagte Sara.

»Und wenn das so ist, haben wir erst den Anfang gesehen«, sagte Arto. »Er hat noch mehr in der Hinterhand. Etwas, was uns wirklich die Augen öffnen soll.«

»›Denkt an Joy Rahman‹«, sagte Kerstin. »Bis jetzt haben wir vier Joy Rahmans. Zum Glück haben sie nicht acht Jahre im Knast gesessen. Aber wir haben vier Unschuldige festgenommen. Die Presse wird sich darin suhlen. Und uns die Schuld zuschieben. Der A-Gruppe. Und trotzdem glaubst du, dass noch mehr kommt, Arto?«

»Ich weiß nicht. Ich stimme dir darin zu, dass es auch jetzt schon ziemlich heftig ist. Aber es besteht die Gefahr, dass der ganze subtile Plan im Sand verläuft. Er braucht einen Punkt. Einen großen, fetten Schlusspunkt. Dann können wir wieder von vorn anfangen. Dann können wir anfangen zu sprechen. Miteinander, nicht aneinander vorbei.«

»Und was ist der Punkt?«

»Ich fürchte, das sind wir«, sagte Arto Söderstedt.

Ein Moment Schweigen in dem gesprächigen Saal.

»Warum ausgerechnet uns fotografieren?«, fuhr er fort. »Warum unsere Familien fotografieren? Ich habe fünf Kinder. Sie sind täglich ohne Schutz an allen möglichen Stellen in der Stadt unterwegs. Er kann sich jedes von ihnen jederzeit greifen. Der Gedanke kommt mir erst jetzt, und ich habe kein gutes Gefühl dabei.«

»Bisher hat er sich ausschließlich Schuldige gegriffen«, sagte Kerstin. »Und selbst wenn er richtig hinlangt, wie ein Knochenstück aus dem Schädel zu sägen, gibt er dem Opfer eine ordentliche Betäubung. Wie gesagt, wir haben es nicht mit einem Wahnsinnigen zu tun. Es gibt keinen Anlass, in Panik zu geraten.«

Dennoch sah sie ihren Sohn. Sie sah Anders, und sie sah die gebrechliche alte Frau Åkesson, und sie sah die idyllische Tomtebogata und die schwachen alten Haustüren und die leicht zu überwindenden Türcodes. Und sie sah die Ausflüge zu Spielplätzen und Schwimmhallen.

»Und gleichzeitig wird Jon Anderson in Polen niedergestochen«, sagte Gunnar Nyberg, obwohl es ihm nicht ganz gelang, das Bild seiner beiden Enkelsöhne in Östhammar von der Netzhaut zu verbannen.

»Was?«, sagte Viggo Norlander, der an Engel dachte, die mit Rasseln aufeinander einschlugen. »Was sollte denn das mit dem Fall zu tun haben?«

»Die Zeit«, sagte Nyberg. »Timing. Jon ist auch fotografiert worden. Er war da. Zehn kleine Negerlein ...«

»Ist dieser Eriksson also darin verwickelt?«

»Nein«, sagte Kerstin Holm plötzlich und schlug mit der Faust aufs Katheder, dass die leeren Zettel wie Engelsflügel flatterten. »Bengt Eriksson ist ein ganz gewöhnlicher Rassist und Schwulenhasser. Das Gegenteil unseres Mörders. Vergiss das. Jetzt müssen wir uns anstrengen und logisch sein. Das ist ein Befehl. Sara arbeitet weiter mit Naska Rezazi. Allein. Lena nimmt sich die Fotos vor. Arto kann mit Lars-Inge Runström weitermachen. Viggo spricht mit allen Teilnehmern des Festes. Gunnar kümmert sich um die Buchstaben K, P, C und U. Ich selbst habe drei Faxmitteilungen zu untersuchen. Sind wir uns einig, dass Marja-Liisa Niemelä und Mateusz Kohutek wahrscheinlich den Mörder nicht gesehen haben?«

Nicken in der Kampfleitzentrale.

»Irgendwie ist aber die Stichsäge in Niemeläs Keller gelandet«, sagte Arto Söderstedt. »Vielleicht hat Marja-Liisa ja doch etwas gesehen?«

»Dann nehmt ihr sie mit dazu«, beschloss Kerstin. »Sara und Arto: in erster Linie Lera beziehungsweise Runström, in zweiter Linie der alte Mateusz Kohutek beziehungsweise Marja-Liisa. Okay?«

»Puck«, sagte Arto Söderstedt.

Sie betrachteten ihn. Geläutert. Er fuhr in Gunnar Nybergs Richtung fort: »Wenn du mit den Buchstaben arbeitest, Gunnar, bedenke Folgendes: dreiundzwanzig unzusammenhängende Buchstabenkombinationen und das Wort ›Puck‹. Und höchstwahrscheinlich nicht der Eishockeypuck. Welche Jahreszeit haben wir? Sommer. Genauer gesagt, Mittsommer. Morgen ist Sonnenwende. Puck ist der flüchtige, unberechenbare, wilde Geist in Shakespeares *Ein Sommernachtstraum*.«

31

Kerstin Holm trat in ihre eigenen Fußspuren, ihre alten Joggingspuren. Am Ende der Scheelegata bog sie in die Fleminggata ein und gelangte zum Kungsbroplan. Sie ging die Kungsgata entlang. Über die Kungsbro, wo die hellwache Mittsommersonne Klara Strand in einen zauberhaften Schimmer hüllte, der die Illusion schuf, Schwedens verkehrsreichstes Straßenstück sei ein Schärenidyll. Vorbei am bunten Flickenteppich der Marktstände auf Hötorget. Über Sveavägen auf Schwedens verkehrsreichster Kreuzung. In den Teleladen jenseits der Kreuzung.

Sie war mit anderen Worten beinahe zu Hause.

Im Laden war Mittagspausenandrang. Im hinteren Teil machte sie ein Faxgerät aus, das jeder Kunde gegen Bezahlung benutzen konnte. Es stand etwas abseits, günstig für anonyme Faxversendungen.

Im Augenblick wurde es jedoch von einem Rücken verdeckt, den sie zu kennen glaubte. Ein Rücken im Gespräch mit zwei Angestellten in weißen Hemden. Sie verwarf den Gedanken – es war ein viel zu wohlbekannter Rücken, um dem gehören zu können, an den sie dachte. Im Übrigen sollte sie nicht an den Rücken denken, sondern an einen behaarten Rücken und an einen wippenden Pferdeschwanz, die einem Lehrer namens Viktor gehörten. Einen Rücken, den sie, um ehrlich zu sein, öfter nackt als bekleidet gesehen hatte.

War der Lehrer Viktor, der immer noch um seine an Krebs gestorbene Frau trauerte, ihre zukünftige Liebe? The love of her life? Sie wusste es nicht, hatte auch keine Zeit, darüber nachzudenken, ließ die Dinge einfach geschehen, bekam jedoch keine Ordnung in die Bilder. Sie überlagerten sich auf eine unschöne Weise. Manchmal sah sie wirklich

Viktor, dazwischen einen sechzigjährigen krebskranken Pastor, manchmal einen klarblauen Bannkreis, manchmal sogar einen alten Kollegen namens Dag Lundmark. Und manchmal – diesen Rücken.

Doch, die Bewegung.

Das musste er sein.

Es war jetzt der Rücken eines Chefs.

Als sie zu ihm trat, fragte sie sich, ob auch ihr eigener Rücken nun ein Chefinnenrücken war.

»Paul«, sagte sie und lächelte den beiden weißen Hemden zu.

Der Rücken fuhr herum, und Paul starrte sie erschrocken an.

Na ja, vielleicht nicht erschrocken.

»Kerstin«, rief er. »Was tust du hier?«

»Ich kann dich wohl das Gleiche fragen«, sagte Kerstin Holm und drückte ihn kurz an sich.

»Wir haben wartende Kunden«, sagte einer der Weißbehemdeten ungnädig.

»Einen Augenblick nur«, sagte Hjelm und streckte ihnen einen warnenden Internermittlungsfinger entgegen. »Rühren Sie sich nicht vom Fleck.«

Dann zog er Kerstin in eine Ecke und wiederholte flüsternd: »Was tust du hier?«

»Unsere Fälle haben eine neue Wendung genommen«, sagte sie. »Alle unsere Festgenommenen haben sich als unschuldig erwiesen. Ein glänzender Auftakt für mich als Chefin. Es wird Beschwerden hageln, dass es sich gewaschen hat. Es ist nämlich ein und derselbe Mörder. Er hat es mir außerdem rechtzeitig angekündigt, aber ich habe nicht zugehört. Per Fax. Von hier aus.«

»Von hier aus?«, rief Hjelm. »Aber verdammte Kiste, ich bin ja aus genau dem gleichen Grund hier.«

»Könnte es sein, dass wir ein bisschen miteinander reden sollten?«

Hjelm sah ein wenig geknickt aus. Er kratzte sich heftig am Kopf und sagte: »Können wir irgendwohin gehen?«

»Zu mir nach Hause vielleicht?«, sagte Kerstin. »Ich wohne doch gleich hier oben.«

»Ja, verflixt, das stimmt. Daran habe ich nicht gedacht.«

Dann kehrten sie zu den beiden Weißhemden zurück, von denen einer wesentlich ungeduldiger war als der andere.

»Sehen Sie nicht, dass wir den Laden voller Kunden haben?«, sagte er und machte eine Handbewegung zu dem Gedränge im vorderen Teil des Ladens.

»Wir fangen noch einmal von vorn an«, sagte Hjelm und ignorierte die Bemerkung. »Das Fax wurde also letzten Montag um 12 Uhr 26 geschickt. Wir waren so weit gekommen, dass Sie sagten, Sie hätten zu dem Zeitpunkt gearbeitet, Sie erinnerten sich aber an keine bestimmte Person. Jetzt haben wir noch ein paar Zeitpunkte, die vielleicht Ihre Erinnerung auffrischen können. Kerstin?«

Kerstin holte einen zerknitterten selbsthaftenden gelben Merkzettel aus der Jackentasche und stutzte, als sie die Zeiten herunterrattern wollte.

»Unglaublich. Montag, 12 Uhr 23.«

»Drei Minuten vorher«, sagte Hjelm. »Nicht zu fassen.«

»Dazu Dienstag, 9 Uhr 05, und Mittwoch, 10 Uhr 44.«

»Fünf nach neun, daran müssten Sie sich erinnern«, sagte Hjelm. »Vorgestern, unmittelbar nachdem Sie geöffnet hatten. Oder gestern um Viertel vor elf. In beiden Fällen kein Mittagspausenandrang.«

Der Ungeduldige sagte: »Das können Sie wirklich nicht von uns verlangen. Das Faxgerät geht automatisch. Um die Kunden, die da stehen, kümmern wir uns nicht. Das fällt nicht in unseren Aufgabenbereich. Die existieren nicht für uns.«

Der Zurückhaltendere sagte: »Vielleicht vorgestern um fünf nach neun. Ich glaube, dass ich da hingeguckt habe.

Ich weiß nicht mehr richtig, wie er aussah. Ziemlich klein. Blond, glaube ich. Jeans.«

»Haben Sie ihn vorher schon einmal gesehen? Oder später?«

Der Weißhemdige biss sich auf die Unterlippe und schien nachzudenken. »Ich weiß nicht. Vielleicht.«

»Alter?«

»Jesses. Ich muss mich konzentrieren.«

»Tun Sie das eine halbe Stunde lang«, sagte Hjelm. »Dann kommen wir wieder. Gehen Sie nicht aus dem Laden, bevor Sie noch einmal mit uns gesprochen haben.«

Sie gingen. Es waren nur zwanzig Schritte bis zu der wie immer nach Urin stinkenden Treppe, die zur Regeringsgata hinaufführte. Neben den Zwillingstürmen. Keiner von ihnen sagte etwas, bevor sie in Kerstin Holms Wohnung waren. Als sie die Schlüssel hervorsuchte, fiel ihr ein, wie grässlich unaufgeräumt es drinnen war, und es war ihr peinlich. Aber jetzt war es zu spät, die Einladung zurückzunehmen. Sie traten ein. Hjelm manövrierte sich zwischen Kleidungsstücken und Spielsachen und Abfalltüten hindurch. Er hielt inne und hob etwas vom Fußboden auf. Hielt es in die Höhe und studierte es. Eine Männersocke.

»Nun sieh mal«, sagte er. »Die Kinder wachsen schneller, als man glaubt.«

»Hör schon auf«, sagte sie und riss ihm den Strumpf aus der Hand. Ihr Herz benahm sich albern und schlug wie wild.

Sie gingen in die Küche.

»Kaffee?«, fragte sie.

»Wenn es schnell geht«, sagte er und setzte sich an den Küchentisch.

Es gab Dinge, über die sie nie gesprochen hatten. Vor allem über eine große Schultertasche mit Geldscheinen, die nach Plumpsklo stank. Er wusste, dass sie sie zurückgegeben hatte, wenn auch erst drei Tage später. Was in diesen drei Tagen geschehen war, wusste er nicht. Und jetzt arbeitete er in der Internabteilung. Jetzt wollte er es nicht mehr wissen.

Sie setzte einen schönen alten Topf mit Wasser auf, heftete den Blick auf ihn und sagte: »Jetzt mal im Ernst: In welcher Sache ermittelst du eigentlich? Wie konntest du diesen Bengt Eriksson so schnell herauspicken? Noch dazu in Polen?«

»Ist er gefasst?«

»Er wird gejagt.«

Paul Hjelm nickte und starrte aus dem Küchenfenster. Wie um ihrem Blick nicht begegnen zu müssen. »Ich wollte dir das hier ersparen«, sagte er schließlich. »Aber jetzt scheint es so, als ob unsere Fälle zusammenhingen, und ich kann mir keinen Reim darauf machen. Erzähl du erst ein bisschen mehr von euren Fällen.«

Und sie erzählte. Das Wasser kochte. Sie nahm den Topf, erzählte weiter, füllte die Tassen, erzählte weiter, schaufelte viel zu viel Nescafé hinein, erzählte weiter, goss Milch hinein, dass es überschwappte, erzählte weiter, rührte um. Als Kerstin Holm einem erschütterten Paul Hjelm die Tasse mit dem Horrorcocktail vorsetzte, war sie fertig.

Er sagte: »Man sollte es nicht für möglich halten. Ich erinnere mich an den Fotografen.«

»Wirklich?«

»Nicht daran, wie er aussah. Nur dass er da war.«

»Wie alle anderen.«

»Es ist ja die perfekte Maskierung«, sagte Hjelm. »Alle erinnern sich an die Kamera, keiner an den Fotografen. Ein vollkommen unsichtbares Wesen.«

»Drei Faxmitteilungen über unschuldig Verurteilte wurden also allem Anschein nach von demselben Mann aus dem Teleladen hier unten verschickt.«

»Und derselbe Mann schickte anscheinend im gleichen Zusammenhang ein Fax an Niklas Grundström. Es beinhaltete die Namen von acht Zeugen dafür, dass Jorge Chavez sich während seiner Zeit in Sundsvall schwerer Drogendelikte schuldig gemacht haben soll.«

Kerstin Holm starrte ihn an. Und er erzählte. Er rührte in dem furchtbaren Gesöff, erzählte, versuchte, die Nescaféklumpen aufzulösen, erzählte, versuchte heldenhaft zu trinken, ohne eine Grimasse zu schneiden, erzählte, spürte, wie seine Herzklappen auf ungute Art geschmiert wurden, erzählte, stellte die Tasse wieder auf den Küchentisch. Da war er fertig.

Sie sagte: »Jorge? Das ist vollkommen wahnsinnig. Drogentest?«

»Und ich habe mich gefügt«, sagte Hjelm beschämt. »Ich habe einen gemacht. Gestern. Heimlich.«

»Ich glaub's nicht«, sagte Kerstin Holm.

»Ich weiß. Niemand darf etwas davon erfahren. Und niemand hat etwas davon erfahren. Das musst du mir versprechen, Kerstin. Ich breche schon jetzt alle erdenklichen Vorschriften.«

»Okay. Und was hat der Test ergeben?«

»Spuren von Cannabis. Marihuana oder Haschisch.«

»Jorge? Du machst Witze.«

»Keineswegs. Aber wir dürfen nicht vergessen, dass er nicht im Dienst ist.«

»Er ist im Vaterschaftsurlaub, ist das etwa besser?«, sagte Kerstin entrüstet.

»Aus der Sicht des Jugendamts: nein. Aus unserer Sicht: ja. Sehr viel besser. Kein Dienstvergehen.«

»Und Bengt Eriksson?«

»Er stand auf der Faxliste«, sagte Hjelm. »Als ich ihn anrief, um mit ihm über Jorge zu sprechen, zeigte sich, dass er in Poznań war, um Jon Anderson umzubringen. Es war reiner Zufall. Genau wie die Verknüpfung mit Anderson.«

»Das heißt, wenn der Fotograf und der Mörder und dein Denunziant ein und dieselbe Person sind, dann konnte

Eriksson dank des Mörders identifiziert werden. Ist das Ironie des Schicksals?«

»Nach allem, was du erzählt hast, würde er wohl nichts dagegen haben, wenn Eriksson verschwände ... Er gehört auf gewisse Weise zu den Opfern. Es wäre natürlich noch viel gelungener gewesen, wenn Anderson ihn niedergestochen hätte und nicht umgekehrt.«

»Und sonst? Haben die Untersuchungen zu etwas geführt?«

»Es ist zwiespältig«, sagte Hjelm und schüttelte den Kopf. »Der Jazzclub Majls in Sundsvall war eindeutig keine Drogenzentrale, wie behauptet wurde. Jorge war eher daran beteiligt, einem Drogenabhängigen, der dort gearbeitet und nebenher ein bisschen Haschisch verkauft hat, wieder auf die Beine zu helfen. Anderseits sagen einige der Zeugen, dass er dann und wann einen Joint geraucht hat. Es ergibt kein eindeutiges Bild. Der Letzte, mit dem ich gesprochen habe, war ein Vollidiot, der außerdem Kommissar in unserer Interpolabteilung ist. Rickard Blomdahl. Er scheint zusammen mit Bengt Eriksson tonangebend im rassistischeren Flügel der Polizei in Sundsvall gewesen zu sein. Sie haben mehrere Jahre lang konsequent gegen Jorge gearbeitet, mit Einverständnis ihres Chefs. Blomdahl sagte: ›Einwanderer können leider nie gute Polizisten werden. Bei denen fehlt was in der Rübe.‹ Versuch, das zu toppen, wenn du kannst.«

»Das kann ich nicht. Aber wie hängt es zusammen? Warum zeigt er Jorge an? Was hat das mit unseren Morden zu tun? Mit Puck?«

»Puck?«, sagte Hjelm. »Eishockeypuck?«

»Ich dachte, du wärst literarisch gebildet. Die Buchstaben in den Kniekehlen der Leichen. Posthume Tätowierungen.«

»Puck? Ein Sommernachtstraum? Der flüchtige Geist der Nacht.«

»Du bist ja doch literarisch gebildet. Arto hat das jetzt übernommen.«

Ohne zu überlegen, was er tat, nahm Hjelm einen großen Schluck von dem abscheulichen Kaffee. Er bekam einen Hustenanfall und hyperventilierte.

»Ist er zu stark?«, fragte Kerstin nur.

»Die Verbindung«, krächzte Hjelm. »Irgendwelche Ideen?«

»Er fotografiert die A-Gruppe mitsamt dem umfangreichen Familienanhang. Und er zeigt Jorge an. Das ist das Verbindungsglied. Er hat es irgendwie auf uns abgesehen. Die A-Gruppe ist das Ziel. Die alte A-Gruppe. Dich eingeschlossen.«

»Oder das Mittel zum Zweck«, sagte Hjelm und schob die Tasse von sich. »Eher wohl das Mittel? Die Botschaft steht im Zentrum. Was auch immer die Botschaft sein mag.«

»Dass wir in wahnwitzigen Zeiten leben«, sagte Holm. »Und etwas dagegen unternehmen müssen. Ernsthaft. Unsere Menschlichkeit zurückerobern. Wieder lernen zuzuhören.«

Sie schwiegen eine Weile. Hjelm kannte die Argumentation. Es war seine eigene. Er schauderte und vollführte eine kleine Geste.

»Euer Mörder und mein Denunziant könnten ja zufällig hintereinander in der Faxschlange gestanden haben. Es kann ein Zufall sein.«

»Nein«, sagte Kerstin Holm und sah ihm in die Augen.

»Nein«, sagte er und erwiderte ihren Blick.

»Du fehlst mir«, sagte sie.

»Und du fehlst mir«, sagte er.

Ein mildes Sommerlicht erfüllte die unordentliche Wohnung. Kerstin blickte auf ihre Hand. Darin hielt sie eine Socke. Eine Männersocke. Deswegen war beim Kaffeemachen alles schiefgegangen.

»Wie kriegen wir ihn?«, sagte sie und ließ die Socke unauffällig auf den Boden fallen.

Hjelm schüttelte den Kopf. »Ich weiß nicht«, sagte er.

»Im Augenblick ist ein weißes Hemd unten im Teleladen unsere beste Chance. Und das sagt ja einiges darüber, wie die Dinge stehen.«

»Warum hat er deine acht Zeugen ausgesucht?«, fragte sie.

»Ja, du … Drei Polizisten, zwei Musiker, eine Sozialarbeiterin, einen Clubvorsitzenden, eine unbekannte Frau. Zwei von ihnen habe ich nicht zu fassen bekommen. Den Boss vom Majls und die Frau, Eva-Liza Besch.«

»Besch? Eine Deutsche? Aber eine Frau kann der Mörder wohl kaum sein.«

»Kaum anzunehmen.«

Wieder war es eine Weile still. Als wäre die Luft in der unaufgeräumten Wohnung von etwas ganz anderem erfüllt als dem leicht aufwirbelnden Staub.

Paul Hjelm sagte: »Ich habe das Gefühl, dass er irgendwo in der Nähe ist.«

32

Gunnar Nyberg zwinkerte und betrachtete eine Liste. Auf der Liste stand: KPCU, KCUP, PCUK, CKUP, CPUK, UKPC, UCPK, KPUC, KUPC, PKUC, PUKC, CKPU, CUKP, UKCP, UCKP, KCPU, KUCP, PCKU, PUCK, CPKU, CUPK, UPKC, UPCK, PKCU.

Puuh, dachte er und sah auf den Bildschirm des Computers.

KPCU konnte ›The Kenya Planters Co-operative Union‹ heißen. Wie hoch war die Wahrscheinlichkeit, dass der Mörder auf einen kenianischen Bauernverband verwies?

KCUP war von einem richtigen Wort nicht ganz so weit entfernt. Der K-Cup. Zum Beispiel Knickerbocker Cup, veranstaltet von The Knickerbocker Yacht Club in den USA.

PCUK war unter anderem ein britisches IT-Unternehmen. PC in UK.

CKUP war ein Erste-Hilfe-Kit, hergestellt von Custom Kits Company in Oxford, Massachusetts.

Da reichte es ihm.

Er fuhr in die Stadtbibliothek und lieh alles aus, was er über Shakespeares *Ein Sommernachtstraum* finden konnte. Er las das Stück und war verblüfft. Es war eine Geschichte über das harte, patriarchalische Athen, das plötzlich die magische Rache des Waldes zu spüren bekam. Der Herrscher Theseus soll bald seine besiegte Feindin Hippolyta, die Amazonenkönigin, heiraten. Seine Welt ist grausam, rigoros und despotisch. Aber in kurzer Zeit füllt sich die Bühne mit Geistern, und das hasserfüllte Paar Theseus und Hippolyta nimmt die Form des Königs und der Königin der Elfen an, Oberon und Titania. Ihre Magie dringt in die Königsburg ein.

Puck ist Oberons koboldhafter Diener, der die Geschichte in eine unerwartete Richtung lenkt. Er ist allgegenwärtig, eine unsichtbare, wilde Macht, die über allem wacht und mithilfe des Unerwarteten dafür sorgt, dass das Tote und Erstarrte zum Leben erweckt wird. Er verwirrt das Sehen der Menschen, lässt die Erotik verrückt spielen und die Menschen den falschen Liebespartner wählen, träufelt Zaubersaft in die falschen Augen. Und am Ende stellt er alles wieder richtig. Aber da ist es verwandelt. Er stürzt ins Chaos, um Ordnung herzustellen. Er ist mit den magischen, fruchtbaren Mächten des Sommers im Bunde, er kann die Gestalt wechseln, wie es ihm beliebt, er ist all das, was die rationale abendländische Gesellschaft – bewusst wie auch unbewusst – vergessen hat. Er ist, kurz gesagt, das, was sich entzieht.

Natürlich war dieser Puck gemeint. Natürlich identifizierte sich der Mörder mit dem flüchtigen Geist Puck, der alles aus dem Gleichgewicht bringt, damit wir endlich sehen, wie sehr es aus dem Gleichgewicht ist. Nur so kann es noch gerettet werden.

Doch warum schreibt er nur Puck? Ein so komplizierter, riskanter und unangenehmer Prozess, vier Leichen zu tätowieren – nur um dieses eine Wort zu schreiben … Müsste es nicht spezifischer sein?

Es wirkte so abgeschlossen. Vier Leichen – vier Buchstaben. Fehlte wirklich nichts? Ein Hinweis?

Es fehlte eine Leiche.

Gunnar Nyberg ließ seine Gedanken in alle Richtungen ausschwärmen. Dann versuchte er, das Brauchbare zu sammeln. Das führte zu einem Telefongespräch.

»Interpolabteilung der Reichskriminalpolizei«, klang es aus dem Hörer. »Kommissar Rickard Blomdahl.«

»Hej, hier ist Gunnar Nyberg von der Einheit für Gewaltverbrechen von internationalem Charakter.«

»Jetzt hört verdammt noch mal damit auf, mich zu terrorisieren«, sagte Blomdahl.

»Abgesehen davon, dass ich nicht weiß, wovon du redest«, sagte Nyberg, »ich scheiße auch drauf. Erzähl mir mal was von eurer Moldawienleiche.«

»Das würde mir nicht im Traum einfallen. Schick mir eine offizielle Anfrage auf dem Dienstweg.«

»Hat sie eine Tätowierung in der Kniekehle?«

Das Gegrunze und Gemecker verstummte. Es war ein vielversprechender Augenblick. Schließlich fand der widerspenstige Kommissar die Sprache wieder. »Was weißt du denn davon?«, fragte er misstrauisch.

»Wir haben hier selbst ein paar davon. Ist es möglicherweise eine Ziffer?«

»Mehrere«, sagte Blomdahl. »Wir dachten, es wäre ein Türschlosscode.«

»Vier Ziffern also?«

»Nach Eintreten des Todes beigebracht. Aber das hier ist topsecret. Mir ist unbegreiflich, wieso ihr etwas darüber wisst.«

»Nenn es eine Eingebung«, sagte Gunnar Nyberg. »Ihr habt einen Tatverdächtigen in Haft, wenn ich richtig informiert bin.«

»Eine moldawische Prostituierte mit Namen Ligia Dumitrica. Als Schwimmerin für einen internationalen Schwimmwettkampf gemeldet. Der Ermordete hieß Dumitru Odagiu und war ein als Schwimmtrainer maskierter Zuhälter. Auf diese Weise haben sie Huren ins Land geschmuggelt.«

»Und wie ging das vor sich?«

»Dumitru Odagiu bekam in einem Hotelzimmer in Jönköping eine kräftige Überdosis von seinem eigenen Heroin. Verhöre mit einigen Hurenkolleginnen ergaben, dass Ligia Dumitrica sich auf dem Weg dorthin befand, um ein paar Kunden von einer angesehenen örtlichen Freikirche zu empfangen. Die Wünsche waren am sechsten Juni per Telefon in das Hurenversteck durchgegeben worden, und sie waren von der Art, dass Ligia Dumitrica den Kolleginnen zufolge ›genug bekam‹. Sie verließ das Versteck, Zitat, ›so wütend, dass sie selbst Gottvater hätte umlegen können‹. Sie selbst gibt an, sie habe ihn bei ihrer Ankunft tot vorgefunden. Zwei Freikirchliche lagen, voll getankt mit Schmuggelsprit, bewusstlos auf den Sofas. Sie floh sofort und tauchte unter. Schließlich fanden wir sie an einem äußerst ausgefallenen Ort, nämlich auf einem Götakanalschiff. Sie hat noch etwas gesagt. Warte einen Moment, ich sehe nach, ob ich es finde.

»›Es war, als hätte jemand meine Gedanken gelesen‹«, sagte Nyberg.

Das Schweigen im Hörer war erneut von der vielversprechenden Sorte.

»Habt ihr einen Spitzel bei uns?«, fragte Blomdahl tiefernst. »Ist es dieser Saufinne Risto Selonen?«

»Wir haben vier Parallelfälle. Alle von der gleichen Art. Kann ich jetzt diese Ziffern erfahren?«

»Ich weiß nicht. Die Sache kommt mir nicht mehr ganz koscher vor. Ihr versucht, mir meinen Fall abspenstig zu machen. Wir haben schon einen Mörder.«

Gunnar Nyberg biss sich auf die Zunge, eine ganze Weile. Er musste vieles zurückhalten. »Eher bekommt ihr unsere Fälle«, log er schamlos. »Es sieht ja so aus, als wäret ihr viel weiter gekommen als wir.«

Zu seiner Entschuldigung muss gesagt werden, dass er die Ziffern benötigte. Bevor Rickard Blomdahl sie ›auf dem Dienstweg‹ begrub.

Was in seinem Fall bedeutet haben dürfte, dass er sie sich in den Arsch schob und diesen zusammenkniff.

»Jaja«, murmelte Blomdahl. »2173.«

Nyberg notierte die Ziffern und konnte sich einer kleinen Schlussattacke nicht enthalten: »Ich bin leider gezwungen, dir mitzuteilen, dass Ligia Dumitrica unschuldig ist und dass wir euer gesamtes Material benötigen. Wir sind dabei, den Mörder einzukreisen. Wenn wir das Material nicht binnen einer halben Stunde hier haben, sind wir gezwungen, den Reichspolizeichef einzuschalten.«

»Ich wusste doch, dass ihr irgendeinen Scheiß ausbrütet«, sagte Blomdahl und knallte den Hörer auf.

Noch mal davongekommen, dachte Nyberg.

›Puck 2173‹. Was bedeutete das? Er schlug einen dicken Band mit Shakespeares gesammelten Werken in Englisch auf. Am Rand standen fortlaufende kleine Ziffern. Die Zeilennummerierung. Er blätterte zur Zeile 2173 in *A Midsummer Night's Dream* vor und fand die Worte ›I am sent with broom before‹, und es war tatsächlich Puck, der sie sprach. Am Ende eines langen Monologs nach dem Abschluss der Handlung. Puck erscheint mit einem Besen vor der versöhnten Königsburg.

Gunnar Nyberg schlug eine Übersetzung auf und las die Zeile: ›Mich schickt man mit Besen vor‹. Das sagte ihm noch nicht viel. Er las Pucks ganzen Monolog:

Hungrig brüllt der Löwe nun,
Und der Wolf beheult den Mond,
Schnarchend darf der Bauer ruhn,
Schwer vom Pflug, den er gewohnt.
Nun verglüht der Span am Herd,
Und das Käuzchen schreit so schrill,
Dass den Kranken Angst durchfährt,
Weil er noch kein Bahrtuch will.
Nun klafft auf in nächtger Stund
Weithin aller Gräber Mund,
Und Gespenster aus dem Grund
Schweben um den Kirchhof rund.
Und wir Elfen von der Brut
Hekates, in Dreigestalt,
Die mit ihr vor Sonnenglut
Traumgleich fliehn in Nacht und Wald,
Wir sind froh nun: Keine Maus

Störe dies gefeite Haus! …
Mich schickt man mit Besen vor,
Den Staub zu fegen hinters Tor.

Unendlich schöne Zeilen, aber es war immer noch ziemlich rätselhaft. Offenbar bedeutete es, dass der Mörder eine Art Reinigungsarbeit verrichtete. ›Mich schickt man mit Besen vor / den Staub zu fegen hinters Tor.‹

›Nun klafft auf in nächtger Stund / Weithin aller Gräber Mund.‹

Der Mörder war mit seinem Besen gekommen.

So war es. Er folgte dem Dunkel wie ein Traum an diesem dramatischen, mörderischen Mittsommerabend, an dem aus allen Gräbern Gespenster schweben, und jetzt wachte er über das endlich versöhnte Haus.

Er fegt in der Nacht der Seele.

Indem er Repräsentanten der bösen Gegenwart ermordete.

Dem Mann, der seine Frau misshandelte, dem Chef des Erniedrigungsfernsehens, der Leichenverkäuferin und dem Schwesterpeiniger wurde jetzt der Sexsklavenhändler hinzugefügt.

Wenn er alle durchging, die es verdient hätten, wäre die Liste der Opfer noch lang. Dachte Gunnar Nyberg.

33

»Ich habe auf ihn geschossen.«

Arto Söderstedt nickte bedächtig.

Er betrachtete den schwer mitgenommenen Mann und sah die neue Glut in seinen Augen.

Mit ebenfalls neuer Stimme fuhr Lars-Inge Runström fort: »Ich schieße in die Wand. Zwei Schuss. Sie sitzen unmittelbar nebeneinander, zwei kleine Löcher, wie eine Steckdose. Aber die haben sich von selbst gelöst. Dann schoss ich noch zweimal. Tiefer in die Garage hinein. Wo ich das Wesen sah. Es lief geduckt zwischen ein paar Autos zehn Meter ins Innere. Ich muss weit weg eine Wand getroffen haben.

Söderstedt nickte weiter. Sie hatten vier Einschusslöcher gefunden. Zwei in der Wand, zwei in Ronald Swärd. Nach anderen hatten sie nicht gesucht.

Da sieht man, wie vorgefasste falsche Meinungen einen leiten.

»Erinnern Sie sich daran, wie er aussah?«, fragte er.

»Etwas fängt an, sich zu zeigen«, sagte Runström. »Als Sie erzählt haben, wie es abgelaufen ist, wurde alles klar. Ich habe Swärd nicht erschossen. Er war schon tot. Aber ich habe auf eine Bewegung geschossen. Ganz instinktiv, ohne eine Sekunde zu zögern. Ich fürchtete, jemanden getroffen zu haben. Dadurch habe ich jedes Gefühl für die Wirklichkeit verloren. Ich hatte eine Gedächtnisstörung. So muss es gewesen sein. Jetzt ist alles ziemlich deutlich. Er hatte etwas in der Hand. Wie einen großen Füller.«

»Ein Tätowiergerät?«

»Vielleicht. Er war ziemlich jung, geschmeidig, schwarz gekleidet.«

»Jung?«

»Das war mein Eindruck. Da war etwas. Das Haar.«

»Dunkel? Hell?«

»Lang. Ziemlich lang jedenfalls. Die Farbe weiß ich nicht mehr, aber ich erinnere mich an einen wehenden Pferdeschwanz. Er hat mich angesehen. Ich müsste mich an sein Gesicht erinnern.«

»Wir drehen das Ganze noch einmal und fangen von vorn an«, sagte Söderstedt. »Sie fahren den Wagen in die Garage. Wie haben Sie das gemacht?«

»Sie war offen.«

»Weil Ronald Swärds BMW an einer Stelle steht, wo die Fotozellen reagieren und die Tür aufgeht?«

»Ja. Er steht genau neben der Einfahrt, auf der linken Seite. Ich musste voll auf die Bremse treten. Ich steige mit der Pistole in der Hand aus. Die Windschutzscheibe hat Löcher. Da sehe ich das Blut. Der Kopf ist völlig zerschossen. Zwei Schüsse aus meiner Pistole lösen sich. Ich sehe die Löcher in der Wand. Geradeaus, genau nebeneinander. Dann sehe ich die Bewegung, links von der Wand mit den Einschüssen, zehn Meter weit im Garageninnern. Er duckt sich zwischen die Autos. Ich sehe den großen Füller in seiner Hand. Und ich schieße. Noch zweimal. Da sieht er mich an. Aber dann erinnere ich mich an nichts mehr.«

»Hat es einen Sinn, den Polizeizeichner zu holen?«, fragte Söderstedt und fühlte, dass er eine Art anerkennende Geste machen sollte. Es gelang ihm nicht richtig.

Runström schüttelte den Kopf. »Noch nicht«, sagte er. »Ich sehe kein Gesicht vor mir. Es muss erst auftauchen.«

»Dann zu der Frage, wie er wissen konnte, dass Sie sich auf den Weg gemacht haben, um Swärd zu erschießen. Und sagen Sie jetzt nicht –«

»Er muss meine Gedanken gelesen haben.«

»Ganz genau das, ja. Sagen Sie das nicht. Sagen Sie stattdessen, wie es dazu kommen konnte. Haben Sie es jemandem erzählt?«

»Absolut nicht«, sagte Lars-Inge Runström gekränkt. »Ich wusste es ja selbst nicht. Er hat meine Gedanken gelesen, bevor ich sie gedacht habe.«

»Oder Sie wussten es ganz sicher. Unter anderem haben Sie Ihre alte Heimwehr-Husqvarna geputzt und sich Munition beschafft. Es war nicht unvorbereitet.«

Runström zuckte die Schultern. »Ein Teil von mir muss begriffen haben, wie schlimm es mit ›Makeover‹ werden würde. Von welchen neuen Tiefständen des Erniedrigungsfernsehens das schwedische Volk sich gezwungenermaßen faszinieren lassen sollte. Etwas in mir muss gewusst haben, dass ich zu der Einsicht kommen würde: Mein Wort kann nichts ausrichten. Ich werde tauben Ohren predigen. Etwas in mir wusste davon, bevor ich selbst es wusste. Besser kann ich es nicht erklären.«

»Wann haben Sie die Munition gekauft?«

»Ungefähr eine Woche früher. In einem Waffengeschäft auf Söder. Skånegatan, glaube ich.«

»Sie müssen sich ausgewiesen oder eine Waffenlizenz vorgezeigt haben. Und haben Sie mit Scheckkarte bezahlt?«

»Vermutlich. Ganz sicher mit Karte. Das mache ich immer. Ich hasse Bargeld.«

»Dann können wir auf jeden Fall das Datum feststellen. Vielleicht haben wir das Glück, dass er Ihnen in den Laden gefolgt ist, um zu beobachten, was Sie kauften. Um das Gleiche zu kaufen: eine alte Husqvarna mit Munition.«

»Tja«, sagte Runström und sah ausgelaugt aus.

»Und von Vebach Zelsai haben Sie noch nie etwas gehört?«

»Nie. Ist es wirklich ein Name?«

»Was sollte es sonst sein?«

Arto Söderstedt überlegte. Was sollte es sonst sein, das geplante Treffen, das den Fernsehchef Ronald Swärd veranlasste, sich gerade in diesem Moment auf den Weg zu machen? Hatten sie vielleicht ein bisschen zu früh entschieden, dass der Termin im Szeneclub Kharma ein Treffen mit einem Menschen betraf? Der Name musste kontrolliert werden. Gründlich.

»Er erinnert mich an Keyser Söze«, sagte Lars-Inge Runström.

»Keyser was?«

»Den geheimnisvollen und ständig abwesenden Gangsterboss im Film ›Die üblichen Verdächtigen‹. Den sollten Sie sich ansehen. ›The greatest trick the devil ever pulled was convincing the world that he didn't exist.‹ Es sind auch eine Menge Ungarn dabei. The mysterious Vebach Zelsai.«

»Schön zu sehen, dass Sie sich erholt haben«, sagte Söderstedt und sah schon vor sich, wie er direkt von der Arbeit zum Videoladen gehen würde.

»Ich bin unschuldig«, sagte Lars-Inge Runström und lehnte sich im Stuhl zurück. »Begreifen Sie, wie glücklich ich bin? Ich habe niemanden umgebracht.«

»Dann machen wir Folgendes«, sagte Arto Söderstedt und stand auf. »Es ist schon ziemlich spät. Morgen ist Mittsommerabend. Dann komme ich früh wie eine Waldfee mit einem Polizeizeichner im Schlepptau herunter. Und Sie haben die Nacht damit verbracht, sich ein Gesicht in Erinnerung zu rufen. Klingt das gut?«

»Wie in der besten aller Welten«, sagte Lars-Inge Runström.

Die Bilder vom Fest hatten nun einen ganz anderen Stellenwert. Jedes einzelne Foto war aus der Perspektive des Mörders aufgenommen, jedes Bild hatte der Mörder buchstäblich gesehen. Lena Lindberg versetzte sich an seine Stelle, in seine Art, die Welt zu sehen. Die frohen Gesichter sahen aus wie Totentanzbilder: Lachen am Rand des Grabes. Die Flüchtigkeit, Anfälligkeit, Sterblichkeit allen Seins.

Doch nirgendwo fand sich der Fotograf selbst. Sorgfältig hatte er jede reflektierende Fläche vermieden.

Und das Auge sieht bekanntlich alles – außer sich selbst.

Er war nicht einmal in Pauls Plastikbrille zu erkennen.

Lena Lindberg legte die Fotos zur Seite und griff wieder zu den beigefügten Negativen. Alle Bilder waren da, in numerischer Reihenfolge. Kein einziges misslungenes Foto. Das ließ nichts Gutes ahnen.

Kein einziger Fehlversuch.

Und die Verpackung war seit langem weggeworfen. Sie verwendete einen unangemessen großen Teil des Tages darauf, den Weg zu rekonstruieren, den zwei Tage alter Müll aus geleerten Papierkörben nahm. Alles wurde ›täglich entsorgt‹, erfuhr sie schließlich, keine Geheimnisse verließen das Polizeipräsidium.

Dann die Überwachungskameras. Einen kurzen Augenblick lang nährte Lena Lindberg die Hoffnung, dass der provisorische Festsaal im dritten Stock von einer eigenen Kamera überwacht wurde, doch es zeigte sich, dass das nicht der Fall war. Dagegen gab es vier potenzielle Kameras auf dem Weg von der Polhemsgata hinauf in den dritten Stock. Eine in einem Korridor und die im Aufzug waren exakt datiert. Die am Eingang und eine zweite in einem anderen Korridor waren ohne Datumskontrolle. Die musste sie genauer prüfen. Das hieß mehrere Stunden Arbeit, auf die sie keinen Bock hatte.

Also die beiden Überwachungsfilme, bei denen es leicht war, den richtigen Zeitpunkt zu finden. Die im ersten Korridor zeigte nichts; er musste sich ganz einfach um sie herumgeschlichen haben. Die im Aufzug zeigte Viggo Norlanders Familie. Es war faszinierend. Viggo, Astrid, ein Zwillingswagen. Sonst nichts. Bis zwei Hände von unten ins Bild gestreckt wurden und ein Blitzlichtgerät auf eine große

Kamera schraubten. Anschließend klatschte das ältere Mädchen dem jüngeren eine Rassel ans Jochbein, und beide heulten los. Lena sah deutlich, wie Viggos untröstlicher Mund ›Charlotte‹ rief, worauf er ihr die Rassel aus der Hand schnappte. Die Aufzugtür glitt zur Seite. Die Familie verließ den Aufzug, die weißen Konturen Arto Söderstedts kamen für einen Moment ins Bild. Dann verschwanden sie. Da wurde die Hand wieder ins Bild gestreckt und drückte auf einen der Aufzugknöpfe. Wahrscheinlich, um die Tür aufzuhalten. Einen Moment war es still. Der Aufzug war leer. Schließlich kam Arto Söderstedt zurück. Ein Blitz zuckte auf. Eine Kontur glitt aus dem Aufzug. Und das war alles.

Eine Kontur ... Nur eine Bewegung. Mehr nicht. Er hatte sich gleichsam um den Blickbereich, den die Kamera abdeckte, herumgedrückt. Ohne dass jemand das Ausweichmanöver bemerkt hätte.

Lena Lindberg seufzte und betrachtete den großen Stapel Videobänder vor sich auf dem Schreibtisch. Sie verfluchte ihren Mangel an entsprechender Routine und fummelte das erste Band in eines der zahlreichen Videogeräte des Videoraums.

Sie fragte sich, wie viele Bänder sie wohl gleichzeitig schaffte.

Viggo Norlander war überaus aktiv. Er laborierte mit drei Medien gleichzeitig. Fabelhaft, in welche Höhen der Simultankapazität man sich als ganztags arbeitendes Kleinkind-Elternteil hinaufarbeitete. Man bekam so gut wie alles in den Griff, außer Rasseln.

Er mailte, er telefonierte, er war unterwegs – alles gleichzeitig. Und die Erinnerungsbilder von Jan-Olov Hultins anspruchslosem Pensionsfest legten sich als mentale Bruchstücke nebeneinander. Alle hatten sich im selben geschlossenen

Raum befunden, und alle erinnerten sich an gänzlich verschiedene Dinge. Nur in einem Punkt waren sich die Befragten einig: Sie erinnerten sich bezüglich des Fotografen ausschließlich an die Blitze.

Bislang.

Er fuhr mit dem Wagen im Vierundzwanzigstundenstoßverkehr auf Ringvägen und betrachtete das E-Mail-Programm auf den drahtlos mit dem Internet verbundenen Laptops, während er gleichzeitig am Handy telefonierte. Mit Niklas Grundström.

Grundström machte sich Sorgen. Weniger über den Komplikationsgrad des Falls an sich als über seinen eigenen Mangel an Aufmerksamkeit. »Aber wie ist das möglich?«, stieß die in der Regel beherrschteste Kraft des gesamten Polizeikorps hervor. »Ich hatte ihn doch direkt vor der Nase.«

»Überhaupt nichts?«, sagte Viggo Norlander und bog gleich hinter dem Söderkrankenhaus in eine kleine Parallelstraße ein, Richtung Skanstull. Im gleichen Augenblick sagte es Pling im E-Mail-Programm, und er klickte die Mail an.

»Nein«, sagte Grundström zerknirscht. »War er nicht ziemlich jung?«

»Ich habe gerade eine Mail von deiner Frau bekommen«, sagte Norlander. »Arbeitet sie im Modernen Museum?«

»Ja«, sagte Grundström abwesend.

»Sie schreibt: ›Der fragliche Fotograf ist ein dunklerer Fleck als ich selbst. Leider. Elsa.‹«

»Sie hat einen besonderen Humor«, sagte Niklas Grundström tiefernst.

Norlander hielt an, nahm das Handy aus dem Halter und steckte es in die Tasche, klappte den Laptop zu und klemmte ihn unter den Arm, als er die Treppe zur Eriksdalschule hinunterging. Seine Ankunft in dem während des Sommers geöffneten Freizeitheim machte einen nachhaltigen Eindruck, weil im selben Moment, in dem der Freizeitpädagoge die Tür öffnete, sein Handy klingelte. Da sein Klingelton, das klassische Mittsommerlied ›Die kleinen Frösche‹, auf höchste Lautstärke eingestellt war, breitete sich im Innern des zum Hallenhockeyfeld umfunktionierten Freizeitheims eine gewisse Heiterkeit aus.

»Warum spielt ihr nicht Fußball, wenn die Sonne scheint?«, fragte Norlander und meldete sich am Telefon.

Der Freizeitpädagoge starrte ihn an. Das Hallenhockeyspiel war angehalten. Es war wie ein Standbild. Der Ball schien in der Luft zu stehen.

»Ja«, sagte Viggo Norlander. Dann sagte er: »Ja. Nein. Okay, Jan-Olov. Gar keine Erinnerung? Und Stina? Nein, okay. Wenn euch noch etwas einfällt … Gut. Danke und hej. Jaja, ich erzähle es euch später. Hej.«

»Hej«, sagte er jetzt stattdessen zu dem Freizeitpädagogen und hielt seinen Polizeiausweis hoch. »Ich muss mit Linda Söderstedt aus der Klasse 9e sprechen.«

Ein kreideweißrotes Wesen tauchte mit dem Hockeyschläger in der Hand auf. »Ich dachte mir doch gleich, dass du es bist, Viggo«, sagte Arto Söderstedts zweitälteste Tochter. »Ist Papa etwas passiert?«

»Nein, nein«, sagte Norlander beruhigend. »Gar nichts. Können wir einen Moment rausgehen? Wenn du frische Luft verträgst.«

»Haha, Plattnase«, sagte Linda Söderstedt und ging mit hinaus an die frische Luft.

»Pass auf, dass du keine Sonne abkriegst«, insistierte Norlander.

»Was ist denn? Wir sind mitten im Halbfinale.«

»Erinnerst du dich an einen Fotografen auf dem Fest für den Chef deines Vaters, der in Pension ging?«

»Was? Und deswegen störst du mich? Wir haben Schulmeisterschaft. Du Obertrottel.«

»Werden meine engelgleichen Töchter auch in Kürze erwachsene Männer mit Schimpfworten traktieren?«

»Klar erinnere ich mich an ihn«, sagte Linda Söderstedt. »Kann ich jetzt gehen?«

»Was? Du erinnerst dich an den Fotografen?«

»Aber klar. Der war voll cool. Er hat mit mir geflirtet. Da bin ich ganz sicher.«

»Das Hallenhockeyturnier ist beendet«, entschied Viggo Norlander und entführte Linda von der Schulmeisterschaft.

»Was glaubst du selbst?«, fragte Sara Svenhagen. »Wie hat er erfahren, dass ihr euch treffen wolltet?«

Die Frau, die einmal Naska Rezazi geheißen hatte, beobachtete sie und schwieg.

»Nun komm schon, Lera«, bohrte Sara nach. »Er hat versucht, dir den Mord an deinem Bruder anzuhängen. Du hast keinen Grund, ihn zu decken.«

Das gleiche störrisch beharrliche Schweigen wie vorher.

»Was dir widerfahren ist«, versuchte es Sara, »war die Art von Verbrechen, die in der Abgeschlossenheit gedeiht. Und du selbst hast im Verborgenen gelebt. Nichts von alldem hier ist an die Öffentlichkeit gelangt. Es muss aus einem der geschlossenen Räume gekommen sein: entweder dem deiner Familie oder deinem eigenen. Und ich glaube nicht, dass deine Familie irgendeinen Außenstehenden das Allergeringste hat sehen lassen. Es muss von dir gekommen sein, Lera. Dein Raum war offener. Darum ging es ja bei dem Ganzen.«

»Ich heiße nicht mehr Lera«, sagte Naska Rezazi und blickte zu Sara auf. »Es war ein unwürdiger Name.«

»Ich verstehe, dass du so denkst, Naska. Aber Lena und Sara suchen einen mehrfachen Mörder. Man kann ihn vielleicht sogar einen Serienmörder nennen. Und er plant noch weitere Morde.«

»Heute bin ich Russin. Heute heiße ich Bahizeva. Olga Bahizeva.«

»Warum willst du mir nicht helfen? Man hätte dich freigelassen, und du hättest eine hohe Entschädigung bekommen. Stattdessen entscheidest du dich dafür, als Verbrecherin weiterzumachen. Obwohl du gar keine bist. Warum?«

Naska Rezazis dunkler Blick wurde sehr, sehr scharf. »Verstehst du das wirklich nicht, Sara?«, fragte sie.

»Nein«, log Sara.

»Wenn wir uns … wie sagt man …? *hypothetisch* vorstellen, es gäbe einen *Er* – was hat *er* dann gemacht?«

Jetzt war es an Sara Svenhagen, beharrlich zu schweigen. Sie hatte kein gutes Gegenargument.

Naska Rezazi sagte: »Er hat mir das Leben gerettet.«

Paul Hjelm betrachtete seine Liste von Zeugen für Jorge Chavez' schwerwiegende Drogengeschäfte. Er saß wieder hinter dem Spiegel; das schien sein Los zu sein. Der Mann hinter dem Spiegel. Wenn man glaubt, niemand sieht einen, dann sieht einen Paul Hjelm.

Puuh.

Im Spiegelsaal saß ein Nichtverdächtiger. Das war schon ungewöhnlich genug. Dass er außerdem einen Zeichner bei sich hatte, war überaus seltsam. Sie sollten nämlich eigentlich nicht dort sitzen. Aber Hjelm wollte sie sehen. Er wollte sehen, ob das Weißhemd aus dem Teleladen vertrauenswürdig war. Er glaubte – immer noch –, solche Dinge entscheiden zu können.

Was dort drinnen vor sich ging, war ein Kampf. Der Kampf des Weißhemds mit seiner Erinnerung. Im Laden war er sich seiner Sache so sicher gewesen. Jetzt sollte mithilfe eines Bleistifts und einer Datenbank ein Gesicht erstellt werden. Und alles wurde so viel schwerer, die Möglichkeiten wurden so gigantisch. Das menschliche Gesicht blieb ein unlösbares Rätsel. Dennoch fand Paul Hjelm, dass der Kampf des Weißhemds mit seinen Dämonen durchaus befriedigend war. Wenn er scheiterte, lag es nicht an irgendwelchen eigenen Phantasmen oder an einem verfehlten Willen, im Mittelpunkt zu stehen. Er strengte sich wirklich an.

Doch noch war kein Resultat in Sicht.

Paul Hjelm kehrte zu seiner Liste zurück. Er hatte noch einmal mit ihnen gesprochen, mit denen, die erreichbar waren. Außerdem hatte er den abwesenden Micke Furberg lokalisiert, er saß im Gefängnis von Ringerike, achtzig Kilometer nordwestlich von Oslo, und verbüßte eine dreijährige Strafe wegen Drogenschmuggels. Es hörte sich nicht richtig gut an. Drogen und das Majls. Hjelm rief in Norwegen an und bekam Furberg an den Apparat, der sofort dafür sorgte, dass es sich besser anhörte.

»Jorge?«, sagte er in reinstem Stockholmschwedisch. »Aber verdammich, er war doch derjenige, der in dem Laden die Moral hochgehalten hat. Er hat zwar mal einen Zug getan, aber hauptsächlich, um die Starkraucher in der Nähe zu beruhigen. Besonders diesen Idioten Gurgel. Göran Urbansson irgendwas.«

»Gunnar«, sagte Paul Hjelm. »Gab es jemanden, der mit Jorge Probleme hatte? Von den Musikern oder so?«

»*Die Bullen* hatten Probleme mit Jorge. Er war Bulle und wurde von den Bullen schikaniert. Es war verdammt komisch. Wir anderen haben ihn alle geliebt. Guter Typ. Ich ging weg, als er wegging. Zu einem beknackten Bauernschuppen in Eskilstuna, den ich gekauft habe, um ihn zu einer Drogenzentrale zu machen. Wenn Sie das checken. Bisschen Stoff aus Thailand schmuggeln. Jemand sagte mir, es wäre einfacher, einen Umweg über Norwegen zu machen. Denkste. Jetzt sitz ich hier zusammen mit mental gestörten Kriegsverbrechern aus Bosnien. Vom Europäischen Gerichtshof in den Haag. Sagt Ihnen der Name Drazen Erdemovic was? Er war einer der führenden Figuren beim Massaker von Srebrenica.«

»Ist jemand in letzter Zeit wegen der Geschichte mit der Drogenzentrale mit Ihnen in Kontakt getreten? Es gibt Leute, die behaupten, das Majls wäre eine gewesen.«

»Das Majls? You gotta be kiddin', man. Das war die reine Sonntagsschule.«

»Keiner hat im Knast Kontakt zu Ihnen aufgenommen?«

»Nix. Keine Seele in anderthalb Jahren. Bis jetzt. Wenn man von der Dusche absieht.«

Als Paul auflegte, hatte er das Gefühl, es müsse mehr zu fragen geben. Geradeheraus vielleicht? Wer klagt meinen besten Freund an? Und warum verbindet er es mit einer eigentümlichen Mordserie?

Und: *Sollte ich nicht schnurstracks zu Jorge gehen und ihm alles erzählen*? Für den Fall, dass er sich schützen muss? Anderseits hatte er Haschisch im Körper.

Aber das sollte er kaum Micke Furberg fragen.

Sondern eher Jan-Olov Hultin.

So geschah es. Hultin saß in der Sauna. Stina reichte das Handy ins Dampfmeer.

»Schnell, bevor ich einen Schlag bekomme«, sagte der Saunapensionär.

»Der Denunziant hat mehrere Widerlinge ermordet«, sagte Hjelm und kam sich vor, als stünde er vor einem Hollywoodproduzenten und müsste das Manuskript in dreißig Worten zusammenfassen. Er fuhr fort: »A-Gruppen-Fälle, die sie für separat hielten. Er hat die A-Gruppe im Visier. Kleinster gemeinsamer Nenner ist Jorge. Soll ich mit ihm reden? Und vielleicht von Grundström gefeuert werden?«

Okay, es waren vierunddreißig …

»Ein Glück, dass man Pensionär ist«, sagte Hultin.

Es plätscherte im Hintergrund. Badete der Kerl im Ravalen? Während er über Tod und Leben seiner früheren Mitarbeiter diskutierte?

»Badest du?«, fragte Hjelm.

»Wasche mich nur«, sagte Hultin. »Ja.«

»Ja?«

»Ja, du musst mit Jorge reden. Aber das Timing ist wichtig. Sieh auf jeden Fall zu, dass er nicht stirbt. Aber so hört es sich nicht an.«

»Danke für einen glasklaren Rat.«

»Bitte«, sagte Jan-Olov Hultin.

Ende des Gesprächs. Hultin war wirklich in Pension gegangen. Das imponierte Hjelm.

Er blickte durch den venezianischen Spiegel. Das Weißhemd fuchtelte mit den Armen und beschimpfte den armen Polizeizeichner. Hjelm wandte sich wieder seiner Liste zu. Warum hatte der Mörder ihm gerade diese Liste geschickt? War darin etwas verborgen? Was war ihm bei seinen Gesprächen entgangen? Die Polizeibeamten Emil Mårdström, Bengt Eriksson und Rickard Blomdahl, die Musiker Stig Nilsson und Rocke Rööf, der Majls-Boss Micke Furberg, die Sozialarbeiterin Ann-Charlotte Stefansson sowie die diffuse Eva-Liza Besch, die Einzige, die er nicht gefunden hatte. Er hatte sie noch einmal anzurufen versucht. Einige hatte er nicht erreichen können. Den in Polen flüchtigen Bengt Eriksson zum Beispiel.

Es kam nichts Neues zum Vorschein. Es gab sozusagen keine Fragen mehr, die man stellen konnte. Er hatte das Gefühl, sich nur zu wiederholen.

Eva-Liza Besch gab es nirgendwo. Ihr Fehlen im schwedischen Melderegister ließ die Vermutung zu, dass sie Ausländerin war. Ihre Telefonnummer führte zu einem schwedischen Mobiltelefon, das mit metallischer Kunststimme mitteilte, die Teilnehmerin sei derzeit nicht erreichbar, und von ihrer Hotmail-Adresse kam keine Antwort.

Das Handy klingelte. Das Weißhemd warf einen misstrauischen Blick in den Blindspiegel und widmete sich danach wieder der Beschimpfung des Zeichners.

»Hjelm«, antwortete er.

»Kerstin hier«, sagte Kerstin Holm. »Bekommen wir eine Zeichnung?«

»Ist nicht sicher«, sagte Hjelm. »Und vieles andere auch nicht.«

»Im Zimmer nebenan sitzt ein anderer Zeichner mit Artos Tochter Linda. Sie scheint die Einzige gewesen zu sein, die den Fotografen ordentlich gesehen hat. Und Arto will Runström bis morgen dazu bringen, eine Zeichnung zu machen.«

»Das klingt gut«, sagte Hjelm. »Dann können wir sie vergleichen. Sonst noch etwas?«

»Nichts, was wir nicht morgen erledigen könnten«, erwiderte Holm. »Ich habe mir nämlich eine Großversammlung vorgestellt. Komplett mit dir und Jorge. Alles muss auf den Tisch. Hinaus ins Freie.«

»Mittsommerabend«, sagte Paul Hjelm.

»Ja, du«, sagte Kerstin Holm.

»Ja, du«, sagte Kerstin Holm und legte den Hörer auf. Sie schaute an die Decke. Jetzt gab es keinen Blickwinkel mehr, aus dem das Spinnennetz nicht zu sehen war. Es war die ganze Zeit gegenwärtig.

Es klopfte an der Tür. Ein sehr großer Mann schaute herein. Sie erkannte ihn. Es war der Hundertfünfzigkilo-Hausmeister, der ihr vor Urzeiten einen Fernseher in ihr neues Chefzimmer geliefert hatte. Da hatte sie noch gehofft, sie würde ein wenig von der Fußball-WM sehen können. Das war damals gewesen.

»War hier ein WeBe?«, fragte der Hundertfünfzigkilo-Hausmeister.

»Ja klar«, sagte Kerstin Holm, ohne eine Ahnung davon zu haben, was der Mann meinte. Sie fügte sogar hinzu: »Hier war ein WeBe.«

Der Riese schleppte ein großes, flaches, rechteckiges Paket herein, das mitten im Zimmer auf einem Gestell stehen blieb. Sie betrachtete es mit nicht geringer Verwunderung. Viel mehr Verwunderung konnte sie in ihrem Leben auch nicht mehr unterbringen.

»Unterschreib hier«, sagte der Mann, legte ein verknittertes Papier vor sie auf den Schreibtisch, riss das Papier an sich und hielt in der Tür inne. »Soll ich das wegmachen?«

Sie folgte der Richtung seines Zeigefingers zu dem Spinnennetz und schüttelte den Kopf. »Nein«, sagte sie.

Der Hundertfünfzigkilo-Hausmeister vollführte eine großartig resignierte Geste, als wäre sie, Kerstin, ein hoffnungsloser Fall, und verließ den Raum.

WeBe? Dachte sie und trat zu dem großen, flachen Paket. Sie riss das braune Packpapier herunter und hatte eine weiß glänzende Fläche vor sich. Wie eine frisch gewaschene Eishockeybahn, auf der Kerstin Holm den Mittelkreis darstellte. Der Mittelkreis blinzelte. Dann verstand sie.

»WeBe«, sagte sie laut. »WB. Whiteboard.«

Dann machte sie sich daran, alles systematisch zu ordnen.

Zwei Filzschreiber gaben den Geist auf, bevor sie fertig war.

Die Mittsommersonne, die durchs Fenster hereinfiel, ließ durchaus nicht den Eindruck entstehen, dass es kurz vor sieben Uhr war.

Irgendwo wartete ein Sohn auf sie.

Und sie gingen nach Hause. Gunnar Nyberg ging nach Hause zu Ludmila. Arto Söderstedt ging nach Hause zu Anja, Mikaela, Linda, Peter, Stefan und Klein Lina. Kerstin Holm ging nach Hause zu Anders und Viktor. Paul Hjelm ging nach Hause zu Christina. Lena Lindberg ging nach Hause zu Claes. Viggo Norlander ging nach Hause zu Astrid,

Charlotte und Sandra. Und Sara Svenhagen ging nach Hause zu Jorge und Isabel.

Widerwillig gingen sie nach Hause – über ihren Köpfen schwebte das Ungelöste wie eine bedrohliche Giftwolke.

Eine giftige Säurewolke.

34

Am Mittsommerabend regnete es. Der Regen hatte völlig unerwartet eingesetzt und wehte in Schleiern durch die Stadt.

In der Kampfleitzentrale war vom Regen nichts zu spüren. Hier war die Außenwelt auf ein verblüffend voll geschriebenes Flipchart reduziert. Es stand vorn am Katheder neben Kerstin Holm, die gerade einen Stapel leerer Papiere zusammenschlug und über das Auditorium blickte. Ihre Dummies fühlten sich ganz anders an, als ihr Blick an einem älteren Mann mit einer enormen Nase hängen blieb.

Die A-Gruppe war nämlich an diesem Morgen kräftig erweitert. Jorge Chavez saß da, Klein Isabel in einem Tragegurt vor der Brust. Paul Hjelm saß da mit Kunststoffbrille und Armanianzug. Da saß ein finnischer Gentleman namens Risto Selonen. Und da saß Jan-Olov Hultin, schlampiger gekleidet denn je. Hjelm meinte, Grashalme aus den Taschen der zerschlissenen Hose heraushängen zu sehen. Oder war es Unkraut?

Er beugte sich vor und flüsterte: »Ich dachte, du wärst pensioniert.«

Hultin flüsterte zurück: »Das hatte ich auch gedacht. Aber mein Gehirn hat es nicht mitgekriegt.«

Er erhob die Stimme und sagte: »Habt ihr etwas dagegen, dass ich dabeisitze? Als passiver Beobachter?«

Kerstin Holm verzog das Gesicht zu einer kleinen Grimasse und sagte: »Wenn du das Flipchart nicht kommentierst.«

»Oder ihre Dummies«, sagte Arto Söderstedt.

»Versprochen«, sagte Hultin und setzte sich zurecht. Die Stühle waren viel härter als der vorn am Katheder.

Kerstin Holm sagte zur Einleitung: »Wie ihr seht, sind wir heute viele. Es sind nämlich viele auf verschiedene Weise in die Geschichte verwickelt. Die Fremdlinge Paul und Jorge. Dazu Risto Selonen von der Interpol, der uns mehr über den moldawischen Fall aus Jönköping berichten wird. Das Opfer heißt Dumitru Odagiu, die mutmaßliche Täterin Ligia Dumitrica. Mafiazuhälter beziehungsweise Prostituierte. Falls das Konzept bekannt vorkommt.«

Sie holte tief Luft und fuhr fort: »Heute ist Mittsommerabend. Ich nehme an, wir haben alle unsere Pläne gemacht, und wir müssen sehen, wie weit wir kommen. Doch ich warne euch: Wenn wir etwas finden, fällt das Feiern aus. Ich habe die Zusage vom Reichspolizeichef, dass wir unbegrenzt Überstunden machen können. Lasst uns nur zuerst darüber reden, wie der Tag aussehen soll. Ich selbst möchte spätestens um drei Uhr aufhören. Anders ist zu Hause und will in den Vitabergspark zur Mittsommerfeier.«

»Allein zu Haus?«, fragte Lena vielsagend.

»Nicht richtig allein«, sagte Kerstin mit gerunzelter Stirn.

»Ich möchte spätestens um vier zu Hause sein«, sagte Arto Söderstedt. »Und meine freche Tochter würde ich gern mitnehmen.«

»Ich will zu meinen Enkelkindern nach Östhammar«, sagte Gunnar Nyberg. »Ludmila ist schon da. Ich fahre gleich hin. Spätestens um drei.«

»Wir wollen weg«, sagte Sara Svenhagen. »Erwachsenenmittsommer in Råsunda.«

»Bei einem unbekannten Pharmakologen-Ragnar«, stöhnte Jorge.

»Es wird Zeit, dass du meine alten Freunde kennenlernst«, sagte Sara. »Wir haben einen guten Babysitter.«

»Das bedeutet, dass ich vor Jorge und Sara wegmuss«, sagte Babysitter Lena Lindberg.

»So früh wie möglich«, sagte Viggo Norlander. »Wir wollen in die Schären zu meiner Schwiegermutter. Ohne Rasseln.«

»Also dann«, sagte Kerstin Holm und zeigte auf das Flipchart: »Drei Phantombilder unseres Mörders sind in Arbeit. Keines will richtig gelingen. Lars-Inge Runström versucht es, aber er hat sich auch über Nacht nicht an das Gesicht erinnern können. Das Weißhemd aus dem Teleladen arbeitet weiter, obwohl der Polizeizeichner den Vertrauensmann des Betriebsrats eingeschaltet hat und überlegt, uns wegen unerträglicher Arbeitsbedingungen vors Arbeitsgericht zu bringen. Und von der sechzehnjährigen Linda Söderstedt haben wir das hier bekommen.«

Sie drückte auf eine Taste des Computers, und auf dem großen Bildschirm hinter ihr erschien eine Zeichnung.

Arto Söderstedt lachte laut.

»Brad Pitt?«, sagte Lena Lindberg.

»Sie vermischt alle, die mit ihr geflirtet haben«, sagte Söderstedt und nahm sich zurück. »Sie hat versprochen, es noch einmal zu versuchen.«

»Also gibt es eine und nur eine widerstrebende Zeugin, die möglicherweise ein wenig genauer über unseren Freund im Bilde ist. Wie sicher bist du, Sara, dass er in Naska Rezazis Leben im Zusammenhang mit dem Mord an ihrem Bruder eine Rolle gespielt hat?«

Sara Svenhagen kratzte sich den kurzgeschorenen Kopf. »Ziemlich sicher«, sagte sie. »Aber vielleicht hält sie mich zum Narren. Ihre Identität ist, gelinde gesagt, fließend. Jetzt zuletzt hat sie erklärt, sie sei Russin. Ich mache mir Sorgen, dass sie zusammenbrechen könnte.«

»Okay, tu dein Bestes. Aber sie darf nicht zerbrechen. Wie steht es denn um unsere moldawischen Bürger, Risto?«

Risto Selonen war ein melancholischer Herr, der aussah, als lastete der Druck seitens seines dubiösen Chefs schwer auf ihm. In fehlerfreiem, aber stockendem Schwedisch begann er, zwei tragische Lebenswege von der Geburt in Ceaucescus rumänischer Diktatur bis heute nachzuzeichnen. Keiner hatte das Herz, ihn zu unterbrechen. Es zog sich folglich in die Länge. Nach einer halben Stunde war er in der Gegenwart angelangt. Diejenigen, die eingeschlafen waren, wurden wach, als er sagte: »Wir glaubten zunächst, dass Dumitru Odagiu, der also einer reichlich widerwärtigen rumänisch-moldawischen Mafiagruppierung angehörte, von euren alten Erinnyen ermordet worden wäre. Falls ihr euch erinnert.«

Er blickte sich im Raum um. Es bestand kein Zweifel daran, dass sie sich erinnerten. Selbst Lena Lindberg schien von ihnen gehört zu haben.

Selonen fuhr fort: »Aber Ligia Dumitrica war nur eine zornige Prostituierte, die genug hatte. Wollt ihr Einzelheiten hören?«

»Ich denke schon«, sagte Kerstin Holm. »Nur nicht zu viele.«

»Es war am Abend des 6. Juni, ein Donnerstag. Zwei Pastoren einer Freikirche bekamen Kontakt mit Odagiu und bestellten eine als Nonne verkleidete Prostituierte. Anschließend wollten sie eine ganze Kollektion von Zubehör, um sie auf verschiedene Weise zu penetrieren. Unter anderem ein Kruzifix. Dumitrica befand sich in einem vereinbarten Versteck, wie üblich fix und fertig, als Odagiu anrief und ihr die Wünsche mitteilte. Sie hatte einfach genug und machte sich auf den Weg, um ihm den Garaus zu machen. Ihrer eigenen Aussage zufolge hatte sie ein Messer bei sich. Als sie ankam, lagen die Pastoren sturzbetrunken auf dem Bett, und Odagiu lag tot daneben, mit einer viel zu großen Kanüle im Arm. In ihrer Verwirrung befingerte sie die Kanüle und haute ab. Das ist ihre Geschichte.«

»Habt ihr die Pastoren festgenommen?«

»Weswegen? Dumitricas Wort steht gegen ihres. Sie behaupten, sie wären von Odagiu unter dem Vorwand dorthin gelockt worden, er sei Bibeldrucker, und sie hofften, einen billigen Ostdruck zu erwerben. Sie waren nicht an Alkohol gewöhnt und erkannten nicht, dass das Getränk, das er ihnen anbot, achtzigprozentiger Wodka war. Und ihre sexuellen Vorlieben wurden gegenüber niemandem außer Ligia Dumitrica erwähnt. Wir konnten nicht beweisen, dass es diese Vorlieben gab. Aber sie waren Ligias Motiv.«

»Was wäre passiert, wenn er nicht tot gewesen wäre, als sie dort ankam?«, fragte Sara Svenhagen plötzlich. »Wenn sie versucht hätte, ihn zu erstechen?«

Risto Selonen betrachtete sie und nickte. »Dann wäre sie mausetot gewesen«, sagte er.

»Da ist ein Punkt, der mir auffällt«, fuhr Sara fort. »Naska hat mich darauf gebracht. Der Mörder hat ihr praktisch das Leben gerettet. Und mit Dumitrica scheint es auch so gewesen zu sein. Und es dürfte nicht mehr lange gedauert haben, bis Juha-Pekka Niemelä Marja-Liisa ermordet hätte. Bleiben noch zwei. Und man kann sich doch vorstellen, dass Elzbieta Kopanska und Ronald Swärd beide eine versteckte Pistole hatten. Kopanska war nach den polnischen Anrufen auf der Hut. Wenn sich ein alter polnischer Opa mit einer Axt in seiner einzigen Hand auf ihrer Schwelle gezeigt hätte, so hätte sie ihn erschossen. Und Swärd war ein Mann von Welt. Sozusagen. Er hätte sich doch nicht von einem wie Espenlaub zitternden Lars-Inge Runström umlegen lassen.«

»Also *rettet der Mörder Leben*?«, sagte Kerstin Holm.

»Nur so ein Gedanke«, sagte Sara bescheiden.

»Wir wissen nichts über ihn, nicht wahr?«, sagte Arto Söderstedt. »Er hinterlässt keine Erklärungen. Er kommuniziert durch seine Handlungen mit uns. Wir müssen sie lesen. Wir sind seine Leser. Und ich glaube, dass du verdammt richtig liest, Sara. Der Mensch widmet sich verdammt noch mal einer *ethischen* Beschäftigung. Wäre die Welt ein besserer Ort, wenn er nicht eingegriffen hätte? Kaum. Hat er da nicht das Recht, um nicht zu sagen: die Pflicht einzugreifen? In sämtlichen Fällen hat es sich um die Wahl zwischen zwei

Menschen gehandelt, und in keinem der Fälle können wir, wenn wir unserer Menschlichkeit treu bleiben, behaupten, die falsche Person wäre gestorben. Er legt den Finger auf einen grundlegenden Fehler in unserem gesamten Rechtssystem. Eine Unbeweglichkeit, die dazu führt, dass wir Unschuldige festnehmen. Er serviert uns Unschuldige auf dem Tablett, damit wir sie ergreifen.«

»Er hätte sich in anderer Form einschalten können«, sagte Kerstin Holm. »Dann wäre niemand gestorben.«

»Aber dreht es sich nicht um aussichtslose Fälle?«, insistierte Söderstedt. »Wo die Sprache und die Kommunikation und all das, was uns zu Menschen macht, nicht mehr funktionieren? Wo es einer ganz anderen Sprache bedarf? Er tut recht daran, er tut gut daran. Es muss eine ungeheure Kraft und Intelligenz erfordert haben, alle diese Fälle ausfindig zu machen. Eine unerhörte Zielbewusstheit. Es ist von langer Hand vorbereitet. Es geschieht tatsächlich gleichzeitig, dies alles. Es geschieht in unserer westlichen Gesellschaft. All diese moralischen Schiffbrüche, gegen die wir nicht eingreifen können. Während wir Autos jagen, die eine halbe Stunde die Parkzeit überschritten haben, oder falsches Absetzen von Fachliteratur bei der Steuererklärung. Er greift das Ge setz an. Wir haben aufgehört, auf den Geist des Gesetzes zu hören, und leben nach dem Buchstaben des Gesetzes. Oder es ist uns völlig schnuppe. Der Geist ist verloren gegangen.«

Es war mucksmäuschenstill in der Kampfleitzentrale. Einen Moment lang konnte man das Schweigen regelrecht hören. Die Leere hören, das Vakuum in unserem Weltbild. Konnte geradewegs in den toten Winkel blicken.

»Er hält uns einen Spiegel vor«, sagte Paul Hjelm. »Verflucht.«

Arto, dieses Schlitzohr.

Oh, wie ihm dies alles hier fehlte.

»Stellte Elzbieta Kopanska wirklich eine Bedrohung für schwedische Patienten dar?«, fragte Gunnar Nyberg.

»Sie hatte die Grenze überschritten«, sagte Arto Söderstedt. »Wenn es wirklich darauf ankäme, würde sie der Grenze unendlich viel näher sein als andere Krankenschwestern. Eine Serienmörderin unter unseren Exponiertesten.«

»Dann ist jetzt der Zeitpunkt gekommen, dass auch andere zu Kreuze kriechen müssen«, sagte Kerstin Holm.

Paul Hjelm schnitt eine Grimasse und zog sich den Schlips am Hals fest. Dann sagte er: »Unser Mann hat sich auch mit anderen Dingen beschäftigt. Wir haben erst gestern die Verbindung hergestellt. Er hat einen von euch bei der Abteilung für Internermittlungen angezeigt. Er hat Grundström persönlich angerufen.«

Das Raunen in der Versammlung. Die Blicke, die gewechselt wurden. All das, wovon er wusste, dass es kommen würde. All das, wovor ihm schon lange graute. Er war nicht mehr einer von ihnen. Er sollte ihr Gewissen sein. Jimmy, die Grille, in ihrer Mitte. Stattdessen schraubte er Spülmechanismen von Toiletten ab.

»Und deshalb sind die Kollegen im Vaterschaftsurlaub auch geladen.«

Jorge Chavez platzte förmlich heraus in einer Mischung aus Lachen und Rülpsen. Isabel wurde wach und begann zu wimmern. Er brachte sie mit dem Schnuller und sanftem Streicheln über den Po zum Schweigen.

»Hat mich jemand bei den Internen angezeigt?«, flüsterte er. »Weswegen?«

»Drogengeschäfte«, sagte Paul Hjelm.

»Aber das ist doch absurd. Das kannst du doch nicht ernst genommen haben.«

»Nicht die Anzeige als solche. Aber die Tatsache, dass sie eingegangen ist. Und warum. Der Denunziant hat einen schwachen Punkt fixiert. Im Jazzclub Majls in Sundsvall gab es tatsächlich in geringem Umfang Drogenkonsum.«

Drogenkonsum, dachte Hjelm. Warum verdammt sage ich Drogenkonsum?

Chavez war jetzt aufgestanden. Er unterließ es immer noch, laut zu schreien. Hjelm fühlte sich von Isabel gerettet.

»Es war ein Jazzclub«, sagte Chavez. »So was kommt vor in Jazzclubs. Wenn man Musik machen will, muss man damit leben.«

»In der Anzeige wurde behauptet, das Majls sei der Umschlagplatz für Rauchheroin in Norrland gewesen. Ich habe eine Liste mit acht Zeugen, die angeblich wissen, dass du in die Geschäfte verwickelt gewesen sein sollst. Keiner von ihnen hat die Vorwürfe bestätigt. Das Interessante ist also nicht die Anzeige. Interessant ist die Frage: warum? Warum zieht er dich da rein? Das kann man doch wohl nicht als ›ethisch‹ bezeichnen, Arto? Wie passt das in diese Serie von mehr oder weniger ›gerechten‹ Morden? Irgendwelche Ideen? Arto? Jorge?«

»Ich bin vor allem sauer darüber, dass du mir nichts erzählt hast«, sagte Chavez. »Wie lange geht das schon? Wie lange untersuchst du schon heimlich meine zweifelhaften Geschäfte?«

»Ich arbeite nicht mehr hier«, sagte Hjelm. »Ich habe einen Chefposten in der Internabteilung. Mein Regelsystem ist wesentlich rigoroser. Und das bedaure ich mehr als jeder andere.«

»Er baut eine Brücke«, sagte Söderstedt. »Zwischen dir und uns. Als er Grundström anruft, weiß er, dass du die Sache bekommst, Paul. Er weiß, dass Grundström sich nicht die Finger daran verbrennen will. Und spielt er nicht gleichzeitig mit den Unterschieden zwischen uns? Damit, dass du praktisch die Sprache nicht gebrauchen kannst, wie es sein sollte? Damit, dass das Gesetz dich daran hindert? Ist es nicht genau genommen das gleiche Dilemma? Ihr seid die besten Freunde – und ihr könnt nicht mehr miteinander reden. Er zeigt die Barriere auf.«

»Aber warum so detailliert? Warum all diese mediokren Zeugen?«

»Keine Ahnung«, sagte Söderstedt.

»Eine Liste mit den acht Namen wird verteilt«, sagte Hjelm bedrückt. »Wenn ihr wollt, könnt ihr das Gespräch hören, aber er benutzt einen Stimmverzerrer.«

»Ich weiß nicht, was ihr denkt«, sagte Kerstin Holm, »aber ich finde, wir müssen weiterkommen. Es ist schon ziemlich spät. Wir müssen alle Möglichkeiten ausschöpfen, um diese Geschichte zu klären, bevor wir nach Hause gehen und Mittsommer feiern. Und leider gibt es nicht besonders viele Möglichkeiten. Möchtest du noch etwas hinzufügen, Paul?«

»Nein«, sagte Paul kleinlaut. »Nichts.«

»Also dann. Arto macht weiter mit –«

»Vebach Zelsai«, fiel Söderstedt ihr ins Wort.

»Mit Lars-Inge Runström«, sagte Kerstin ungerührt (doch mit einem raschen Seitenblick zu dem mäuschenstill und ausgesprochen unbeteiligt dasitzenden Jan-Olov Hultin). »Lena hilft Sara, die Nuss Naska Rezazi zu knacken. Wie kommst du übrigens mit den Videoaufnahmen voran, Lena?«

»Schlecht«, sagte Lena Lindberg. »Auf dem Film aus dem Aufzug sind seine Hände zu sehen, als Viggos Kinder sich mit Rasseln schlagen, aber mehr nicht. Und nichts deutet darauf hin, dass er so dumm war, sich von den übrigen Überwachungskameras erwischen zu lassen.«

»Also machst du mit Naska weiter. Viggo muss weiter die Teilnehmer des Festes bearbeiten. Bring sie dazu, sich zu erinnern. Gunnar koordiniert die drei entstehenden Phantombilder. Ich selbst muss mich um mein Flipchart kümmern.« (Wieder ein schneller Blick zu Hultin, der keine Miene verzog.)

»Im Übrigen«, fuhr Kerstin nach einer Weile fort, »ist der gesamte Fall hier auf dem Flipchart dargestellt. Falls ihr Einblick benötigt, seid ihr in meinem Zimmer willkommen.«

»Die Phantombilder koordinieren?«, sagte Gunnar Nyberg. »Ich muss mich verhört haben.«

»Und liest Shakespeare …«

»*Jetzt* habe ich richtig gehört«, sagte Nyberg.

Hjelm und Chavez stießen auf dem Flur zusammen. Keiner von beiden hatte ein Zimmer, in das er gehen konnte, also warteten sie, bis die anderen verschwunden waren. Es war ein finsteres Warten. Kein Blick wurde gewechselt.

Hjelm streichelte vorsichtig Isabels dunkle Haarbüschel.

Chavez schaute die Liste mit den Namen der acht Zeugen durch. Hjelm hatte sie gekürzt und nur die Namen aufgeschrieben.

Chavez schüttelte den Kopf. »Die drei Polizeikollegen sind ja direkt feindlich eingestellt«, sagte er. »Seltsame Zeugen. Bengt Eriksson, dieser Kotzbrocken. Und Blomdahl, dieser Verrückte, der natürlich weggelobt wurde, ungefähr so wie du. Und der grauenvolle Chef Mårdström. Auch Schwachstrom genannt.«

»Kennst du einen von den anderen?«, fragte Hjelm behutsam.

»Ich glaube gehört zu haben, dass Micke Furberg aufgeflogen ist. Das Majls hat er ganz ordentlich geführt, allerdings mit einem sehr kommerziellen Touch.«

»Er sitzt tatsächlich wegen Drogenschmuggels in einem norwegischen Gefängnis. Er hat versucht, in Eskilstuna einen richtigen Drogenclub zu starten. Es gibt also schon Anknüpfungspunkte. Der Verdacht gegen das Majls ist nicht unbegründet. Schon gar nicht, wenn man an Gurgel denkt.«

Chavez lachte auf. »Gurgel hast du auch aufgetrieben?«

»Say no more«, sagte Hjelm und fühlte sich auf etwas festerem Boden. »Dann sind da noch zwei Musiker.«

Chavez nickte. »Rocke Rööf ist ja eine Gitarrenlegende«,

sagte er. »Stig Nilsson kann ich nicht richtig unterbringen. Vielleicht ist es der Name eines Saxophonisten. Glaube ich. In einem Jazzquartett aus Stockholm, das ich überlisten konnte, da hochzukommen.«

»Soweit ich gehört habe, hast du eine Reihe von Größen da hochbekommen.«

»Nja«, sagte Chavez. »Und wer ist das hier? Von einer Ann-Charlotte Stefansson habe ich, glaube ich, noch nie etwas gehört.«

»Von der Sozialbehörde«, sagte Hjelm. »Sie wusste nur Gutes über dich zu sagen.«

»Im Unterschied zu den anderen«, sagte Chavez grimmig. »Aber natürlich, jetzt erinnere ich mich. So hieß sie. Ein Prachtstück. Groß wie ein Haus. Aber Eva-Liza Besch, damit kann ich überhaupt nichts anfangen.«

»Hattest du keine Groupies?«

»Eine ganze Menge«, sagte Chavez mit einem schiefen Lächeln. »Natürlich könnte es eine von ihnen sein. Aber mir sagt der Name nichts.«

»Und wie fühlst du dich jetzt?«, sagte Hjelm. »Wo du zurück bist in der Branche?«

»Es ist wunderbar. Die Musik. Ich bin auf dem falschen Planeten gelandet.«

»Wer ist das nicht? Ein wildes Leben?«

»Wir sind sehr gesetzte alte Ehemalige.«

»Viel … Alkohol?«

Chavez lächelte dünn und wollte gerade antworten, als er sich plötzlich bremste und mit offenem Mund und der Hand in der Luft erstarrte. So stand er einige Sekunden lang da.

Und Paul Hjelm versank im Erdboden. Er hatte vergessen, dass er mit Jorge sprach. Seinem alten Partner. Sie lasen gegenseitig ihre Gedanken.

»O Scheiße, verfluchte«, sagte Jorge, drehte sich um und betrachtete eine Tür etwas weiter abwärts im Flur. Eine Toilettentür. »O verfluchte Scheiße«, wiederholte er. »Du Mistkerl.«

»Was denn?«, log Hjelm. Das Leben schien zu explodieren.

»Kaputte Spülung, my ass. Was hat er zu Grundström gesagt? ›An Ihrer Stelle würde ich schon heute einen Drogentest bei ihm machen‹?«

»Ja.«

»Und da hast du es gemacht? Heimlich? Bei mir? *Mir*?«

»Spuren von Haschisch. Ich musste es wissen.«

»Du hättest mich einfach fragen können«, schrie Chavez, dass Isabel aufwachte und zu brüllen anfing. Er übertönte sie: »Dann hätte ich dir gesagt, ja, ich nehme manchmal während meiner Dienstbefreiung einen Zug von dem verdammten Joint, der im Übungsraum herumgeht. Du Mistkerl!«

»Du hättest überhaupt nichts davon erfahren sollen«, sagte Hjelm krampfhaft. »Keiner hat das. Keiner hätte es sollen. Es sollte in meinem Gehirn verschlossen bleiben.«

»Ich habe gerade verdammt viel über dich und dein verschlossenes Gehirn erfahren«, sagte Chavez und gab ihm einen langen Blick.

Dann drehte er ihm den Rücken zu.

35

Es klopfte. Kerstin Holm konnte noch auf die Uhr sehen und feststellen, dass es schon halb zwei war und sie nur wenig geschafft hatte, bevor die Tür aufgestoßen wurde und ein elegant gekleideter Herr, den sie vage zu kennen meinte, hereinstürmte und drohend einen platschnassen Regenschirm schwenkte.

»Jetzt haben Sie lange genug im Trüben gefischt«, rief er triumphierend.

Sie überlegte, ob der Mann nicht eigentlich die Fischereibehörde suchte.

Dann verstand sie. »Rechtsanwalt Rosenskiöld«, sagte sie gemessen.

»Joy Rahman war dagegen nur ein kleiner Fisch«, sagte Rechtsanwalt Rosenskiöld.

»Der aber nicht mehr auf dem Trockenen zappelt«, sagte Kerstin Holm.

»Soviel ich verstanden habe, halten Sie fünf unschuldige Lämmer in Ihren Kerkern fest«, sprudelte er hervor und sah siebenstellige Summen durch den Raum flattern.

»Deren Unschuld nicht bewiesen ist«, sagte sie aus reiner Gemeinheit.

Der Anwalt schnaubte und bekam einen hochroten Kopf. »Unschuld braucht nicht bewiesen zu werden«, sagte er, schwächer, als er sich vorgenommen hatte, weil ihm gerade der Atem ausging. Und die Kinnlade herunterfiel.

»Das A und O des Rechtswesens«, assistierte Kerstin Holm.

Dennoch sagte er: »Das ist das A und O des Rechtswesens.«

Als würde ihm bewusst, dass er hinterherhinkte, hielt

er einen Augenblick inne und angelte ein Blatt Papier aus seiner durchweichten Aktenmappe. »Also Folgendes«, sagte er und fand zu seiner Rhetorik zurück. »Ich werde diese unschuldigen Lämmer in einer einzigen Schadensersatzklage vertreten. Hier haben Sie die Anordnung des Staatsanwalts, dass sie unverzüglich auf freien Fuß gesetzt werden. Sie sind eingeladen, Fräulein Holm, die Angelegenheit *en personne* mit dem erwähnten Potentaten abzuklären. Ich verlange, mit sämtlichen Opfern der polizeilichen Willkür sprechen zu können, und werde ihnen meine Dienste anbieten. Im Anschluss daran werde ich sie an einem Ihrer Einsicht vollständig entzogenen Ort versammeln und mit ihnen über die jeweilige Schadensersatzforderung diskutieren. Wir treffen uns vor Gericht wieder, Madame.«

»Mademoiselle«, sagte Kerstin Holm zu der inzwischen wieder geschlossenen Tür und griff im selben Moment zum Telefon.

»Sara«, kam die Stimme aus dem Telefon.

»Wie kommt ihr voran?«, fragte Kerstin.

»Sie hält völlig dicht«, sagte Sara Svenhagen. »Heute ist sie übrigens aus Polynesien.«

»Wenn ihr noch einen höheren Gang einlegen könnt, dann tut das jetzt. Sofort. In zehn Minuten ist Naska Rezazi weg. Es ist aus.«

»Okay.«

Sara Svenhagen trug Isabel vorm Bauch. Das kleine Bündel war von einer regelrechten Gewitterwolke überreicht worden.

Sie legte auf, beugte sich zu Lena Lindberg hinüber und sagte: »Die letzte Chance.«

Und Lena Lindberg verstand. Verstand, dass sie schweigen sollte.

Sie fixierten Naska Rezazi. Sie sah zielbewusst und verwirrt zugleich aus.

»Du musst uns etwas über ihn erzählen«, sagte Sara. »Er bedroht uns.«

»Uns?«, sagte Naska Rezazi.

»Lena und mich. Er bedroht uns persönlich. Verstehst du? Er droht damit, uns zu töten. Meine kleine Tochter. Uns alle. Haben wir dich nicht gut behandelt? Hast du nicht unsere Namen zu deinem gewählt? Willst du, dass ein Mann uns ermordet? Wie ein Mann im Begriff war, dich zu ermorden? Jetzt bist *du* an der Reihe, *uns* zu helfen. Jetzt hast du die Chance, andere Frauen vor einem wahnsinnigen Mann zu retten. Einem Mann, der sich weigert zuzuhören, einem Mann, mit dem nicht zu reden ist.«

Naska sah sie erstaunt an. Ihr Mund bewegte sich langsam. Als wäre sie im Begriff, etwas ganz anderes zu sagen als das, was sie tatsächlich sagte: »Man kann mit ihm reden.«

»Wie meinst du das?«

»Er war der erste Mann, der mir begegnet ist, mit dem man reden kann. Der zuhört.«

»Aber uns bedroht er.«

Naska Rezazi überlegte. Gründlich. Sehr gründlich. Dann sagte sie: »Nein. Er wird euch nichts tun. Nie im Leben.«

»Er hat deinen nächsten Verwandten ermordet.«

»Er hat mir eine Akelei gegeben. Er hat mir das Leben gegeben und die Blume, die meine sieben voll gemacht hat. Und heute ist Mittsommer. Heute Nacht werde ich träumen.«

Da ging die Tür auf. Zwei Wärter erschienen. Hinter ihnen stand ein elegant gekleideter Herr, den sie vage erkannten. »Ich muss Sie bitten, meine Damen, diesen Raum unverzüglich zu verlassen«, sagte Rechtsanwalt Rosenskiöld.

Sie standen auf und betrachteten Naska. Sie wussten, dass sie sie zum letzten Mal sahen.

Als sie durch die Tür gingen, sagte sie: »Ich heiße immer noch Lera.«

Sie gingen zu Kerstin Holm hinein.

»Schluss mit lustig«, sagte Lena Lindberg.

»Habt ihr irgendetwas erreicht?«

»Ich glaube schon«, sagte Sara Svenhagen. »Natürlich kennt sie ihn. Und sie ist nicht ganz so unschuldig, wie wir gedacht haben. Sie wird einen richtigen Mittsommertraum träumen.«

»Aber wir werden nicht mehr mit ihr sprechen können«, nickte Kerstin Holm.

»Das macht nichts«, sagte Sara. »Sie hätte auf keinen Fall etwas verraten. Und ich habe wirklich keine Lust, sie hinter Gitter zu bringen.«

»Sie ist überzeugt davon, dass er ungefährlich ist«, sagte Lena.

Kerstin Holm seufzte und stellte sich vor, wie sie unter einem Schirm im Vitabergspark stehen und in tropfnassen Kleidern Carl-Anton singen hören würde.

»Wir wollen hoffen, dass sie recht hat«, sagte sie. »Geht nach Hause. Feiert Mittsommer. So gut es geht.«

Und so geschah es. Die beiden gingen in ihr Zimmer. Sara schnallte langsam den Tragegurt ab.

»Bist du sicher, dass es in Ordnung ist?«

»Es war so gemütlich beim letzten Mal. Zu wem wollt ihr?«

»Dozent Ragnar Lööf«, sagte Sara mit einem kleinen Kichern. »Ein Pharmakologe, der mit einer Biochemikerin namens Lisa verheiratet ist und mit vier sehr dicht aufeinander geplanten Töchtern zwischen fünf und neun Jahren in einem Haus in Råsunda lebt.«

»Und?«, sagte Lena spursicher, während sie sich den Tragegurt umband.

»Was ›und‹?«, kicherte Sara und half ihr.

»Ich ahne eine erotische Vergangenheit. Denk daran, wer ich bin.«

»Wir waren vor langer Zeit lange zusammen. Ich wollte

Jorge mit meiner verborgenen Vergangenheit bekannt machen.«

»Er schien richtig wütend zu sein.«

»Über Kreuz mit Paul, glaube ich«, sagte Sara und schnitt eine Grimasse. »Und ich kann nicht anders als ihm recht geben. Die Internleute und ihre Geheimniskrämerei.«

»Hoffentlich kann er es vergessen«, sagte Lena. »Es ist doch Mittsommer.«

»Und du willst zu Hause sitzen und mit einem Säugling herumdrucksen.«

»Herumdrucksen ist wohl nicht das richtige Wort«, meinte Lena Lindberg vielsagend.

36

Paul Hjelm war so aufgewühlt, wie er es sich nie hätte vorstellen können. Er hatte geahnt, dass eine Entladung unausweichlich war, dennoch war er nicht darauf vorbereitet, mit welcher Wucht sie ihn traf. Wenn dies das Werk eines Menschen war, dann hatte der ins Schwarze getroffen. Auf unheimliche Weise ins Schwarze getroffen. Mitten ins Herz.

Die Abschriften seiner Gespräche mit den Menschen im Umkreis des Majls lagen ausgebreitet vor ihm auf dem Schreibtisch.

Das alles zu ordnen …

Dennoch drang durch die Erregtheit etwas zu ihm vor. Ein nüchterner, klarer Ton inmitten der chaotischen Dissonanzen.

Ein immer klareres ›Nja‹.

Jorge Chavez saß im Übungslokal. Es war der Nachmittag eines verregneten Mittsommerabends, und er saß wie ein saumseliger Teenager allein in einem schäbigen Übungslokal in Vasastan. Er war von einer Enttäuschung erfüllt, die an Trauer grenzte, und er versuchte, sie wegzuspielen. Sie waren alle da, im Geiste: der Gitarrist Johan, der Bandleader, das Tongenie Jonte, der brillante Trommler Stickanpickan, der Keyboardkasper Erik und Sänger-Robin mit Stings Halbfalsett. Die andere Sting-Hälfte erklang in voller Lautstärke. Der Bass.

King of Pain.

Er summte leise, während der Bass in voller Lautstärke dröhnte. ›There's a little black spot on the sun today / That's my soul up there / It's the same old thing as yesterday / That's my soul up there / There's a black hat caught in a high tree top / That's my soul up there / There's a flag pole rag and the wind won't stop / That's my soul up there.‹ Und dann der Refrain: ›I have stood here before in the pouring rain / With the world turning circles running round my brain / I guess I'm always hoping that you'll end this reign / But it's my destiny to be the king of pain.‹

Die Basstöne verhallten. Dann schneidende Stille. Zerstreut hob er etwas vom Boden auf. Ein längliches Lederfutteral. Stickanpickans verdammtes Trommelstockfutteral. Er befingerte es einen Moment. Abwesend.

Da klingelte sein Handy.

Nja.

Jorges ›Nja‹. Nicht sein Schimpfen, nicht sein ›Ich habe gerade verdammt viel über dich und dein verschlossenes Gehirn erfahren‹, sondern gerade dieses ›Nja‹. Uninteressiert, gleichgültig. Wann? In welchem Zusammenhang?

Es war, als Paul gesagt hatte: ›Soweit ich gehört habe, hast du eine Reihe von Größen da hochbekommen.‹

Hätte er ›nja‹ gesagt, wenn er tatsächlich die Brüder Marsalis und Kenny Kirkland ins kleine Majls nach Sundsvall geholt hätte? Die besten Jazzmusiker seiner Generation? Die mit seinem Helden Sting zusammenspielten?

Wer hatte das behauptet?

Hjelm wühlte in den vor ihm ausgebreiteten Papieren, während er gleichzeitig auf dem Handy eine wohlbekannte Nummer eintippte.

Jorge Chavez betrachtete das klingelnde Handy. Widerwillig. Das Display zeigte ›Nummer unbekannt‹. Es konnte Sara von irgendeinem Telefon auf der Arbeit sein. Er musste wohl oder übel mit zu diesem Lööf oder Rööf oder wie er nun hieß. Irgendein ehemaliger Verlobter.

Während er sich meldete, stellte er sich vor, er besuchte mit Sara alle seine alten Groupies. Damit würde er sich beliebt machen.

»Leg nicht auf«, sagte Paul.

Chavez nahm das Telefon vom Ohr und starrte es an.

King of Pain.

»Leck mich«, sagte er aus der Entfernung.

»Hast du je die Marsalis-Brüder und Kenny Kirkland ins Majls bekommen?«

»Na klar«, sagte Chavez und fingerte weiter an Stickanpickans Trommelstockfutteral. »Und Sting und Charlie Parker und Louis Armstrong und Beethoven. Die ganze Bande.«

»Einer der Zeugen behauptet das«, sagte Paul Hjelm.

Chavez öffnete das Futteral und blickte hinein. Da stand ›Stig Nilsson‹.

»Wer denn?«, fragte er.

»Stig Nilsson«, sagte Paul Hjelm.

Ein Augenblick absoluten, totalen Schweigens in dem schallisolierten Übungslokal. Alles mögliche Unsichtbare flog in der Luft vorüber.

»Hast du doch aufgelegt?«, sagte Paul Hjelm im Telefon.

»Stig Nilsson«, sagte Chavez. »Stickanpickan …?«

»Was?«

Jorge schloss die Augen und dachte nach. »Hast du eine Adresse von diesem Stig Nilsson?«

Er hörte Hjelm in seinen Papieren blättern. »Jaha«, sagte dieser schließlich. »Birkagatan.«

»Scheiße«, sagte Chavez. »Das ist er. Er wohnt in der Nachbarschaft. Stickanpickan ist unser Schlagzeuger. Aber er ist nie in Sundsvall gewesen. Ich kannte ihn nicht, bevor ich bei der Band eingestiegen bin.«

Jetzt war das Schweigen auf Hjelms Seite. Schließlich sagte er: »Dagegen wusste er, dass du ab und zu im Übungslokal an einem Joint ziehst.«

»Verdammt«, sagte Chavez. »Ich liebe den Mann. Der zweite Verrat an einem Tag. Die Rhythmusgruppe mit dem besten Groove der Welt.«

»Komm her«, sagte Hjelm. »Wir können weitergehen. Wir ziehen einen Strich unter diese Geschichte und reden miteinander.«

Chavez lachte. Bitter.

Dann sagte er: »Ja.«

Sie saßen in Paul Hjelms Büro. Jorge Chavez las die Abschrift von Stig Nilssons Zeugenaussage. Es hörte sich wirklich an, als wäre Stickanpickan im Majls in Sundsvall gewesen. Er hatte seinen Text ordentlich gelernt.

»Dann hätte ich also mit Wynton Marsalis und Kenny Kirkland gespielt?«, sagte Jorge und zeigte auf die Abschrift. »In your dreams.«

»Ich hätte früher darauf kommen müssen«, sagte Hjelm.

»Er lässt locker die Namen Suppan und Gurgel fallen. Und dann impft er dir die Idee ein, dass wir nicht schlecht drauflos geraucht haben. Wenn auch vorsichtig. Aber genug, um deine Aufmerksamkeit zu erregen. Genug, um dich zu veranlassen, heimlich eine Urinprobe zu nehmen.«

Hjelm schluckte es widerstandslos. Ihm genügte es, dass Jorge wieder da war.

»Der geschickte Fehler ist beeindruckend. Bernt Eriksson statt Bengt Eriksson. Und dann fragst du, ob ich Heroin geraucht habe. Charmant.«

Auch das ließ Hjelm durchgehen, ohne aufzubegehren.

Chavez fuhr fort: »Dann bestreitet er, dass das Majls der Umschlagplatz für Rauchheroin in Norrland war. Was er nur wenige Tage zuvor im Gespräch mit dem Chef der Internabteilung behauptet hat. Und ich hatte geglaubt, wir wären Kumpel.«

»Wer ist der Mann. Stickanpickan?«

»Ein prima Typ von knapp vierzig«, sagte Chavez. »Hat in den achtziger Jahren in einer richtig guten Reggaeband gespielt. Jetzt unterrichtet er Philosophie an der Uni. Er hat an einer Abhandlung über Moralphilosophie geschrieben, aber irgendwann hat er aufgegeben. Er hat gesagt, es gebe Dinge, über die man nicht schreiben kann. Man könne sie nur zeigen.«

»Das klingt, als wären wir auf den Richtigen gestoßen. Fahren wir hin?«

Jorge warf plötzlich die Hände in die Luft und rief aus: »Verdammt, wie konnte ich ihn auf Hultins Fest nur nicht erkennen?«

»Es war vermutlich eine ordentliche Maskierung«, sagte Hjelm. »Und dann die ganze Zeit die Kamera vorm Gesicht und die Blitze in unseren Augen. Es ist nicht so wichtig. Wichtig ist jetzt: Fahren wir zu ihm?«

»Er will ja gefunden werden«, sagte Chavez. »Deshalb hat er sich in die Liste der Zeugen eingereiht. Und als Spur zu sich selbst wählt er Wynton Marsalis und Kenny Kirkland. Weil sie viel mit Sting zusammengespielt haben. Der in The Police gespielt hat. Er hat fünf Menschen umgebracht. Es ist der helle Wahnsinn.«

»Oder fünf Personen gerettet«, sagte Hjelm. »Es kommt auf die Perspektive an. Nehmen wir den Mann mit, der so gekonnt Türen in Kleinholz verwandelt? Er sitzt nur da und liest. Er ist mit Shakespeare eingeschneit.«

»Eher eingeregnet«, sagte Chavez.

Chavez blickte die Birkagata entlang. Durch die Regenschleier erkannte er ein Stück weiter weg seinen eigenen Hauseingang. So nah und doch so fern. Er fragte sich, ob Sara zu Hause war, ob sie dabei war, sich für das Mittsommerfest bei Dozent Ragnar Lööf schön zu machen. Vielleicht duschte sie. Und Isabel war beim Babysitter. Dies war vielleicht der richtige Augenblick für den Absprung. Die A-Gruppe zu vergessen, sich frei zu nehmen, Mittsommer zu feiern.

Mit einem Fruchtbarkeitsfest in der Dusche anzufangen.

Doch dann dachte er: Stickanpickan. Und danach: Wie ist das passiert, verdammt. Was habe ich hier verloren? Ich bin doch im Vaterschaftsjahr.

Und sie gingen hinein.

Gunnar Nyberg wusste, dass er als Muskelmasse mitgenommen worden war. Als Muskelmasse mit dem Kopf voll Shakespeare.

›Die Zauberkräfte seines Saftes taugen, / Von allem Wahn sie wieder zu befrein / Und den gewohnten Blick ihm zu verleihn. / Wenn sie erwachen, ist, was sie betrogen, / Wie Träum und eitle Nachtgebild entflogen; / Dann kehren wieder nach Athen zurück / Die Liebenden, vereint zu stetem Glück.‹

Bestimmt, dachte Gunnar Nyberg und trat die Tür ein.

›Eile, Puck, die Nacht mach schwarz wie Pech.‹

Sie gingen mit gezogenen Waffen hinein.

Eine Stummheit schlug ihnen entgegen. Es war schwer, sie zu beschreiben. Ein Mangel an Eindruck. Ein Mangel an Ausdruck. Nur eine zielbewusste Konzentration, die an der absoluten Kahlheit der Wände hängen geblieben war und es ihnen schwer machte zu atmen.

Sie sicherten einen Raum nach dem anderen. Es dauerte nicht lange. Es war eine Zweizimmerwohnung.

Nur die Toilette stand noch aus. Wenn er in der Wohnung war, war er dort. Versteckt, verbarrikadiert? Bereit, sich freizuschießen?

Kaum.

Nyberg trat die Toilettentür ein. Leer und schwarz. Und, als sie den Lichtschalter betätigten, ein mattes rotes Licht.

Unter der Decke eine Wäscheleine.

An der Wäscheleine Fotografien. Unmengen von Fotografien an Wäscheklammern.

Hjelm nahm eine ab. Ein Vogel. Eine Silbermöwe über dem Vordergrund. Im Hintergrund, ganz deutlich, drei Gestalten, zwei sitzende, eine stehende. Eine Veranda am See Ravalen. Sitzend Stina und Jan-Olov Hultin. Stehend Paul Hjelm. Der gerade Kaffee auf ein Fax gekleckert hatte.

»Die Silbermöwe«, flüsterte er.

Und es waren Bilder der A-Gruppe, Unmengen von Bildern, aus allen Ecken des Falls.

»Was ist das hier?«, sagte Nyberg und hielt ein Bild in der Hand, auf dem er neben einem großen Mann mit perforiertem Gesicht auf einem Krankenhausbalkon saß. »Warum hat er uns überwacht?«

»Damit wir die Fotos finden«, sagte Hjelm. »Damit wir sie genau jetzt finden.«

»Warum?«

»Weil er jetzt den nächsten Schritt getan hat.«

37

Arto Söderstedt saß mit einem Namen da. Es war ein eigentümlicher Name, ein Name, den er in der ganzen weiten Welt nicht finden konnte. Und der deshalb wahrscheinlich gar kein Name war.

Nicht Keyser Söze.

Sondern Vebach Zelsai.

Er drehte ihn zwischen den Fingern. Er dehnte ihn und wendete ihn hin und her. Er pfriemelte die Buchstaben heraus und schüttelte sie.

Es war wie ein Kinderspiel.

Lena Lindberg hielt es nicht aus. Sie schlich sich leise aus dem Schlafzimmer und setzte sich im Arbeitszimmer, das einmal die Garderobenkammer ihrer kleinen Wohnung gewesen war, an den Schreibtisch. Sie griff zur Maus und erweckte den Bildschirm zum Leben. Sie loggte sich ins Intranet der Polizei ein und arbeitete sich durch mehrere Schichten mit Codes und Passwörtern hindurch. Jedes Mal musste ihr Computer eine Weile nachdenken. Das tat sie auch. Stoßweise.

Sie konnte nicht den Finger darauflegen, aber irgendetwas ließ ihr keine Ruhe, sie musste sich unbedingt die Verhöre mit Naska Rezazi ansehen, die sie verpasst hatte. Sie wusste nicht, ob es etwas war, was Sara gesagt hatte, oder ob es nur das nagende Gefühl war, das der wunderliche Abschluss ihres letzten Verhörs hinterlassen hatte. Es hatte falsch geendet. Alles hatte falsch geendet.

Sie war bei den Vernehmungsprotokollen. Sie blätterte die

anklickbaren datierten Zeilen durch. Da. Sara allein mit Naska. Während sie selbst sich mit den trostlosen Überwachungskameras beschäftigt hatte.

Sie klickte die Zeile an und bekam das Vernehmungsprotokoll. Sie ging es durch, Zeile für Zeile.

Und da war es. Die Ahnung. Der Verdacht.

Warum sollte alles stimmen?

Warum musste jeder paranoide Verdacht sich als wohlbegründet erweisen?

›Heute bin ich Russin.‹

Kerstin Holms Blick wanderte zwischen dem übervollen Flipchart und dem Spinnennetz an der Decke hin und her. Was war glaubwürdiger? Das rational gesponnene Netz oder die Willkür der Natur?

Durch den Fensterspalt, aus dem Mittsommer, kam ein Apollofalter hereingeflattert. Er flog in sonderbaren Bahnen kreuz und quer durchs Zimmer. Er hätte nicht zum Netz hingezogen werden sollen. Der ruckhafte Schmetterlingsflug hierhin und dorthin hätte ihn dazu bringen müssen, ihm zu entgehen. Aber das Netz war gnadenlos, als würde er davon angesogen. Und schließlich saß er fest. Mitten im Netz. Ohnmächtig flatternd.

Sie beobachtete den ohnmächtigen Todeskampf des Apollofalters. Sollte sie eingreifen? Sollte sie ein Teil der Natur sein und eingreifen? Oder sollte sie tun, was die Natur tat, außerhalb stehen und beobachten? Und damit wirklich ein Teil der Natur sein?

Es war Zeit, sich einzugestehen, dass die Schlacht verloren war, und nach Hause zu gehen. Zeit, Anders und Viktor abzuholen, sich dem strömenden Regen im Vitabergspark auszusetzen und sich durch Anders' erstes Mittsommerfest in Stockholm hindurchzuquälen.

Anders, dachte sie und sah zu dem Schmetterling im Netz auf.

Der vernachlässigte Sohn.

Sie blickte hinunter auf Lars-Inge Runströms Versuch, den Mann zu beschreiben, den er in der Garage gesehen hatte. Das Wesen. Ein Wort fiel ihr ins Auge. ›Pferdeschwanz‹.

Dann kam eine andere Bemerkung in eigenartigen Mustern durch die Luft geflattert. Und wurde direkt zu ihr hingesogen.

Sie saß mit Paul Hjelm in ihrer Wohnung. Es war vollkommen still, als ob der Luftraum der ungepflegten Wohnung von anderem erfüllt wäre als dem Staub, der die ganze Zeit aufgewirbelt wurde.

Es war der Moment, als Paul Hjelm sagte: »Ich glaube, er ist irgendwo ganz in unserer Nähe.«

Ein zutiefst ungutes Gefühl durchfuhr sie, während sie weiter auf den Falter starrte, der unverdrossen im Netz flatterte. Als gäbe es einen Ausweg. Sollte sie wirklich …?

Doch, sie tat es. Sie rief zu Hause an.

Keine Antwort. Sie ließ es zehnmal klingeln, doch niemand nahm ab.

Es musste nichts zu bedeuten haben.

Und es war, als käme das Flügelschlagen immer näher.

Dann wählte sie eine andere Nummer. Nach achtmaligem Klingeln bekam sie Antwort. »Ja, hier ist Lotta.«

»Bin ich richtig beim Kungsholmen-Gymnasium?«

»Ja, Studienrektorin Lise-Lotte Kamberg.«

»Hier ist Kerstin Holm von der Reichskriminalpolizei. Ich müsste mit jemandem über Ihr Personal sprechen.«

»Ich höre.«

»Ich möchte wissen, ob bei Ihnen ein Viktor Ljungström angestellt ist. Lehrer für Schwedisch und Mathematik.«

»Den Namen kenne ich nicht. Nein. Ich arbeite gerade an den Stundenplänen, habe also einen ziemlich guten Überblick.«

»Sind Sie sicher? Es ist wichtig.«

»Ich suche nur eben die Anstellungsliste heraus. Einen Augenblick bitte.«

Ein schrecklicher Augenblick.

Dann kam die Studienrektorin wieder ans Telefon: »Nein«, sagte sie. »Wir haben keinen Viktor Ljungström hier. Überhaupt keinen Viktor.«

Kerstin legte auf. Ihr Herz begann zu pumpen. Sie hatte das schon einmal erlebt.

Anders.

Anders mit Viktor allein zu Hause. Keine Antwort am Telefon. Und Viktor war nicht der, für den er sich ausgab.

Der Pferdeschwanz in der Tiefgarage von Kalastelevision.

Sie lief. Sie stürzte durch die Flure und die Treppen hinunter zur Polizeigarage. Sie warf sich in ihren Dienstwagen und gab Gas. Der Wagen flog hinaus auf die Bergsgata, die Scheelegata hinunter, weiter durch die Fleminggata, in den Kreisverkehr von Kungsbron und die Kungsgata hinauf.

Die Blindheit der Liebe, dachte sie und fuhr bei Rot über die Ampel an der Vasagata. Stockholms Straßen waren mittsommerleer. Als wäre die Stadt verlassen.

Oder die Blindheit der Sexualität.

Verdammt, verdammt, verdammt. Wenn sie jetzt zu spät kam. Wenn sie wieder zu langsam gedacht hatte.

Auf der Kreuzung von Sveavägen wäre sie fast mit einem Bus zusammengestoßen. Sie stellte den Wagen an einer Bushaltestelle ab und lief wild quer über die Kungsgata. Stürmte die Treppen zur Regeringsgata hinauf und erreichte ihre Haustür. Mit zitternden Fingern tippte sie den Türcode ein und sprang mit einer Schnelligkeit, die sie selbst überraschte, die Treppen hinauf.

Dann stand sie vor der Wohnungstür und fummelte mit dem Schlüsselbund herum. Von drinnen kein Laut. Der Schlüssel wollte sich nicht greifen lassen. Die Zeit verging.

Sie bewegte sich in Treibsand. Die Sekunden kamen ihr vor wie Peitschenhiebe ins Gesicht. Und alles war zu spät. Alles war zu spät. Sie bekam die Tür auf und stürzte hinein.

Sie lief durch die Wohnung. Es waren furchtbare Schritte. Dann stieß sie die Schlafzimmertür auf. Er saß da und betrachtete das Kind. Dann wandte er sich um und sah ihren Blick, ihren wilden, wahnsinnigen, von dunklen Einsichten erfüllten Blick.

Sie tat ein paar kleine Schritte. Jede Bewegung die reinste Selbstüberwindung.

Da griff er nach etwas. Sie hätte sehen müssen, was es war.

Eine Pistole. Es war absurd.

»Es tut mir wirklich leid«, sagte er und erschoss sie.

Zuerst war es nur ein Stoß. Als hätte jemand ihr einen Schlag versetzt. Dann kam der Schmerz in der Brust. Er breitete sich wie eine Sternenexplosion durch ihren Körper aus.

Als sie fiel und die Welt um sie her einstürzte, begriff sie, was Verrat war.

Sie lief durch die Wohnung. Es waren furchtbare Schritte. Dann stieß sie die Schlafzimmertür auf. Er saß da und betrachtete das Kind. Dann wandte er sich um und sah ihren Blick, ihren wilden, wahnsinnigen, von dunklen Einsichten erfüllten Blick.

Sie tat ein paar kleine Schritte. Jede Bewegung die reinste Selbstüberwindung.

Er legte die Stirn in Falten und verstand. Er stand auf und kam ihr entgegen. Sie glitt an ihm vorbei und trat zu Anders. Sie spielten Karten. Anders blickte fröhlich zu ihr auf. Ein glückliches Lächeln. Sie umarmte ihn lange.

»Ich komme gleich zurück«, sagte sie zu Anders und drückte Viktor hinaus in die Küche. Sie machte die Tür hinter sich zu. Und hängte den Telefonhörer wieder ein, der an der Wand baumelte. »Wer bist du?«, fragte sie.

Viktor betrachtete sie. Sein brauner Blick war schicksalsergeben. »Es war dumm von mir«, sagte er. »Ich bin kein Lehrer. Ich bin nichts. Seit fünf Jahren arbeitslos. So etwas sagt man in der Kneipe, um Eindruck zu schinden. Wenn man glaubt, dass man sich nie wiedersieht.«

»Und deine gestorbene Frau? Der Gebärmutterkrebs?«

Er schüttelte den Kopf. »Nein«, sagte er.

»Wie konntest du mir das alles vorlügen?«, schrie sie.

Und sie war rundum erleichtert. Sie hoffte, dass man ihr nicht ansehen konnte, wie glücklich sie war.

»Es war nicht so gedacht, dass wir uns weiter treffen würden«, sagte Viktor. »Ich habe das noch nie zuvor gemacht. Seit mir meine Existenz genommen wurde, habe ich davon gelebt, Frauen einzufangen. Ich mache sie für eine kurze Weile glücklich. Eine einzige Nacht. Das gibt meinem Leben einen Sinn. Aber dann habe ich angefangen, diese kleine Familie zu mögen. Anders mag mich. Ich habe hin und her überlegt, wie ich es dir sagen sollte. Aber jetzt ist es nicht mehr nötig.«

»Nein«, sagte Kerstin. »Jetzt ist es nicht mehr nötig.«

Sie begegnete seinem schönen braunen Blick. Der Mann, der das Eis durchbrochen hatte. Der Mann, der ihr Liebesleben wiederhergestellt hatte.

»Raus«, sagte sie.

Die Buchstaben lagen vor Arto Söderstedt. Umgestellt. Er runzelte die Stirn. Und wählte eine Nummer.

»Paul Hjelm.«

»Wie kommst du voran?«, fragte Söderstedt.

»Die landesweite Fahndung nach Stig Nilsson läuft. Aber er ist nirgendwo.«

»Wie hieß diese Frau, die du nicht gefunden hast?«

»Aus Sundsvall? Eva-Liza Besch. Wieso?«

»Zwei nicht existente Gestalten ...«

»Worauf willst du hinaus, Arto?«

»Sind das nicht die gleichen Buchstaben wie in Vebach Zelsai?«

Paul Hjelm schwieg eine Weile. Offenbar schrieb er, strich durch, stellte um. Genau wie Söderstedt es selbst getan hatte.

»Doch«, sagte er schließlich. »Und was machen wir damit?«

»Kann man nicht noch einen Namen daraus bilden?«

»Kann man? Das weißt du besser als ich.«

»Wer hat ein Z im Namen?«, fragte Arto Söderstedt.

»Chavez«, sagte Hjelm tonlos.

»Ich habe es mehrfach nachgeprüft«, sagte Arto Söderstedt. »Es ergibt Isabel Chavez.«

38

»Isabel!«, stieß Jorge hervor und stürmte los.

Sie saßen in Gunnar Nybergs Zimmer. Paul Hjelm drückte auf die Aus-Taste seines Handys und sah zu Nyberg hinüber. Er nickte. Dann folgten sie Chavez.

In der Tiefgarage holten sie ihn ein. Er irrte wie ein Wahnsinniger umher. Er hatte keinen Dienstwagen, er war nicht im Dienst.

»Wir nehmen meinen«, sagte Nyberg.

Sie nahmen seinen goldgelben Renault Laguna, und der trug sie wie ein Ufo durch das menschenleere Stockholm.

»Wo wohnt Lena Lindberg?«, fragte Hjelm.

»Vasastan«, sagte Nyberg. »Aber wo genau, weiß ich nicht.«

»Jorge«, sagte Hjelm. »Wach auf. Die Adresse.«

»Atlasgatan«, sagte Chavez mit heiserer Stimme. »Es war so praktisch. So nah. Der perfekte Babysitter. Mach schnell, Mensch!«

»Schneller kann ich nicht«, sagte Nyberg und fuhr die Fleminggata in Richtung Kungsgatan. Er bog links in die Vasagata und schoss mit Vollgas quer über Norra Bantorget und dann in die Torsgata. Beim Verlagshochhaus Bonniers riss er den Wagen nach links und bog in die idyllische Atlasgata ein.

Sie liefen hinauf. Klingelten, wild, klingelten Sturm. Niemand öffnete.

»Tritt sie ein, verdammt!«, schrie Chavez.

Gunnar Nyberg zog die Augenbrauen hoch. Es hatte beim letzten Mal ziemlich wehgetan, aber das konnte er nicht offen zugeben. Also nahm er diesmal den linken Fuß. Das ging auch gut.

Lena Lindberg lag im Schlafzimmer auf dem Fußboden. Leblos.

Der Kinderwagen war leer. Das Kinderreisebett war leer.

Und Klein Isabel war fort.

Nyberg trat zu Lena. Aus ihrem Brustkorb ragte ein eigentümlicher Pfeil auf. Er nahm ihn näher in Augenschein.

»Ein Betäubungspfeil?«, fragte Hjelm.

»Ich glaube, ja«, sagte Nyberg und tastete an Lenas Hals nach dem Puls.

»Lebt sie?«

»Ja. Der Puls ist normal. Sie ist betäubt.«

Jorge Chavez irrte umher. Seine Seele schrie. Er selbst bekam keinen Ton heraus. Alles war Schmerz.

Isabel.

Er torkelte auf die Toilette und blieb vor der Schüssel auf den Knien liegen.

Gunnar schlug Lena auf die Wange, immer fester, bis sie ein Lebenszeichen von sich gab. Sie hustete. Ein Beben durchfuhr ihren Körper, ihre Lider begannen zu zucken, und dann schlug sie die Augen auf.

Ihr Blick war von schierem Entsetzen erfüllt. »Isabel?«, fragte sie röchelnd.

»Weg«, sagte Nyberg. »Was ist passiert?«

»Ich bin ihm auf die Schliche gekommen«, röchelte Lena. »Hätte ich das nicht getan, wärt ihr noch rechtzeitig hier gewesen.«

»Es wäre so oder so Zeit gewesen«, sagte Hjelm. »Sein Timing hat bisher ziemlich gut geklappt. Worauf bist du gekommen?«

»Naska hat einmal zu Sara gesagt, sie wäre Russin. Sie nannte sich Olga Bahizeva. Mein Claes heißt mit Nachnamen Bahizev. Er war bei Naska zu Hause, als Nedim anrief. Sie waren zusammen.«

»Schreibt sich Bahizev möglicherweise mit Z?«, fragte Hjelm.

»Als ich ihn das erste Mal im Sturehof traf, hatte ich das Gefühl, ihn zu kennen. Er saß da und las. Jetzt ist mir klar, woher ich ihn kannte. Er war der Fotograf auf dem Fest. Er muss verdammt gut maskiert gewesen sein.«

»Wenn man die Buchstaben in Claes Bahizev anders zusammensetzt, ergeben sie Vebach Zelsai oder Eva-Liza Besch oder Isabel Chavez.«

»Kannst du aufstehen?«, fragte Gunnar Nyberg.

Chavez beugte den Kopf über die Toilettenschüssel. Er konnte nicht kotzen. Es ging nicht. Alles wollte in ihm bleiben. Nichts durfte herauskommen. Alles war Wahnsinn. Klein Isabel.

Er spürte eine Vibration im Bein und begriff nicht, was es war. Eine erste Nervenzelle, die explodierte? Der Anfang eines vollständigen körperlichen Zusammenbruchs? Als die Vibration wiederkam, begriff er. Sein Handy. Er hatte es auf Vibration gestellt.

Er holte es hervor.

»Bist du allein?«, sagte eine Stimme.

»Stickanpickan«, sagte Chavez.

»Wenn du nicht allein bist, lege ich auf.«

»Ich bin allein.«

»Geh in die Wohnung über meiner. Ich kann sehen, wenn jemand bei dir ist. Dann hörst du nie wieder von mir.«

Und die Stimme war fort.

Chavez stand auf. Er schloss die Augen und überlegte. Was wollte Stig? Was hatte er im Sinn? Er hatte fünf Quälgeister ermordet, die sonst wahrscheinlich ihre Opfer ermordet hätten. Er drehte das Kräfteverhältnis um. Außerdem sorgte er dafür, dass der schwedische Staat den unschuldigen Verdächtigen eine Entschädigung zahlte. Er hatte nicht vor, Isabel zu töten. Nicht im Traum. Er dagegen, Jorge Chavez, war aus irgendeinem Anlass ausgewählt worden für eine Art Prüfung.

Er musste tun, was Stig Nilsson sagte.

Er schlich sich aus der Wohnung und hinaus auf die Atlasgata. Durch den immer stärker fallenden Regen lief er Atlasmuren hinunter und folgte den Eisenbahngleisen, über Klarastrandsleden und Barnhusviken unter der Sankt-Eriksbrücke hindurch, wo Atlasmuren den Namen wechselte und als Norbackagatan weiterging. Jenseits des Wassers lagen die schönen Fassaden von Kungsholmsstranden und beobachteten ihn. Mit einem Blick, der das Menschliche überstieg. Der mit ruhiger Gelassenheit das Tun und Lassen des Menschen registrierte.

Er bog in die Birkagata ein. Vor seiner Haustür hielt er einen Augenblick inne. Dort oben saß Sara und bereitete sich in aller Ruhe auf die Mittsommerfeier vor. Vielleicht fragte sie sich inzwischen, wo er steckte. Vielleicht genoss sie aber auch einen Moment des Alleinseins.

Chavez lief weiter. Er kehrte zu der Tür zurück, hinter der Stig Nilsson gewohnt hatte. Im zweiten Stock lief er an der kaputten Tür vorbei und sprang die Treppe hinauf in die darüber liegende Wohnung.

Er blieb stehen, atmete aus, ließ seinen Atem zur Ruhe kommen und drückte auf die Türklinke. Die Tür ging auf.

Es war eine Zwillingswohnung. Die gleiche konzentrierte Kahlheit. Nichts Unnötiges, nichts – Menschliches. Nur eine Art reiner Fokus.

Mitten im Wohnzimmer stand ein Schreibtisch. In dessen Mitte ein Computer. Neben dem Bildschirm standen zwei weitere Bildschirme, auf jeder Seite einer. Drei Bildschirme und eine Tastatur. Sonst nichts. Bis auf einen gelben Merkzettel, der an dem mittleren Monitor klebte. Chavez trat näher.

Auf dem Zettel stand nur: ›Drücke irgendeine Taste.‹

Er setzte sich an den Schreibtisch und riss den gelben Zettel ab. Er drückte auf eine Taste.

Auf dem mittleren Bildschirm erschien ein Text. Da stand:

Hej, Jorge. Es war ein bisschen umständlich, dich hierherzuholen. Du bestimmst jetzt, wie diese Sache hier ablaufen soll. Warum habe ich getan, was ich getan habe? Denk einen Augenblick darüber nach. Dann drückst du auf eine Taste.

Und Jorge dachte. Aber nur an seine verschwundene Tochter. Was hast du mit ihr gemacht, du Mistkerl? Er drückte auf eine Taste.

Fünf Menschen, Jorge. Sie sind herausgefischt aus dem Strom von Leiden, der tagtäglich an unseren Türen vorbeifließt. Wenn wir glauben, sie geschlossen zu haben. All das Leid, das existiert und von dem wir uns vorstellen, wir könnten nichts dagegen tun. Oder das uns gleichgültig ist. Diese fünf wollten alle das Falsche zum Richtigen wenden oder einfach überleben, und alle wären gestorben, wenn sie es versucht hätten. Jetzt können sie aufatmen und von einer Zukunft träumen, die sie vorher nicht hatten. Sie sitzen in einem Hotelzimmer an einem geheimen Ort, zusammen mit einem schleimigen Anwalt. Er ist das widersinnige Werkzeug der Gerechtigkeit, die ihnen zuteil wird. Willst du sehen? Drück eine Taste.

Chavez drückte eine Taste. Der linke Bildschirm hüstelte und zeigte einen eleganten Herrn, der vor fünf Menschen auf einem Sofa auf und ab ging. Chavez wusste, wer sie waren: Naska Rezazi, Marja-Liisa Niemelä, Lars-Inge Runström, Mateusz Kohutek und Ligia Dumitrica. Und Rechtsanwalt Rosenskiöld.

Auf dem mittleren Bildschirm erschien ein neuer Text:

Erinnerst du dich, Jorge, worüber wir gesprochen haben, als wir damals in diesem Café gesessen haben? Warum ich aufgehört habe, an meiner Abhandlung zu schreiben? Ich wollte beweisen, dass der Mensch nicht immer und unter allen Umständen sich selbst der Nächste ist. Dass er auch Platz für andere hat. Ernsthaft mit anderen reden kann. Aber es ließ sich nicht schriftlich beweisen. Nicht mit Worten. Es verlangte nach einer anderen Sprache. Erinnerst du dich? Ich fragte: Liegt es an der menschlichen Natur? Wollen wir es uns so einfach machen? Und du, Jorge, sagtest: Die menschliche Natur ist doch besser, als du glaubst. Drück eine Taste, wenn du dich bereit fühlst für die Fortsetzung.

Chavez nickte. Er erinnerte sich an ihr Gespräch. Und jetzt erinnerte er sich daran, wie ernst es Stickanpickan gewesen war. Er drückte eine Taste.

Unser Gespräch, Jorge, hat mich wieder an gewisse Dinge glauben lassen. Vielleicht sogar an die menschliche Natur. Sie muss geprüft werden, mit einer anderen Sprache. Wir kommen der menschlichen Natur nicht näher als Isabel Chavez. Noch nicht die geringste Spur von Kultur. Bald wird sich ihre Identität bilden. Aber noch nicht. Noch kannst du entscheiden, welche Art Mensch sie werden soll. Nicht ganz und gar, zum Glück, aber du kannst eine Richtung vorgeben. Ich möchte, dass du das tust, bewusster, als du bisher gedacht hast. Im Übrigen geht es ihr gut, auch wenn sie ein bisschen einsam ist. Willst du sehen? Drück eine Taste.

Chavez erschauerte und drückte eine Taste. Mit zitterndem Zeigefinger. Der rechte Bildschirm flackerte auf, und ein Bild erschien. Ein Hotelzimmer. Ein kleines Kinderbett. Ein kleines Kind schlief mit dem Schnuller im Mund. Isabel. Er strich mit den Fingerspitzen über den Bildschirm. Der Text auf dem mittleren Monitor lautete:

Jetzt ist es Zeit für dich, eine Wahl zu treffen. Der Countdown hat im gleichen Moment begonnen, in dem dieser Text erschienen ist. Du hast eine Minute Zeit. Unten auf dem Schirm siehst du die restlichen Sekunden. Es geht um Folgendes: In jedem dieser beiden Zimmer ist eine Giftampulle installiert. Beide werden vor Ablauf einer Minute ausgelöst. Aber du, Jorge, kannst eine von ihnen stoppen. Du hast die Wahl. Entweder entscheidest du dich dafür, sechs Menschen zu retten, von denen fünf durch die Hölle gegangen und auf der anderen Seite wieder herausgekommen sind. Ich bin bereit, die Menschen, die ich nicht ohne erhebliche Mühen gerettet habe, zu opfern. Oder du entscheidest dich für einen Menschen, deine Tochter. Sechs oder einer? Ich will nur bestätigt haben, wie es um unsere Menschlichkeit bestellt ist. Du, Jorge, bist der beste Mensch, den ich je getroffen habe, deshalb will ich gerade dich testen. Nur deshalb. Ist es unabänderlich so, dass wir uns selbst am nächsten sind? Diligentia quam in suis. *Drück I, wenn du Isabel retten willst, drück U, wenn du die Unschuldigen retten willst. Wenn du das Unerwartete wählst, werde ich in einigen Stunden im Polizeipräsidium erscheinen und mich stellen. Im selben Moment, in dem du drückst, wird die andere Giftampulle ausgelöst. Wenn du nicht innerhalb der bemessenen Zeit drückst, werden also beide Ampullen ausgelöst. Ich warte.*

Jorge Chavez saß vollkommen still. Das kahle Zimmer tanzte von einer eigentümlichen Anwesenheit. Er führte die Finger zur Tastatur, vorsichtig, vorsichtig. Der Zeigefinger und der Mittelfinger legten sich zitternd über die Buchstaben I und U. I für Isabel, U für Unschuldige. Der Countdown war bei 28, 27, 26.

Wie würde er seiner Tochter in die Augen sehen können, wenn er sechs Personen ermordete? Und wie würde er Sara in die Augen sehen können, wenn er Isabel opferte?

Wie würde er überhaupt weiterleben können?

20, 19, 18, 17.

Der Ausgang war vorgegeben. Er wusste es. Stig wusste es. Er sah sich selbst, und er sah die menschliche Natur. Oder war es die Kultur? Mussten wir so sein? Dass wir uns immer selbst am nächsten waren? Dass wir immer zuerst an uns dachten? Wir gegen sie?

Diligentia quam in suis. Die gleiche Fürsorge wie in eigenen Angelegenheiten. Ein juristischer Begriff für Fürsorge. Eine absurde Utopie?

Stickanpickan war auf einen grundlegenden Fehler in der menschlichen Konstitution aus. Er wollte zeigen, dass dieser Fehler nicht angeboren war, dass es möglich war, etwas daran zu ändern. Und Jorge Chavez war dazu ausersehen, es zu ändern. War er würdig?

14, 13, 12.

Und war es wahr? Gab es die Giftampullen? Es bestand kein Zweifel daran, dass es möglich war, Stig hatte mit aller wünschenswerten Deutlichkeit gezeigt, dass er dazu in der Lage war. Jorge konnte natürlich kein Risiko eingehen. Er war gezwungen, seine Tochter zu retten.

Zu einem absurden, unmäßigen Preis.

8, 7, 6, 5.

Seine Finger zitterten stark. Er durfte keinen Fehler machen.

4, 3, 2.

Und er drückte.

Er drückte I.

Das linke Bild verschwand. Abrupt. Auf dem rechten lag Isabel in dem kleinen Bett und schlief. Sie drehte sich auf die Seite.

Und ein neuer Text erschien.

Jaja, Jorge. Es ist also doch so gekommen. Jetzt sehen wir uns nie wieder. Wir können nie mehr miteinander reden. Du hast sechs Menschenleben geopfert für eins. So sehen wir dann wohl aus. Es ist vielleicht unausweichlich. Isabel ist im Vasa Park Hotel am Sankt Eriksplan 1. Zimmer 305. Du bist in drei Minuten da. Ich möchte, dass du die drei Minuten gut nutzt. Tschüs dann. Unsere Rhythmusgruppe hatte einen richtig guten Groove. Denk an King of Pain.

Und er lief. Wie ein Besessener lief er über den Sankt Eriksplan. Durch den wahnsinnigen Mittsommerregen. In seinem Kopf war kein einziger Gedanke. Jedenfalls kein bewusster Gedanke.

Aber eine ganze Menge anderes.

Er stürzte ins Vasa Park Hotel, bekam an der Rezeption mithilfe seines Polizeiausweises einen Schlüssel, stürzte die Treppen hinauf und warf sich förmlich in Zimmer 305.

Da lag sie.

Sie schlief.

Er nahm Klein Isabel hoch. Presste sie an sich, drückte die Nase in das dunkle Haargewuschel und weinte.

Das Unschätzbare in unserem Leben.

Das teuer Erkaufte.

So steht es also um mein Gutsein, dachte Jorge Chavez.

39

Denk an King of Pain, dachte Jorge Chavez und betrachtete seine Familie. Er hatte sechs Menschen für sie geopfert.

It's my destiny to be the king of pain.

Sie waren zu Hause in der Birkagata. Sara wusste nicht einmal davon, dass Isabel entführt worden war. Er erzählte stoßweise. Als ob niemals alles in einer einzigen Erzählung Platz fände.

Vor allem wusste kein Mensch außer Stig Nilsson von dem, was fünfzig Meter entfernt in der Birkagata vor sich gegangen war. Das mörderische kleine I. Und niemand würde es je erfahren. Wenn er Stickanpickan richtig einschätzte.

Sara machte sich nicht allzu viel aus dem Ganzen. Für sie war es wichtig, dass Isabel da war. Er hatte die Geschichte geschönt, so gut es ging.

Und sie würden nie miteinander darüber reden können.

Stig wusste, was er tat.

Sein Handy klingelte. Er ging aus dem Schlafzimmer und nahm das Gespräch an. Auch wenn es wohl kaum Stig war. Inzwischen war er weit weg.

Wenn er ihn richtig kannte.

Er ging hinaus in den Flur. »Jorge.«

»Paul hier.«

»Ja.«

»Wie geht es?«

»Ich habe ein bisschen mehr Verständnis für dich und dein verschlossenes Gehirn bekommen.«

»Ich bin in einem Hotel in Lidingö«, sagte Paul Hjelm.

Mit sechs Gifttoten, dachte Jorge Chavez.

Aber er sagte: »Ja?«

»Unser Freund rief mich vor einer halben Stunde an und

sagte, ich solle hierherfahren. Dann sollte ich dich anrufen und dir etwas ausrichten. Ich habe gehorcht und gehorche jetzt.«

»Ja?«

»Ich landete mitten in einer geheimen Besprechung zwischen Rechtsanwalt Rosenskiöld und fünf Menschen, von denen mir schließlich klar wurde, dass es sich um eure fünf Unschuldigen handelte. Der Anwalt hat mich abgekanzelt und mir mit Repressalien gedroht.«

Jorge ließ das Handy sinken. Alle Gefühle auf einmal. Ein Sturm, in dem die Winde sich neutralisierten. Die absolute Ruhe im Auge des Zyklons.

»Und alle sind wohlauf?«, sagte er mit vollkommen ruhiger Stimme.

»Warum nicht?«, sagte Paul Hjelm.

»Ja«, sagte Jorge. »Warum nicht? Und was solltest du mir ausrichten?«

»›Wenn wir Schatten euch missfielen, / denkt zum Trost von diesen Spielen, / dass euch hier nur Schlaf umfing, / als das alles vor sich ging. / Dies Gebild aus Schaum und Flaum / wiegt nicht schwerer als ein Traum.‹«

»Lass mich raten«, sagte Chavez. »*Ein Sommernachtstraum*?«

»Puck, der am Schluss zum Publikum spricht. Ich habe es nachgeschlagen.«

»Schönes Mittsommerfest dann, Paul. Was hast du vor?«

»Erotischen Abend mit Christina. Und ihr?«

»Wir bleiben zu Hause«, sagte Jorge Chavez.

Und ging zurück zu seiner Familie.

Paul Hjelm schaltete das Handy aus und startete seinen standesgemäßen metallicgrünen Volvo S-60, verließ Lidingö und fuhr heim nach Messer-Söder. Er löste den Knoten, riss sich den Schlips vom Hals und warf ihn aus dem Fenster. Eines war vollkommen klar. Hätte er sofort mit Jorge gesprochen, wäre Isabel nicht gekidnappt worden. So hatte Stig Nilsson es angelegt. Die ganze Zeit. Es hatte ständig Auswege gegeben, doch sie hatten sie nicht genutzt.

Sie hatten nicht miteinander gesprochen.

Und er verstand ihn. Er verstand, dass das, was Stig Nilsson sagen wollte, in Worten nicht ausgedrückt werden konnte. Und er fragte sich, ob er nicht die ganze Zeit mit ihm, Paul Hjelm, gesprochen hatte.

Er hatte etwas gesagt am Handy. Nachdem er den abschließenden Gruß an Jorge ausgerichtet hatte.

»Ich weiß nicht, ob es etwas ändert. Was glaubst du, Paul?«

Als würden sie sich kennen.

Und Hjelm hatte nicht antworten können. Kein Wort.

Vielleicht etwas anderes.

Und in dem Augenblick hatte Stig gesagt: »Der grenzenlose Schmerz darin, alles zu sehen.«

Und hatte aufgelegt.

Paul fuhr durch den Mittsommerabend nach Hause. Es war kein Verkehr. Als wäre er allein im Universum.

Doch er wusste, dass es nicht so war. Jemand wartete auf ihn.

Wartete jemand auf Stig?

Kerstin Holm stand, den Arm um ihren Sohn gelegt, unter einem Schirm im Vitabergspark und hörte Carl-Anton singen. Und alles war gut. Obwohl das Bild des hinausgeworfenen Viktor die ganze Zeit vor ihrem inneren Auge spukte.

Sie verstand, dass sie nie alle Einzelheiten erfahren würden. Wie Stig Nilsson Elzbieta Kopanska gefunden hatte. Ob Ronald Swärd eine Pistole im Handschuhfach gehabt hatte. Wie Stig zu Dumitru Odagiu hineingelangt war. Wo er das Knochenstück aus Juha-Pekka Niemeläs Kopf gesägt hatte.

Doch das spielte keine Rolle.

Jan-Olov Hultin war in ihr Zimmer gekommen, gerade als sie gehen wollte. Er inspizierte eingehend ihre enorme Zeichnung auf dem Flipchart und nickte zufrieden. Dann zeigte er an die Decke und fragte: »Was ist das da?«

»Ein Spinnennetz«, antwortete sie.

Er bedachte sie mit einem skeptischen Blick.

»Es ist ein bisschen beschädigt«, fuhr sie ein wenig angestrengt fort. »Ich musste einen Schmetterling befreien.«

»Nimm es da weg«, sagte Hultin und ging.

Und sie nahm es weg. Es hatte schon lange nicht mehr wie ein Engelsflügel geglänzt.

Der Traum war vorüber, die Mittsommernacht stand noch bevor.

In der die Farnblume erblühen würde.

Im Regen.

40

Der Mann sitzt mit dem Rücken gegen eine von Feuchtigkeit triefende Steinwand und drückt die Pistole fest an die Brust. Er hört sie. Er hört die Schritte. Überall.

Überall.

Er denkt: Aufdringliche verdammte Politruks. Er denkt: Menschen sind Idioten. Er denkt: Es wird schön sein, dieses Jammertal und alle ekligen Schweine darin zu verlassen. Schwule und Neger übernehmen das Kommando. Macht einen Zigeuner zum Ministerpräsidenten, und wartet ab, was passiert. Lasst die Arschficker jeden Park erobern und sich vor unseren Kindern einen runterholen. Alles ist krank.

Da kommt die Stimme durchs Megaphon: »Bengt Eriksson. This is your last chance. Come out with your hands over your head.«

Er steht auf. Den Rücken noch an der Steinwand. Die Pistole entsichert. Er blinzelt. Der Regen rinnt über sein Gesicht.

Er denkt: Was ist aus unserer Widerstandskraft geworden? Unserer Entschlossenheit? Unserer Härte? Unserer Kraft? Unserem Stahl?

Ich bin der Letzte, der noch übrig ist, denkt er und lugt vorsichtig um die Ecke. Die Polizeiwagen. Die Reihe von Scharfschützen.

Ja, denkt er. Es ist vermutlich logisch.

Er denkt: Ich bin der Letzte von den Harten.

Dann läuft er los.

Schießend.

41

Es ist ein großer Flugplatz, so groß, dass kein Mensch zu sehen ist. Obwohl sie überall sind. Hier verschwinden unentwegt Menschen. Aus den Lautsprechern wird unentwegt gerufen, dass jemand jemanden sucht.

So ist es wohl.

Trotz allem.

Er hat ein Bier vor sich und sieht zum Ausgang der Passagiere.

Zum ersten Mal seit einem Monat ist er ein wenig unsicher. Er fragt sich, ob seine Mitteilung angekommen ist.

Die Anzeige blinkt ›landed‹.

Ja, denkt er und lächelt. Das kann man wohl sagen.

Dann kommen sie. Der kleine Pulk von Schweden. Dass man sie immer erkennt.

Sie sieht anders aus. Er erkennt sie sofort.

Und sie, sie erkennt ihn.

Eine kurze Umarmung.

Sie sucht einen Strauß getrockneter Blumen hervor und hält sie hoch. Sieben Stück. In der Mitte eine Akelei.

»Mittsommernacht«, sagt sie.

Er sagt: »Wir müssen einen Namen für dich finden.«

Und sie sagt: »Ich heiße Lera.«

»Okay«, lacht er. »Dann einen Nachnamen.«

Und er denkt: ›Mich schickt man mit Besen vor / den Staub zu fegen hinters Tor.‹

»Es gibt immer einen besseren Ort als das Gefängnis«, sagt er.

Dann fahren sie weiter.

42

Dort unten liegt Schweden. Tief unten. Der junge Mann sieht die lang gezogene Küste gut zehn Kilometer unter sich.

Es ist ein wolkenloser Sommertag. Ganz Schweden ist klar erkennbar, ganz Skandinavien. Er kehrt nach Hause zurück. Aber zu Hause ist jetzt etwas anderes.

Er hat Bauchschmerzen.

Der junge Mann versucht zu verstehen. Er versucht, all das Neue zu verstehen. Alles, was geschehen ist. Er liest in einem dicken Stoß Papiere und versucht zu verstehen, was die Mittsommerwoche bedeutet hat.

Alles, was sie mit sich gebracht hat.

Alles, was sie verwandelt hat.

Alles, was sie zurechtgerückt hat.

Das Leben kann immer noch überraschen, denkt der junge Mann überrascht. Ich bin als *ein* Mensch abgereist und komme als ein anderer zurück. Und zu Hause ist auch etwas anderes.

Er wendet sich wieder den Papieren zu.

Und weiß, dass nichts jemals zu Ende ist.

PIPER NORDISKA

Arne Dahl
Rosenrot

Kriminalroman. Aus dem Schwedischen von Wolfgang Butt.
400 Seiten. Gebunden

Wie schnell die Gedanken laufen, wenn die Pforte des Todesreiches in Sichtweite ist. Nicht schnell genug allerdings für Winston Modisane. Aber vielleicht verdunkelt auch der Zorn während dieses Augenblicks, der das Leben vom Tod trennt, seine Vernunft. Der Zorn auf alles, was das Leben des Südafrikaners in Stockholm ausmacht. Jedenfalls ist Winston Modisane fünf Sekunden später tot – erschossen von Dag Lundmark, einem Polizisten. Lundmark leitet die Polizeirazzia, die angeblich illegale Einwanderer aufstöbern sollte. Doch Lundmark hat andere Motive, ganz andere – das wird auch Kerstin Holm rasch klar, denn sie kennt Dag Lundmark noch aus alten Tagen. Nach einem ersten Verhör aber verschwindet Lundmark spurlos, und viele Fragen bleiben offen: Warum mußte Modisane wirklich sterben? Hängt sein Tod vielleicht mit seiner Beschäftigung in dem Pharmaunternehmen Dazimus zusammen, in dem AIDS-Medikamente entwickelt werden? Der Mord an einem internationalen Serientäter aber lenkt Paul Hjelm und Kerstin Holm zunächst von diesem brisanten Fall ab …

08/1004/01/L